악당
7년

악당 7년

문問 **지승호** | 답答 **김의성**

안나푸르나

김의성

프롤로그

지승호가 인터뷰 책을 내자고 했을 때 나는 좀 당황스러웠다. 내가 책을?

내 안에 책으로 낼 만한 무엇이 있었던가? 동경할 만한 성공 스토리도 없고, 존경할 만한 식견도 없다. 실수와 후회로 가득 찬 이 인생을 과연 누군가와 나눌 가치가 있을까? 그런 이야기를 책으로 만들어 돈을 내고 읽으라고 할 수 있을까?

그럼에도 결국 인터뷰를 시작하게 된 동기의 첫째는 지승호라는 인터뷰어의 존재였다. 우리나라 최고, 아니 국내 유일한 인터뷰어인 그가 나와 함께 얘기를 풀어보자고 했을 때는 뭔가 이유가 있지 않을까 하는 막연한 기대감이 첫 번째 이유였다. 두 번째는, 좀 이상하지만 지금의 내가 행복하다는 사실이었다. 소위 실패한 내 인생 역정과 현재 느끼는 행복감 사이의 기묘한 괴리가 어쩌면 이야깃거리가 될 수 있고, 그 이야기를 읽을 사람들이 위로를 받을 수도 있겠다는 생각이 들었다.

그렇게 시작해 몇 달 동안 이어진 이 시시한 인터뷰는 어느 날 지승호가 "이 정도면 책 되겠는데요?"라고 선언하며 싱겁게 끝났다.

완성된 원고를 보고는 좀 놀라웠다.

내가 한 말을 한 자도 안고치고 그대로 옮긴 것 같아서 놀랐고, 그러면서도 두서없던 이야기들을 묘하게 말이 되게 연결한 그 솜씨에 또 놀랐다. 말이란 것은 실수가 나오기 마련이고, 오해의 소지도 많을 수밖에 없다.

하지만 가능한 한 손대지 않고 날것 그대로의 인터뷰를 옮기려 한 지승호의 의도를 짐작하기에, 부끄럽고 두렵지만 가감 없이 그대로 책으로 내는 것에 동의했다.

책을 읽는 분들이 7년 동안 악당으로 살아온 비루한 배우와 조울증이 심한 인터뷰어 간의 이 한심한 대화를 통해 웃고 위로받기를 바라며, 혹 상처받는 분이 없기를 또한 바란다.

배 우 는 기 다 리 는 것

"

직업의 속성이 수동적이죠, 배우는. 몇몇 배우는 능동적으로 자기 계획을 짜나갈 수 있지만

대부분의 배우는 직업 자체의 속성이 기다리는 것, 남이 자신을 써줄 때까지 기다리는 거니까요.

대다수 배우가 겪는 고통이죠.

"

1장

지승호(이하 지) 저는 배우 박용하 씨가 돌아가시기 일 년 전에 한 인터뷰가 인상적이더라구요. 사람들한테 한번 관심을 크게 받았다가 식는 것이 힘들고 외로웠다는 얘기를 했는데요. 새로운 일에 대한 부담감도 컸던 것 같아요. 대중들이 다시 사랑해줄지 이런 것에 대해…. 굉장한 스타들이 자살을 하기도 하고 이런 것이 한국적인 현상인 것 같기도 한데요. 한국에서 배우로 산다는 것은 어떤 의미인가요?

김의성(이하 김) 그게 한국적인 현상인가요?

지 외국에서는 그런 슈퍼스타들이 자살하는 경우가 한국만큼 많지는 않은 듯해서요.

김 비슷한 것 같은데요. 나는 한국에서 배우로서 산다는 것에 대해 이야기하기에 적합하지 않은 사람 같아요. 배우로 산다는 것에 대한 이야기라면 누구나 아는 사람, 톱스타… 이런 분들이 해야 하는 거 아닌가요?(웃음)

지 배우 생활을 오래하셨고, 주변에서 배우도 많이 봐오셨잖아요.(웃음)

김 그 질문은 덩어리가 너무 큰 것 같아요.

지 첫 질문부터 적절하지 못한 질문이었나요?(웃음)

김 덩어리가 너무 커서 어떻게 얘기를 해야 할지 모르겠는데요.

지 배우라는 직업이 굉장히 불안한 직업이잖아요. 누군가가 기회를 줘야 할 수 있는 위치에 있구요.

김 직업의 속성이 수동적이죠, 배우는. 몇몇 배우는 능동적으로 자기 계획을 짜나갈 수 있지만 대부분의 배우는 직업 자체의 속성이 기다리는 것, 남이 자신을 써줄 때까지 기다리는 거니까요. 대다수 배우가 겪는 고통이죠. 그와 같은 기다림을 차치하고 먹고사는 문제만 해결된다면 배우처럼 괜찮은 직업은 별로 없을 거예요. 진짜 괜찮은 직업인 것 같아요, 배우라는 직업은. 직업적 정의라면 배우는 '연기하는 사람'이라고 얘기할 수 있겠지만, 대한민국에서 자기가 배우라고 생각하는 사람들은 굉장히 많고, 경제적인 면이나 일하는 필드로나 스펙트럼이 너무 넓어서 하나로 정의하기 어렵다는 생각이 들구요. 우리나라 사람들은 계급을 잘 인정하지도 않고요. 실제로 자신이 속한 계급에 스스로가 속해 있지 않다고 생각하는 경향도 있잖아요.(웃음) 종부세 같은 경우도 오히려 집 없는 사람들이 더 반대하잖아요. 언젠가 내가 집이 생기면 세금을 내야 할지 모른다는 이유로 말이죠. 그런 면에서 배우라는 직업은 뭔가가 더 강한 것 같아요. 언제나 더 높은 곳으로 올라갈 수 있고, 언제나 내게 다른 기회가 주어질 수 있다고 생각해서 현실의 불이익을 감수한다고 할까, 힘든 것을 참는다고 할까, 그런 면이 좀 더 강한 직업이라고 할 수 있겠죠. 사회적으로 얘기하면 연봉의 차이 같은 것도 그 폭이 너무 너무 크고요. 최소한 아버지한테 물려받은 것은 없으니까 그런 면에서는 공평할지는 모르겠지만요.(웃음)

지 조금 전에 말씀하신 것처럼 허위의식이라고 할까요. 상위 10퍼센트를 위한 정책을 취하는데도 오히려 없는 사람들이 나도 저렇게 될 수 있다고 생각하고 찬성하는 경향이 있잖아요. 배우라는 직업도 그런 면이 있을 것 같네요. 글 쓰는 사람도 비슷해요. 아무리 내가 가난해도 언젠가는 내가, 그런…(웃음) 글 쓴다고 하면 사람들이 대우해주고, 부러워하기도 하고, 질시하기도 하고, 그런 면이 있잖아요.

김 배우라는 직업은 그런 면에서는 반대죠. 배우 한다고 하면 "뭘 그런 걸 하냐?"고 말하니까요.(웃음) 지명도나 성공을 얻기 전까지는 대부분 주위 사람들이 반대하는 직업인 것 같아요.

지 가족이면 반대하지만, 그렇지 않은 사람들은 부러워하지 않나요? 영화감독만 해도 언제 어떻게 될지 모른다고 생각해서 존중해주잖아요. 박찬욱 감독이나 봉준호 감독처럼 되는 경우는 아주 희귀한 사례일 텐데요.

김 감독만큼이나 배우도 비참해요. 감독 정말 비참한 직업인데요.(웃음) 배우도 그만큼 그럴 수 있는 것 같아요. 특별히 실력이 있고, 타고난 운을 갖춘 몇몇 사람들을 제외하고는 생계를 유지하기도 굉장히 힘들죠. 주변에 배우가 되고 싶다고 가끔 얘기하는 젊은 친구들도 있고, 나이든 사람들도 있는데요. 혹은 그 길을 가기 위해 계속 노력하고 있는 사람들… 전에는 열심히 하면 좋은 일이 있지 않겠나, 용기를 주는 얘기들을 많이 했는데요. 그렇게 얘기하기가 점점 힘들어지는 것 같아요. 사회 전반적으로 다 그렇지만, 특히 이 판은 확률이 굉장히 낮은 판이에요. 소위 배우를 하고 싶어 하거나 스스로 배우라고 생각하는 사람, 배우 지망생, 연영과 학생들, 일 년에 어마어마한 숫자들이 배출되는데요.

지 독립영화 쪽만 해도 이번에 서울독립영화제에 수백 편이 출품되었다고 하더라구요.

김 엄청나게 많은 일이 이루어지고 있어요. 그런데 연극 판에서도 그중에
연기로 자기 생계를 해결하는 사람은 10퍼센트도 안 될 것 같아요. 정확
한 통계는 알 수 없지만 아마 안 될 것 같습니다. 당연히 안 되지… 확률이
되게 낮아요, 직업 배우로 살아간다는 것은. 그러니까 열심히 하면 언젠
가, 혹은 뭔가가 될 수 있다고 얘기하기가 되게 힘들구요. 그건 실력만 가
지고 되는 것도 아니고, 운도 있어야 해요. 그럼에도 연기를 한다는 것은
되게 멋있는 일이거든요. 그래서 직업 배우가 아니라도 배우라고 생각해
요. 배우는 자기 스스로가 배우라고 생각하면 배우니까요. 내가 연기를 한
다고 생각하면.

지 가끔 단편 영화에 출연하시는 배우들도 있구요.

김 배우로서 저 스스로를 규정하면 내가 다른 일로 밥벌이를 하더라도 나
를 배우라고 생각하는 그 자긍심, 그것은 누구도 빼앗아갈 수 없는 일이라
고 생각해요. 직업 배우가 되는 것은 전혀 다른 문제니까요. 어떻게 하면
배우가 될 수 있냐고 물어보는 젊은 친구들… 중학생도 있고, 고등학생도
있고, 대학생도 있어요. 특별활동을 해라, 직장인이면 직장인 연극반을 해
라, 고등학생이면 학교 연극반을 해보고… 자신이 거기 맞는지 보고, "너
는 여기서 연극하기에 너무 잘해", 이런 소리를 들을 정도가 되면 살짝 가
능성을 엿볼 수 있는 것이고요. 물론, 아주 낮은 가능성이죠.(웃음) 그렇지
않으면 취미생활을 하는 것만으로 충분히 즐거울 수 있다고 생각해요. 그
런데 배우가 되고 싶어 하는 대부분의 사람들은 화려한 그림들을 그리는
거니까요. 저는 배우 생활을 다시 시작할 때 전혀 그런 생각은 안했지만,
그런 화려함의 끝자락에 살짝 닿아있는 데까지 빠른 속도로 성장을 했는
데요. 그건 내가 잘하고, 내가 잘나고, 내가 뭘 가지고 있고… 그런 것과는

전혀 다른 무엇이라서 겸손하게 생각하지 않을 도리가 없어요.(웃음) 내
힘이 아니니까요.

지 지금은 어느 정도 배우로서, 앞으로 계속 배우 생활을 할 수 있겠구
나, 안심하는 상태인가요?

김 다시 직업 배우가 됐어요. 배우로서 먹고 살 수 있게 됐구요. 빚도 좀 갚
았고… 약간의 마음의 빚들을 빼놓고는 다 갚았어요. 일 년을 벌어서 일
년을 먹고살 수 있고, 올해부터 연말에 돈이 좀 남는 해가 되기 시작한 거
구요. 뭐랄까, 가장 행복한 단계에 이르게 된 거죠. 이제 직업 배우가 된 건
데, 사실 무척 기적에 가깝죠. 제가 마흔일곱에 다시 배우가 되겠다고 결
심을 했고, 지금 쉰두 살인데요. 중년을 넘어가는 나이에 이른 사람이, 물
론 예전에 경험은 있었지만, 다시 배우를 하겠다고 결심한 이후부터 직업
배우로서 지금의 모습까지 오는 데는 엄청나게 큰 계단들이 쫙 놓여 있었
던 건데요. 그걸 성취했다는 것만도 엄청나게 기적적인 일이죠.

지 5년 전만 해도 인터뷰를 보니까 돈이 없어서 다섯 시간 동안 걸어다
녔다고 말하실 정도였는데요.

김 돈이 한 푼도 없어서 걸어다닌 것은 아니었겠지만, 마음의 여유가 없었
구요. 걷는 게 좋기도 했어요. 지하철 카드에다가 만 원을 넣어요. 지금은
후불 카드를 쓰지만, 그때는 신용도가 아예 없으니까 그렇게 썼는데, 쓸
때마다 그 돈이 줄어들잖아요. 그러면 너무 마음이 안 좋은 거예요. 그러
니까 그냥 걸어다닌 거죠. 그럴 때가 있었어요.

지 저도 예전에 집에서 나오는데 딸이 오백 원을 달라는데 못 준 적이 있
어요. 오백 원이 없지는 않았을 텐데, 사람이 마음의 여유가 없으면 이상

해지는 것 같더라구요.(웃음)

김 혹시 이 오백 원이 없어서 곤경을 치를 수도 있겠다는 생각이 드는 거
죠.(웃음)

지 배우를 다시 시작하겠다고 생각한 계기는 어떤 건가요? 작품이 계기
가 된 건가요? 아니면?

김 과거에 내가 쌓아온 작은 커리어들이 도움을 준 건 확실한 것 같아요.
제가 무명으로 시작했으면 절대 그렇게 못했겠죠. 과거 20여 년 전에 영
화계에서 일을 했고, 사람들이 기억하는 몇몇 작품들이 있었죠. 특히 홍상
수 감독의 〈돼지가 우물에 빠진 날〉 같은 경우에는, 영화 학도가 되고 싶
다거나 영화를 만들겠다고 꿈꾸다가 그 영화를 보고 큰 충격을 받은 사람
들이 지금 대부분 40대 초반의 중견 감독들이 되어 있거든요.

지 그 작품이야 워낙 명작으로 평가받으니까요.

김 그런 작품에 주연으로 출연했다는 사실로 인해, 제가 다시 복귀하겠다
고 결심했을 때 꽤 많은 사람들, 감독들, 영화계 사람들이 지지해주고, 반
가워해주고 그러면서 일을 준 거죠. 그것도 그거지만, 또 한 가지를 꼽아
보면요. 제가 요즘 사람들에게는 되게 낯선 얼굴이었잖아요. 영화는 항상
낯선 얼굴을 필요로 하거든요.

지 낯설면서도 안정감 있는 연기를 하는 사람을 찾겠죠.(웃음)

김 이 나이에 낯선 사람이 별로 없어요. 이 나이의 배우들은 다 익숙해, 얼
굴들이요. 이 나이에 낯선데, 아주 낯설면 못 믿잖아요. 그런데 어느 정도
믿을 수 있단 말이죠. 이 사람이 해온 게 있으니까. 나이는 있고 낯선데 믿
을 수 있다, 이 요소 때문에 저를 썼던 것 같아요. 그게 제일 잘 쓰였던 영

화가 〈관상〉이 아닌가 싶어요. 멀쩡한데 그냥 쑥 나오고, 이게 도대체 누군가, 누구나 다 아는 익숙한 얼굴이었다면 굉장히 재미없었을 텐데요. 그런 요소가 잘 쓰였고, 그런 식으로 몇 번 쓰인 거죠.

지 영화적으로는 〈관상〉이 터닝포인트가 되었다고 봐야 하나요?
김 그렇다고 해야 할 것 같아요.

지 가면도 쓰고 나오지만, 한명회라는 캐릭터가 첫 장면부터 등장하고, 어떤 면에서는 끝까지 영화의 한 축을 끌고 가는 캐릭터잖아요.
김 그런데 얼굴이 너무 조금 나와가지고요.

지 그래도 그것 때문에 많은 사람이 기억을 해줬잖아요.(웃음)
김 가장 최근까지도 〈관상〉이 가장 큰 임팩트라고 할까, 그런 것을 사람들한테 줬던 것 같아요. 올해가 되기 전까지 그랬던 듯해요. 물론 순서들이 있었죠. 복귀 후 제일 처음 한 작품은 〈북촌방향〉이었어요. 인터뷰에서 많이 얘기했지만, 배우 하겠다고 생각하고 한 작품은 아니었어요. 그런데 홍 감독님 영화는 영화계 사람들이 많이 보니까요. '아, 저 사람이 있었지, 있었구나… 저 배우가 다시 얼굴을 보여주네.' 영화계 사람들한테 이런 싸인을 줬던 것 같구요. 그다음에 〈건축학개론〉을 하면서 비록 작은 역이었지만, '상업 영화에 출연할 생각이 있나 보다.' 그런 느낌을 준 듯해요. 그래서 그때부터 크고 작은 역할들을 해왔는데, 꾸준히 발전한 것 같지는 않아요. 그 상태로 쭉 온 것 같아요. 그냥 쭉 오면서 아까도 얘기했듯이, 낯설지만 믿을 수 있는 것을 팔아먹는 거지.(웃음) 그런데 낯선 것은 조금 있으면 낯이 익어지잖아요. 낯익어졌을 때 제 무기가 있지 않으면 다시 똑같아지는 거니까요. 사람들에게 익숙해지기 전에 뭔가를 해야 된다는 부담은 좀

〈관상〉(2013)

있었죠.(웃음)

지 그러면 준비를 해야겠네요.

김 그게 특별히 준비한다고 되겠어요. 그냥 어떻게 하다 보면, 되면 되고 안 되면 안 되는 건데요. 마음은 졸이는 거죠.

지 요즘 다작을 하시는데, 일을 많이 하는 것은 좋지만 소비된다는 위험 부담이 있잖아요.

김 그렇죠. 모든 일에는 양면이 있으니까. 그런데 조연급 배우들은, 작년 까지 저의 상황은 다작을 안 하면 먹고 살 수가 없어요. 작은 출판사에서 책을 계속 내는 거랑 똑같아요.(웃음)

지 책을 많이 냄으로써 비용은 더 많이 들고, 수입은 줄 수도 있거든 요.(웃음)

김 어찌 됐건 가만히 있으면 안 되니까,(웃음) 그래서 작품을 좀 골라서 하 려고 잠깐 생각했었어요. 그래서 한두 작품을 거절했더니, 일 년을 놀게 되는 거야. 완전히 망하겠더라구요. 그래서 다시 많이 했죠.(웃음) 다작을 안 하려면 개런티가 좀 비싸져야 해요. 그렇지 않으면 계속 다작을 해야 해요.

지 대체로 악역을 많이 맡으셨잖아요. 그런 것에 대한 부담은 없으신가 요? 〈부산행〉으로 상도 받으셨는데요.

김 거의 악역을 했죠. 〈건축학개론〉 말고는 악역 아닌 역이 없는 것 같아 요. 다 악역이었던 것 같은데요. 그 악역도 대부분 세금으로 먹고 사는 사 람들 역이에요. 깡패 같은 것 빼고는 국정원 간부, 검사, 고문 형사… 이런 거니까요.

지 그냥 건달 정도가 아니고, 어떻게 보면 진짜 악이네요.(웃음)
김 깡패 역도 좀 했는데, 주인공이 아니면 40대 후반, 50대 초반의 남자는 영화 안에서 선한 역이 없어요. 선한 역은 다 작아. 스쳐 지나가고. 우리나라 사회를 영화로 축소하자면 4, 50대 남자는 다 나쁜 놈인 것 같아요. 주인공은 안 그렇지만. 주인공은 어차피 착한 사람일 수밖에 없고, 나머지는 다 악하지, 그 또래 남자들은. 젊은 남자, 젊은 여자들이 착하고, 나이 든 남자는 악하죠. 기득권을 대변하는 것이고.

지 〈부산행〉에서 최용석 이사인가요? 대부분의 사람이 나이 들면 그렇게 행동을 하고, 그게 합리적인 선택이라고 이야기를 하는 것 같아요.
김 한국 사회에서 나이 든 남자가 맡고 있는 위상이 악한인 것 같아요. 그걸 누가 하겠어요. 어쩔 수가 없죠. 그런 역이 많아요.

지 공백 후 돌아오셨을 때는 영화 현장 분위기도 바뀌었을 것 같은데요. 십몇 년의 공백이 있어서 적응하기도 쉽지 않았을 것 같아요.
김 처음에는 좀 어려웠죠. 다른 게 어려운 게 아니라, 말하자면 이런 느낌이에요. 많은 사람이 일하고 있는데, 나는 갑자기 모르는 사람이 끼어든 거니까 제 스스로가 이방인으로 느껴지는 거죠. 사람들이 나를 싫어하는 것 같다, 그런 생각이 들었어요. 나중에 보니까, '그게 아니구나, 나를 어려워하는 거구나…' 나이 많은 남자는 미움의 대상이 될 수가 없어요. 속으로는 그럴 수는 있지만, 공식적으로는 강자거든. 나이 많은 남자, 배우, 특히 현장에서 배우라는 것은 강자고, 나이도 강자고, 성별도 강자고, 그래서 약할 수가 없는 거더라고. 그래서 사람들이 나를 낯설고 어려워하는 것

OFFICIAL SELECTION
OUT OF COMPETITION
FESTIVAL DE CANNES
이상해, 여기 뭔가 있어!
전대미문 재난 블록버스터
부산행
김의성 공유 정유미 마동석 최우식 안소희 김수안
7월 20일 대개봉

〈부산행〉(2016)

이지, 나를 싫어하는 것은 아니구나 하는 것을 나중에 알았구요. 그러면서 편해졌죠. 그다음에 기술적인 것들이 많이 달라진 것, 저 같은 경우는 90년대 후반까지 영화를 하다가 2010년대에 다시 영화를 시작한 거니까요. 그동안 쭉 영화를 해온 사람들은 이 변화의 과정들이 자연스럽겠지만, 저는 마치 20년짜리 타임머신을 타고 현장에 다시 떨어진 것 같은 느낌이 들었어요. 너무 많은 것을 본거죠. 특히 기술적으로 많이 달라져서.

지 디지털로 찍고.

김 디지털화 된 것이 제일 크죠. 전에는 카메라 한 대로 찍고, 그 카메라가 돌아가서 현상 인화를 거쳐 러시 필름으로 만들어지기 전까지는 아무도 찍은 것을 볼 수 없는 현장이었죠. 잘됐다고 짐작만 할 뿐이지. 지금은 바로 그 자리에서 모니터들을 다 보고 있고, 리플레이 해서 확인하고, 심지어 현장에서 편집까지 하니까요. 그게 가장 큰 변화라고 할 수 있죠. 그리고 현장에 동시녹음 기술이 좋아진 것도 큰 변화예요. 배우가 느끼기에는. 그리고 인원도 많아졌고, 전에는 현장에 없던 직업들도 생겼구요. 데이터 매니저 같은 역할, 현장에서 컴퓨터 앞에 앉아 있는 사람들이 있길래 "이 사람들 뭐야?" 물었더니 데이터 매니저라고 하더라구요.(웃음)

지 처음에는 사람들이 나를 싫어하는구나, 하는 생각까지 했다는 것은 자격지심이 있었다는 얘기로 들리는데요. 90년대에는 알 만한 사람은 다 아는 영화의 주인공이었고, 그때 송강호 씨가 단역으로 영화에 출연했었는데 지금은 톱스타가 되어 있구요. 그런 상황에서 단역부터 시작한다는 것이 자존심 상하지는 않았나요?
김 없었어요. 아예 그런 생각을 한 번도 안 해봤어요.

악당 7년

지 우리 또래의 남자들은 "내가 왕년에…" 이런 얘기를 하게 되잖아요. 그래서 오히려 사람들하고 거리가 멀어지게 되구요.

김 저는 그런 게 없었어요. 그게 저의 좋은 점이라고 생각해요. 아예 없었어요.

지 그 이후에 작품으로는 〈관상〉으로 송강호 씨하고 다시 만난 건가요?

김 그렇죠.

지 기분이 묘할 수도 있었을 것 같은데요.

김 어려웠죠. 그 오랜 기간 동안… 그런 생각을 하게 되지는 않아요. 내가 처음으로 영화를 하게 인연을 맺어줬는데…, 전혀 그런 생각을 한 적이 없었어요.

지 하게 되면 오히려 힘들어지잖아요.(웃음)

김 그게 바보 같은 생각일 뿐 아니라, 저는 아예 그런 생각이 안 들어요. 그 동안 저는 송강호라는 배우의 영화를 보면서, 말하자면 늘 그 사람의 팬이었구요. 일반인으로 송강호의 팬이기도 했고, 송강호라는 배우가 한국 영화에서 이루어놓은 업적들을 바라보면은 그건 내가 나이가 더 많고, 영화를 먼저 하고 나중에 하고, 이런 것을 완전히 넘어서는 어마어마한 업적을 쌓은 거거든요. 한국 영화 사상 최고의 배우를 다툰다면 맨 앞에 서서 남들과 다툴 배우라고 생각해요, 송강호는. 오히려 반대로 그런 배우가 자기의 필모그라피를 쭉 나열할 때 맨 앞에 관련되어서 제 이름이 언급된다는 것이 영광이지…, 너무 영광스러운 일이죠. 오히려 그런 얘기가 자꾸 나오면 그 배우한테 누가 되지 않을까, 하는 생각은 했어요. 처음 만났을 때도 큰 배우를 만나는 것 같아서 어려웠어요. 어렵고…. 나는 작은 역할, 역할의 크고 작고가 없다고 말할 수는 없고, 무조건 있죠. 그렇게 작은 역할을 하는 배우인데, 말 걸기도 조금 어려워요. 어려웠어요.

지 아우라를 느꼈다는 건가요?

김 느낀 게 아니라 이미 차이가 굉장히 큰, 저랑 위치가 너무나 다른 곳에 있는 배우니까…. 그런데 되게 고맙게도 '선배님, 선배님, 형님, 형님,' 하면서 현장에서 잘 챙겨줬어요. 돌아왔을 때, 옛날에 알던 배우들… 송강호, 이정재 이런 배우들이 반가워해주고 잘 대해줘서 되게 고마웠어요. 현장에서 그런 배우들이 그렇게 대해주면, 다른 사람들도 나를 그렇게 대해주니까, 고마운 일이죠.(웃음) 그런 자격지심은 전혀 없어요. 아마 그럴 거예요. 그사이에 너무 고생을 많이 해서 지금에 대해서 너무 고맙지, 옛날을 돌이키며 그때가 좋았지, 하고 생각할 마음의 여유가 없어요. 그저 지금이 너무 좋은 거지.(웃음)

지 중간에 고생을 했던 부분들이 연기자로서의 철학이 깊어지는 데 도움이 된 점이 있나요?

김 확실히 뭐라고 말할 수는 없지만, 살아가는 것만으로 연기에 도움이 되죠. 연기가 좀 늘어요. 쉬는 사이에 제 연기가 좀 늘었어요. 이상하게 늘어 있더라구요. 옛날엔 못했는데, 조금 나아져 있어요.(웃음)

지 세상에 대한 이해나 사람에 대한 이해의 폭이 넓어져서 그런 걸까요?

김 아무래도 그렇겠죠. 그냥 생각해보면 나야 뭐 그대로인 것 같긴 한데요. 세상과 사람을 이해한다기보다는 사람이 좀 편안해진 것 정도인데, 연기는 좀 늘어 있더라구요. 왠지는 모르겠어요. 그게 좋은 점이고.

지 캐스팅이 들어오는 것도 감독분들이 일단 연기를 믿을 수 있으니까 제안을 하는 걸 텐데요.

김 그렇겠죠. 그것도 그렇지만, 현실에 대해 만족하고 감사할 수 있게 된 것이 오히려 어렵게 보낸 시간이 나한테 주는 선물 같은 거라고 생각해요. 사실 내 또래에 꾸준히 일을 해온 배우들, 나랑 비슷한 세대의 배우들은 저보다 훨씬 높은 자리에 있는 사람들이 많죠. 그런데 내가 만약 꾸준히 일해서 지금 그 자리에 올라 있으면 나는 행복해 할까, 라고 생각해보니 지금 내가 느끼는 행복감이 더 큰 것 같아요. 내 성취는 그렇게 어마어마하지 않지만, 작은 성취, 그리고 지금 현재 상황에 내가 느끼는 만족과 행복도가 되게 높아요.

지 트위터 같은 데서 사람들이 좋아해주는 것도 배우님이 감사해 하고, 행복해 하는 것이 느껴져서 그런 것 같은데요. 잘난 척하지도 않으면서, 사람들이 같이 놀기를 재밌어 하는 것 같더라구요.

김 그렇죠. 제가 민간인 입장으로 살죠. 민간인의 눈이 아직도 남아 있어요. 예를 들어 김우빈 이런 친구와는 제가 아빠 역할을 했는데, 그 친구는 주인공이고 저는 짧게 연기했는데도 "아빠, 아빠," 하면서 같이 어울린단 말이죠. 그 친구랑 앉아서 얘기하거나 카톡 같은 것을 하고 그러면 '와, 내가 김우빈이랑?' 그런 생각이 드는 거야.(웃음)

지 하하하. 이번에 웹드라마 〈긍정이 체질〉에선 도경수 아빠로 나오잖아요.(웃음)

김 그렇죠. 도경수랑. 오오. 내가 한효주랑.(웃음) 익숙해져 있으면 신인이 또 하나 나왔나 보네, 무슨 아이돌 출신이 무슨 연기를 해, 이런 생각을 했을 수도 있어요. 닳고 닳았다면. 그런데 약간 민간인이니까, '오오, 엑소 디오!' 이런 마음이 있으니까, 그런 게 신기하고 재미있고, 그렇게 신기해 하는 것이 사람들이 보기에는 웃기기도 하고 그런 것 같아요.(웃음)

지 그래서 사람들이 편하게 대하는 것 같은데요. 그런데 배우가 SNS를 한다는 것이 위험할 수 있잖아요.
김 위험하죠.

지 최근에도 김윤석 배우가 SNS는 아니지만, 농담 한마디 잘못해서 난리가 났는데요. 트위터 같은 경우 페미니즘 이슈가 강하다 보니 50대 남자 입장에서는 조심스러울 수밖에 없을 텐데요.
김 아시잖아요. 욕 많이 먹어요.(웃음)

지 큰 문제는 안 생겼잖아요.(웃음)
김 욕을 꾸준히 먹고 있어요. 어떤 장단에 맞춰 춤을 춰야 할지 모르겠어요. 한쪽에서는 여혐을 하는 남자라고 얘기하고, 또 한쪽에서는 메갈리아 지지자라고 하구요. 마치 호치민 선생이 한쪽에서는 미제의 주구라는 얘기를 듣고, 한쪽에서는 코민테른의 첩자라는 얘기를 들은 것처럼 극단에 서지 않으면 양쪽으로부터 욕을 먹는 것 같아요.

지 그럼에도 SNS를 계속 하는 이유는 뭔가요?
김 약간의 중독이기도 하고… 관심종자죠. SNS 하는 사람들은 다 관심종자들인데요. 거기다가 일기를 쓴다면 자기 일기장에 쓰든지, 자기 비밀노트에 쓰면 될 것을 팔로워가 열 명밖에 없어도 쓴단 말이에요. 그 열 명한테 관심 받기를 바라는 관심병이 있는 거거든요. 우리는 모두 관심종자예요. 관심종자라고 욕을 먹어도 전혀 타격을 받지 않아요. 당연히 내가 관심종자지, 관심받기 싫으면 왜 SNS를 해, 그런 거죠.

지 사회적 책임감 같은 것도 포함되어 있는 듯한데요. 사회파 배우라는
말도 들으시잖아요.
김 그렇지는 않은 것 같은데요.

지 쌍용자동차 관련해서 1인 시위도 하셨구요.
김 그건 내가 꼴리는 대로 하는 것 같아요. 쌍용자동차 문제도 사람들은
어떻게 받아들였을지 모르겠지만, 저는 정확하게 선을 그었어요. 저는 쌍
용차 문제에 그다지 관심이 많지 않았어요. 그런데 내가 아는 놈이 굴뚝에
올라간 거야.

지 이창근 씨.
김 거기서 조금 더 확장을 해보니까, 내가 아는 놈이 올라갔는데, 이 놈이
올라갈 놈이 아니야. 밑에서 일할 것이 많은 사람이었어요. 쌍용차 노조
대변인인데, 밑에서 기자들을 상대해야 하는데 올라갔단 말이에요. 그러
니까 진짜 선택지가 얼마 안 남았구나, 이런 생각이 들었구요. 되게 힘든
상황에서 올라간 것이고, 해결될 기미도 안 보이고, 위에 있으면 새벽에
너무 춥고 외로울 것 같은 거예요. 한겨울이었잖아요.

지 굴뚝 위라서 흔들리기도 하고.
김 나중에 끔찍한 심리적 고통을 겪었다는 것도 알게 됐죠. 그땐 몰랐는
데. 워낙 강한 척하는 친구니까요. 그러니까 가만히 못 있겠더라구요. 그
렇다고 내가 쌍용차 문제를 출발점부터 끝난 지점까지 어땠나를 캐가지
고, 누가 옳다, 누가 그르다, 이걸 따지기 시작하면 별로 자신이 없어요. 노

조에도 문제가 많다고 말하는 사람들도 여전히 존재하구요. 노조는 절대 선이고 회사가 절대 악이라는 얘기는 못하겠어요. 솔직히. 아는 놈이 올라 갔으니까 내려 올 때까지는 내가 하자, 애가 내려올 정도의 타협선은 회사 가 주는 게 맞다고 생각하고 그대로 한 거죠. 그리고 일단은 외롭게 느끼 지 않게 하고 싶었어요. 누군가가 여기서 계속 떠들고 있다, 보고 있다는 싸인을 주고 싶었구요. 사실 그 행동은 거기 올라간 두 사람만을 위한 작 은 거였어요. 그런데 배우로서의 내 위치는 이용을 해야지, 당연히. 노바 디가 하는 것보다는 그래도 트위터에서 날 아는 사람이 몇만 명 되는 사람 이 하는 게 반향이 좀 있잖아요. 그러면 당연히 이용해 먹어야죠.

지 박근혜 정권 들어서 문화예술계 블랙리스트도 만들고 해서, 부담이 될 수도 있었을 것 같은데요. 굉장한 휴머니스트라고 봐야 되는 건가요? 내게 무슨 불이익이 닥쳐올지는 모르겠지만 아는 사람이 고통에 처해 있으니 외면할 수 없고, 배우라는 타이틀을 이용할 수 있다면 최대한 이 용해야겠다고 생각한 거네요.
김 좀 경솔한 거죠. 경솔하기도 했고, 사실 그때까지는 잃을 것이 그렇게 많지 않았어요.(웃음) 잃을 게 적으니까 할 수 있는 거였지, 지금 하라고 하 면 좀 더 용기가 필요하겠죠. 지금은 잃을 게 생겼고, 가진 게 조금씩 많아 져서요.(웃음)

지 혹시 배우를 하기 어려워진다고 해도 어쩔 수 없다고 그때는 생각했 지만, 지금은 좀 달라졌다는 건가요?(웃음)
김 영화계 사람들은 좀 믿었어요. '설마 이런 걸 가지고, 날 안 쓰겠어?' 했 는데요. 최근에 보니까 못 쓰게 했더라구요.(웃음)

　　　　　　　　　　　　　　　　　　　　　　　　　　

지 송강호 씨도 〈변호인〉 나오고 나서 압력이 꽤 있었던 것 같더라구요.

김 우리가 아는 권해효 배우는 진짜로 어느 투자 배급사에서 캐스팅을 못 하게 했다고 해요.

지 최근에는 그런 게 없어진 건가요?

김 없어져야죠. 그런데 배우들이 너무 만만한 것 같아. 내가 뭐라고 지들이 밥줄을 끊어…. 진짜, 너무 열 받아요.

지 그래도 영화 배우에 대해서는 덜한 것 같은데요. TV에 나오는 사람들은 거의 공인 수준의 도덕성을 요구하잖아요. 정치하는 사람들이 무슨 일을 저질러도 금세 잊는 사람들이 배우가 뭘 잘못하면 몇 년 동안 일을 못하게 하는 경우가 있잖아요.

김 배우는 좀 나아요. 개그맨들은 더 심해요. 개그맨들은 진짜 밥줄이 끊겨요. 음주운전을 하면. 영화 배우는 안 끊겨요. 다 영화를 해요. 그게 뭐냐, 진짜 뭣 같은 건데요. 만만하니까, 제일 만만하니까.

지 쟤네는 웃기는 애들이라고 생각하는 거죠.

김 배우도 만만하니까 그런 것이고, 개그맨들도 만만하고, 가수도 만만하고, 천하다고 생각하니까 만만하게 보는 거예요. 이건 공권력이나 이런 쪽뿐만 아니라, 반대로 이쪽 진영에서도 누군가의 밥줄을 끊으려고 하는 것 있잖아요. 그건 너무 만만한 사람들만 고르는 것 같아요. 중식이 밴드 같은 만만한 사람들, 실제로 밥줄이 끊어지거든요. 진짜 비겁하다고 생각해요. 공권력만큼 사람들도 비겁하다고 생각해요.

지 그런 식의 행동을 과도기에 필요한 일이라고 얘기하니까.

〈특종: 량첸살인기〉(2015)

김 보이콧은 좋은 거죠. 좀 꼰대 같지만, 예전에는 보이콧의 대상이 88올림픽 이런 거였어. 그런데 지금은 중식이 밴드가 보이콧의 대상이란 말이지. 너무 웃기지 않아요? 되는 것만 하는 거예요. 만만하고, 자기한테 절대 해가 돌아오지 않는 거, 옛날에 88올림픽 보이콧하면 잡혀 갔어요. 중식이 밴드 밥줄을 끊어놔도 안전하잖아. 저는 안전하니까 하는 것 같아요. 짜증나요, 진짜. 콜롯세움에서 격투 같은 것을 시키는데, 부자들은 부자들대로 권력자들은 권력자들대로 그것을 하고, 가난한 사람들은 가난한 사람들끼리 모여서 더 수준 낮은 검투사들이 죽고 죽이는 것을 보면서 구경하는 것 같은 그런 생각이 들어요. 이 사람은 그냥 생각이 조금 모자라는 거잖아, 생각이 못 미치는 것이고, 현재 대한민국 대부분의 젊은 남성 수준의 평균 이하도 아니에요. 보통이야.

지 정치적 올바름이라는 이름으로 폭력을 가하는 면도 있는 것 같아요. 자기들이 먼저 깨우쳤으면 알려줄 의무가 있잖아요. 자기들이 얘기를 많이 했는데도 못 알아 듣는다고 생각하는 것 같긴 하지만, 만만한 사람 하나 조지면 이 효과를 통해서 각성할 거라고 생각하는 것 같은데, 진짜 나쁜 놈들한테는 털끝만큼의 영향도 못 주기도 하구요.
김 전혀 안 되죠. 저는 미러링 자체도 아무 가치가 없다고 생각해요. 거울을 보여주면서 부끄럽게 만드는 건데, 아무도 부끄러워하지 않잖아요. 화만 낼 뿐이고. 거울 들고 보여주는 사람들은 자기 얼굴이 점점 추악해지는 것을 못 느끼는 것 같아요.

지 본인의 연기 철학이라고 할까, 연기할 때 중요시하는 부분은 어떤 것이 있나요?
김 연기 철학이라⋯ 없는 것 같은데요.

지 나는 어떤 배우로서 자리매김을 하고 배우 생활을 해야겠다는 생존 전략일 수도 있구요. 자기만이 갖고 있는 장점이 있으니까 여러 감독님이 찾을 거구요. 김의성이라는 배우만이 지닌 지점과 매력이 있으니까 쓸 거잖아요.

김 필요하니까 쓰겠지, 하는 것이 연기 철학이죠. 두려워하지 않는 거지, 내가 이걸 할 수 있을까 하는 것이 아니고, '지들이 지금까지 날 봤는데 필요하니까 쓰겠지' 하는 거죠.(웃음) 조금 뻔뻔해졌어요. 지금도 연기를 잘한다고 생각하지는 않지만, 조금 못하면 어때, 이런 마음이 있어요. 다 쓸모가 있고, 필요하니까 캐스팅했겠지, 하는 거죠. 연기 철학이라기보다는 배우로서의 철학이라면 젊은 사람들과 현장에서 친하게 잘 어울리자, 그 다음에 꼰대 짓 하지 말자, 항상 주어진 조건에 감사하고, 가능하면 화내지 말자, 현장에서 사람들이 좋아하고 환영하는 사람이 되자, 이런 마음이 아무래도 배우로 살아가는 데 있어서 필요하다고 생각하는 거죠.

지 좋은 사람이 되면 좋은 배우가 될 가능성이 높다는 건가요? 너무 단순화시킨 건가요?

김 좋은 배우는 전혀 다른 것 같아요. 나쁜 사람도 좋은 배우가 될 수 있는 것 같아요.

지 〈관상〉 찍고 나서 송강호 씨의 연기에 대해 칭찬을 굉장히 많이 하셨는데요. 감독님들은 농담 반 진담 반으로 "저 배우는 책도 많이 안 읽는 것 같고, 영화도 많이 안 보는 것 같은데, 어떻게 이 상황을 이렇게 잘 이해하고 표현할 수 있지?"라고 하더라구요. 그분의 연기를 지켜보니까 그 사람이 연기를 잘하는 이유는 뭐라고 생각하세요?

김 타고난 거죠. 송강호는 옛날부터 잘했어요. 어렸을 때부터 잘하고, 계속 잘하고, 타고나는 거죠. 연기는 많은 부분 타고나는 것 같아요.

지 배우라는 것은 아무래도 몸을 써서 표현하는 경우가 많으니까요. 운동 선수 같은 사람들도 타고난 것이 어느 정도 있어야 톱이 될 수 있잖아요.
김 어느 정도가 아니라 결정적이라고 생각해요. 연구 결과들을 보면 공부도 그렇다고 하잖아요. 우리는 유전자의 저주에서 벗어날 수가 없어. 다 타고난 것으로 하는 거죠.(웃음) 타고난 유전자와 운이야. 노력은 조금 필요하겠죠. 그런데 그런 걸로는 극복이 안 돼요.

지 예전에도 다른 작품에 나오긴 했지만, 가장 인상적이었던 작품은 홍상수 감독님 작품이었는데요. 현장이 다른 현장과 좀 다르잖아요. 그 현장에 있다가 다른 현장에 가면 낯설다든지 이런 느낌이 안 드나요? 이상한 현장이라고 볼 수 있잖아요.(웃음)
김 처음 〈돼지가 우물에 빠진 날〉을 했을 때는 정말 큰 감동을 받았어요. 현장도 좋고, 이게 영화를 만드는 거지. 그러니까 다른 게 다 쓰레기처럼 보이는 거예요.(웃음)

지 내가 이런 감독하고 일을 했는데…(웃음)
김 나는 평생 이 사람하고만 일하고 싶고, 내가 지금 뭘 하는 건가, 그래서 영화도 안 하고, 그래서 그만둔 이유도 있어요. 다른 게 마음에 안 들어서. 그런데 나중에 나이를 먹어서 보니까, 너무 어렸던 거지.(웃음) 감독은 자기가 원하는 세계를 찾아서 가야 하지만, 배우는 이것도 하고 저것도 해야 하는 건데요. 맛있다고 하나만 계속 먹을 수는 없는 거니까요. 홍상수 감독님 영화는 가면 그대로 좋고, 사람들이 부흥회하는 것처럼 은혜받고 있고, 저도 좋구요. 다른 현장 가면 다른 현장의 기쁨이 있고, 다 다른 거죠.

지 그다음에 주인공을 했던 것이 〈바리케이드〉잖아요. 박진성 배우하고.

김 아니에요. 박진성 씨는 〈돼지가 우물에 빠진 날〉을 같이 했구요. 〈바리케이드〉는 김정균 씨와 같이 했죠.

지 아, 맞다, 맞다. 박진성 배우와는 묘하게 비슷한 시기에 배우 생활을 접었잖아요.

김 박진성 씨요? 정말 그분은 뭐하는지 갑자기 연락이 끊어졌고, 아무도 소식을 모르더라구요.

지 복귀하신다는 얘기를 언론에서 본 것 같은데, 안 나오시더라구요.

김 도대체 무슨 일이 있었던 건지, 그 형한테… 진짜 궁금해요. 전혀 짐작이 안 가요. 아무 증거가 없어. 어디에도. 갑자기 사라지셨어요.

지 연극으로 시작했잖아요.

김 많이 했죠. 아니, 많이는 아니지만, 처음에 연극으로 시작을 했죠.

지 요즘 네이버 프로필을 보면 옛날에 했던 연극은 안 올라오고, 복귀한 후 연기했던 〈우먼 인 블랙〉만 나오더라구요.

김 그것도 많이 하지는 않았지. 젊은 시절에는 짧은 기간도 길게 느껴지잖아요. 지금 1, 2년은 아무것도 아니지만 20대 때 1, 2년은 되게 길잖아요. 3, 4년… 87년부터 90년까지 연극을 했던 것 같아요. 극장에서 공연을 한 횟수는 그렇게 많지 않아요. 그 뒤로도 하기는 했죠. 95년에도 연극을 했었죠.

지 영화 연기하고 드라마 연기, 연극에서의 연기가 다른 부분이 있나요?

김 그건 잘 모르겠어요. 본질의 차이는 없다고 생각해요. 연극은 좀 무섭죠. 그게 뭐냐 하면 내가 딱 무대에 올라가면 나를 보호해줄 수 있는 것이 아무것도 없으니까, 그냥 해야 되잖아요. 나와 관객 사이에 다른 제도가 개입을 못하잖아요. 드라마나 영화는 카메라가 개입을 해주고, 틀리면 다시 하면 되는데, 연극은 그런 게 없으니까 무섭죠. 그렇게 무서운 데다가, 매일 똑같은 것을 반복해서 연기해야 된다는 것이 어떤 면에서는 재밌지만, 어떤 면에서는 지겹기도 해요.

지 어떤 분들은 관객들을 직접 상대하는 것이 재밌다고 하는 분들도 있으시더라구요.

김 짜릿함이 있겠죠. 그런데 나는 연극이 더 좋아, 연극만 하고 싶어, 이런 건 아니에요. 연극을 하면서 얻을 수 있는 것이 있으니까 제가 힘을 좀 얻고 거기서 리프레시하고 하면 돈 버는 일에 좀 더 도움이 되고… 이런 것 때문이지, '연극이 진짜 좋은 건데, 내가 연극을 안 하고 있네' 하는 생각은 아니에요. 더 좋으면 계속 했겠죠. 영화나 TV는 조금 차이가 있어요. 영화는 110점을 목표로 연기를 하고, TV는 80점을 목표로 연기를 해요.

지 그건 어떤 의미인가요?

김 TV는 준비할 시간이 적으니까요. 짧은 시간에 일을 해내야 하기 때문에요. 뭐랄까, 낙제하지 않는 것이 TV 연기에서는 일단은 중요하구요. 더 높은 점수를 받느냐는 그다음 문제예요. 영화는 어찌되었건 최선을 다해서 100점 이상에 도전해서 100점에 가까운 점수를 받을 수 있는 연기를 하게 되는 거죠. 그게 어떨 때는 60점일 수도 있고요. 60점이면 끊고 다시 하면 되니까요. TV는 어떤 경우에는 60점이어도 그냥 넘어갈 수밖에 없는 경우들이 있거든요.

지 배우 하나가 좀 마음에 안 든다고 해도 전체적인 일정이 있다 보니까 "됐어" 하고 넘어가야겠네요.

김 주어진 시간과 주어진 환경에서 해내야 하니까, 일단은 낙제점을 안 받고 기본 이상은 하는 것을 목표로 하게 되죠.

지 지난번에 나눔의 집에 티볼리를 사드렸잖아요. 돈을 엄청나게 버는 배우도 아니시면서요.(웃음)

김 타격이 컸어요.

지 그건 어떤 마음으로 하신 건가요?

김 사실은 나눔의 집이 키가 아니고, 쌍용차가 키였어요. 어떻게 시작된 거냐 하면, 내가 혼자서 1인 시위를 할 때 이창근과 김정욱이 만든 티볼리를 타고 싶다는 얘기를 했어요. 이창근과 김정욱이 복직이 된다면 그들이 만든 차를 제일 처음으로 타고 싶다고 말했습니다. 수사일 수도 있는데요. 어쨌든 이창근이 복직이 됐네요. 회사를 들어가버렸네.(웃음) 어떻게 하지, 그냥 넘어가도 아무도 뭐라고 할 사람은 없었어요. 그런데 하나는 호승심이죠. 나는 약속을 지키는 사람이야, 라고 하는 호승심이 있었구요. 그것보다 더 중요했던 건 그게 전체 해고자들의 복직이 아니었거든요. 생각보다 그 이슈가 크게 다뤄지지 않았어요. 그래서 이 이슈를 키워야겠다, 쌍용차가 어찌됐건 일부 해고자를 복직시킨 것은 굉장한 발전이니까. 한편으로는 쌍용차 사측을 칭찬도 하고, 한편으로는 이런 얘기들이 조금 더 뉴스에 많이 나와서 조금 더 화제가 돌게 하자…. 많이 떠드는 것이 중요하니까요. 그러면 내가 속은 바짝바짝 타겠지만, 한번 해보자고 결심을 했어요. 원래는 내가 사서 그걸 타면 되는데 나는 이미 좋은 차가 있으니 이걸 어떻게 할까… 작은 형을 줄까, 이러다가 사람들하고 의논을 하는데, 뭔가

악당 7년

좋은 데에다 쓰면 뭐랄까, 이 뉴스 크기가 배로 부풀려질 수 있겠다, 쌍용차에 플러스 알파가 되어서 판이 커질 수 있겠다고 생각하고는 어디가 좋을까를 고민했죠. 처음에는 와락센터에다 할까, 아니면 노동조합에 기증할까 하는 생각도 했는데요. 내가 그편에 서 있는 것 같은 느낌이 드는 거예요. 제가 거기서 먼 사람인 것 같아야 느낌이 좋잖아요. 그래서 어린이집이나 양로원 같은 데 기증을 할까 했는데, 그것도 너무 의미가 멀구요. 그래서 생각을 해낸 것이 정대협에 기증을 하면 어떻겠냐고 했더니 마침 정대협 봉고차가 20년 정도 되어 언제 멈출지 모르는 상황이라, 할머니들 모시고 병원도 가고 사람들 만나러 다녀야 한다고 하더라구요. 그래서 그게 좋겠다고 생각했죠. 정대협, 위안부 이슈라면 우리나라에서 반대하는 사람은 없잖아요. 그래서 고심 끝에 실행했는데, 결과적으로 약간 실패한 것 같아요

지 어떤 면에서?
길 저는 되게 멋있는 사람이 됐는데요.(웃음) 쌍용자동차 문제는 쏙 들어가고, 제가 위안부 할머니들에게 차를 드린 것만 부각이 됐어요. 저는 쌍용차 문제가 더 크게 얘기가 되기를 바랐는데, 뜻대로 안되더라구요. 결국은 뭐랄까, 소기의 목적을 제대로 거둔 것 같지는 않아요. 저는 좋은 사람처럼 보이게 됐지만.

지 홍상수 감독님의 영화에 가장 많이 출연한 배우가 되고 싶다고 어느 인터뷰에서 말씀하셨는데요. 홍상수 감독님의 현장은 어떤 점에서 다른가요? 이창동 감독님의 경우 테이블 위에 있는 비닐에 감정이 실리지 않는다는 지적을 하신다고 하더라구요.(웃음) 자기가 원하는 설정이 나올 때까지 집요하신 편이라고 들었습니다. 홍상수 감독님도 어떤 면에서는

굉장히 예민한데, 이번에 〈당신자신과 당신의 것〉을 찍을 때 김주혁 씨
가 〈1박2일〉 촬영 중 다리를 다쳐 왔더니 즉석에서 다친 걸로 설정을 바
꾸셨다고 하더라구요. 김민정 배우가 눈병이 나서 오니까 설정을 바꿔
서 찍으셨다고도 하구요. 촬영 여건 때문에도 그럴 수 있지만, 중요시하
는 지점이 다른 데에 있는 게 아닌가 하는 느낌도 들더라구요.
김 홍상수 감독 영화 스탭 중에 다른 현장과 달리 없는 스탭이 있어요. 미
술 스탭이 없어요. 미술을 아예 안 해요. 뭘 만들어서 찍는 것이 없어요. 뭘
어디 갖다 놓고 찍는 것도 없구요. 있는 대로 찍습니다. 어딜 가서, 집에 들
어가서 찍어도 집의 가구를 재배치하거나 바꾸지를 않아요. 살던 대로 두
고 찍어요. 뭔가 영화를 대하는 철학이 있을 거라고 생각합니다. 잘은 모
르겠는데요.

지 아무리 작은 영화도 세팅을 하긴 하잖아요.
김 소품이라는 것이 아예 없어요. 세팅하는 것은 술병 정도죠.(웃음) 질문
이 뭐였죠?

지 다른 감독님과 홍상수 감독님 영화 현장의 차이점은 어떤 건가요?
김 사람마다 느끼는 게 다를 거라고 생각해요. 나는 일단은 홍상수라는 사
람이 굉장히 용감한 사람이라고 생각해요. 우리는 계속 거짓말을 하면서
살잖아요. 계속, 하루 종일 거짓말을 하면서 살아요. 심지어는 일기장에도
거짓말을 하잖아요.

지 누가 보니까…
김 안 보더라도 하다 못해 일기장에도 나 자신에게 거짓말을 해. 나 스스
로를 윤색을 해.

지 내가 이렇게 괜찮은 사람이다. (웃음)

김 나는 일기장에도 거짓이 되게 많은 것 같아요. 그런데 홍상수 감독은 사람들이 보는 영화에 자신을 무척 솔직하고 용감하게 투영하는 것 같아요. 그런 용기를 좀 배우는 것도 있구요. 배우로서 원초적인 경험들을 하는 순간들이 생겨요. 유명한 일화지만 홍 감독님은 대사를 그날 아침에 써서 주니까요. 외울 시간이 없어요. 씬은 되게 길고, 대사를 길게 써서 주니까, 죽어라고 외워서 연기해야 해요. 그걸 하는 순간에는 이 대사와 상대방에 대해 집중하는 것, 이 두 가지밖에 못 하는 거예요. 그러니까 딴 생각을 할 수 없죠. 다른 생각을 못 하는 순간 뭔가 나와요. 그런 나를 발견하는 것, 이런 것이 내 직업에 뭔가 자양분이 되는 거지, 그런 순간들에 대한 경험이. 그런 면에서 좋고요. 사실 그 현장이 너무 좋고 그런 것도 있지만, 뭐랄까, 내 갈증이나 허영심을 채워주는 역할을 하신다고 생각해요. 홍상수 감독님의 영화는…. 배우로서 내가 뭔가 연기를 어마어마하게 실연하거나, 중요한 일을 하고 있다고 느끼기는 어렵거든요. 직업이고, 돈을 받고, 내가 필요한 만큼 연기를 하고, 작품이 잘 되면 좋고… 이런 위주가 될 수밖에 없어요. 살다 보면. 연기한다는 것의 신선함, 이런 것은 점점 퇴색하구요. 특히 내가 예술 한다는 생각도 하긴 힘들구요. 홍상수 감독은 객관적으로라는 말이 통할지는 모르겠지만, 아무튼 저는 대단한 예술가라고 생각해요. 소위 계급장을 뗀다고 하잖아요. 계급장을 떼고, 한국인으로서의 성취 수준을 넘어 세계적으로 봤을 때도 당대뿐 아니라 옛날까지 통틀어서 진짜 어마어마한 사람들, 피카소 같은 사람들과 견줄 수는 없을지 몰라도, 그런 정도의 사람들과 예술가로서의 성취로 겨룰 수 있는 사람이라고 생각해요. 그런데 그런 사람이 우리 주변에 있다는 게 얼마나 멋진 일이에요. 심지어 내가 아는 사람인 데다가, 전화 통화까지 할 수 있다는 것은 너무 신기한 일일뿐더러, 이 사람이 내가 쓰는 언어로 끊임없이 예술

작품을 만들어내고 있잖아요. 내 생애 주기와 같이 가면서 말이에요. 정말 너무 멋진 일이죠.

지 예술적 동지로서 같이 동참을 하시는 거니까.
김 동지라기보다는 거기에 제가 끼는 거죠. 살짝.(웃음) 기술적으로 끼어드는 거예요. 배우로서의 기술을 기여하는 거니까, 일종의 재능 기부를 하는 거죠. 어떤 사람은 조명으로 재능 기부를 하고, 어떤 사람은 촬영으로 재능 기부를 해서 홍상수라는 어떤 멋진 예술가가 뭔가 자기 것을 만들어 낼 때 우리가 명함을 살짝 살짝 끼워넣어요. 어떤 때는 그렇게 하면 깐느 같은 데도 가고, 어떤 뛰어난 인물의 예술적 성취에 내가 기여하고 있다, 그런 맛이죠. 사실 홍상수 감독님의 영화가 좋긴 한데, 이해는 잘 안 가요.

지 〈당신자신과 당신의 것〉이 해외에서는 극찬을 받았는데, 한국에서는 흥행에 좀 실패를 했는데요.
김 이번 영화가 내가 제일 잘 이해할 수 있는 영화였어요. 너무 잘 알겠더라구요. 나만의 해석이지만, 너무 명쾌하게 해석되어서 되게 좋았어요.

지 여자 주인공 캐릭터는 사람들이 혼란스러워 했잖아요. 어떤 부분까지 꿈이고, 어떤 부분이 현실인지조차 헷갈리니까요.
김 이유영 씨가 맡았던 그 역할은 사람이 아니라고 생각했어요. 관념, 진리, 신, 이런 거라고 생각했어요. 나머지 남자는 다 인간이구요. 인간이 진리를 만났을 때, 인간이 신을 만났을 때, 어떤 절대적인 것을 만났을 때 인간들이 범하는 실수와 결국은 무장해제하고 항복하고 섬기는 인간들의 모습이 그대로 대응되더라구요. 그렇게 해석하니까.

악당 7년

〈당신자신과 당신의 것〉(2016)

지 어떤 매체에서 얘기한 대로 '관계에 대한 명쾌한 우화'라고 생각하시는 거군요.

길 저는 완전히 우화라고 생각해요. 물론 감독님은 그런 생각으로 안 만드셨을 수도 있어요. 남자들이 그러잖아요, 만나면. "우리 어디서 봤잖아요. 나 알잖아요." 절대적인 것을 자기가 안다고 생각해요. 그런데 누구세요, 라고 절대적인 것은 나한테 되묻는 거야. 너무 재밌잖아요.(웃음) '니가 뭘 알아, 나를.' 이런 거죠. 그리고 '이건 이래야 되고, 저건 저래야 되고…' 막 법칙을 만들고, 술은 일주일에 몇 번 먹는데, 잔을 세면서 먹고 이러다가 결국에는 '맘대로 하세요. 옆에 계셔만 줘도 너무 좋아요.'라고 무릎 꿇고 엎드려버리잖아요. 이건 기독교 신에도 대입이 되고, 온갖 초월적인 것과 그것을 대하는 비루한 우리와의 우화라고 해석이 되더라구요.

지 감독님의 상황과 맞물리다 보니까 '니들이 뭘 알아. 잘 알지도 못하면서.'라고 '남들에 대해서 함부로 얘기하지마.' 이렇게 말한 걸로 해석하시는 분들도 있더라구요. 홍상수 감독님 영화에 나온 배우들은 연기에 대해서 많이 배운다고 얘기를 많이 하는데요. 그건 어떤 점인가요?

길 아까 얘기했던 것처럼 자기를 용감하게 개방해야 되는 순간이 생기니까 배운다기보다는 그 순간을 경험하는 거라고 생각해요.

지 배운다기보다는 그 순간의 깨달음 같은 것을 얻는다는 거네요.

길 그렇죠.

지 자기 자신에 대해서나 자신의 연기에 대해 좀 더 생각하게 되는 시간이겠네요.

길 일반적으로 영화를 만들 때는 지도를 그려놓고, 연출은 연출대로 지도를 그리고, 배우들은 대사를 먼저 보고, 지도를 그려서 그 지도의 어느 지점을 찍어놓고 그 지점에 도달하는 것을 모두가 다 목표로 삼거든요. 홍상수 영화는 그럴 방법이 없어요. 우리가 목표 지점을 몰라. 그러니까 그냥 이걸 하는 거예요. 감독도 자기는 모른다고 해요. 아는지 모르는지조차 모르겠지만, 모른다고 주장을 해요. 그래서 영화의 과정이 목표에 도달하는 과정이 아니라 그 과정 자체가 영화인 거예요. 그 과정을 느끼는 경험을 해본다는 것은 배우들한테도 되게 소중한 일이죠. 맨날 어떤 목표점만 놓고 일했지, 그 과정 자체가, 발견한다는 것이 얼마나 중요한 건지, 배우 일을 하다 보면 그 기쁨을 잊고 살거든요. 홍상수 영화는 그 순간에 발견하는 기쁨 같은 것들을 느낄 수가 있어요.

지 이를테면 한재림 감독이라든지 다른 감독님들의 현장에서도 뭔가를 느낄 수 있을 것 같은데요.
김 감독마다 다 다르죠.

지 찍으면서 인상적이었던 현장이 있나요?
김 인상적이었던 현장들은 많죠. 많은 현장이 인상적이었어요. 감독님들에 대해 얘기를 하면, 홍상수 감독이야 워낙에 그런 양반이고, 한재림 감독은 연기를 굉장히 정확하게 보고 자기가 원하는 바가 뚜렷하면서 디테일한 게 있어요. 연기하면서 감독이 주는 디렉션을 통해 배우는 것이 되게 많아요. 최동훈 감독은 영화를 굉장히 잘 아는 사람이라는 생각이 들어요.

지 꼼꼼하시잖아요.
김 꼼꼼하시긴 한데요. 꼼꼼하다기보다는 수다쟁이예요.(웃음) 한순간도 멈추지 않아, 수다를. 그리고 배우와 계속해서 뭔가를 나누려고 하고, 그게 꼭 지금 이 장면에 국한되지 않고, 끊임없이 소통을 하는 그런 사람이에요. 그래서 같이 있으면 진짜 편하고 좋은 사람이죠. 재주도 많으시고.

지 〈부산행〉은 어땠나요? 연상호 감독의 첫 실사 영화라 걱정하신 분들도 많았던 것 같은데요. 실사영화 현장에는 익숙하지 않아서 시행착오도 있었을 것 같구요. 그런데 결과물이 너무 좋았잖아요.

김 우리도 다 걱정을 많이 했죠. 연상호 감독은 워낙에 이상한 뻥을 치는 사람이잖아요.(웃음) 자기 마음하고 전혀 상관 없는 이상한 소리를 막 해요. 자신 없을 때 더 자신 있는 척하고 그러니까, '이걸 믿어도 되나?' 하는 생각이 들더라구요. 처음 시작할 때부터 이상한 자신감을 보이는데, 자기는 준비를 하나도 안 했다고 하구요. 배우들도 좀 걱정을 했었구요. 스태프들도 좀 걱정을 했겠죠. 촬영 현장을 5회차, 10회차 진행하면서 보니까 이 사람이 자기 영화는 어떤 것인지를 완벽히 준비해놨구나, 철저하게 준비가 되어 있고 준비한 대로 잘 찍고 있구나 하는 생각이 들었어요. 감독에게 믿음이 생기니, 이 사람이 시키는 대로 하자, 생각하게 되더라구요. 그래서 감독이랑 의견을 부딪치는 일도 거의 없고, 내 의견을 내세우지도 않고 시키는 대로 했어요. 사실은 용석도 마찬가지고, 〈부산행〉에 나오는 인물들, 캐릭터들이 되게 평면적이에요. 다. 입체적인 캐릭터가 없어요. 단순하고 기능적이고 감정도 되게 단순하고 인물에 깊이가 없어요. 종잇장같이 납작한 인물들이에요.

지 장르 영화의 특성 아닌가요?
김 인물 성격의 레이어 같은 것도 없어서 "이렇게 하지 말고 복합적으로…"라고 하니까 연상호 감독이 "안 됩니다. 이렇게 해주세요." 하면서 화를 내시더라구요.

지 화를 내면서…

김 자기 애니메이션에 나오는 캐릭터들처럼 단순하게 연기를 해달라는
거예요. 처음에는 불만도 있었죠. 애니메이션의 2D 캐릭터처럼 연기하라
고 하니까. 그런데 이 사람이 자기 영화 한 편을 만들어서 우리한테 거기
로 들어와 달라고 하는 것을 느꼈어요. 그리고 이 사람이 얼마나 많이 준
비했는가도 이해가 되어서 그냥 믿고 따라주자, 그렇게 생각하고 나니까
마음이 편해지더라구요. 그래서 아무 생각 없이 편안하게 했어요.

지 감독도 그렇고, 배우도 예술가니까 현장에서 예술관이 충돌하는 경우
도 있잖아요. 특히 경험이 없는 감독과 베테랑 배우 사이에 갈등이 있을
수도 있는데, 그럴 경우에는 어떻게 조율하시나요?

김 〈부산행〉에서는 그런 경우가 없었어요.

지 아니, 다른 현장에서요.

김 저는 지금까지는 대부분의 경우, 감독이 원하는 바가 무엇인지를 잘 듣
고 거기에 맞게 하도록 노력했던 것 같아요. 물론 배우들마다 조금씩 철학
이 다르겠지만, 영화는 잘 되건 못 되건 감독이 책임을 지는 일이라고 생
각해요. 그건 감독이 해야지, 누가 어떻게 뭘 하겠어. 그리고 나는 이 사람
이 후회 없도록 가능한 한 최선을 다해서 이 사람이 원하는 그림을 맞춰주
겠다고 생각을 하는데요. 요즘 들어서는 조금씩 다른 욕심들도 생기고, 내
캐릭터가 좀 더 일관성과 매력이 있었으면 좋겠다는 생각을 합니다. 배가
불러서 생기는 욕심들이죠.(웃음) 지금까지는 맡았던 캐릭터들은 그 장면
을 잘 해내면 되는 캐릭터들이었어요. 아무래도 역의 크기도 그렇고, 컨티
뉴이티(continuity)가 중요하지 않은 캐릭터들이 많았습니다. 그 순간 퍼포
먼스를 잘하면 되는 연기였는데요. 이제는 점점 역할 비중도 커지고, 인물

〈부산행〉(2016)

이 역사를 갖는 인물을 맡게 되면 이 인물의 앞뒤를 어떻게 맞춰서 풀어갈 것인가에 대한 고민들이 조금 더 생기죠. 그런 면에서 감독들하고 사전에 조율해야 할 것들도 생기구요.

지 연기를 보고 배울 만한 교본이 없어서 배우들이 모여서 같이 공부를 하기로 했다고 말씀하셨는데요. 배우들이 연기를 어떤 식으로 공부를 해나갈 수 있나요? 연기를 발전시키기 위해서 뭔가 부족하다는 생각이 들었으니까 워크샵 같은 것도 꾸리려는 걸 텐데요.

김 사실은 일상적으로 꾸준히 훈련을 할 수 있는 계기가 있었으면 좋겠다 는 생각 때문에 시작을 하게 된 거예요. 예를 들어 세계적인 바이올리니스 트가 있어요. 세계 최고예요. 매일 연습하거든요. 하루도 쉬는 날이 없을 거예요. 그런데 우리는 안하거든. 우리는 그냥 놀거든.(웃음) 이거는 뭔가 좀 문제가 있는 것 아닌가, 혹시 우리가 더 잘할 수 있는데 못하고 있는 것 은 아닌가, 이런 생각이 드는 거죠. 만약에 그런 훈련을 일상화해서 같이 좀 꾸준히 몸도 만들고, 연기도 연습하고, 얘기도 더 하고 이러면 내가 조 금 더 좋은 배우가 될 수 있는 준비를 스스로 갖출 수 있지 않을까? 그렇게 생각을 하면 안 하는 게 너무 이상한 것이 되는 거니까요. 물론 배우는 인 간을 다루는 거니까 조금 다르긴 하지만, 분명히 기술적인 측면도 있단 말 이에요. 그런 면에서 배우들끼리 조금 더 많이 얘기하고, 특히 현장에 딱 나가서가 아니면 일상에서 스스로 연기를 해보지 않게 돼요. 시나리오를 눈으로만 보게 되구요. 그렇다고 우리가 연극을 하기에는 시간적인 부담 이 크구요. 현업에서 뛰는 배우들이 조금 더, 뭐랄까요. 초보 단계 말고 조 금 발전된 단계에서 같이 연습해보고 경험을 서로 나누면서 좀 더 스스로 도 더 발전하고, 우리 업계에도 좀 더 좋은 문화를 만들면 어떨까, 좋은 움 직임을 만들면 어떨까, 배우들이 다 함께 공부하고 열심히 준비하고 연습하고 일상적으로 할 수 있지 않을까, 하는 생각을 한 거죠.

지 배우들 개개인이 모여서 하는 것도 의미가 있겠지만, 배우협회나 영화계 전체 차원에서 함께 고민하고, 일정한 회비를 받는다든지 해서 성과가 공유되는 것도 영화계의 발전에 도움이 될 것 같은데요. 영화에서는 연기의 비중이 크니까요.

김 첫째는 내가 뭔가를 책임지고 뭔가 기여하겠다고 생각하면 너무 힘이 들어요. 그냥 내가 이런 움직임을 시도함에 따라 이 움직임 자체가 씨앗이 될 수 있다고 하면 모르겠는데요. 그걸 내가 직접 케어해야 한다고 생각하기에는 내 앞가림을 하기가 너무 바빠요.(웃음) 둘째는 영화배우협회에는 실제로 현업에서 연기를 하는 배우들이 거의 없어요. 회장님이 거룡님이시잖아요. 회장님이 거룡님이라고 하면 이 협회가 어떨 거라는 것이 짐작이 가잖아요. 영화와 거의 관계 없는 분들이 계시기 때문에 현업에서 종사하는 배우들은 협회에 대한 소속감 같은 것을 전혀 못 느끼고 있어요. 그렇다고 협회를 없앨 수도 없고, 협회를 빼앗아온다는 것도 어려운 일이구요.

지 난리가 나겠죠. 좌파들이 선배들을 무시하고…(웃음)

김 뭔가 그런 움직임이 필요할 것 같아요. 현업 배우들이 중심이 되는 조합, 배우 조합. 지금 감독 협회와 감독 조합이 따로 존재하듯이 배우들도 그런 게 좀 있어야 하지 않을까 싶어요. 그러면 현업에 함께 종사하는 사람들끼리 상호 부조도 하고, 좋은 일도 좀 하고, 스스로의 권리를 지키는 것에 대한 압력 단체로서의 역할도 좀 하고, 그럴 수 있으면 좋을 것 같은데요. 내가 하기는 싫고, 누구를 살살 꼬셔서 만들게 할까 그런 생각을 하고는 있어요.(웃음)

지 흔히들 영화는 감독의 예술이라고 하는데요. 대중들에게 일차적으로 보이는 것은 배우잖아요. 영화 안에서의 감독과 배우의 비중은 어느 정도를 차지한다고 생각하세요?

김 영화에서, 특히 상업영화에서 배우, 스타라는 것은 너무 중요해요. 영화는 배우를 통해서 구현되는 거니까 정말 중요하죠. 결과물에서는 항상 배우가 주인공이니까. 그런데 촬영 현장에 가보면 배우는 절대 현장의 주인이 아니에요. 배우는 촬영의 처음부터 끝까지 있지도 않구요. 배우를 제외한 거의 모든 사람들은 촬영 첫 날부터 마지막 날까지, 시작부터 끝을 함께해요. 아무리 주연 배우라도 그만큼 현장에 있지는 않아요.

지 촬영 씬이 없는 날도 있고.

김 배우는 현장의 주인이 아니고 손님인데, 엄청 중요한 손님이죠.(웃음) 다들 너무 너무 대접도 잘 해주고, 손님 대접을 제대로 해줍니다. 가면 "이리 오십시오. 앉으십시오. 분장 해드리겠습니다. 옷을 입혀 드리겠습니다. 이리 오시면 조명을 비춰서 찍어 드리겠습니다. 끝났습니다. 수고하셨습니다. 돌아가십시오." 엄청난 귀빈이죠. 손님으로서의 자기 자리를 인정하고, 주인들을 존중하고 손님으로서 최선을 다해서 대접받고, 최선을 다해서 자기 일을 하고 돌아가는 것이 필요하지 않나 생각해요. 섣불리 내가 주인이라고 생각하지 말고.

지 앞으로 함께 작업하고 싶은 감독님들은 어떤 분이 있나요?

김 유명한 감독님들, 나이가 더 많은 감독님들과 하고 싶죠. 박찬욱 선배나 봉준호 감독 같은 분들하고 일해보고 싶어요. 어떨까 궁금하니까. 모르겠어요, 그 밖에는 특별히. 제가 운이 좋아서 좋은 감독님들과 일을 많이 해봤어요. 되게 훌륭한 감독들하고 일을 많이 해봐서 그 감독들하고 계속

하고 싶은 것은 기본이고요. 진짜 운이 좋았던 것 같아요. 이상한 사람 별로 안 만나고, 훌륭한 감독들을 많이 만났죠.

지 김기덕 감독님과는 안 해보셨죠.
김 같이 만나서 술을 마시고 놀면 됐지, 작품은 별로 안 하고 싶어요.(웃음) 이미 얘기를 했어요. 저는 김기덕 감독님 영화가 너무 힘들어요. 배우로서 예술에 대한 저의 기여는 홍상수 하나로 충분하지 않나 하는 생각이 들어요. 많이 기여를 안 해도 충분히 넘쳐요. 홍상수 하나만으로도.(웃음) 김기덕 감독님 만나니까 너무 재밌고, 좋아요. 그래서 같이 술이나 먹고 노는 것은 되게 좋은데, 영화는 왜 우리가 굳이 같이 해, 가끔 술이나 먹고 놀면 되죠.(웃음) 같이 안 하고 싶은 감독이죠. 나쁜 뜻이 아니라, 김기덕 감독님도 그렇고, 이창동 감독님도 같이 안 하고 싶어요. 힘들 것 같아서, 이창동 감독님은 존경하고 영화 보면 될 것 같구요. 별로 같이 안 하고 싶어요. 너무 힘들고 너무 답답할 것 같아요.

지 어떤 점에서요? 정서적으로?
김 정서적으로도 그렇고, 여러모로 배우들을 힘들게 할 것 같아요.

지 그건 홍상수 감독님도 마찬가지잖아요. 대본도 아침에 갑자기 주는데, 엄청나게 긴 대사를 외워야 하고….
김 촬영 기간이 짧잖아. 기껏 고생해봐야 일주일이거든.(웃음) 그리고 내가 뭔가를 해내야 된다는 생각이 없어요. 홍 감독님이 알아서 잘 하겠지, 나는 외워서 시키는 대로 하고, NG 나면 다시 하고… 내가 별로 하는 것이 없는 거예요. 나사못 같은 거지. "아우, 돌리세요." 이러고 있는 거죠.(웃음)

지 욕심이 생겨서 좀 더 다양한 캐릭터의 연기를 하고 싶다고 하셨는데
요. 어떤 역할을 맡고 싶으신가요?

김 특별히 뭘 하고 싶다는 것은 별로 없어요. 그런데 자연스럽게 김의성
하면 악역, 이렇게 될 만큼 하고 나니까 슬슬 이 배우를 뒤집어서 써보고
싶다는 사람들이 생겨나는 것 같아요. 그래서 지금 들어오고 있는 역들은
다 악역이 아니에요. 이러다 또 악역을 하겠지만, 특별히 해보고 싶은 역
할? 여배우랑 대사를 해보고 싶어요.(웃음)

지 로맨틱 코미디 같은 거요?

김 여배우들과 얘기할 기회가 별로 없어요. 다 남자들만 있어서 맨 남자들
끼리만 얘기하는 거예요.

지 〈당신자신과 당신의 것〉에서도 권해효와 유준상 씨는 여주인공과 술
도 마시고, 대화를 하는 장면이 나오는데…

김 나는 김주혁이랑만 얘기를 했잖아요. 저는 여배우랑 얘기를 하고 싶어
요.(웃음) 딸이라도 좋구요. 남자 배우가 너무 많아.

지 드라마 〈W〉에서는 한효주 씨 아버지 역할 하셨잖아요.

김 그랬죠.

지 지금까지 했던 작품 중에서 가장 마음에 드는 작품은 어떤 건가요?

김 어려운데요. 진짜 다 좋아요. 결과물에 대해서 긍정적으로 생각하는 편
이기도 하구요. 다 좋은데, 제 작품이라고 이야기를 하려면 최소한 어느
정도 이상은 비중을 가지고 있는 것이어야 할 것 같아요. 하루 이틀 나가
서 촬영했는데, 내 작품이라고 얘기할 수는 없잖아요. 흥행이 잘 되지 않

아서 아쉽지만 〈소수의견〉 같은 작품은 특별히 애정이 많죠. 〈부산행〉도
너무 좋아하는 영화이고요. 배우로서 더 발전된 커리어를 갖게 해준 영화
인 데다가 대중적으로도 많은 사랑을 받았구요. 그런 면에서 특별하구요.
다 좋았어요.

지 캐릭터로 한정지으면…?

김 캐릭터도 다 좋았던 것 같아요. 제 마음에 안 들었던 캐릭터는 별로 없
었던 것 같아요. 있나, 뭐가 있나? 저는 캐릭터를 되게 좋아하는 편이에요.
캐릭터를 좋아하지 않으면 연기하기가 어려워서요. 다 좋았어요. 〈건축
학개론〉의 교수도 좋았고, 〈관상〉의 한명회도 좋았고, 내가 캐릭터들한테
잘 해주지 못한 것이 좀 미안하지, 캐릭터들은 다 훌륭했죠.(웃음)

지 배우로서 본인의 장단점은 뭐라고 생각하세요?

김 좀 부끄러운 얘기지만, 이성적인 것이 장점이라고 생각해요. 제 자신이
이성적이고, 그런 식의 배우 외적인 교육과 경험들이 꽤 쌓여 있는 그런
사람인 것이 뭔가 배운 사람의 역할, 즉 좋은 사람이건 나쁜 사람이건 배
운 사람… 뭔가 그런 역할을 하는 데 도움이 되는 것 같구요. 연기를 너무
노련하게 못하는 것도 약간 제 장점인 것 같아요. 그래도 좀 쌩쌩한 느낌,
익숙한 것이 아니라 쌩쌩한 느낌을 준다는 것이 장점일 테구요. 단점 또
한, 감정이 지배하는 인간이 아니라 이성이 지배하는 인간인 것이 배우로
서는 큰 단점이죠. 조금 더 감정적으로 자유롭고 열려있는 사람이라면 배
우 하기 더 좋을 텐데, 그런 면에서는 좀 답답하고 속상하죠.

지 서울대 출신 배우기도 하고, 지성파 배우라는 이미지가 장단점이 될
수도 있을 것 같은데요. 예전에 문성근 배우도 그런 이미지가 배역에 가

악당 7년

둔 면도 있었지 않나요.

길 문성근 형은 정치를 해서 그렇죠. 연기로는 너무 너무 뛰어난 분이죠. 감성도 굉장히 쎈 분이예요. 성근이 형은 제가 감히 목표로 삼기 어려울 정도로 훌륭한 배우라고 생각해요. 다행히 그분이 계속 정치를 하셔서 제가 밥을 벌어먹고 사는 거죠. 안 그랬으면 내가 설 자리는 없었을 거예요. 성근이 형이 마침 정치를 해주셔서 제 설 자리가 생긴 거죠. 성근이 형이 했을 역할들이 제게 왔을 거예요.(웃음)

지 연배의 차이가 좀 있긴 하지만, 예전에 이경영 배우가 다작을 했던 느낌과 비슷한 느낌을 주기도 하는 것 같은데요.

길 그렇게 예전도 아니에요. 내가 다시 시작할 때와 경영이 형이 다시 시작하신 것이 한 1, 2년 차이가 나나, 그 정도밖에 차이가 나지 않아요. 경영이 형이 다시 활동을 시작한 게 그리 오래 되지 않았어요. 저는 바로 뒤쫓아서 형 따라 열심히 하고 있는 거죠.

지 어떻게 보면 그분의 자리를 조금씩 뺏고 있는 것 아닌가 하는 느낌도 있는데요.(웃음)

길 못 뺏죠. 빼앗을 수가 없죠. 경영이 형 또래에 그런 배우는 없으니까요. 빼앗고 싶죠. 싹 빼앗아 버리고 싶은데, 안 돼요.(웃음) 그것과 관련해서 좀 웃기는 얘기가 있었어요. 경영이 형 연기하는 것을 되게 좋아하는데, 어떤 것은 '이건 좀 이상해' 하는 느낌을 줄 때가 있었어요. 〈해적〉이라는 영화에서 형이 연기하는 게 좀 웃겼어요. 약간 놀리려고 카톡을 보냈어요. "형, 이경영의 시대는 간 것 같아." 라고 했더니 대답이 "그렇다고 니 시대가 오는 건 아냐."라고 왔어요.(웃음) 경영이 형이 저를 못 웃기는 사람인데, 센스에서 저를 너무 많이 웃게 만드는 순간이었어요.

지 앞으로도 지금처럼 활발하게 활동하는 시간들이 계속될 거라고 생각하세요? 조금 전에 이경영 배우가 얘기한 것과는 반대로 김의성의 시대가 한 번은 올 거라고 생각하십니까? 활짝.(웃음)

김 활짝까지는, 모르겠어요. 더 운이 좋고, 열심히 하고, 어느 순간 동업자들과 관객들을 좋은 방식으로 자극할 수 있다면 더 열릴 수도 있겠죠. 그것에 대해서 제가 미리 '내가 어떻게 그렇게 될 수 있어?' 라고 생각하고 싶지는 않아요. 그런데 한계는 있죠. 내 역량 자체에 한계가 있고, 제가 보기에…. 나이도 한계가 있고 그러니까 너무 늦게 너무 낮은데서 시작했기 때문에 올라가는 데는 한계가 있어요. 끝까지 치고 올라갈 수는 없다고 생각해요. 그럼에도 정말 너무 좋고 멋진 일은 아직 올라가고 있다는 사실, 이 나이에. 그건 진짜 행복한 일이지. 내 커리어의 하이를 조금 더 높은 지점에서 찍고는 싶어요. 그런데 그게 어마어마한 지점은 아니고, 지금보다 더 높은 데서 찍어놓으면 내려올 때 시간이 걸릴 거잖아요.(웃음) 가능한 한 천천히 내려오면서 꾸준히 일해서 먹고살고, 즐거운 경험들을 계속 하면서 늙어가고 싶어요.

지 배우가 되는 데 롤 모델이 된 분은 있나요?
김 배우 하겠다는 자각이 없어서 누구를 보고 연기를 배우거나 이런 적은 없었어요. 나이 먹으면서, 연기 해가면서 저런 배우를 닮고 싶다는 배우들은 있었죠.

지 어떤 배우들인가요?
김 어떤 배우들의 어떤 면들을 닮고 싶은데요. 잭 니콜슨 같은 배우가 나이 먹은 모습 같은 것 있잖아요. 그런 것을 되게 닮고 싶구요. 잭 니콜슨을 제일 닮고 싶어요. 나이 먹어도 계속 까칠하게 이상한 상태에서 살아가고 있는 것, 뭔가 익숙해지지 않고, 편한 노인네가 안 되고, 계속 까다롭게 남아 있는 것, 이런 걸 닮고 싶죠.

지 올드해지지 않고, 치열하게 계속 연기를 한다는 면에서.
김 요즘은 별로 좋은 연기를 보여주고 있지는 못하지만요.

지 함께 활동하는 배우들 중에서는 저 친구의 이런 점은 배우고 싶다거나, 같이 연기하고 싶은 배우는 어떤 배우가 있나요?
김 송강호 배우는 아까도 얘기했지만, 굉장히 존경하는 배우구요. 그 밖에 황정민, 설경구, 김윤석 등 정말 한국 영화계를 지배하는 전성기의 배우들이 있죠. 아, 최민식 선배가 맨 위에 계시고⋯. 그런데 굳이 같이 연기하라면 젊은 배우들과 하고 싶어요. 그분들은 너무 기가 쎄서 좀 무서워요. 진짜 어둠의 힘들이야.(웃음)

지 사회가 그런 면도 있고, 작품이 그런 분위기를 반영해서 그런 것은 아닐까요?
김 그럴 수도 있을 거예요. 어쨌든 젊은 배우들과 일을 많이 해보고 싶어요. 젊은 배우들이랑 일하면 좋더라구요. 젊은 배우들을 좀 좋아하기도 하구요. 지금까지 들어본 얘기로는 내가 젊은 배우들이 더 높은 퍼포먼스를 할 수 있도록 잘 도와준다고 해요. 스스로 생각하기에 그런 면은 되게 좋은 점이죠.

지 새로운 세대와 소통을 하는 것이 자신을 리프레시하는 방법이기도 하면서 전략적으로도 취해야 할 장점도 있는 것 같은데요.
김 젊은 배우들의 시대가 될 때 그들과 좋은 파트너로서 영화를 할 수 있을 거라는 면에서 좋은 전략이죠.

 그런 태도를 갖는 것도 쉽지 않잖아요. 젊은 사람들과 소통을 하는 것
도 쉽지 않구요. 처음에는 '저 아저씨가 왜 우리한테 접근을 하지?' 하면
서 오해할 수도 있구요. 대선배라 부담스럽기도 했을 텐데요. 젊은 친구
들과 잘 소통할 수 있는 비결은 무엇이 있나요?

 기본적으로 배우들은 열린 존재들이니까요. 닫아놓고는 연기를 할 수
없으니까요. 거기서 내가 굉장히 이상한 태도로 그들을 막지만 않으면 서
로 간에 공감할 수 있는 지점이 생기는 일은 어렵지 않은 것 같구요. 기술
이 아니라 저는 진짜 그들을 좋아해요. 제가 좋아하는 걸 느끼니까 그 친
구들도 같이 어울리게 되는 것 같구요. 저는 '이 놈이 왜 연락을 안 해.' 생
각하지 않구요. '잘 지내냐?'고 제가 먼저 연락을 해요. 젊은 친구들이 어
려워하지 않게 만들면 되는 것 같아요.

 세대 간의 소통이 잘 안 되는 이유가 젊은 사람들이 볼 때 꼰대 짓을
한다는 건데요. 그런 게 태생적으로 없는 편인가요? 노력을 하시는 건
가요?

 본능적으로 권위의식을 싫어하는 것도 있고, 노력도 해야죠. 노력하지
않으면 외로워져요. 나이를 먹을수록 노력하지 않으면 외로워지기 때문
에.(웃음) 젊은 배우들이 자기들 술자리에 전화를 걸어서 불러주는 것과
그렇지 않은 것은 차이가 크거든요.

 젊은 사람들이 불러준다는 것은 쉽지 않겠죠. 자기들끼리 노는 게 더
좋을 테니까.

 정 안 끼워주면 억지로라도 끼어들죠. 밥값이나 술값을 자꾸 내주고 이

런 식으로.(웃음)

지 젊은 배우들 중에서는 어떤 배우를 좋아하세요?
김 나는 요즘 젊은 배우 중에 제일 관심이 가는 배우는 이성경이라는 배우
예요. 지금 〈역도요정 김복주〉라는 프로그램에 출연 중인데요.

지 모델 출신 배우죠.
김 네. 너무 좋아요. 연기도 잘하고. 한두 번 사석에서 만난 적이 있어서 서
로 얘기도 하고 그랬는데요. 제가 맨날 칭찬해요. 너무 잘한다고.

지 라디오스타 같은 데 나와서 얘기하는 것 보면 머리도 좋은 것 같더라
구요.
김 전지현처럼 될 것 같아요. 너무 예쁘고, 너무 귀엽고.

지 〈부산행〉 1,200만 돌파 공약으로 '마동석 씨한테 명존쎄를 해달라고
하겠다.'고 한 것도 대중들과 잘 어울려서 놀 줄 안다는 느낌을 줬거든
요. 1,200만 명은 정교하게 분석을 하신 것 같은데요.(웃음)
김 아니에요. 어느 정도 지나면 답이 다 나와요. 영화의 관객 수가 50만 정
도 더 드는 것이 쉬운 것 같지만, 그렇지 않거든요. 일 년 동안 더 개봉을
한다면 들 수 있는 숫자인데, 불가능한 숫자죠. 뭔가 얄팍한 재치가 있는
거죠. SNS에 통하는 얄팍한 재치가 있어요. 아저씨들은 재치를 잘 못 부
리니까요. 재치를 부린다고 하면 구린데 저는 덜 구려 보이나 봐요.

지 명존쎄를 모르는 것처럼 하면서 능청스럽게 군 것도 웃음의 포인트였
는데요.(웃음) 마동석 배우를 딱 찍으니까 상황이 재밌잖아요.

김 그렇죠. 시각적인 것도 그렇고, 저는 명존쎄가 뭔지 알았거든요.

지 아셨겠죠.

김 페이스북 그 전 페이지에 제가 명존쎄 얘기를 한 것이 있어요. 어떤 친구가 그걸 캡처해서 댓글에 "이건 뭡니까?"라고 쓴 거예요. 그 순간이 위기인거야, 실제로. SNS에서는 사실은 대위기인 거죠. 그럴 때 어떻게 넘어가나 하면 "그냥 좀 넘어가요."라고 쓰는 거야. 그러면 거기서 경계나 그런 벽이 확 허물어지는 거지. 뭉개고 넘어가버리는 거니까요. 그런 순간이 사람들에게 확 다가와서 "이거 봐, 이거 구경해." 그런 순간인 것 같아요. 페이스북에서 벌어진 일이지만, 제가 트위터를 되게 오래 했잖아요. 5년 넘게 했는데, 하면서 배운 것들이 있어요. 정색을 하는 순간 지는 거다, 그리고 내가 이기려고 계속 버티면 지는 거다, 어느 순간 탁 인정을 해서 져버리고 그냥 '에이' 하고 뭉개는 약한 모습을 보여주는 그런 순간이 사람들이 나를 재밌어하고, 호감을 느끼는 순간이다, 예능의 기본 같은 것을 트위터에서 배운 것 같아요. 똑똑한 걸로 이기려고 해보니까 싫어하는 사람만 많아지더라구요.

지 거기서 거짓말을 하기 시작하면 사태가 걷잡을 수 없는 상태가 되잖아요.

김 그렇죠. 또 거기서 "죄송합니다." 하는 것도 웃기구요. 그냥 "넘어가요. 좀." 하는 거죠.(웃음)

지 그런 처세술은 타고난 건가요?(웃음)

김 원래 전 그런 사람이 아니었어요. 되게 딱딱하고, 결국은 지 잘난 맛에 실수하고 이런 사람이었는데요. 트위터 하면서 많이 변했어요. 어떻게 해야 미움받지 않는가를 좀 배운 것 같아요. 제가 그랬다기보다는 사람들이 미움받는 모습을 보니까 반면교사가 되게 많았던 거죠. 뭘 저렇게 굳이 버티고, 끝까지 자기가 옳다고 싸워서 얻는 것이 뭔가 하는 생각이 들더라구요.

지 SNS는 인생의 낭비라고 하잖아요. 트위터의 모범적 활용 사례로 볼 수 있을 것 같은데요.(웃음)

김 인생의 낭비는 맞다고 생각해요. 낭비죠. 그런데 낭비 없는 인생은 얼마나 재미가 없어요. 사실 우리 인생에서 낭비하는 시간이 가치 있게 쓰는 시간의 몇 배가 될 걸요. 그러면 트위터 아닌 딴 데서 낭비하겠지.(웃음)

지 사과의 기술, 이런 책을 내시면 되겠네요. "죄송합니다"도 구리지만 그나마.

김 괜찮죠. 차선책은 되는 거죠.

지 그냥 넘어갑시다, 하고 유머러스하게 대하면 상대방도 "내가 유머를 다큐로 받았나?" 이렇게 느낄 수도 있는 건데요.

김 최악은 제가 그런 뜻이라고 정말 알았던 것이 아니고 그땐 무슨 말인지 몰라서 넘어갔었는데 이렇게 됐습니다, 이렇게 하면 최악이죠. 왜냐하면 최악의 대응은 많이 봐왔거든요.(웃음)

지 거기에 대해서 짜증을 내는 경우도 많잖아요. 나는 유머라고 말한 건데, 너는 왜 굳이 진지하게 다큐로 받냐고 하는 것도 상대방을 바짝 얼어붙게 만드는 거잖아요.

김 트위터 처음에는 인용 알티(RT)만 해도 "하지 말라고 했잖아요."라고 싸우고, 그냥 블락만 하면 되는데.(웃음) 어찌됐건, 이제는 한 사람이 여러 사람을 상대해야 하잖아요. 특히 페이스북 페이지는 일대다의 구도니까, 무조건. 그랬을 때 룰이 달라지는 것 같아요. 모나지 않게, 가능하면 즐거움을 추구하고 싶다, 그런 생각이에요. 사람들과 즐겁게 놀고 싶다. 요새 세상이 너무 어두워서 즐겁게 놀 거리가 없어서요.

지 광화문 촛불집회에는 나가본 적이 있으세요?
김 한 번도 안 나갔어요.

지 바빠서요?
김 아니, 그냥 안 나갔어요. 왠지 그냥 이번에는 그 많은 사람 중에 하나가 되고 싶지 않았다고 할까요? 집에서 구경하고, 어떻게 되나 보고, 덜 감동적이고 싶었어요.

지 뭐라고 할까, 남들이 안 하면 내가 해야 한다.
김 그런 것도 좀 있죠.

지 남들이 다 나가면 거리를 두려고 하기도 하고.
김 그런 것도 있죠. 옛날 광우병 때의 아픈 기억도 있고, 그때 패배감도 되게 컸었어요. 사람들이 세련되게 이길 거라고 생각했거든요.

지 그때 학습이 된 거잖아요. 매일 나가는 게 힘드니까 이번에는 주말에 집중하자고 한 것 같아요. 평일에는 생업을 하다가 주말에 집회를 하면 되는데, 매일 하면 생업이 망가지니까.
김 그땐 뭔가 이루어질 거라고 생각했어요. 그게 안 된 게 너무 상처가 컸어요. 그런데 이번 경우들을 보면 나 같은 어설픈 먹물들이 얼마나 세상을 패배적으로 바라보고 있는가를 절실하게 느꼈죠. 항상 대중은 내 생각대로 움직이지 않는 것 같아요. 보란 듯이 딴 짓을 하는 것 같아요.(웃음)

지 어쨌든 대통령도 그렇고, 자기 나름대로 방어를 하기 위해서 연기를 하는 거잖아요. 담화문 발표할 때도 자기 살기 위한 연기를 하는 걸 텐데요. 사회에 관심이 많은 배우로서 이 상황들을 어떻게 보고 계세요. 어떻게 보면 그로테스크한 상황인데요.
김 그건 너무 만들어낸 질문과 대답이 될 것 같아요.

지 그런 데에 관심 있는 사회인이자, 지식인으로서.(웃음)
김 너무 이상한 일이 벌어지니까 이걸 과연 일반화할 수 있는가, 우리가 겪고 있는 일 중에 어떤 것이 특수한 것이고 어떤 것이 일반적인 것인가, 지금 미친 대통령, 이건 특수한 거라고 생각이 들어요. 일반적이지 않다고 생각해요. 그러니까 이걸 가지고 교훈을 얻을 방법이 없어요. 그런데 이런 미친 자를 대통령으로 끌어올리는 시스템, 여기서는 교훈을 얻어야 하고, 이것을 어떻게 부술 것인가… 그런데 너무 이야기가 미친 왕의 에피소드들에 대한 서사로 가고 있잖아요. 그런데 이 에피소드가 아니면 이렇게 모이지도 않았겠죠. 그런 특수함이 사람들을 모았겠죠. 물론 내 뜻대로 되는 일은 아니겠지만, 과연 이런 것에 대한 힘과 분노가 지속되는 것이, 이런 사람인 것을 알면서 대통령을 만들고, 그 밑에서 권력과 돈을 나눈 소위 집권 여당과 재벌들에 대한 진짜 분노로 가고, 이게 지금 유지하고 있는 시스템을 깰 수 있을지, 이 시스템이 깨질 때 나라가 안 망한다고 확신할 수 있을지, 두려움 없이 어디까지 갈 수 있을지 한편으로는 되게 비관적이기도 한, 그런 복잡한 마음이죠. 지금 결국은 불꽃이 사그라드는 장작에다가 기름으로서 불쏘시개로 박근혜가 얼마나 이상한 여자인가를 끼얹고 있는 거거든요. 사람들은 그것에 더 분노하고, 반응을 하지. 삼성이 내 돈을 얼마나 가져가서 해 처먹은 건지, 이런 데는 관심이 없는 것 같아요.《선데이서울》을 좋아하지,《시사인》을 좋아하지는 않죠. 그게 현대이기도 한 것 같아요. 지금의 분노와 지금의 움직임들이… 또 모르죠. 나중에 내가 패배주의적이구나, 썩은 먹물이었구나, 할지는 모르겠지만, 현재로서는 회의적이에요. 최소한 나는 이번에 새로 치러지는 대선에서 지지만 않으면 좋겠어요. 김대중, 노무현이 대통령이 되고 나서 얼마나 지평이 넓어졌어요. 그 지평이 넓어졌을 때 소위 진보 세력의 틀을 제대로 세우고 이러기보다는 정부와 각을 세우기 편하니까 각 세우는 데 집중하고, 정부를 약하게 만드는 일만 하고, 소위 진신류(진보신당류)가 그랬잖아요. 그때는 이미 사회가 이 정도 수준에 올라서 후퇴를 안 할 거라고 착각을 한 거죠. 더 오른쪽에 있는 더 썩은 자들을 도려내는 데 집중을 했어야 되는데, 너무 신사적으로 대했죠. 그런 실수를 반복하지 않아야 할 것 같아요.

지 정치인도 어떤 면에서는 연예인하고 비슷한 직업이 된 거잖아요. 대중을 상대로 이미지 메이킹을 해야 하구요. 트럼프는 바보 같은 척을 했지만, 굉장히 정교하게 트위터를 활용해서 대통령이 됐죠. 그런데 진보 진영 사람들은 너무 정색만 하고 가르치려고 들잖아요. 이 사람들이 SNS를 바보같이 쓴다는 생각이 들 때가 있는데, 자기편들끼리만 붐업을 시키면서 상대방을 굉장히 분노하게 만들잖아요. 트위터를 하면서 그런 사례들을 많이 봐왔고, 그래서 여유가 생겼다고 말씀하셨는데요. 정치에 있어서 뜨거운 사람들이 자신의 뜨거움으로 인해 사람들이 덴다는 생각은 못하는 것 같아요.

김 암적인 존재들이죠.(웃음) 그런 사람들은 안 했으면 좋겠어요. 정보만

퍼날랐으면 좋겠어요. 하다 보면 관성 때문에 누가 좋으면 누가 싫어지는 거야. 싸우다 보면 서로 원수되고, 너무 바보 같은 사람들이 많죠.

지 지금 정치도 그렇고, 옛날에 노무현 대통령이나 그런 분에 대해서 그리워 하는 것은 당연하지만요. 노무현, 문재인 외에는 다 쓰레기야, 라고 하는 것은 자해행위잖아요. 좋아하는 사람들이야 박수치겠지만, 그렇지 않은 사람들은 모욕감을 느낄 수밖에 없잖아요. 박원순, 이재명, 안희정도 괜찮은 사람이잖아요.
김 자극적이어야 재밌거든요. 그건 옛날부터 있었던 일이니까요.

지 작품 계획은 어떻게 되나요?
김 내년 1월부터 시작해요. 〈골든슬럼버〉하고 〈강철비〉 두 편을 찍게 될 것 같아요. 〈골든슬럼버〉는 노동석 감독님이고, 〈강철비〉는 양우석 감독님이에요.

지 작품 연출에는 관심이 없으세요?
김 재능이 없다고 생각해요. 생각이 없어요. 작은 작품 같은 건 해볼 수 있겠죠. 아주 사적인 것. 하지만 전적으로 책임을 지는 그런 일은 못할 것 같아요.

지 배우들 중에서 감독도 병행하시는 분들이 많잖아요.
김 저는 영화와 관계 없는 다른 거라면 모르겠지만, 영화 감독은 못할 것 같아요.

지 처음에 나온 얘기지만, 배우라는 직업 자체가 계속 기다리는 일이기

도 하고, 사랑받다가 관심이 멀어졌다고 생각하면 힘들어지기도 하는데
요. 그걸 견딜 수 있는 방법은 어떤 게 있을까요?

김 아직까지는 견뎌 본 적이 없어요. 젊었을 때는 견디지 못해서 그만 뒀
었구요. 지금까지는 괜찮은데, 되게 견디기 힘들 것 같아요.

지 그때는 다른 이유도 있었지만, 작품이 뜸하면서 그런 상황을 견디지
못하셨던 것 같은데요.

김 그런 것도 있고, 사적인 것도 있었고⋯ 아마 그런 시기가 만약 나한테
온다면 무척 힘들 것 같아요. 지금도 참 견디기 어려울 것 같아요.

지 그걸 극복하기 위해서 마음의 준비를 한다는 것도 좀 웃기는 일이겠
지만⋯

김 안 오면 좋겠어요. 오더라도 좀 늦게 오길 바라요. 제가 조금 더 준비가
될 때까지. 경제적인 면에서나 다른 면에서 준비가 될 때까지 그런 시기가
안 오길 바라는 거죠. 배우라는 직업이 3년 정도 계약하는 비정규직이라
고 생각해요. 〈관상〉 같은 작품을 하나 하고 나면 3년 정도 재계약이 되는
거예요. 물론 아무런 계약서도 안 쓰지만, 그걸 계기로 3년 정도 먹고 살
수 있는 일들이 생기구요.

지 그걸 계기로 제안이 들어오고.

김 〈부산행〉 같은 영화를 하고 나니까 또 3년 재계약이 새로 된 것 같아요.
앞으로 3년은 이걸로 먹고 살겠죠. 지난 3년보다 좋은 3년이 될 수도 있구
요. 그 안에 좋은 것을 뭘 하나 해야지, 재계약이 될 수 있는 거죠. 못하면
비정규직 이하, 계약직 이하의 알바, 언제 나를 쓸 줄 모르는 알바 생활을
해야 할 수도 있죠.

지 작품 안 할 때는 어떤 취미가 있나요?

김 술 마시구요. 작품 안 할 때는 집에 있어요. 앉아서 책을 보거나 TV를 보거나 스마트폰을 보거나 하면서 저녁이 되기를 기다리죠. 저녁이 되면 나가서 술을 먹죠.(웃음) 길게 일이 없을 때는 여행을 가죠.

지 인상적인 여행지는 있나요?

김 최근에는 일본의 큐슈섬, 후쿠오카나 벳푸 이런 데를 많이 갔어요. 남들이 생각하면 이상할 정도로 많이 갔어요. 일 년에 일곱 번 정도 갔으니까요. 여행을 멀리 가는 것이 힘들고, 비행기를 길게 타는 것도 싫구요. 전에는 험한 곳도 좋아했었는데, 험한 곳도 힘들고 해서 깨끗하고 편안한 곳.

지 너무 멀지 않으면서 자연도 있고.

김 문명의 혜택이 정확하게 주어지는 곳. 그래서 일본이 좋더라구요.

지 인터넷도 되고.(웃음)

김 벳푸는 너무 좋아서 거기서 살고 싶다는 생각도 들었어요.

지 배우를 하길 잘했다는 생각이 들 때는 언제인가요?

김 배우를 하기 잘했다는 생각이 들 때라… 작품 계약할 때?(웃음) 그런 순간도 있고, 진짜 배우하기를 잘했다는 생각이 들 때는 연기를 잘했을 때, 연기가 즐겁게 잘 되고, 모두가 기쁘게 "수고하셨습니다." 하고 헤어질 때, 배우는 이런 맛에 하는 거지 하는 생각이 들어요.

지 영화 많이 보는 편인가요?

김 별로 많이 안 봐요. 영화광이 아니에요. 영화를 보면 좋아하긴 하는데,

영화 관람 시작을 잘 하지 않아요.

지 영화를 보는 것이 연기에 도움이 되나요?
김 지금까지는 도움이 되는 방식으로 보지는 않았어요. 그런데 앞으로는 그렇게 볼 수 있을 것 같아요. 지금까지는 거의 줄거리 중심으로 영화를 봐와서요. 이제는 배우들의 연기 같은 것을 보면서 볼 수 있을 듯해요. 그런 면에서 조금 이해도가 생겨서요.

지 김영하 작가는 장편 소설을 하나 쓰면 3년 정도 걸리니까 한 편을 쓰고 나면, 작품을 통과하고 나면 완전히 다른 사람이 된다고 하더라구요. 영화도 찍는 기간은 3~6개월이지만 준비하고 관객을 만나는 과정까지를 생각하면 몇 년이 걸리잖아요. 그러면 한 편의 영화가 자신을 변화시킨다는 생각이 들 때가 있나요?
김 영화 한 편을 통해서 그렇게 되는 것 같지는 않아요. 지금까지 제가 했던 것이 뭐랄까, 영화 한 편을 책임지고 저를 완전히 투여하는 것이 아니었기 때문에 저한테 크게, 길게 영향을 미치지는 않았던 것 같아요. 영화 한 편이 보통 4개월 정도 걸리는데, 길어 봐야 내가 일하는 건 20일 정도밖에 안 돼요. 배우가 진짜 널널하긴 해요.(웃음) 그러니까 감독들이랑은 다르죠. 매일 일하는 사람들과는 다른 것 같아요. 인물에 좀 더 깊이 들어가서 일하는 배우들도 있을 텐데요. 저는 그런 편은 아닌 것 같아서.

지 배우가 된 것을 후회하신 적은 없나요?
김 후회한 적은 없어요.

지 힘들어서라든가. 90년대 후반에 떠날 때는 그런 마음이 있으셨을 텐데요.

김 그때는 좀 있었죠. 내가 배우 하지 말고 적당한 나이에 적당한 직장을 가졌으면 좋지 않았을까, 하는 생각을 했어요. 공채 시험 같은 것, 우리 때는 시험을 안 봐도 받아줬거든요. 웬만하면 시험을 안 보고, 시험을 봤던 데는 언론사뿐이었어요. 삼성, 현대도 원서만 내면 됐으니까요. 그런데 지금은 좋아요.

지 활동을 하고 나서 나중에 '어떤 배우였다'는 얘길 듣고 싶으세요?
김 이상한 사람이었다는 것, 배우로서 이상한 배우였다, 날이 닳지 않고…. 끝까지 그런 이상함을 유지하는 배우였다는 평을 받는다면 되게 좋을 것 같아요.

지 사람들이 볼 때 '뻔하다' 하는 것보다는 신비로운 이미지를 갖고 있다면 좋겠다는 거죠?
김 하여튼 뭔가 익숙해지지 않는 것이 있으면 좋겠다고 생각해요.

지 요즘 평론가들 사이에서는 예전만큼 좋은 영화가 나오지 않는다고 하잖아요. 그런 얘기에 대해서는 어떻게 생각하세요? 홍상수 감독님 데뷔하고, 김기덕 감독님, 박찬욱 감독님 등이 영화를 한창 만들어내던 시기에 비해 좋은 영화가 안 나온다는 건데요. 그런 평가가 야박하기도 한 것 같구요.(웃음)
김 평론가들이 늙어서 그렇다고 생각해요.(웃음) 언제나 영화는 비슷했고, 지금도 박찬욱, 봉준호도 여전히 영화를 만들고 있구요. 물론 흐름이라는 것은 있죠. 어떨 때는 좋은 영화를 만들기 위한 토양으로 작용했던 것이 시간이 지나면 그 토양 자체가 영화의 발목을 잡는 것도 있잖아요. 그게 우리가 배운 변증법이잖아. 뭔가 발전의 동력이었던 것이 발전을 막는 요소로 전용되기도 하구요. 그 사람들이 말하는 옛날은 언제인가요? 지방 업자들이, 깡패들이 영화를 배급하던 그 옛날인가요? 아니면 피디(PD) 메이킹이라고 해서 자기들은 전성기라고 얘기하지만, 피디들이 남의 돈 떼어먹으면서 일하던 그때를 말하는 건가요? 지금은 대기업들이 해서 참 깨끗해서 뭔가 무균실에서 만들어진 영화 같은 것만 나오긴 하지만, 그렇다고 해서 좋은 영화가 안 나오는 것은 아니구요. 현재 대기업 투자 배급 중심의 시스템이 특색이 강한 영화를 막는 경향도 있죠. 자기들이 독과점을 해놓고 얼마나 많은 관객들이 드느냐 경쟁을 하니까요. 그런데 단지 그렇게만 바라볼 수도 없어요. 사람들이 너무 돈이 없어요. 영화가 저렴한 오락이긴 한데, 일 년에 채 영화 열 편을 못 봐요. 사람들이 기껏해야 일 년에 두세 편 보는 거야. 그러면 고를 수밖에 없어. 열 편쯤 되면 모르겠지만, 이 기회가 아까우니까 남들이 보는 것을 본다구요. 그러니까 사람 많이 드는 영화는 많이 보고, 블록버스터 위주로 볼 수밖에 없어요. 좋은 영화가 없는 게 아니라 사람들 눈에 안 띄는 거지. 기회도 적고.

"

꼰대 짓 하지 말자, 항상 주어진 조건에 감사하고, 가능하면 화내지 말자,

현장에서 사람들이 좋아하고 환영하는 사람이 되자,

이런 마음이 아무래도 배우로 살아가는 데 있어서 필요하다고 생각하는 거죠.

"

2장

지 얼마 전에 아티스트컴퍼니라는 기획사에 들어가셨다면서요. 기획사를 다시 택했을 때는 배우로서 뭔가 새로운 계기가 필요하다고 생각하신 것 같은데요. 혼자 하기에는 힘든 상황이 됐을 수도 있구요.

김 사실은 혼자 해볼 생각이었어요. 혼자 해도 큰 문제는 없으니까…. 누군가가 내 일을 대신 찾아줘야 하는 그런 배우는 아니었으니까요. 혼자 일하는 건 그런대로 괜찮았어요. 자유롭기도 하구요. 여러 가지 좀 귀찮은, 안 해도 되는 일들을 해야 하는 상황도 있구요. 그러던 차에 아티스트컴퍼니에서 같이 일하면 어떻겠냐고 연락이 왔는데, 그냥 배우한테 서비스를 제공해주는 것뿐만 아니라, 함께 회사를 만들고 일한다는 느낌으로 일할 수 있을 것 같았습니다. 한국 영화계에서 굉장히 중요한 축을 맡고 있는 훌륭한 배우들이 중심이 되어 만든 회사니까요. 그곳에서 배우로서 나의 좋은 커리어를 만들어가는 일도 회사랑 함께 해야 할 일이지만, 그것 말고도 뭐랄까… 이 회사를 통해 영화계랄까, 배우 사회랄까, 이런 데 기여를 할 수 있을 것 같다는 생각이 들었어요. 우선 이정재, 정우성… 이 배우들은 워낙 그런 쪽에 책임감을 많이 느끼고 있는 데다가, 자신들이 주축으로서 배우 일반의 공리 혹은 권리를 찾는 것, 안정되게 배우 생활을 할 수 있게 하는 것, 그런 기타 등등의 일들에 관심을 가지고 있어서 너무 좋죠. 그런 수준의 배우들이 그와 같은 생각을 하고 있다는 것이 너무 좋아서요. 뜻이 잘 맞았어요. 일은 일대로 열심히 하지만, 배우라는 일의 한계가 남이 나한테 일을 주기 전에는 주도적으로 뭔가 할 수 있는 게 없잖아요. 저번에도 한번 얘기를 했던 것 같은데요. 배우가 프로젝트에 조금 더 적극적으로 개입하고 기획을 만들어내는 것을 통해서, 말하자면 진짜 매니지먼트의 의미에 좀 더 가까운… 그저 케어하고 관리하는 차원이 아니라 우리 스스로를 재료로 삼아서 뭔가 재밌는 일을 만들어내는 일을 이 회사에서는 시도해볼 수 있겠다고 생각했어요. 그래서 들어가기로 결정했죠.

지 그동안 한국 영화의 장점 중 하나는 감독의 역할이 크다는 부분이었을 텐데요. 그런 부분이 단점이 될 수도 있구요.
김 모든 장점은 부정적인 면을 같이 지니고 있으니까요.

지 그런 면에서 배우들이 예술이나 산업 쪽 분야에서 조금 더 적극적으로 큰 역할을 해보기 위해 모인 거라고 볼 수 있을까요?
김 그렇게 볼 수 있죠. 일단은 재밌게 일해보자는 목표가 크구요. 누군가가 만들어서 배우를 뽑은 것이 아니고, 배우들끼리 뭉친 회사니까요. 그런 면에서 좀 다른 것 같아요.

지 《아레나》 잡지 인터뷰를 보니까 이렇게 표현했더라구요. "김의성은 지금, 그런 배우다. 편한 듯하면서 상대를 주눅들게 하는." 배우로서도 그렇지만 성격적으로도 그런 면이 있으신 건 아닌가요? 편한 것 같으면서도 정색하면 분위기가 달라지는 것이 배우로서 힘이 될 수도 있는 점일 텐데요. 전략적인 부분도 있는 건가요?(웃음)
김 저는 제가 한없이 편한 사람이라고 생각해요. 그런데 내가 보는 나와

남이 보는 나는 다를 수밖에 없죠. 내가 주로 만나는 사람들이 저를 편하게 생각하기 어려운 나이가 됐구요. 위치도 그렇구요. 그러니까 본질적으로 사람들이 편하게 생각하기 힘든 조건들이 있는 거죠. 제 의지와 관계없이. 그리고 그런 면이 있다면 그걸 굳이 '그렇지 않아. 나는 아니야.' 이럴 게 아니라 조금 이용하기도 하고요. 이용하면 저도 좀 편하니까요.(웃음) 그다음에 배우로서의 역할이나 이미지에서도 그런 면을 함께 지녔다는 것은 장점이 될 수 있으니까요. 제가 여러 가지 카드를 가지고 있다면. 굳이 부인하지 않고, 이용해먹는 거죠. 약간 얄팍하게.(웃음) 사실 보기에 제가 안 편할 수 있나요? 너무 편하죠. 가까운 사람들, 내가 정말 좋아하고 친해지고 싶은 사람들한테는 한없이 편함을 주고 싶은 거죠. 아무리 그래도 50대 남자라고 하는 사람은 2, 30대 사람들이 어려워할 수밖에 없잖아요. 참 안 좋은데, 안 그러려고 하지만 어떨 땐 그걸 놔두고 이익을 취하기도 하는 것 같아요. 좀 비겁하게. 이러지마, 라고 단호하게 대하지 않고, '아이, 뭐' 이러면서.(웃음)

지 지금 김의성이라는 배우가 하나의 독특한 존재로 자리를 잡았잖아요. 그게 순수한 것으로만 되지는 않았을 것 같고, 나름대로는 배우로서 포지셔닝을 하기 위한…. 전쟁을 해도 전략과 전술이 있어야 되잖아요. 전술은 굉장히 짧게 보고 하는 것인데, 그런 전술이 있었기에 지금의 위치에 온 것이라는 생각도 들던데요.
김 지나고 나니까, 뭔가 그 길을 갔다고 생각되는 거지. 사전에 '나는 이렇게 하겠어', 이런 전술을 세울 수 있겠어요? 그건 아닌 것 같구요. 그럴 수도 없어요. 제가 다시 배우를 시작하겠다고 마음먹었을 때부터 돈을 받는 작품을 할 때까지 10개월 정도의 시간이 걸렸어요. 아무도 나한테 관심을 갖지 않았구요. 그리고 나서 그다음 돈을 제대로 받는 계약을 할 때까지 또 한 7, 8개월 걸린 것 같아요. 그런 전술을 세울 상황이 아니었던 거죠. '뭐든 나한테 일이 좀 있으면 좋겠다.' 그랬어요.(웃음) 일이라는 것이 묘해서 한꺼번에 여러 가지 일이 들어오고, 신나게 일을 하는데요. 그러다 보니까 '뭔가 전술을 세워야겠다.'는 괜한 강박이 생기는 거예요.

지 작전을 잘못 세우면 그나마 해놨던 것도.(웃음)
김 작품을 신중하게 골라야겠다, 말하자면 그나마 그게 전술을 세웠던 건데, 잘못된 전술이었죠.(웃음) 아직까지는 제가 신중하게 고를 처지가 아닌데, 나 스스로를 객관적으로 보지 못하고 오해한 거죠. 한두 작품을 신중하게 거절을 했더니 거의 일 년을 놀게 되더라.(웃음) 바로 '이 길이 아니구나, 시키는 대로 다 하자.'고 생각을 바꿨죠.

지 작전을 세워서 되는 것이 아니고, 살아남은 사람들이 나중에 볼 때 결과적으로 이런 부분이 있어서 살아남았다, 그렇게 되는 거잖아요.
김 이유는 되지만, 계획은 아닌 거죠.

지 그렇게 포지셔닝을 할 수 있었던 이유는 뭐였다고 생각하세요?
김 내가 이렇게 될 수 있었던 것? 한두 가지 이유가 아닐 겁니다. 운이 좋았다?

지 열심히 하는 사람 중에서 운이 좋은 사람이 잘되긴 하지만, 그 어마어마한 사람들 사이에서 운만 가지고는 안 되잖아요.
김 기본적으로는 '운이 좋다', 그게 제일 중요한 것 같아요. 그리고 사실 제가 전에도 배우 생활을 했지만 그건 오래전 일이고, 실제로 배우로서 그 당시에 왕성하게 활동했던 시기도 되게 짧아요. 시간도 3, 4년 정도밖에

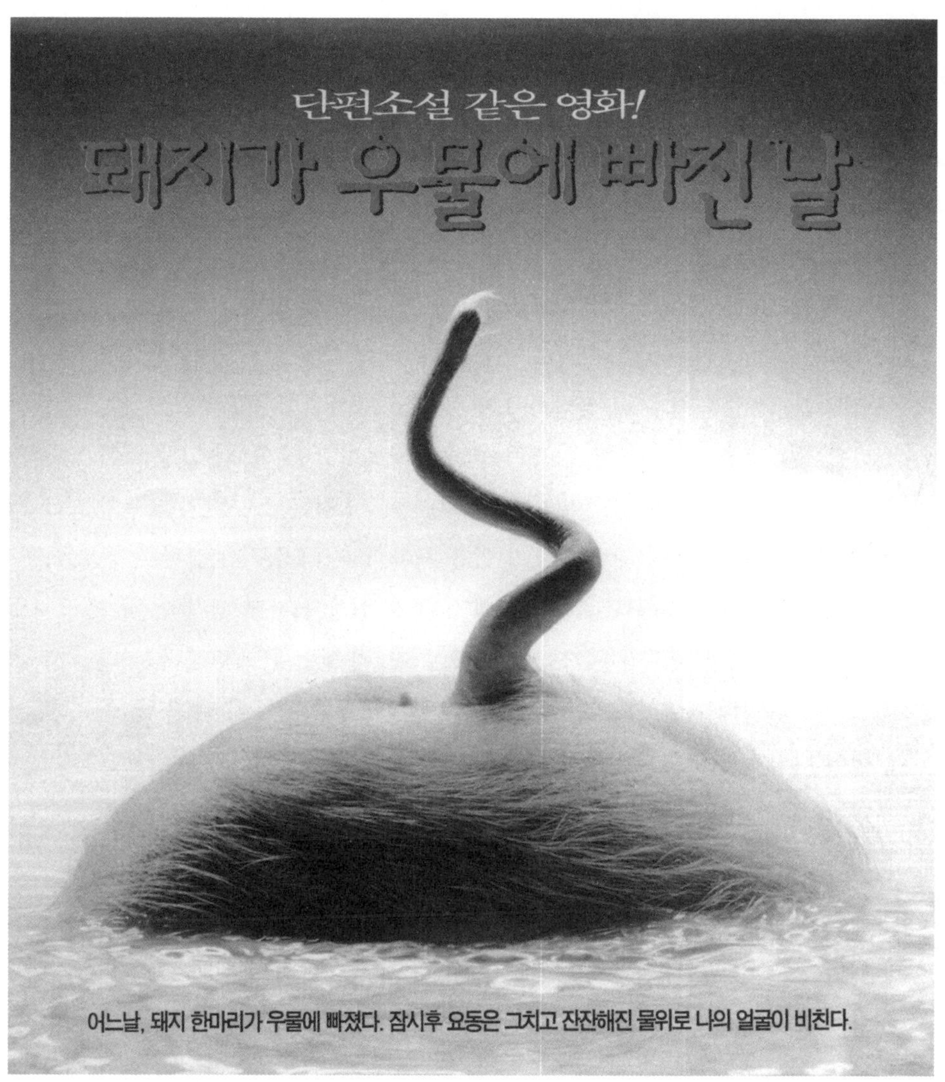

〈돼지가 우물에 빠진 날〉(1996)

안 되더라구요. 되게 오래한 것 같은데, 상업적 필드에서 배우를 한 게 그 정도 기간밖에 안 됐어요. 그것도 굉장히 성공적인 젊은 배우는 아니었구요. 지금 저에게는 큰 유산이 안 돼요. 그렇게 하고 30대 중반에서 40대 중반까지를 이 산업하고 완전히 떨어져서 지냈던 사람이 마흔일곱 살쯤 돼서 다시 배우를 하겠다고 결심을 해봐야, 객관적으로 보면 아무것도 아 닌 거거든요. 거의 무명에 가깝죠. 꾸준히 이 필드에서 일해온 사람들이 있는데, 내가 툭 들어와서 '내가 돌아왔어, 내가 잘되겠어!'라고 하면 누가 봐도 이상한 일이죠. 저도 그렇게 느꼈구요. 되는 게임일까, 안 될 것 같은 데… 하는 생각도 들었는데요. 무조건 하겠다고 생각을 했던 거구요. 결정 적으로는 홍상수 감독님이 굉장히 큰 영향을… 제가 성공적으로 이 산업 에 진입한 것에, 묘하게 이 산업하고 별 관계없는 분인데, 큰 영향을 미치 셨다고 생각해요. 〈북촌방향〉이라는 영화를 찍으려고 제게 "너 그냥 와서 하루 이틀만 와서 일해."라고 말하며 "니 나이에 너 같은 스타일의 배우가 별로 없어. 그래서 너에 대한 수요가 있을 거야."라시더라구요. 잘한다, 못 한다 이런 얘기가 아니구요. "밥 벌어먹고 살 수 있을 거라고 생각해. 내가 쭉 이 일을 보니까 배우라는 직업이 참 좋아." 그런 말씀을 해주셨어요. 거 기서 막연한 자신감을 얻었고, 실질적으로는 〈돼지가 우물에 빠진 날〉의 영향이 굉장히 커요. 그게 96년도에 개봉한 영화인데, 96년이면 지금으로 부터 20년 전이잖아요. 그때 대학교 1, 2학년, 영화를 공부하겠다고 꿈꾸 는 영화 학도들, 신인 감독들, 감독이 되려고 하는 씨앗들, 소위 그때 20대 초중반에서 후반에 걸쳐서 그 영화에 충격을 받지 않은 영화학도가 없었 으니까요. 그 사람들이 영화계의 중견들이 되어 있고, 나의 다른 것은 기 억을 못하지만, 〈돼지가 우물에 빠진 날〉의 효섭 역을 했던 김의성 선배… 이런 방식으로는 기억을 하고 있는 거예요. 그렇게 나를 기억하니까 환영 을 해주었고, 어떤 감독들은 캐스팅을 해주구요. 그런 것이 초기 진입 장

벽을 낮추는 데 굉장히 큰 역할을 했죠. 복귀 초기에 내가 이 산업에 거침 없이 들어올 수 있었던 영화는 〈관상〉이라고 생각해요. 뭔가 자리를 차지할 수 있는 나이 먹은 배우가 생겼구나, 하는 느낌을 준 것이 〈관상〉이라고 생각하는데요. 한재림 감독도 〈돼지가 우물에 빠진 날〉의 열렬한 팬이었고, 그래서 제가 〈건축학개론〉에 나오는 것을 보고서는 한명회라는 베일에 싸인 이 이상한 역할에 이 배우를 쓰면 어떨까… 되게 멀쩡한데 어떻게 보면 이상하게 생긴 사람이 맨 마지막에 쑥 나오면 굉장히 효과적이겠다, 이렇게 생각을 했다고 해요. 그래서 고맙게도 굉장히 중요한 역에 캐스팅을 해준 거구요. 그 영화를 사람들이 많이 봤고, 이미지도 강렬했고, 그때부터 제대로 이 산업 안의 사람이 되지 않았나 생각을 해요. 물어보신 질문 중에서는 일부만 대답을 했네요. 그리고 쓰임새가 있었죠. 있었어요. 이 사람은 나이를 먹은 사람인데 낯설어, 사람들한테…. 그런데 낯선 사람들을 데려다놓으면 쓰기에 불안한데 이 사람은 기본적으로 안정된 연기를 해, 굉장히 좋은 연기인지는 모르겠지만 안정된 연기를 하니까요. 낯설면서 믿을 수 있으면 영화에서는 최고거든요. 그 낯섬을 이용할 수 있으면. 그렇게 그 방법으로 많이 쓰였던 것 같아요. 그게 사람들에게 익숙해진 다음에는 기술이 필요하니까 사람들에게 완전히 익숙해지기 전에 기술을 잘 쓰자, 그런 마음속의 수 읽기는 있었죠. 더 잘해야 된다, 이렇게 먹히는 것은 2, 3년뿐일 것이다, 그런 생각을 당시에 했었죠. 한국 영화의 장르적 특성들이 4, 50대 악역들이 많이 필요한때가 됐구요. 나의 어떤 면이 거기에 어필이 된 거죠. 잘 맞아 떨어져서 쓰임새가 있는 배우로서 몇 년을 스스로를 팔아먹은 거죠. 지금은 새로운 국면이 열리고 있다고 생각해요.

지 조금 전에도 말씀하셨지만, 인간관계도 그렇고, 캐스팅할 때도 안정감과 신선함 사이에서 균형을 잡는 거잖아요. 안정감은 지나치면 식상

함과 같이 가게 되고, 신선함은 불안감과 같이 가게 되는 건데요. 그런 사이에서 균형을 잘 잡아서 영화계에서 필요했던 부분이 있었던 것 같은데요. 더 많은 작품에 나오면 안정감은 올라가겠지만, 식상함 쪽으로 갈 수도 있으니까요.

김 그렇죠.

지 거기서도 전략이 필요할 텐데요.

김 거기서의 전략은 유명함이죠.(웃음)

지 하하하.

김 유명해지면 됩니다. 완전히 바뀌는 거죠. 영화에서 어떤 배역이 좋고 나쁘고는 없지만, 중요도는 객관적으로 존재하잖아요. 1번 주인공이 있고, 2, 3, 4, 5번이 있는데, 10번대로 내려가면 신선함이 되게 중요하다고 생각해요. 10단위까지 배역이 가면 거기에 익숙한 배우는 사람들이 좋아하지 않고, 영화 안에서 벌어지는 일에 대한 몰입도를 떨어뜨릴 수 있거든요. 거기는 마치 진짜 그 사람인 것처럼 하는 배우를 써야 하는 것이고.

지 저 사람 진짜 촬영장 놀러온 조폭 아냐, 하는.(웃음)

김 5번에서 10번 사이가 애매해요. 이럴 때는 새로운 사람을 쓸지, 기존의 익숙한 사람을 쓸지, 대부분의 제작자들은 익숙한 사람들을 택하는 경우가 많아요. 저는 경우에 따라서 전략을 바꿔야 한다고 생각하는데요. 1번부터 5번까지는 말하자면 스타를 쓰는 거죠. 1번은 무조건 스타, 2번도 가능하면. 왜냐하면 영화는 사람들에게 스타를 보여주는 일이기도 하거든요. 그랬을 때 누구나 아는 사람이 되어 있는 것은 그 단계에서는 중요합니다. 1, 2, 3번 단계에서는. 누구나 아는 사람이 되어 있으면 좋죠. 모르겠

어요. 그게 내 인생에는 좋을지 모르겠지만, 영화배우로서의 커리어에서
는 이제는 누구나 아는 사람의 단계를 지향해야겠죠. 그 길을 가도록 찾아
야겠죠. 그건 제가 노력한다고 되는 일은 아니고, 그렇게 되도록 운이 좋
기를 바라는 거죠. 좋은 작품에 좋은 역할로 반복적으로 캐스팅되고 임무
를 잘 수행해내면 점점 사람들이 알아주게 될 테니까요.

지 지금 스스로는 어느 정도 위치에 있다고 생각하세요?
김 지금은 영화를 좋아하는 사람들이 아는 배우 정도의 위치에 있다고 생
각해요. 인지도를 높이려면 TV를 하면 되는데요. 한 번 하긴 했구요.

지 한국에서는 TV에 많이 나오는 분들이 영화에서는 흥행이 안 되는 경
우가 많잖아요. 그렇게 해석하는 분들이 많은데요. TV에서 공짜로 보는
사람인데, 아주 좋은 영화가 아니라면 돈 주고 보는 것에 대한 저항감이
있는 것이 아닌가 하구요.
김 그것은 해석이라고 생각하구요. 모든 경우에 적용되지도 않아요. 젊
고 파워 있는 배우는 가능하면 영화를 하는 것이 좋다고 생각해요. 그리
고 TV랑 영화는 지금은 많이 넘나들면서 연기를 할 수 있지만, 본성 자체
가 조금 달라요. TV에서 소모되고 공짜로 사람들이 보고… 그 점을 무시
할 수는 없어요. 유명한 배우들 중에서도 이 배우는 TV용이다, 이 배우는
극장용이다, 분류되는 경향이 있죠. 잘 넘나드는 사람도 있지만요. 김명민
씨라든지, 손현주 씨라든지, 이선균 같은 배우는 아주 부드럽게 넘나들죠.

지 이분들도 계속 영화에만 나오는 분들에 비해서는 흥행이 좀 안 되는
편이지 않나요?
김 어, 그렇지는 않아요. 손현주는 영화배우로서의 존재감이 있죠. 공포와

스릴러 장르에 최적화된 부분이 있으니까요. 우리가 영화 전문 배우라고 부를 수 있는 사람은 그렇게 많지 않아요. 본격적으로 꼽아 보면.

지 조연급 배우로 오래 생활을 하시다가 주연급으로 올라가고 나서 그 다음에 포지션이 애매해지신 분들이 꽤 있잖습니까?
김 그렇죠.

지 사람들이 볼 때는 주연을 한 번 했는데, 조연으로 부르긴 뭐해서 안 불러서 붕 떠버리는 경우가 있는데요. 그런 부분에서는 유해진, 오달수 같은 배우는 굉장히 영리하게 주연급과 조연급을 넘나들고, 비슷한 연기를 조금씩 변주해가면서 사람들한테 식상감도 안 주잖아요.
김 그 두 분은 워낙 훌륭한 배우들이에요. 워낙 연기들을 잘하구요. 이상할 정도로 훌륭한 배우들이죠. 배우로서 그렇게 연기할 수 있고, 그런 포지션으로 일해 나갈 수 있다면 그보다 더 좋을 수는 없다고 생각해요. 그렇게 되고 싶어요.(웃음)

지 본인이 감성보다는 이성으로 연기한다고 생각하시는 것 같은데요. 그건 어떤 의미인가요?
김 감성이 별로 훌륭하지 않다는 거죠.(웃음) 감성이 풍부해서 직관도 세고, 그 순간이라도 거기 몰입하는 배우라기보다는 조금 더 분석하고 이러저러하게 해야겠다고 계획을 세우는 편이에요. 어쩔 수 없어요. 안 그러고 싶은데, 저한테 그런 부분이 부족하니까 분석하고 계획하는 것으로 때워야죠.

지 그렇기 때문에 김의성 배우만이 할 수 있는 연기가 있는 것 같은데요.

김 누구는 기타를 잘 쳐서 써먹고, 누구는 피아노를 잘 쳐서 써먹을 수 있듯이, 저는 뭐랄까요. 지적인 얘기를 진짜처럼 할 수 있는 기능, 그런 기능이 좀 있으니까 검사나 판사 같은 역을 시키거나 의사 같은 역을 시켜도, 연기를 잘하고 못하고를 떠나서 그럴 듯한 부분이 있는 것 같아요. 그런게 저의 기능이죠. 말을 잘 타는 것과 같은 기능이라고 생각하구요. 그런데 웬만하면 다들 잘하니까 특별히 좋은 기능도 아냐.(웃음) 아무튼 저는 그런 데에 강점이 있고, 의외성이 들어가면 '이런 사람이 잔인한 깡패를 해', 이런 것들이 의외성으로 플러스되고 그런 거죠. 제일 좋기는 연기를 잘 하면 다 해결이 되는데, 그런 사람이 몇 명 없구요. 저는 그런 사람도 아니에요. 나한테 주어진 강점들을 잘 개발하고, 약점들을 잘 가리고… 그리고 뭐랄까, 너무 익숙해지지 않는 것, 그게 나의 전략이자 합리화일 거예요. 제가 너무 노련하게 연기를 하면, 그렇게 긍정적이진 않을 걸요. 아직도 뭔가 서툰 부분도 있고, 이런 것이 오히려 올드한 쪽으로 넘어가지 않고, 계속 젊은 친구들과 붙어서 연기할 수 있는 그런 면이 되지 않을까 생각해요.

지 최근 들어서 우리나라에서는 권력층의 비리 등을 까발리는 영화가 많이 나오다 보니까 거기 필요한 엘리트 악당들을 할 수 있는 배우들이 많지 않죠. 문성근 배우가 지금 젊은 역할을 맡긴 그렇고, 이경영 배우도 이미 많이 하셨으니까, 그런 역할들을 의뢰받고 계신 거 아닌가 싶은데요.(웃음)

김 그런 거야 앞으로도 두고두고 계속 있을 거니까요. 성근이 형이 정치하시느라고 잠깐 자리를 뜬 것이 저한테는 큰 도움이 됐어요.(웃음) 진짜로 그 형은 연기를 너무 잘하시거든요.

지 연령대가 다르잖아요.(웃음)

김 사실 안 하시는 동안 나이가 드신 거죠. 성근이 형이 본격적으로 영화를 하신다고 하면 되게 두려워요. 그 형은 진짜 잘하시거든. 진짜 훌륭한 배우거든요. 그래서 개인적으로 성근이 형이 영화를 안 하고, 정치를 7, 8년 이상 하신 것은 영화계로서는 큰 손실이라고 생각하는데, 나로서는 큰 다행이지, 부산영화제에서 엘리베이터에서 만났는데요. 저한테 "나 없는 동안 잘하더라, 너. 나도 이제 다시 연기할라구." 하는데, 너무 무서웠어요.(웃음)

지 명계남 배우님도 마찬가지잖아요. 캐릭터는 좀 다르지만,〈남영동1985〉에 다 나오시잖아요.

김 현명한 감독들은 저를 그렇게 안 쓰고 다른 방법으로 쓰려고 시도하죠. 당분간은 그렇게 안 쓰는 게 현명할 거라고 생각해요. 너무 뻔하잖아요. 의외성이 전혀 없으니까, 요즘 되게 좋은 프로젝트들에 그런 이미지나 캐릭터가 아닌 역할들의 제안이 와서 정말 좋아요.

지 어떤 역할인지 귀띔을 해주시면.

김 억울하게 국정원에서 쫓겨난 베테랑 교관 출신이 억울한 주인공을 돕는다든지, 적당히 닳아빠진 굉장히 쓸쓸한 형사라든지, 참 좋은 캐릭터들이 들어와서 올해가 굉장히 행복한 한 해가 되어 가고 있어요. 좋은 캐릭터들을 연기할 수 있어요.

지 〈강철비〉에서의 역할인가요?

김 〈강철비〉에서는 현직 대통령 역할을 맡았어요.

〈강철비〉(2017)

지 그럼 제안을 받은.

김 아니 하나는 〈골든슬럼버〉라는 영화를 찍고 있어요. 〈강철비〉에서는 현직 대통령 역할을 맡았는데 역이 그렇게 크지는 않아요. 아냐, 역은 큰데 출연 횟수가 그렇게 많지는 않아요. 〈강철비〉는 남북 핵전쟁을 다루는 영화인데, 현직 대통령의 임기가 거의 끝나간 상황에서 대통령 선거가 끝나서 당선인이 뽑혀 있는 상태예요. 현직 대통령은 매파, 당선인은 비둘기파, 그런데 전쟁 위기에 있고 결정권은 매파가 쥐고 있다, 비둘기파는 이것을 어떻게 수습할 것인지를 가지고 싸운다, 한 축은 이런 축이거든요. 그 축에서, 또 그 나물에 그 밥, 이경영 선배와 둘이 하고 있죠.(웃음) 거의 다 찍었어요. 재밌을 것 같아요. 둘이 대통령과 당선인으로서 만나서.

지 지금 정치적 상황하고 어떻게 보면 비슷하네요.(웃음)

김 그렇게 볼 수 있죠. 현직이 너무 무너져버려서 그렇지. 굳이 역사적으로 따지자면 김영삼 말, 김대중 초, IMF가 없는 그런 느낌이라고 할 수 있겠죠. 그때는 IMF가 다 뒤흔들어버려서 이런 스토리가 나올 수 없었겠지만, 약간 그런 느낌이에요. 김영삼이 약간 후배인 느낌. 나이는 지금 우리 나이보다 조금 더 많은 나이라고 생각하고 찍었던 것 같구요. 공식적으로 언쟁을 하는데, 경영이 형이랑 의논도 하고 감독님하고도 의논해서, 사적으로 편한 사이로 바꾸자, 민주화 운동 같이 오래했는데 당이 갈리고 멀어진 사이, 이런 느낌으로 바꿔서… 사람들 다 나가면 "형, 왜 그래?"라고 대화를 나누는 느낌으로 해봤는데, 재밌을 것 같아요.

지 양우석 감독님 작품이죠. 양 감독님의 두 번째 작품인데, 호흡은 어떠셨나요?

김 호흡이라고 얘기할까, 양우석 감독은 인격적으로 굉장히 훌륭한 분이에요. 굉장히 점잖고.

지 오래 준비하셔서 데뷔하셨잖아요.

김 박학다식해요. 세상에 모르는 일이 없어요. 양우석 감독이 있으면 세상의 많은 이야기를 들을 수 있어요. 제가 잘 모르니까…. 그게 좋아요. 촬영 회차가 많으면 서로 즐겁게 시간을 보낼 수 있었을 것 같은데, 많지 않았네요.

지 촬영은 끝났나요?

김 한 번 남았어요. 개봉을 굉장히 서두르고 있어요. 여름 개봉을 하고 싶어 하는데, 촉박하긴 해요.

지 〈골든슬럼버〉는 어떤 내용인가요?

김 말했듯이 국가 권력에 의해 억울한 누명을 쓰고 도망 다니는 평범한 젊은이 얘기인데요. 일본 원작 소설이고, 강동원 씨가 주인공을 맡았구요. 거기서 그 사람을 돕는 의문의 중년, 그런 역할입니다.(웃음)

지 강동원 씨랑은 처음 하시는 건가요?

김 〈검은 사제들〉에서 잠깐 봤었고, 이번에 주구장창 보는 거죠.

지 한효주 씨도 나오지 않나요?

김 강동원 씨의 옛 애인이자 친한 친구로 나오는데요. 저랑은 만나는 장면이 없어요. 저는 아무도 못 만나고, 강동원이랑 만나서 줄창 둘이만 있어요.(웃음)

〈골든슬럼버〉(2018)

지 촬영은 언제 끝나나요?
김 4월 말, 많이 남았어요.

지 올해 개봉하는 세 번째 작품인가요? 〈더 킹〉이 올해 개봉했으니까.
김 그다음에 〈강철비〉, 〈골든슬럼버〉가 개봉되겠죠.

지 어떤 제안이 들어오고 있나요?
김 앞으로 찍어야 할 작품은 우정출연은 아니고, 스페셜 어피어런스에 가까운 건데요. 87년 6월 항쟁을 다룬 〈1987〉이라는 영화가 있어요. 장준환 감독님 작품이요. 실존 인물들이 대거 등장하는데, 그 당시 감옥에 있던 이부영 선생 역할을 맡았어요. 길지 않게 잠깐 출연하면 될 것 같구요.

지 실존 인물의 역할을 맡으면 부담스러운 부분은 없나요?
김 되는 대로 하는 거죠. 비슷하니까 지들이 쓰겠지.(웃음)

지 복귀하신 다음에 자리를 어느 정도 잡았다고 생각하는 작품이 〈관상〉이라고 하셨잖아요.
김 지금 생각해보니까 그런 거지. 그때는 이걸로 자리를 잡았는지 어쨌는지 몰랐어요. 자리를 잡았다는 것도 뭔가 안정이 됐다는 것이 아니고, '아, 이 리그에 들어왔구나.' 이런 느낌… 단순히 배우로서가 아니라 상업적인 필드에 들어와서 밥 벌어먹는 싸움을 할 수 있겠구나 하는 정도였죠.

지 선수로서 '주전은 아니어도 출장은 계속할 수 있겠구나…' 하는 정도.
김 민간인들은 저거 누구야, 라고 생각하고, 영화인들은 '저 선배 이런데 써볼까?' 이런 느낌을 가질 수 있는 계기가 된 거죠. 그래도 그런 생각을 하는 사람이 일 년에 너댓 명밖에 안 되는 그런 정도, 많을 때는 열 명 정도.

지 〈관상〉에서는 대사도 별로 없었고, 얼굴도 안 드러났지만.
김 대사는 좀 있었죠. 얼굴이 안 드러나서 그렇지.

지 첫 장면에 나오고, 끝 장면에도 나오면서 이야기를 이끌어가는 중심
으로 나오는 캐릭터잖아요. 영화인들은 많이 주목을 해서 봤던 것 같은
데, 대중들은 어땠나요?
김 주로 거기에 대해서 표현하는 것은 존재감, 이런 얘기로 많이 표현을
했죠. "우와, 저게 누구야?" 그런데 〈관상〉은 모든 등장인물을 멋지게 등
장시켜줬어요.

지 수양대군 역을 맡은 이정재 씨도 영화 시작하고 거의 한 시간 만에 첫
등장을 하는데, 가장 강렬한 등장 씬 중 하나였죠.
김 화면을 확 잡아먹는 것 같은 느낌이었죠.

지 영화에서 분량하고 상관없이 그런 게 있는 것 같아요. 〈암살〉에서는
훨씬 더 많이 나오고 대사도 많은데, "어, 〈암살〉에 나오셨어요?"라는 댓
글이 달릴 정도로 〈관상〉에 비해 존재감이 적어 보였는데요.
김 〈암살〉에서는 워낙 중요한 인물들이나 중요한 스토리들이 많았구요.
아무래도 집사라는 캐릭터는 중간에 찍는 과정, 편집 과정에서 줄어들기
도 했어요. 얘기가 너무 많으니까요. 그건 감독의 선택이니까요. 좋은 장
면 하나를 건져서 감독도 그렇고, 저도 그렇고 만족해요. 전지현 씨랑 둘
이서 복도에서 밤에 얘기하는, 서로 의심하면서 얘기하는 그 장면은 되게
팽팽하게 잘 찍혀서.

〈암살〉(2015)

지 "더 궁금한 것 없으세요?"라는 대사와 표정이 좋았죠.

김 바로 그 장면이 되게 잘됐어요. 모두가 다 현장에서도 '이 장면 좋다.'고 느꼈던 장면이죠.

지 안윤옥은 '피곤한데 빨리 얘기를 끝내고 들어가야지.' 하는 분위긴데, 집사는 '어, 궁금한 게 더 있어야 되는데…' 하면서 긴장감을 느끼게 하는 장면이었죠. 최동훈 감독님하고 작업은 어땠나요? 굉장한 이야기꾼이신데.

김 너무 좋죠. 너무 재밌어요. 맨날 최동훈 감독님이랑만 일하면 좋을 것 같을 정도로 되게 재밌어요.(웃음) 현장 분위기도 좋고… 뭐랄까, 여유로움과 따뜻함이 넘치는 그런 현장, 최동훈이라는 사람 자체가 좋은 사람이에요. 재주가 있고, 인격적으로도 좋고, 믿을 수 있게 영화를 만들어내니까, 지금 한국 영화계의 최강자죠.

지 원래 성품도 좋으신 것 같고, 일도 잘 되시니까.(웃음)

김 그런데도 적이 별로 없구요. 다음 작품도 같이 하게 될 것 같아요.

지 시나리오 단계인가요?

김 끝났어요. 책이 나오면 한참 뒤일 테니까, 어마어마하게 중요한 역할을 받았어요. 그래서 기분이 되게 좋아요. 엊그저께 시나리오를 전달받고, 세 주인공 중에 한 명으로 넣어줘서 가슴이 뛰고 있어요. 시나리오도 너무 재미있고.

지 최동훈 감독님 작품은 재미도 있고 흥행도 보장이 되잖아요.

김 모르겠어요. 이번 작품은 좀 결이 달라서요. 그런데 너무 좋아요. 네 번

읽을 때쯤 갑자기 닭살이 더 돋는 그런 시나리오였어요.(웃음)

지 이 작품이 배우로서 하나의 전환점, 한 단계 도약할 수 있는 계기가
되겠네요.
김 올해 찍는 작품들이 그렇죠. 〈골든슬럼버〉도 워낙에 원톱 주연의 영화
지만, 바로 그다음 역할을 처음으로 맡았구요. 최동훈 감독 영화에서 주연
을 하는 것은 영화를 다시 시작할 땐 생각도 안 해본 일인데요. 이런 일이
나한테 현실이 되는구나, 하는 생각을 하니까 놀랍죠.

지 예전에 TV 프로그램 〈접속 무비월드〉에서 김의성이라는 배우가 주목
받는 이유를 분석하면서 '이상한 자연인, 이상한 아저씨, 이상한 배우'라
고 표현했었잖아요. 지금도 여전히, 복귀하신 지 5년 이상 돼서 본인도
스타 반열에 올랐는데도 아직도 신기하게 느껴지나요?
김 그건 대부분 SNS 때문일 겁니다. 나이를 짐작하기 힘든 얘기들을 하고,
엉뚱한 소리들을 하니까요. 아마 영화보다는 SNS 때문에 그럴 겁니다.

지 어느 인터뷰에서 "계속 이상한 배우로 기억되고 싶다."고 하셨잖아요.
김 배우로서 얘기니까, 그건 다른 얘기인 것 같구요.

지 계속 낯설게 사람들에게 낯선 배우로 인식되고 싶다는 건가요?
김 이 배우는 이런 배우니까 이렇게 하겠지, 그런 것이 아니라, '저건 뭘
까?'라는 느낌을 계속 자아낼 수 있다면 행복할 것 같아요.

지 아직까지는 〈돼지가 우물에 빠진 날〉이 배우 인생에서 가장 중요한
작품이라고 볼 수 있는 건가요?

김 글쎄요. 그렇다고 할 수 있겠죠. 그런데 저한테는 그 시절보다 지금이 훨씬 더 의미 있는 시절들이어서요. 상대적으로 작은 역할들을 맡더라도 지금 하고 있는 작업들도 다 소중하죠. 그랬어요. 대표작이니 이런 생각들은 잘 안 하는 쪽으로…. 기본적으로 저는 제가 밥을 벌어먹고 사는 것이 이 일의 중요한 부분이라서 모든 일이 다 소중해요. 돈을 많이 줄수록 더 소중하죠.(웃음)

지 하하. 다른 인터뷰에서도 많이 말씀하시는 거지만, 돈이라는 것이 직업인으로서의 자존심이 되는 부분이기도 하고요. 상대방이 나를 얼마나 필요로 하는지 증명하는 척도이기도 하잖아요.
김 특히 배우라는 직업은 그게 큰 것 같아요.

지 다른 얘기를 길게 하는 것은 '당신이 어마어마하게 필요하지는 않다.'는 얘기일 수도 있잖아요.(웃음) 특히 다른 배우들한테는 돈을 많이 주면서 나한테 와서는 명분 내세우고 이러면, 처음엔 '그런가 보다' 하다가 나중에 알게 되면 자존심 상할 수도 있구요.
김 기본적으로는 강자들한테는 너무 쉽게 받아들이고, 약한 쪽에서 제작비를 줄이려는 생각들을 많이들 하니까요.(웃음)

지 그 인터뷰 보니까 생각이 많아지더라구요. 출판계도 프리랜서들의 인건비를 후려치고 가면서도 고민을 안 하니까요. 이것도 산업이라면 컨텐츠 생산자를 먹고 살게 해주고, 존중해줘야 길게 갈 수 있을 텐데요.
김 출판은 워낙에 힘드니까.

지 그렇다고 직원들 월급을 안주는 것은 아닐 테니까요. 한편으로 생각하면 이해가 가서 '출판사가 살아야지' 하면서도 '이쪽 축은 버리고 갈 거냐?'하는 생각이 들더라구요. 우리가 너무 하드웨어 쪽에 치중을 하는 것 같아서요.

김 번역 쪽은 특히 더 심각한 것 같더라구요.

지 어렸을 때는 어떤 학생이었나요? 프로필을 봐도 영동고까지만 나오지 그전 얘기는 안 나오더라구요. 일부러 얘기를 안 하시나요?

김 아니요, 아니요. 사람들이 관심이 없는 거죠.

지 서울에서 태어나셨죠?

김 서울에서 태어났고, 부모님들은 전남 강진분들이었고, 3형제 중 막내예요. 형들이랑 나이 차이가 좀 많이 나요. 아홉 살, 일곱 살 차이가 나니까. 별로 더 낳을 생각을 안 하시고 둘이면 됐다고 생각하다가 아버지가 일본에 가서 취직해서 몇 년을 일하셔야 돼서 어머니가 혼자 있으면서 외롭지 않게 하겠다는 이상한 생각으로 딸을 하나 만들었으면 좋겠다는 생각으로 낳으신 것 같은데요. 아들이 나온 거죠.(웃음) 가난하게 살았어요. 어릴 땐 가난한 건지 몰랐어요. 우리 삶이 가난한 삶인 줄 몰랐는데, 돌이켜 생각해보니 꽤 가난하게 살았던 것 같아요. 끼니를 굶을 정도는 아니었지만, 내가 모르는 쪽에서는 끼니에 대한 위협도 있었던 것 같구요. 어머니가 표를 안 내고 엄청나게 절약하면서 사셨으니까요. 제 기억에는 우리 집을 가졌던 적이 없었어요. 1, 2년에 한 번씩 같은 동네에서도 계속 이사 다니고… 전셋집 찾아서. 아버지는 평범하게 평생을 실패를 거듭하시면서 살았던 것 같아요.

지 사업하셨죠?

김 사업하면 잘 안되고… 지금 생각해보면 사업도 안되게 했어요.(웃음) 준비도 제대로 안 하고, 전문성도 없는 일을 해가지고요. 안 되면 집에 있다가 아버지 나름대로 인맥 같은 것이 있었을 테니까 그런 것으로 취직하고, 지금 내 나이보다 더 어릴 때였죠. 지인의 회사 같은 데에 취직하고, 중간에 몇 년 못 다니고 그만두고, 또 사업하고 또 망하고, 그런 것을 계속 반복하는 거였고, 어린 시절을 그냥 그렇게 평범하게 보냈어요. 그런데 공부를 잘했어요. 어렸을 때 책을 굉장히 많이 읽었어요. 그때 독서량하고 비교하면 지금은 아무것도 안하고 있는거 죠.

지 집에 책이 많았다는 거네요.
김 친척 집에서 가져온 책들, 어렸을 때 학교 다니기 전부터 동화책 같은 것들도 굉장히 많이 읽었구요. 초등학교 저학년 때는 어린이 소설, 어린이용 문고들을 읽었구요. 고학년 가서는 어른들 책을 읽었던 것 같아요. 어른들 책을 하루에 한 2, 3권씩 읽었던 것 같아요. 그게 공부 잘하는 아이가 되게 해준 것 같아요. 책 읽은 것이….

지 요즘은 학과 공부하고는 다르지만, 그때는 아무래도 책을 많이 읽으면….
김 그게 학과 공부를 하는 것보다 큰 도움이 된 것 같아요. 공부 잘하는 데는. 뭐랄까 글을 이해하는 힘 같은 것이 생겼으니까 시험문제도 훨씬 더 잘 이해할 수 있구요.

지 아무래도 일단은 공부나 이런 데에 관심이 있다는 거니까요. 초등학교는 어디 나오셨어요?
김 처음엔 옥수국민학교 입학을 했어요. 그때 금호동 산동네 살았거든요.

금호동 산동네에서 태어나서 1학년 들어갈 때까지 살다가 갈현동으로 이
사 갔어요. 그때부터는 갈현국민학교를 다녔죠. 아버지는 여전히 이 일을
하다가 저 일을 하다가 그랬구요. 가난한 집 아들로 국민학교 시절을 쭉
보냈죠. 그때 갈현국민학교가 있고, 옆에 선일국민학교라는 사립학교가
있었어요. 다 그랬겠죠. 사립학교 추첨해서 안 되면 공립학교를 가고….
그래서 어렸을 때 1, 2학년 때 친하던 아이들이 얼마 지나니까 선일로 전
학을 가더라구요. 그때는 왜 전학을 가나, 했는데요. 어린 시절엔 재밌는
얘기도 많은데, 되게 대가족으로 살았던 시절이 있었어요. 갈현동에 살 때
아버지 친구가 갑자기 돌아가셔가지고, 아버지 친구 아들이 제 큰형이랑
동갑인 고등학생이었는데 우리 집에 와서 살았어요. 큰아버지가 두 분 계
셨는데, 큰아버지 아들 한 명씩도 우리 집에 와서 같이 살았구요. 거기에
우리 이모부가 돌아가셔서 이모랑 이모네 아들, 딸 세 명까지 와서 다 같
이 살았어요. 엄청 작은 집이었는데, 단칸방은 아니고 방은 한 세 개 있었
는데요. 너무 재밌었어요.

지 가족 복지망이었네요.(웃음)
김 완전 재밌던 시절이었어요. 부모님은 전남 영암에서 공장 같은 것을 하
신다고 내려가 계셔서 애들끼리 사는 집이었어요.

지 해방구 같은 거였네요.(웃음)
김 게다가 사촌형 둘은 정신병을 앓고 있어서 이상한 행동도 많이 하고.
한 사람은 하루 종일 이불 뒤집어쓰고 있고, 한 사람은 완전 조증으로 막
돌아다니고. 한 분은 정신병원에 아직도 계시는데요. 진짜 신기했어요. 어
린 마음에….

지 어릴 때부터 책을 많이 보고 그런 경험을 한 것이 배우로서 도움을 받기 위한 것은 아니겠지만, 지나고 봤을 때 다양한 캐릭터를 이해하는 데 도움이 됐을 수도 있었겠네요.

김 그런 생각은 안 했구요. 그냥 재밌었어요. 아마 이런 생각은 생겼을 것 같아요. 인간이 어떤가에 대해서, 인간의 어떤 면을 봤을 때 놀라거나 분노하거나 하지 않는 그런 훈련이 된 것 같아요. 사람을 쉽게 이해하고, 아니면 '이럴 수도 있지.' 하는 그런 유연함은 그때 많이 길러지지 않았을까 싶어요. 시험 잘 보고, 공부는 잘 안 하고, 맨날 노는 그런 아이였어요. 착한 아이는 아니었던 것 같아요. 어릴 때부터 인격적으로 훌륭한 사람도 있잖아요. 전 그렇지는 않고, 말 대답도 잘하고, 잘난 척도 많이 하고, 얄미운 아이였던 것 같아요. 쉽게 잘 넘어가지 않고, 어른들한테도 좀 따지고, 얄미운 아이? 잘난 척 많이 하고, 지식에 대해 자랑하는, 그런 아이였던 것 같아요. 형들이 되게 미워했죠.

지 그때부터 지금까지 오는 성격이 일부 있는 거군요.(웃음)

김 사람은 안 변하니까요.(웃음)

지 대가족으로 생활한 것은 어느 때까지인가요?

김 3학년부터 5학년 때까지 2년 정도, 그동안 화려한 시절을 보냈어요. 집은 아주 가난했던 것 같아요. 혼분식을 장려하던 시절엔 도시락을 싸가면 선생님이 검사하고 그랬는데요. 내 도시락이 모범답안으로 뽑혀서 애들한테 "보리가 이렇게 많아야 해."라고 보여주고 그랬어요. 철없이 그걸 어머니한테 자랑했더니 어머니가 슬퍼하셨던 것 같아요.

지 혼분식 장려 때문이 아니었고.

김 우리는 원래 그렇게 먹었으니까, 남들은 쌀밥 위에 보리를 살짝 얹는 식이었는데요. 우리는 보리가 많이 들어간 밥을 먹었는데, 그런 것으로 기죽고 그렇지는 않았어요. 왜냐하면 가난을 몰랐으니까요. 알았더라면 슬펐을 텐데. 다들 비슷한 것도 있고, 특별히 잘 사는 사람도 없었구요. 그러다가 국민학교 6학년 때 부산으로 이사를 갔어요. 아버지가 부산에 직장이 생기셔 가지고. 그때는 형들은 다 군대를 가고, 처음으로 아버지와 어머니와 셋이 살았어요. 1, 2년 부산에서 살았는데, 그때도 되게 좋았어요. 사랑을 되게 많이 받는 시기였어요. 소소한 행복들을 느끼고, 그 당시 부산이라는 데가 서울이랑 너무 달라서요. 지금이야 대도시가 다 비슷하지만, 그때는 지역색이 강해서 굉장히 다른 세상에 가서 사는 느낌이었어요. 모험하는 느낌. 애들도 좀 무섭고, 사하국민학교라고 괴정동에 있는 학교였는데요. 학교 축구부도 되게 세고, 축구부에 나이 많은 애들도 있고, 고아원 애들도 한 반에 두세 명씩 있고 해서 학교가 되게 거칠었어요. 애들이 형 같아, 힘줄 툭툭 튀어나오고.(웃음) 대체로 따돌림 당하거나 괴롭힘 당하지 않고, 6학년 마지막 즈음인 5월쯤 갔으니까 졸업할 때까지 잘 지냈어요. 애들이랑 재밌게 놀고. 그런데 선생이 좀 후져가지고….

지 '너그 아버지 뭐하시노?'(웃음)

김 그건 아닌데, 이 사람은 선생을 왜 하는지 모르겠는 사람이었어요. 수업 시간이 너무 싫었어요. 한 사람이 다 가르치는데, 어떻게 하나 하면 예를 들어 사회 같은 과목 있잖아요. 사회 책에 있는 문장들이 '우리나라는 어떻게 됐고, 어떻게 됐고, 어떻게 된 나라다'라고 되어 있잖아요. 그러면 칠판에다가 우리나라는 점점점점 한 다음에 어떻게 됐다, 라고 써요. 그러면 그 문장을 그대로 처음부터 끝까지 공책에 다 쓰는 거야. 그게 수업의 다였어요. 자기는 교과서에 있는 100글자 중에서 칠판에다 10글자만 쓰고, 그 100글자를 애들한테 쓰게 하는 거예요. 한 시간 내내. 그러고 자기는 딴짓하고. 그때 너무 고통스러웠어요. 그게 너무 괴로웠어요. 내가 이 짓을 왜 하고 있나, 하는 회의가 들었어요. 그래서 학교 다닐 때는 화가 나 있었어요. 끝나면 애들하고 놀고.

지 조숙했던 거네요. 의구심도 있었던 거구요.
김 그런 건 당연히 받아들이기 힘들죠. 그게 무슨 공부야.

지 애들은 수동적으로 받아들이는 경우가 많잖아요.
김 다른 애들은 모르겠는데 저는 너무 싫었어요. 그게 무슨 공부야. 선생이 수업 시간에 아예 말을 안 해요. 그 학교에서 마지막 6학년을 다녔던 학과 시간은 내 인생에서 가장 고통스러웠던 시간 중 하나였던 것 같아요.

지 요즘 같으면 교육청에 얘기할 수도 있고.
김 그때는 그런 게 없었으니까요. 그러고 나서 중학교 가니 천국인 거예요. 약간 부자 동네로 배정받았어요. 대신중학교로 갔는데, 거긴 야구부가 있었어요. 학교 들어갈 때 반 배치고사를 봤는데, 거기서 내가 1등을 했나 봐요. 선생님들이 엄청 이뻐해주고 그래서 좋았죠. 처음 몇 달은 정말 행복한 시간을 보냈죠. 그런데 괴롭히는 애가 한 명 있었어요. 뚱뚱한 돼지 새끼인데, 그냥 이유 없이 저를 괴롭혔어요. 끝나면 부르고. 그때는 수업 시간은 너무 좋고 학교 끝나면 괴롭고, 그랬죠. 그때도 계속 책을 봤던 것 같아요. 부산 가서도 집에서 계속 책 보고, 동네 어린이 도서관 같은 것들이 있어서 거기 가서도 책을 보고, 학교 도서관에서도 학교 끝나면 책 보고, 애들하고 놀다가 집에 들어오고 그랬죠.

악당 7년

지 어떤 책을 주로 읽었나요?

김 닥치는 대로 읽었어요. 그 당시에는 SF소설도 많이 읽었구요.

지 당시 읽었던 책 중에서 지금도 기억나는 책이 있나요?

김 그냥 그때는 《삼국지》를 되게 재밌게 읽었어요. 월탄 박종화 선생의 《삼국지》를 너무 재밌게 읽었죠. 반복해서 계속, 여러 번 읽었어요. 그리고 뒤마 전집이라고 해 봐야, 《삼총사》와 《20년 후》라고 삼총사의 뒷 얘기가 나오는 다섯 권짜리 뒤마 전집 두가지를 즐겁게 읽었어요. 얘기들이 너무 재밌어서요. 좋아하는 장면도 많았고. 그러다가 1학년을 다 못 다니고 여름에 서울로 이사를 왔어요. 약간 다닌 거죠. 아버지가 회사를 그만두고, 서울에서 부동산을 하신다고 잠실로 이사를 왔어요. 잠실이 막 개발되기 시작할 때, 주공 아파트가 5단지까지 들어서고 장미 아파트도 막 짓고… 잠실의 초창기였죠. 이사를 왔는데 서울이니까 너무 좋고, 환경도 되게 쾌적하고, 고층아파트에 살고, 그러니까 좋았죠. 학교를 배정받아야 되는데, 주변 사람들이 천호중학교만 안 가면 된다고 해요. 그런데 천호중학교가 됐어요.(웃음) 잠실에서 천호동까지 등교를 한 거죠. 천호중학교는 지금 상상하기 힘들 정도로 터프한 학교였어요. 제가 처음으로 부산에 갔을 때 느꼈던 것 같은 기분, 그것보다 더 쎈 기분을 느꼈으니까요. 나는 너무 순진하고 순박한 1학년이었는데, 학교에서는 폭력이 난무하고 선생이 돌로 애들 머리를 찍는….(웃음) 한 반에 70명인데 고등학교에는 40명 정도 진학하는 그런 학교였어요. 나머지는 중졸로 끝나는 그런 학교. 바로 천호동 조폭 조직으로 들어가고.

지 그쪽에 나이트도 많고.

김 그때는 나이트도 많이 안 생겼을 땐데 조폭들이 있었어요. 중학교 안에 이미 조폭과 연계된 폭력 서클이 존재했구요. 나랑은 좀 다른 세계여서 공부를 아주 잘하면 관심을 떼버리는데, 자기들끼리 노니까…. 지금은 공부 잘하는 애들이 싸움도 잘하는데, 그때는 완전히 분리되어서 공부하는 애들은 공부만 했죠. 거기서 중학교 1학년 때부터 3학년까지 다니고 졸업을 했죠. 그때 반장이 엄석대 같은 놈이었어요. 선생이 체육 선생이었는데, 종례도 안 올라와요. 그러면 반장이 애들을 집에 안 보내요.

지 자기가 뭔데.

김 이충원이라는 개새끼였는데, 그 권력을 휘두르는 거예요. 그 새끼 한번 보고 싶다.(웃음) 애들을 붙잡고 있고, 조용히 하라고 하고. 가만히 있으면 웅성웅성하게 되는데, 떠드니까 집에 못 간다면서 때리고 그랬어요.

지 그때는 전두환 시절이라 정화일지 같은 거 쓰면서 반장이 큰 권력이었잖아요.

김 그때는 박정희 시절이었죠. 내가 중3 때 12.12가 일어났으니까요. 10.26도 있고, 많은 일들이 있었죠. 무법천지였었죠. 다들 그런 독재에 익숙해져 있었구요.

지 반장한테 충성하는 똘마니들이 꼭 있었잖아요.

김 대체적으로 넘어갔던 것 같아요. 진짜 노는 애들은 집에 가도 아무 말도 안했어요. 그런 터프한 시기였죠. 그래도 공부는 잘했어요. 끝나면 애들이랑 놀고. 일부러 텍사스촌 지나서 걸어 다니고… 언니들 구경하려고. 대여섯 정거장을 일부러 걸어서 천호 사거리까지 가서 차 타고 가구요. 몇몇 친구들이랑 어울려서 많이 놀았던 것 같구요. 그러면서 중학교 시절을 보낸 것 같아요. 특징은 공부를 잘했다, 그때는.(웃음) 그것밖에 없었어요.

빨리 중학교를 졸업하고 싶었죠.

지 고등학교를 영동고등학교를 가셨죠? 그때는 어디 있었죠?

김 학동 사거리, 지금 있는 데 있었어요. 그쪽 학교를 갈까봐 너무 불안해 가지고 위장 전입을 했어요. 청담동 쪽에 친척이 한 명 있어서 위장 전입을 했습니다.

지 공직엔 못 나가시겠네요.(웃음)

김 너무 불안했어. 계속 천호동에 내가 있게 될까봐, 너무 너무 불안해가지고. 부모님들도 싫어하시는 것 같고. 국민학교 1학년 때 학교 처음 가면 교실에 일주일을 안 들어갔어요. 운동장에서 두 시간 정도 율동 배우고 노래 배우고 집에 갔어요. 일주일은 그렇게 운동장에서 보내다가 일주일 지나면 교실로 들어가는 거였어요. 우리는 그랬어요. 교실에 들어가서 그다음 날 준비물을 안 가져갔다고 손바닥을 맞았어요. 교실로 들어간 두 번째 날에. 그때부터 대학교 졸업할 때까지 매일 학교에 가기가 싫었어요. 하루도 안 빼고. 물론 손바닥 맞은 것 때문만은 아니겠죠. 그냥 학교가 싫었어요. 결석도 많이 했어요.

지 그런데 어떻게 성적이 좋았나요?

김 그냥 잘할 수 있었어요. 책을 많이 읽어서 그런지 금방 이해했구요. 초등학교 때까지는 그렇고, 중학교 때부터는 어려워지는데, 어떻게 대충 되더라구요. 물론 수학은 안 돼서 점수가 되게 낮았어요. 나머지 국어와 암기과목 영어 이런 것을 잘했으니까. 진짜 학교가기 싫었어요. 너무 불행했어요.

지 신기하게도 학교 가는 게 재밌어야 공부를 잘할 가능성이 높은데, 지긋지긋한데도 공부를 잘했다는 거잖아요.

김 별로 공부를 열심히 한 적은 없어요.

지 머리가 좋았다는 건데요.

김 머리는 좋았어요, 확실히. 책을 읽으면서 객관식 문제를 푸는 데 최적화된 부분이 발전했는지 객관식 시험을 굉장히 잘 볼 수 있었어요.

지 아는 게 많으면 대충 이중에서는 이게 맞는 것 같다는 감이 오니까요.

김 일단 사지선다형인데, 두 개는 말이 안 되는 보기를 넣어두거든요. 그것만 골라내면 확률이 50퍼센트니까 잘할 수밖에 없는 거예요. 문제와 지문을 읽을 수 있는 힘이 있으니까. 이제는 안 되죠. 요즘은 논술 같은 것도 있어서. 책을 많이 읽었으니까 논술도 잘했을지도 몰라요. 그렇게 시간들을 보냈죠. 학교 가기 싫어하면서, 고등학교 때는 많이 놀았어요. 학생의 신분에 맞지 않은 일 같은 걸 하는 데 두려움이 없었어요.

지 예를 들면?

김 담배를 피운다거나 술을 마신다거나 나이트를 가거나, 이런 것에 두려움이 없었어요. 호기심이 두려움보다 훨씬 많았어요. 그게 저인 것 같아요. 호기심이 두려움을 이기는 것. 육체적으로는 두려움이 많아요. 육체적인 두려움, 누구한테 맞는다고 하면 되게 무서울 것 같은데요. 예를 들어 되게 쎈 마약을 해봐라, 만약에. 저는 그런 것은 두려워하지 않을 것 같아요. 그런 모험은.

지 그 모험이 육체적인 구속을 동반하게 되거나, 그렇게 되잖아요.(웃음)

김 그건 말고, '마약은 무서운 거야. 중독되는 거야.' 이런 두려움은 없다는 거죠. 당연히 큰 벌을 받으면 안 하죠.(웃음) 그런데 그런 두려움은 없었던 것 같아요. 그게 나였던 것 같아요. 고등학교 1학년 때 담배를 피우기 시작했어요. 그것도 이런 거지. 독서실이나 놀이터 갔는데, 선배들이 담배를 피우고 있는 거예요. "담배 한 대 피워 볼래?" 할 때 그걸 들이마시고, 기침을 콜록콜록 하는 것이 쪽팔릴 것 같아서 혼자 연습을 하는 거죠. 사람들 앞에서 담배를 멋지게 피우려고… 그래서 배웠어요. 청자 사서 몰래 피워 보다가 어지러워서 누워 있고,(웃음) 2학년 때부터는 주말에 나이트클럽을 다녔어요. 나이트 좋아하는 친구가 있어서 따라다녔죠.

지 어디를 다니셨나요?

김 신사동에 바덴바덴이라는 나이트클럽이 있었어요. 거길 2주에 한 번은 갔던 것 같아요. 우리 집에는 돈이 없는데 친구 집들은 부자니까. 나는 돈이 없었고, 친구들이 돈 많이 내고 그랬어요. 거기 같이 가는 대학생 누나도 한 명 있었어요. 고등학생 친구의 애인 같은 누나였는데, 성숙한 고등학생이 한 명 있었거든요. 예쁜 고등학생 여자도 하나 있었고, 대여섯 명이 같이 다녔어요. 여자 둘은 친구들 사이에 짝이 있는 분위기여서 나는 외롭게 춤을 추고, 그래도 여자들도 있으니까 좋았죠.(웃음) 고3 때 나이트에서 박중훈을 처음 만났어요.

지 저도 타워호텔 나이트에서 본 적이 있는데요.

김 우린 여기저기 많이 다녔어요. 중훈이랑은 서초동의 채널 브이라는 곳에서 처음 봤었어요. 이상하게 생긴 애가 화장실에서 머리를 빗고 있더라구요.

지 영화에 나오는 것처럼.(웃음)

김 우리 때는 2학년 때부터 머리를 길렀어요. 우리 학교는 시범으로 머리를 길렀어요. 고등학생들이 머리를 안 기르는데, 3학년 때 다 같이 머리 기르고 교복자율화를 했는데요. 우리는 시범적으로 2학년 때부터 교복은 입지만 머리를 길러라, 이렇게 됐던 거예요. 머리를 길러도 되니 우리는 얼마나 좋아. 그런 델 가서 의심도 안 받고 편하게 다녔어요.

지 저희는 상문고등학교라.

김 불쌍했죠. 그때 고등학생들 가발 쓰고 놀러 다녔는데, 우리는 그럴 필요가 없었으니까요. 머리만으로 기준이 되는데, 우린 편했던 거죠. 특혜를 받았던 거예요. 그렇게 많이 놀았어요. 나이트 가고, 담배 피고, 술 마시고.

지 그래도 공부는 잘하셨나 봐요.

김 고등학교 때는 그렇게 잘하지는 못했어요. 왜냐하면 워낙 잘하는 애들이 많았어요. 그때 경기, 서울, 영동, 상문에는 진짜 공부 잘하는 애들이 많았어요.

지 소위 8학군이었잖아요.

김 초기 8학군, 다이아몬드 같은 8학군인데, 그중에서도 영동이 제일 쌨어요. 우리 학교 이사장님이 김형목 선생이라고 북청 물장수 출신인데, 영동 땅의 반을 가지고 있던 사람이었어요. 그러니까 그 넓은 땅에 사립학교를 만들지, 생짜로. 그 양반이 무학이어서 교육에 대한 열의가 있는 분이었어요. 운동회 같은 때 오시면 글을 잘 못 읽어요. 나중에 얘기를 들었는데, 교육청에다가 돈을 써서 점수 높은 애들을 많이 뽑았다는 소문도 있었어요. 뽑기로 하는데, 학교가 10개가 있으면 1, 2, 3, 4, 5, 6 이렇게 한 명씩 보내야 되는데, (1, 2, 3), (4, 5, 6, 7), (8, 9, 10) 이런 식으로 특정 학교에 많이 배정했다고 하더라구요. 중학교 때는 전교 1, 2등까지 했는데, 고등학교 가니까 반에서 4, 5등 하더라구요. 역시 고등학교 올라가니 안 되나 보다, 하면서 반에서 4, 5등 하면서 지냈죠. 10등 안에만 들면 돼, 하면서.

지 워낙 중학교 때 잘하다 보니까.

김 공부도 적당히 하고, 잘하는 과목도 있고, 못하는 과목도 있고.

지 아이큐 검사를 하셨을 거잖아요.

김 150이 넘게 나왔어요.

지 멘사네. 가입했어요?

김 그때 했으면 됐을 거예요. 아마. 진짜 머리가 팽팽팽팽 돌았을 때니까요. 머리가 좋았던 전성기는 초등학교 6학년 때쯤이었던 것 같아요. 그때 진짜 좋았어요. 그 뒤로는 하락세예요. 그때 장학퀴즈 같은 거 있었잖아요. 초등학교 6학년 때 그걸 다 맞췄어요. 형들이 얼마나 저를 미워했겠어요. 자기는 고등학생인데 한 문제도 못 맞추는데, 나는 다 맞추니까.

지 그게 타고난 머리에다가 독서의 힘 같은 거겠네요.

김 독서의 힘이죠. 어린 애한테 지식이 너무 많이 들어가 있는 거예요.

지 고등학교 때 놀다가 사고를 치지는 않았나요?

김 애들 사이에 저 새끼는 공부도 좀 하는데 애가 좀 껄렁껄렁하고 그러네, 가끔 이러다가 애들이 약간 거칠게 나오면 쓱 빠지고…. 노는 애들을 반은 무서워하고 반은 호기심을 가지고 이러면서 같이 놀았던 것 같아요. 고3 때 집이 구로구 시흥동으로 이사를 갔어요. 아버지가 거기다 중국

집을 차리셔가지고, 시흥 럭키아파트에다가. 거기서 학교를 다니려니 너무 먼 거예요. 버스 두 번 갈아타고 한 시간 반 정도를 가니까. 고3 올라가던 겨울에 집이 이사를 갔는데, 중학교 때부터 친하게 지내던 친구가 장미아파트에 사는 친구가 있었는데요. 이 친구가 너무 공부를 안 했어요. 머리는 좋은데 공부 안 한다고 집에서 생각하는 그런 스타일이죠.(웃음) 걔네 어머니가 우리 어머니랑도 교류가 있고, 중학교 때부터 친구였으니까, "너 우리 ○○이랑 집에서 공부하면 어떻겠냐? 우리 집에서 먹고 자고 하면서 같이 학교 다니고…" 그래서 친구 집에서 자는 것은 좋으니까 그 집에 들어갔어요. 친구를 입주 과외하는 식으로 한 거죠. 걔 침대에서 둘이 같이 자고, 둘이 엄청나게 놀았어요.(웃음) 걔는 고3 때 이미 당구 300을 쳤거든요.

지 300이면 맛세이도 금지 안 당하는.(웃음)
김 고등학생으로는 지존이죠. 이미 당구 300을 쳤고, 나쁜 꾀가 되게 많았어요.

지 잡기에 능하다는 거니까.
김 애는 착한데 거짓말을 잘하고, 집에서 돈을 기가 막히게 잘 훔쳤어요.

지 안 들킬 정도의 금액이란 거잖아요.
김 부모님 장롱에 외화가 꽤 있었어요. 달러하고 엔화가. 100불 한 장만 빼면 우리가 충분히 며칠 놀 수 있는 거잖아요. 그걸 빼가지고 돈을 펑펑 같이 쓰면서, 저는 옆에서 같이 즐겁게 쓰고… 그래서 재밌었어요. 고3 올라가던 겨울방학 때 진짜 재밌게 놀았어요. 그것도 아파트 지하실에 약간 방도 아니고 창고도 아닌, 보일러실 같이 넓은 데다가 밑이 쫙 뚫려 있는 공간이 있었어요. 부모들이 애들 모여서 같이 공부하게 한다고 조명이랑 책상 같은 것을 놔준 거야. 실수를 하신 거죠. 동네 애들 대여섯 명이 모여서 담배 피우고 음악 듣고 환상적인 시간을 아파트 지하실에서 보냈죠. 겨울은 그렇게 보내고. 학교 다니면서는 독서실을 다니고, 독서실에 가면 늦게 와도 되니까 독서실에 가방 던져 놓고 당구치고, 끝나면 나이트 가고… 개가 맨날 달러를 훔쳐오니까 신라호텔 나이트 가고 타워호텔 나이트 가고, 그렇게 여름 방학까지 보냈어요. 여름 방학 끝나고 모의고사를 쳤는데 210점인가 220점인가 나왔어요.

지 그때 340점 만점이었잖아요.

김 좀 심각했죠. 그때 공부 좀 하는 애들은 모의고사에서 280점, 290점, 300점 가까이 받았을 때인데, 210점대가 나오니까. 우리 어머니는 그때도 "점수에 맞는 대학을 가라."고 하셨는데, 그때 처음으로 제 머릿속으로도 심각해진 거예요. 이건 안되겠다, 하고.

지 집에서는 공부하라고 쪼진 않았나 보죠?

김 쪼았죠. 아버지는 공부 안 하면 뭐라고 하는데, 어머니는 "니 점수에 맞춰서 대학을 가라. 중대가 되게 좋다더라, 사학과 이런데 좋다더라."라고 하셨어요. 저는 이래서는 안 되겠는 거예요. 그래서 일단 놀지는 말자고 결심을 했어요. 2학기엔 놀지는 말자고 결심을 했어요. 그래서 개네 집에서 나왔어요. 개네 집에 있으면 안 되니까… 나와서 집으로 들어갔어요. 장거리를 차를 타고 통학해야 하지만, 집으로 가자, 집으로 들어가서.

지 대학은 좋은 데 나와야 된다는 생각은 하신 건가요?

김 210점은 아닌 것 같다, 내가 그래도 연대 정도는 가야 되지 않나, 그런 생각을 했어요. 그 당시에, 어린 마음에.

지 그래도 전교 1등 출신인데.(웃음)

김 중학교 때는 무슨 시험을 보든 전국에서 몇 등을 하고 그랬는데요. 전략을 세워 보니까 수학은 안 되겠어, 포기. 물리도 안 되겠어서 생물을 택했구요. 수학은 집합과 명제는 이해를 하겠어, 2차방정식까지는 알겠어, 도형도 좀 알겠고, 그다음에 미분, 적분 이런 것은 아예 모르겠는데 여기에 내가 노력을 기울이지 말자, 포기. 집합과 명제, 2차방정식, 도형, 여기까지만 하고, 나머지는 달달달 외우는 공부를 한 거죠. 학교 끝나면 학교 안에 있는 도서관에서 공부하다가 밤늦게 막차 타고 집에 가고, 공부를 되게 많이 하지는 않았어요. 집에 가면 그냥 자고, 학교 도서관에서 9시쯤까지 앉아서 이 책, 저 책을 뒤적뒤적 보고 그렇게 마지막 학기를 보냈죠. 그런데 시험을 너무 잘 본 거지.

지 역시 머리가 있으니까. 그때는 그나마 이런 게 가능했잖아요. 그런데 지금은…

김 지금은 돈이 많아야 하고, 어려운 공부를 시키기 때문에. 그때까지는 개천에서 용 나는 것이 가능했죠. 취직도 가능했고, 조금씩 돈을 불려서 집을 사는 것도 가능했고. 지금은 모든 것이 봉쇄되어 버렸지만. 그렇게 고등학교 시절을 보내고, 결과적으로 내가 이 점수를 받았다고 써냈을 때는 아무도 안 믿었죠.

지 '이제 거짓말까지?'(웃음)

김 선생한테 맞기도 했어요. 거짓말 한다고. 사람들이 비웃고.(웃음)

지 영화 〈더 킹〉 생각나네요. 성적 올려놓으니까 거짓말 한다고 때리고.
김 거의 그런 수준이었어요. 학력고사 점수를 써냈을 때. 나중에 대학 갔다가 학교 소문을 들어봤더니 선생들이 3학년 딱 올라오면 "너희 선배 중에 이런 선배가 있었다. 너희도 하면 된다." 이런 예로 쓰였던 거예요.(웃음)

지 전설의 선배.
김 그렇게 놀던 애가 공부를 일 년 하더니 이렇게 됐다.

지 야, 된단 말이야.(웃음) 그게 다 되는 게 아니고, 일종의 특수한 케이스일 수 있는데요.
김 고등학교는 아주 실속 있게 보냈죠. 많이 놀고, 막판에 바짝 공부해서 대학을 잘 갔구요. 대학을 잘 간 것이 우리 어머니한테는 엄청난 행복이었던 것 같아요. 내세울 게 없는 삶인데, 내세울 게 생긴 거죠.

지 그 당시 서울대라면. 어머님은 어떤 분이셨나요?
김 평생 주부를 하셨어요. 아버지 때문에 평생 힘들었어요. 아버지는 젊은 시절에 술도 되게 폭주를 하고, 콤플렉스가 많았어요. 좋은 사람인데, 콤플렉스가 많아서 늘 죽어버린다고 그랬대요. 죽을까 봐 걱정을 하고, 가난한 집을 저축으로 꾸려나가고, 그러면서도 지켜야 할 예의 같은 것도 다 지키면서… 인고의 어머니상이지. 그런데 한 번도 내 편이 안 되어 준 적이 없어요. 내가 어떤 상황에서도… 이혼하겠다고 할 때도 그랬구요.

지 어머님을 생각하면 늘 든든했겠네요.
김 인격적으로도 굉장히 훌륭한 분이고, 교회를 너무 열심히 다니는 게 좀 흠이지만.(웃음) 진짜 훌륭한 분이에요. 정치적으로도 훌륭하시고.

지 한국 사회에서는 상대적인 진보?

김 나보다도 더 진보적이죠. 다만 인정 못하는 것이 동성애 이런 거죠. 그런데 최근에 사람이 누가 누굴 사랑하는 걸 누가 어떻게 막겠니, 이렇게 변하셨어요. 80세 할머니가.

지 휴머니스트네요.

김 그것도 그 나이 많은 크리스찬이.

지 교회를 다니시나요?

김 저는 지금 종교가 없죠.

지 세례는 받으셨잖아요.

김 어렸을 때부터 교회를 20년 다녔어요. 날 때부터 다녔어요. 원래 기독교 집안이니까. 운동권 되면서 유물론자가 되면서 버렸다가 30대 초반에 재혼할 때 처가가 카톨릭 집안이었어요. 성당 다녀야 결혼 시켜준다고 해서 안 다닌다고 하고 결혼하지 말까 생각하다가, 그때부터 카톨릭 신자 생활을 십몇 년 했죠. 성당도 열심히 다니고…. 이혼하고 나서는 모든 것으로부터 자유로워졌죠.(웃음)

지 서울대 경영학과는 시험 성적에 맞춰서 가신 건가요?

김 네.

지 나중에 경영인이 되어야지, 하는 포부가 있었던 것은 아니구요?

김 내가 어릴 때부터 속물이었다는 것을 잘 보여주는 좋은 일화라고 생각해요. 서울대 경영학과를 간 것은. 진짜 진짜 안 좋은 선택이었죠. 일단 저는 수학을 못해서, 그때 그 점수로는 모든 곳을 갈 수 있었어요. 그런데 법대는 혹시 떨어지면 어떻게 하나, 하는 걱정을 선생이 했어요. 혹시 모른다는 거죠. 결과적으로 법대에 갔어도 되게 상위권이었죠. 그러면 제가 아마 검사나 판사가 되어 있을 거예요. 지금쯤. 그때 법대 갔으면 1학년 때부터 갈등 없이 고시 공부를 했을 것이고, 외부로부터 약간 단절된 상태로 지냈겠죠. 고시는 내가 잘할 수 있는 분야인 데다가 사법고시 같은 것은 저한테 최적화된 분야여서 아마 합격했을 것 같아요.

지 만약 판검사가 되셨으면 어떻게 됐을까요? 〈소수의견〉의 검사가 안 된다고 자신할 수 있으세요?(웃음)

길 변수가 너무 많아서요. 그리고 나는 유혹에 좀 약해서. 아마 〈소수의 견〉의 홍재덕 같은 사람이 되었을 수도 있었다고 생각해요. 그럴 가능성이 꽤 높아. 유혹의 영향을 받고, 와 이렇게 멋있게 살아, 나도 따라가, 그러다가 관계가 생기고 충성하고, 다 같이 충성하는 분위기면 휩쓸려가고… 분명히 그랬을 것 같아요. 우병우 같은 사람이 되어 있었을 것 같아요.

지 머리가 좋으니까 논리도 잘 만들어내고.

길 법조계에서도 끌어주는 선배가 별로 없었을 테니까요. 청문회 다 봤어요? 검찰 쪽에서 나왔던 안병근이라는 친구가 있는데, 걔가 고등학교 1년 후배야. 우병우 라인인 거죠. 잘되면 그 정도 되어 있었을 거예요. 지금쯤. TK나 PK 아니고, 경기고 출신 아니고, 법조계 선배들 거의 없고 하니까 중간에 변호사로 빠졌을 수도 있구요. 적당한 시점에. 가다가 IT 버블 일어났을 즈음에는 그런 쪽의 변호사로 빠져서 큰돈 벌 생각을 하고 그러지 않았을까 싶어요. 지금과 비교하면 되게 안 좋은 삶이죠. 결과적으로 잘했어요.(웃음) 돈을 많이 벌었을 수 있지만, 지금 삶이 더 좋은 것 같아요.

지 우병우 얘기 나왔으니까, 최근의 일들이 시간이 지나면 영화나 드라마로 많이 나올 텐데요. 가상 캐스팅에서 네티즌들이 '우병우 역은 김의성밖에 없다'고 하는데요.

김 그럴 가능성은 없죠. 제로에 가깝죠. 나는 이 얘기가 10년 안에 만들어지는 것은 사기라고 생각하기 때문에, 10년 후에 제가 우병우 역할을 하기에는 나이가 많아지니까 그 역할을 할 가능성이 없는 거죠. 벌써 그런 움직임이 생기는데, 다 사기라고 생각해요. 어떻게 그 사건을 지금 해석해요. 지금 세월호 얘기를 만든다, 최순실 국정농단을 영화로 만든다고 하는 것은 최악의 움직임이라고 생각해요.

지 모티브를 가지고 상상력을 가미해서 다른 얘기를 만들어야 하는데.

김 그렇죠. 그럴 수는 있죠. 그런 데서 영감을 얻어서. 이걸 역사적인 사실로 다루려면 이 정도 크기의 사건은 적어도 30년은 필요하다고 생각합니다. 어느 정도 이론의 여지가 없어지고, 단단한 해석이 생기고, 거기에 뭔가 다른 관점을 들이댈 수 있을 정도의 단단한 해석이 생겨야 재미가 있지, 지금같이 해석이 완전히 갈라져 있는 상태에서는 어느 한쪽의 해석을 좇는 것밖에는 안 되잖아요. 예술은 그런 것이 아니라 뭐가 단단해졌을 때 거기를 관통하는 소수의 해석, 이런 것이 대중 예술이라도 예술인 거죠. 전두환 얘기도 아직 쉽지 않은데… 〈26년〉도 아직은 다루기에 쉽지 않은 영화였는데요.

지 그러네요. 30년이 훨씬 지나서 어느 정도 해석이 나온 사안에 대해서도 영화화하기는 쉽지 않네요.

김 〈1987〉 같은 작품이 지금 나오는 것이 시점으로는 그 정도로 묵혔으니까, 이걸 보는 관점이 생길 수 있다고 생각해요. 저는 그런 영화를 준비하고 있는 사람들한테 하지 말라고 얘기하고 싶어요. 그런 소재들을 그 정도 인간들이 선점하는 것이 싫어요. 세월호 기획은 개쓰레기던데요.

지 대학 진학 후에 운동권으로 들어가신 거잖아요.

김 대학교 1학년 때는 혼란스러운 야누스적인 삶을 살았어요. 제가 속한 곳이 많았어요. 정체성이 흐릿한 때였습니다. 그때 우리 교회 선배들 중에 운동권이 많았어요. 교회에서 서울대 다니는 운동권들이 꽤 있었습니다. 그래서 학교 들어가자마자 형들이 꼬셔서 스터디를 시작했어요. 그게 도대체 뭔지 모르겠고 지금도 사실 잘 모르겠는데, 지금 생각해보면 1984년도였으니까 구체화되지는 않았지만 주사 계열이었던 것 같아요. 제가 왜 모르냐 하면 공부를 안 했거든요. 맨날 도망 다니고 꾀 부리고.(웃음) 한쪽에서는 그런 데를 기웃거리고, 다른 한쪽에서는 과 친구들과 술 마시고 놀고 단체 미팅하고, 또 다른 한쪽에서는 영동고등학교 출신의 서울대 간 친구들, 그 무리들이 어울리는 완전 부르조아들이랑 음대 애들이랑 놀고 나이트 가고 한쪽에서는 연애 사건이 터지고, 어디에도 속하지 못한 1학년 시절이었던 것 같아요. 어쩌면 그게 또 나야. 어디에도 깊이 들어가지 못하고, 여기저기 발을 놓고 다양한 경험들을 하면서 산 것… 그랬죠. 그렇게 1학년을 결국은 대부분 놀면서 보냈어요. 공부 안 하고. 딱 들어가 보니까 공부가 나랑 안 맞아, 바로 안 맞는 것 같아, 교양을 듣는데 그때부터 안 맞아요. 그래서 나는 공부할 사람이 아니구나, 하는 생각을 했어요.(웃음) 그래서 놀았죠. 대학가면 노는 거라고 생각했구요. 놀기에 되게 좋은 핑계도 있었어요. 이런 시국에 무슨 공부냐, 하는 핑계가 있었습니다. 어설프게 고뇌하는 대학생인 척하면서 그냥 논 거지.(웃음) 2학기 중간고사 때 학내 프락치 사건이 터지면서 시험 거부 운동이 일어났어요. 애들끼리는 시험을 보네, 못 보게 하네, 수업 거부하고, 운동권들은 막고, '나는 죽어도 시험을 봐야겠어.' 그러면 '개새끼' 이러고 그랬는데, 나는 그때 뭘 했냐, '아싸, 시험 안 본다.'고 하고 학교를 안 갔어요. 제대로 시험 거부를 한 거예요.(웃음) 나중에 보니까 한 과목도 안 본 사람은 저밖에 없더라구요. 운동권도 다 한두 과목은 봤더라구요. 안전판을 만든다고.

지 배신감을 느꼈겠네요.(웃음)

김 모르겠어요. 저는 노는 것을 좋아했어요. 공부를 싫어하고 노는 것을 좋아하는 사람이었어요. 대학 가서도 학교 가는 걸 별로 안 좋아했어요. 주로 애들이랑 봉천동 사거리에 있는 당구장에서 당구 치고, 학교까지 안 가고 봉천동 사거리에서 버스 내려서 거기서 놀다가 집에 가고 그랬어요. 당구 많이 치고 술 먹고 그랬죠. 그냥 그랬어요. 대학생활은 낭만이다, 거기다가 이 낭만을 자극해주는 군부독재까지 있었으니까 좋았지.(웃음) 운동도 깊이 하지 못했고, 화려한 강남 출신 애들의 세계에도 깊이 들어가지 못하고, 과에도 깊이 녹아들지 못하고, 여기저기 재미있는 것만 찾아서 놀았어요. 오늘은 과 애들이랑 술 먹고, 내일은 고등학교 출신 애들이랑 놀러가고, 그다음 날은 교회 사람들이랑 놀고. 그런데 여름 방학 때 연애 사건이 크게 터져가지고.

지 어떤?

김 진짜 첫사랑이 터진 거죠.

지 떠들썩했던 사건인가요?(웃음)

김 떠들썩했던 것은 아니고, 내 마음속에서 터진 거죠. 여름 방학 시작할 때 시작해서 여름 방학 끝날 때 끝났어요. 가을 내내 맨날 울고, 그렇게 1학년이 갔죠. 1학년 2학기는 울면서 지냈어요.

지 어떻게 만나게 된 건가요? 교회에서?

지 교회 1년 누나였는데, 되게 귀엽고 예쁜 누나였어요. 연애 경험이 많은 사람이었어요. 연애 선수였어요. 선수한테 걸려서 코 꿰어가지고.(웃음) 완전히 연애와…. 너무 순진해서 내가 생각하는 육체관계라고 하는 것이 스킨십 정도였어요. 키스하고 가슴을 만지고 손을 잡고, 귀를 핥으면 어마어마한 거라서.(웃음) 맨날 칸막이 있는 까페에 가서 둘이 끌어안고 비비고 그걸 두 달 동안 계속했는데, 여름 방학 끝날 때 헤어졌죠. 너무 슬펐어요.

지 노는 걸 좋아했던 것에 비해서 어떻게 보면 연애는 좀 늦게 한 편인가요?

김 성적으로는 되게. 자위도 대학 가서 처음 해봤어요. 그런 쪽으로는 별로 안 깨고, 되게 늦됐어요. 주변에 여자가 없는 데다가 형제도 다 남자고 그래서 여자에 대해서 모르고, 두려움이 많고 그랬어요.

지 나이트는 그냥 춤추러 간 건가요?(웃음)

김 여자가 다 여자로 보이니까 항상 긴장을 하고, 아는 동생, 누나 이런 것이 없었으니까… 그렇게 시작해야 편한데, 여자가 다 여자로 보이니까 모든 여자한테 성적으로 긴장을 하는 거죠. 그러니까 잘 안 되죠. 편하게 여자를 만나야 하는데, 항상 여자들한테 성적 긴장감이 있어서.

지 첫사랑 실패 후 트라우마가 좀 있었겠네요.

김 가을에, 그때도 시흥에 살았는데, 107번 버스 종점에서 골목을 쭉 걸어 들어가면 조그만 야산이 있는데, 야산 기슭에 있는 조그만 아파트에 살았어요. 종점에서 내려서 길을 10분 정도 걸어가다가 골목이 꺾이면 노란색 가로등이 있었어요. 꺾어서 노란색 가로등이 보이면 눈물이 터지는 거예요. 한 달 동안 매일 그 자리에 오면 울었어요. 아이고, 순진해가지고.(웃음) 그때부터는 연애로 상처받지 않겠다고 결심을 해서 그다음부터는 항상 제가 먼저 배신을 했죠.(웃음)

지 차일 것 같은 느낌적 느낌이 오면, 선제 공격을 하는 식으로.(웃음)
김 그런 것보다 중간에 다른 사람이 생기고 항상, 그런데 양다리는 못 걸치고 하니까 다른 사람이 생기면 전 사람이랑 확 헤어지고, 그런 것을 반복했죠.

지 연극은 언제부터 하신 건가요?
김 대학교 2학년 때 연극반에 들어갔어요. 1학년 2학기 때 학사경고를 받았어요. 공부를 너무 안 하니까. 연속해서 경고를 받거나, 경고를 한 번 받고, 근신을 한 번 받으면 학사제적을 당할 때였어요. 경고를 받는 것도 되게 힘든 일인데, 학점이 1.7이니까, 왜냐하면 시험 거부가 끼어서 그렇게 된 거죠. 2학년 되고 나서 안 되겠다, 정신을 차리자. 나도 미래가 필요한데, 회계사가 되자고 생각을 했어요. 다들 전공 들어가면서 회계사 공부를 하고, 공부를 열심히 해보자고 전공 과목도 듣기 시작하고, 회계사 공부들을 어떻게 해야 되는지 알아보고 그러다가 2, 3주 정도 지난 다음에 포기를 했어요. 이건 내가 할 일이 아니다, 뭐가 뭔지 한마디도 모르겠더라구요. 이건 내가 공부해서 알아낼 수 있는 분야가 아니다, 이 숫자들과 내가 같이 살아갈 수 없다는 걸 깨달았어요. 공부도 어떻게 해야 될지 모르겠고, 전공 필수 과목에 수학과 관계된 것들이 너무 많은 거예요.

지 고등학교 때 수학을 포기하셨다면서 왜 경영학과를 가셨어요?
김 경영학과는 수학이 없는 줄 알았어요. 경제학과만 있고. 계량경영학 같은 과목은 진짜 미분, 적분을 해야 되는 거더라구요. 어떻게 해야 하나, 걱정도 했구요. 한편으로는 85년 되니까 시국도 점점 엄혹해지고, 공부가 하기 싫다는 것과 2학년 때는 어딘가 서클을 들어가야 되겠다는 생각은 하고 있었어요. 공부로부터의 도피처도 필요하고, 학내에서 집회는 계속 나가고 했으니까요. 기존에 나를 가르치던 학습팀에서는 저를 포기하고서 버렸구요. 애는 운동에 헌신할 아이가 아니라고 버림받아서 프리에이전트가 된 상태에서 '나는 공부가 안 돼.'라고 생각하던 차에 연극반 공연을 하나 봤어요. 나보고 계속 연극반으로 오라고 하는 우리 과 애가 있었거든요. 공연 보고, 공연도 되게 어설픈데, 그런 걸 하는 게 재밌더라구요. 그런데 뒷풀이를 갔어요. 술 먹고 노래 부르고 노는 거야. 너무 재밌는 거예요. 1학년 말, 2학년 초에 교문투쟁을 많이 했을 때였어요. 화염병까지는 안 나올 때였는데요. 힘들고, 눈도 너무 맵고, 힘도 없어서 돌도 못 던지겠고, 뒤에서 던지면 앞에 있는 애 맞을 것 같고, 앞에 나가면 너무 맵고, 진퇴양난이더라구요.(웃음) 뒤에 서서 이러다 오는데, 이건 제대로 하는 것도 아니고…. 아, 연극반에 들어가면 폼 나게 연극도 하고, 그때 처음으로 총연극회라는 것이 생겼어요. 각자 단과대학에서 연극을 하다가 운동을 이렇게 하면 안 되겠다고 해서 각 단대 연극반들이 뭉쳐서 총연극회를 만들어 더 정치적인 연극을 하자고 추진하는 시기였거든요. 총연극회니까 인문대 여자 애들도 있었구요. 경영학과는 여자 애들이 한 명도 없는데, 여러모로 괜찮은 것 같다는 생각이 들었어요.

지 나름대로 타협을 한 거네요.

길 연극반 들어가서 의미 있는 일들도 할 수 있고, 여러모로 괜찮아 보였어요. 그래가지고 연극을 했는데, 제가 똘똘하니까 단연 두각을 나타낸 거죠.(웃음) 소리 내서 말하는 걸 남들보다 잘하니까, 생긴 것도 멀쩡하고. 5

월 대동제 때 되게 중요한 역할을 했어요. 그때는 공연이 집체극처럼 차전
놀이 같은 것을 타고, 캠퍼스 전체를 돌면서 역사적인 사건들이 곳곳에서
벌어지는 그런 것을 연출했어요. 맨 마지막에 본부 잔디밭에서, 말하자면
주인공 같은 역할을 한 거예요. 연극반 들어가자마자. 어떻게 캐스팅된 건
진 모르겠지만, 그래서 한껏 고양이 된 거죠. "이게 나의 길이야." 하고.(웃
음) 운동으로서 연극을 해야지 생각을 하고, 여름 방학이 된 거예요. 그때
소개팅을 해서 되게 부잣집 애랑 사귀었어요. 그런데 "이 길이 내 길이야.
너네 집은 너무 부자야."라고 헤어진 거예요. 큰 실수를 한 거죠.(웃음) 큰
기업 회장님 딸이었는데, 친구가 공들여서 소개시켜준 거구요. 그때 잘 됐
으면 지금은 회사를 물려받았을 수도 있는데… 남동생도 없었고. 철이 없
었죠.(웃음) 아무튼 여름 방학 돼서 농활을 갔어요. 학습도 본격적으로 연
극반 내에서 꾸려져서 했어요. 농활 가서 공부하고 그러니까, '이건 나한
테 너무 심각한 일이다.'라는 생각이 들더라구.(웃음) 이건 내가 하기에는
너무 진지하다, 그러니까 갈 데가 없더라구요. 어떻게 할 수가 없는 거야.
나는 연극이 재미 있고, 술 먹고 노는 것이 좋은데, 진짜 재미없는 사회과
학 서적을 읽고 토론하고, 지금 생각해보면 번역이 개판이니까 무슨 소리
인지도 알 수 없는 책들을 가지고.(웃음) 농활 가면 품성이 어떻고, 잠도 안
자고 토론을 해야 하고. 난 잠이 많은데 이 길도 아닌 것 같네… 하니까 진
짜 갈 데가 없는 거예요. 딱 막힌 거야. 애들하고 놀기에는 돈이 없고, 공부
로 해결하기에는 공부도 재미없고, 운동으로 해결하고 싶은데 운동도 재
미없게 하고, '그럼 난 뭐야? 내가 뭐야?' 하는 실존적인 고민, 유치한 고
민이 일어난 거죠. 그래서 이문열 풍의 고민을 한 거지,《젊은 날의 초상》
풍의.(웃음) 그래서 가출을 하자, 그 나이에 가출을 하자고 결심하고서 내
가 혼자 생존에 대해 생각해보자, 혼자 생존을 할 수 있는지… 여름 방학
끝나고 복학을 안 했어요. 복학하면 돈이 아깝다는 생각이 들어서 친구한

                                                  악당 7년

테 20만 원을 빌려서 집에다가는 아무 말도 안하고 가출을 했어요. 그러고 부산을 갔어요. 아무 계획도 없었죠. 낭만은 있어야 하니까 무궁화 같은 거 안타고, 새벽에 부산 떨어지는 비둘기호를 밤새 12시간 타고 부산진 역에 내렸어요. 비둘기호는 부산진 역이 종점이에요. 부산에 뭔가 로망이 있을 것 같았는데요. 부산진역에 떨어졌는데 뭘 어떻게 해야 할지 하나도 모르겠는 거예요. 손에 딱 20만 원을 쥐고 있는데, 일단은 잠자는 데 돈을 쓸 수가 없잖아요. 잠자는 데 돈을 쓰면 금방 돈이 없어지니까. 그래서 내려서 숙식 제공이라는 것을 훑었어요. 일단은 잘 데를 해결해야겠다고 생각해서. 찾아 보니까《중앙일보》,《국제신문》배달, 숙식 제공이라고 전봇대에 써있는 거예요. 일단 여기를 가야겠다 마음먹고 가보니 배달이 아니라 판매를 하라는 거예요. 주간지 판매, 앵벌이 하는 거죠. 보급소 뒷방이 있어서 거기서 애들 십여 명이 같이 자면서《주간국제》,《주간중앙》, 이런 수영복 입은 타블로이드판 주간지를 들고 다니면서 술집 같은 데 가서 파는 거예요. 일단 밥을 주고 재워주니까 거길 들어갔어요. 거기서 제가 나이가 제일 많았어요. 다 가출한 중학생들, 초등학교 고학년까지 있었는데요. 그걸로 가출 생활을 시작했어요. 한 4, 5개월 정도 있었던 것 같아요. 공장에도 좀 다녀보자. 노동운동은 아니어도 공장 경험은 해보겠다고 했는데 여의치는 않았고, 잡일들을 하면서 있었죠. 배운 것도 많고 재미도 있었고, 그거 하다가 그다음에는 연탄 배달도 하고 오뎅 공장도 다녔다가 빌빌 거리면서 있었죠. 거기서 우연히 아는 사람을 만나가지고, 그 집에 가서 좀 살고 백수 생활도 좀 하고, "그렇게 백수 생활만 하면 안 되지 않겠냐?"는 친구 어머니의 제안에 따라서 친구 어머니가 다니시던 공장에 가기도 했구요. 재밌는 일들도 많았는데 다 이야기하자니 너무 구구절절해질 것 같아서.

지 어떤 일들이 재미있었나요?

김 처음에 그 일을 할 때는 주간지 파는데, 하루 종일 하나도 못 팔겠더라구요. 안 팔리더라구요. 뭐냐 하면 걸어 다니면서 약국이 있으면 약국에 들어가서 주간지 하나 사주세요, 다방에 가서도 손님들한테 껌 팔듯이 하는 거예요. 안 되더라구요. 안 팔려요. 그런데 같은 방에 있던 꼬마 하나가 저한테 노하우를 가르쳐주는 거예요. "형, 집을 골라서 들어가면 안 돼요." 그러는 거예요. "어디에서 버스를 딱 내려서 거기서부터 쭉 걸어가면서 약국이 있으면 약국에 들어가고, 다방이 있으면 다방에 들어가고, 철물점이 있으면 철물점에 들어가야 해요. 집을 골라 다니면서 '여기는 안 팔리겠지.' 하고 안 들어가면 아무 데도 못 들어가고 하루 종일 걸어 다녀야 해요."라는 거예요. 깨달음이 있었지. 무조건 다 시도해야 한다. "아니면 형 걷기만 해요."라고 어린애가 그래요. 하루 종일 제가 두 군데만 들어가 보고 계속 걸었더라구요. 여기서는 안 사주겠지, 하는 생각을 미리 깨야 한다는 거죠.

지 어디서 살지 모르니까, 편견을 깨라.(웃음)

김 인생의 교훈 중의 하나였어요. 큰 교훈을 얻었죠. 거르지 말고 다 들어가라, 아니면 걷기만 한다, 이게 좋은 교훈이었구요. 그다음에 그 일을 하면서 내가 깨친 게 있어요. 가끔 인터뷰할 때 이런 얘기도 하는데, 아니면 젊은 친구들하고 얘기할 때 많이 하는데요. 나는 처음에 이렇게 했어요. 내가 학생이고, 사정이 어려워서 이 일을 하는데 좀 사주십시오, 그러면 사줄 줄 알았어요. 그리고 잡지에 비키니 입은 여자가 있고, 안에도 선정적인 내용이 있으니까 이런 걸 좋아하는 사람들이 있을 거라고 생각했어요. 그런데 그런 걸 돈 주고 사고 싶어 하는 사람은 아무도 없어요. 어디 깔려 있으면 읽겠지만, 내가 돈 주고 사지는 않아요. 그리고 내가 불쌍하다고 돈 써주는 사람은 없어요. 그때 껌이 100원인데, 700원이면 꽤 단가가 높은 거예요. 그거 하나 팔면 저한테 100원이 떨어지거든요. 사람들이 왜 이걸 사는가, 어떻게 하면 팔 수 있는가, 다른 애들도 지켜보니까요. 사주는 경우는 딱 두 가지야, 하나는 귀찮아서 '내가 안 사주면 이 새끼가 여기 계속 있을 거야', 아니면 무서워서 '이거 안 사주면 어떻게 하는 거 아냐, 해코지하거나 시비를 거는 거 아냐?', 귀찮거나 무섭거나, 아무리 얘가 어려도 뒤에 누가 나오는 거 아냐, 이 두 가지더라구요. 우리가 누구에게 뭔가를 요구할 때도 마찬가지인 것 같아요. 노동조합이 됐건, 학생이 학교랑 싸울 때도 다 적용되는 것 같아요. 귀찮게 하거나 무섭게 하거나, 거기서 그걸 배웠죠. 그 교훈이 아직까지 내 인생에 아주 중요한 교훈이었어요. 일을 하거나 이럴 때, 계속 남아 있는 것 같아요.

지 협상할 때도 필요하고, 연기를 할 때도 도움이 될 것 같네요.
김 한 집도 거르지 말아야 한다, 상대방이 나를 귀찮아하거나 무섭게 생각해야 한다.

지 부산에서는 언제까지 생활하신 건가요?
김 겨울 다 될 때까지 있다가 초겨울에 어떻게 집하고 연락이 됐어요. 간 다음에는 가끔 연락을 했지. 걱정하지 마시라고. 신검 영장이 나왔다고 해요. 그거 도망가면 큰 도망이 되니까요. 울고 싶을 때 뺨 맞은 면도 있죠. 아이고, 이제 집에 갈 수 있구나.(웃음) 원래 그렇게 도망 다니고 피해 다니는 사람이거든요. "아이고, 잘됐다. 이 생활도 그만하고 싶었는데, 명분이 없었는데 잘됐다."고 하고 집에 갔죠. 신검 받고, 그때 대학교 다니면서 군대 가는 애들은 없었어요. 전두환 아들 때문에 석사장교가 생겨서 졸업하고 석사장교 가고 그랬거든요.

지 영장 나오고 나서 군대를 갔나요?

김 신검 받고 다음 해 초에 갔어요. 2학년 1학기까지만 대학을 다닌 거죠. 방위로 갔어요. 집 근처에 있는 군부대로.

지 방위는?

김 눈이 나빠서. 아마 현역이 나왔으면 너무 가기 싫었으니까, 어떻게든 대학원 가고 그래서 합법적인 방법으로 군대 가 있는 시간을 좀 줄여볼까 했을 텐데, 방위 나오니까 빨리 해치우자는 생각을 했어요.

지 18개월이었나요?

김 운이 안 좋았죠. 12월에만 갔으면 14개월인데, 86년부터 18개월로 바뀌어서 첫 번째 18개월짜리 복무를 했죠. 운이 없었죠.(웃음) 처음에는 광명시에 있는 사단본부가 있는데요. 소하동에 있는. 집이 그쪽이었으니까, 시흥에서 바로 붙어 있으니까, 거기서도 학력이 높고 그러면 먼저 뽑으니까 동사무소 같은 데를 못가요. 무조건 사단본부에서 뽑고, 연대에서 뽑고 그러니까요. 사단본부에서 행정 일을 했어요. 그러다가 부모님이 도저히 한국에서 살기 힘들다고 미국에 가서 뭘 해보겠다고 해서 미국으로 가시기로 결정을 했어요. 형들은 다 결혼을 했는데, 나는 방위를 받고 있으니까 어떻게 해야 하나, 형 집에 들어가 있을 수도 없고, 어떻게 할까 고민을 하다가 친구의 아버지가 송추에 있는 사단의 사단장님이셨어요. 그전에 자주 인사도 드렸고 해서 한번 만나서 '제가 그쪽으로 전출을 하면 안될까요?', 원래 방위는 전출 같은 것이 잘 안 되거든요. 집을 옮겨도 잘 안해주고 그랬어요. 우리 형이 불광동에 살았으니까 그쪽으로 주소를 옮기고, 아버지, 어머니 안 계시니까 전출을 해서 그 부대 안에서 먹고 자게 해주실 수 있으면 좋겠다고 부탁드렸죠. "그렇게 해." 하신 거예요. "너는 우리 집에서 애들이나 가르쳐." 이럴 줄 알았어요.(웃음) 애들이나 가르치면서 남은 일 년 정도를 즐겁게 보내리라고 생각을 했죠. 그런데 그분이 너무 훌륭한 군인이셨어요. "이 친구 자게 해줘." 그러고는 그게 끝이었던 거예요.(웃음)

지 송추 방위가 빡세기로 유명하잖아요.
길 전투부대로 방위병을 편성해놔서 내무반도 있고, 아예 잘 수 있게 되어 있었어요. 그냥 거기서 먹고 자면서 밥을 공짜로 얻어먹고, 부대 안에서 잠자고, 낮에는 일하고, 훈련 받고, 이러면서 1년 3개월 정도를 군인처럼 살았어요. 그 대신에 일요일엔 업무가 없으니까 토요일은 하룻밤 자고 일요일에 들어가거나 월요일에 들어가는 생활을 했죠.

지 거기 간 걸 후회하셨겠네요.
길 일단 거기는 훈련이 너무 빡셌어요. 이쪽은 널널했는데.

지 밖에도 못 나가고.
길 못 나가는 건 아니었고, 나가도 되는데 잘 데가 없으니까 안 나간 거죠. 내무반에서 그런 생활을 한 것도 아니구요. 장교 숙소 관리병이 자는 데서 같이 자고 그랬어요. 끝나면 일이 없으니 퇴근하면 저녁 먹고 그때부터는 자유시간이니까 장교들 심부름 가끔 해주고 하면서 지냈죠. 일이 너무 빡세고 힘든 데다가 시설도 나쁘고 춥고. 그런 면에서 좀 힘들었죠. 그리고 내 바로 앞에는 다 14개월짜리니까 선임병들이 나간 다음에 고참인 시간도 되게 길었죠.(웃음) 거기서 있던 시간 중에 7개월은 제일 고참으로 있었으니까, 그런 면에서는 괜찮았는데 환경은 열악했죠. 너무 훈련을 세게 시키고, 그전에 소하동에 있을 때는 행군한다고 하면 총 하나 메고 한 3, 4킬

로미터 돌면 됐는데, 여기는 행군하면 무조건 40킬로미터짜리를 시켰으니까요. 100리, 12시간 정도 걸었죠. 그런 걸 매달 했으니까 힘들었죠. 유격도 자주 하고, 방위인데 팀스피리트도 가서 장호원에서 텐트 치고 자고 그랬어요. 내가 왜 이러고 있나 싶더라구요.(웃음) 군대라는 곳은 기본적으로 싫죠. 방위가 끝난 때가 1987년 7월이었어요. 세상이 뒤집혀 있더라구요. 부글부글 끓고 있었어요.

지 나와서는 어떠셨나요?

김 정신이 하나도 없었죠. 방위 끝나고 나오자마자 제일 처음 한 일이 이한열 노제에 참여한 거였어요. 연대 앞에서 걸어서 시청 앞까지 갔는데, 사람들이 구름 같이 모여 있더라구요. 군대 가 있는 사이에 세상이 바뀌었구나, 하는 느낌을 받았죠. 시작에 불과했죠. 6월 항쟁은 끝났지만, 7, 8, 9월 노동자 대투쟁이 일어났던 시기였으니까요. 7월에 나왔는데, 9월 초에는 복학을 해야 되잖아요. 학교를 쓱 가봤죠. 학교를 쓱 가봤더니 소식이 들리기를 연극반 81학번 선배들이 주축이 되어서 외부에 극단을 만들었다는 거예요. 서울대, 연대, 고대, 이대 연극반 출신들, 운동권들이 모여서 극단을 만들었다는 거예요. 아현동에서. 놀러 가봤어요. 아는 선배들이 있으니까, 일 년 선배인 정진영 선배도 천지연이라는 극단에서 활동을 하고 있다고 했구요. 재밌겠다고 생각해서 놀러갔죠. 아현동 굴레방 다리 앞에 아현시장에 지하로를 따라 좁게 내려가면 왼쪽은 만화가게고, 오른쪽은 극단 연습실이었어요. 장판 깔아놓고, 벽에는 곰팡이가 막 피어 있더라구요. 가니까 다들 추리닝을 입고 체조하고 있어요. "아, 안녕하세요." 그러니까 "잘 왔다."고 인사를 시키는데, 아는 선배도 있고 모르는 선배도 있는데 "내일부터 매일 나와." 그러더라구요. 그래서 그때부터 몇 년을 매일 나갔어요. 그래서 복학하기 전에 극단 생활부터 시작한 거예요. 그때 천지연이라는 극단은 생긴 지 일 년 정도 됐나 그랬던 것 같아요. 70년대 후반 학번들도 관계가 있었고, 거기 딱 들어갈 때 지형이 보이는데, 그때 김명곤 선배는 아리랑이라는 극단을 만들어서 이미 운영을 시작하고 계셨고, 다들 비슷한 성격들이었죠. 박인배 선배는 현장이라는 극단을 만들어서 있었구요. 굿하는 굿패 '해원'이라는 데가 있었고, 기타 등등 작은 문화운동을 하는 소단체들이 있더라구요. 서로 교류가 되게 활발하고, 거기서 첫 연극 단원 생활을 시작한 거죠. 7월에 들어가서. 원래 그 극단의 레퍼토리인 〈쇳물처럼〉이라는 공연을 했어요. 노동자들이 철강 공장 이런 데서 첫 파업을 주도하는 작은 얘기예요. 그걸로 데뷔를 하게 됐어요.(웃음) 연습실 그 자리에서 공연을 한 거예요. 높이가 이만큼밖에 안 되는데 거기다 조명 달고… 조명기도 옛날에 소금물로 하는 조명기가 있어요. 소금물로 불을 켜는 디머 역할을 하는 옛날 조명기, 지금은 골동품 같은 거죠. 그거 하나 켜놓고 아무것도 없는 데서 작대기 끝에다가 깡통 달아서 쇳물 뜨는 그런 것으로 해가지고, 청년 노동자 역으로 처음 데뷔를 했죠. 쇳물 뜨는 것을 이렇게 드는데, 사람이 한 열대여섯 명이 있고, 관객은 그것도 다 뻔한 사람들, 아는 사람들, 딴 극단 사람들이었는데요.(웃음) 손이 이렇게 떨리는 거예요. 너무 긴장을 해가지고, 평생 그렇게 떨어본 적이 그때가 처음이자 마지막이에요. 너무 떨렸어요. 그렇게 해서 극단 생활을 시작했어요. 참 재밌었어요. 청춘을 완전히 탕진하는 재미가 장난이 아니었어요.(웃음) 매일 아침 극단에 가서 놀고… 그냥 노는 거지. 연습하고 공 치고, 밤 되면 막 얘기하고, 생계는 나중 얘기고, 하여간 그렇게 지내다가 문화운동을 하는 사람들이 모여야 한다고 해서 민문연이라는 조직을 구체적으로 만들게 됐어요. 처음엔 민문협이었다가 나중에 민중문화운동연합, 노동자문화운동연합, 이런 적으로 점점 더 소비에트식으로 갔지만, 거기에 소속돼서 독자적인 천지연이라는 극단에서 민문연의 연극 분과 이런 이름으로 들어가게 된 거예요. 선배들 중에서는 반대하는 사람들도 있었죠. 그런데 시기가 그런 시기였나요? 부글부글 끓으면서 당장이라도 혁명을 일으켜야 할 것 같고, 문화운동 쪽에서도 고도화된 조직을 가져야 한다는 분위기였죠. 그러면서 극단 명도 천지연이라는 이름을 못 쓰게 되어서 한강이라는 이름으로 극단을 하게 된 거죠. 한강이자 민문연의 연극 분과, 이렇게. 그렇게 해서 조직 생활을 하게 됐어요. 회의도 되게 자주 하고, 저는 회의하면 자고.(웃음)

지 그때 어떤 분들이 활동하셨나요?

김 명망가로는 시인 김정환 선배, 「그날이 오면」이라는 노래를 만들었던 문승현, 그때 문학 분과에는 공지영도 있었고, 정진영, 나, 철학 분과 진중권, 하여튼 문화운동에서는 거의 핵심적인 세력이었죠. 처음으로 각 분야별로 영화, 미술, 문학, 평론, 연극 분야 사람들이 다 모여서 활동을 했으니까요. 처음으로 거기서 소위 총체극, 북한의 집체극 같은 스타일의 것을 만들어서 이해주 선생이 춤추고 그랬죠. 그래서 큰 공연을 만들어서 몇 군데서 하고 그랬어요. 그게 90년대 초반까지 그냥 거기서 살았어요. 삶을 살았죠, 거기서. 너무 행복하고 너무 좋았어요. 선악이 분명하니까요. 세상에 좋은 자와 나쁜 자가 딱 나뉘어 있고, 좋은 편에서 일한다는 확신이 있었고, 젊었고, 돈이 없어도 재미있고, 주변에 좋은 선배와 동료들이 유쾌하게 같이 있었고, 진짜 인생의 황금기였죠. 아무것도 만들어내지 못한 황금기였지만요.(웃음)

지 집에서 반대하지 않았나요?

김 부모님이 미국에 계셨으니 다행히 반대를 할 수 없었죠. 형들이 대신해서 나를 찾고, 그때는 87년 8월, 9월부터는 전국을 돌아다녔으니까 한 번

나가면 사방에서 파업을 하니까 모든 공연을 현장에 가서 해야 하는 거예요. 한 번 나가면 한 달씩 있다가 서울로 돌아오고 했으니까요. 저는 집에 연락하는 스타일도 아니었구요.

지 걱정이 많으셨겠네요.

김 형들이 둘이서 극단 사무실에 불을 지른다고 찾아오고 그랬었어요. 내 인생은 내가 알아서 할 테니까 걱정하지 말라고 했죠. 학교는 내가 알아서 졸업할 거다, 라고 했어요. 고3 때 내가 가르쳤던 친구가 있었잖아요. 그 동생들을 가르치려고 그 집을 다시 들어갔어요.(웃음) 그 집에서 밤에는 애들 좀 가르치고 이중 생활을 하는 거죠. 나오면 운동권 생활을 하고, 연극인으로서도 살고.

지 학교는 어떻게 하셨나요?

김 학교는 복학을 했죠. 그 뒤로 한 번도 안 거르고 등록을 했는데, 거의 안 갔어요. 학교를 가기 싫었어요. 학교 갈 때가 아닌 것 같았구요. 시험 때가 문제인데, 시험도 보기 싫었어요. 아무것도 안 배웠으니까 시험도 보러 가기가 싫은 거예요. 잘 보고 못 보고를 떠나서. 그래서 시험 때마다 사람들한테 부탁을 했어요. 대신 시험 봐달라고. 이런 얘기 쓰면 너무 심한가.(웃음) 나는 말하자면 부정으로 대학을 졸업했어요. 졸업장을 누가 빼앗아간다고 해도 할 말이 없어요. "예, 안한 걸로 치겠습니다." 해야죠. 그런데 사실은 서울대 나온 혜택은 다 받아서 좀 미안하죠. 서울대 나온 것은 고등학교 때 시험을 한 번 잘 봤다는 거지, 대학에서 제가 쌓은 것은 없어요. 좋은 사람들을 많이 만났죠. 시험도 친구들이 많이 봐줬어요. 심지어 전공 시험을 전공 아닌 애가 보기도 했구요. 그냥 내 대신 시험장에만 들어가라는 거였어요. 농대 다니는 애가 내 전공 시험을 다 봐주기도 했구요. 전국 여기저기를 다니느라 바쁘기도 했구요. 그래 가지고, 꾸역꾸역 여러 사람들의 도움과 사기로 돈 내고 졸업장을 산 셈이죠.

지 정진영 배우와 같이 전국을 돌아다니면서 했던 연극이 〈동팔이의 꿈〉인가요? 그 연극으로 87년에 전국을 돌아다녔던 건가요? 그걸로 전국 공장, 학교 등을 일 년 동안 순회했다고 들었는데요.
김 그건 87년이 아니고, 88년인가 89년이었을 거예요. 전두환 구속될 무렵… 그런 스토리가 그 안에 들어 있었어요.

지 그러면 두 분이서 내용을 짜서.
김 극단에서 같이 짜고, 배우는 두 명만 나온 거죠.

지 극단에서 2인극을 만든 거네요.
김 우리가 워크샵을 해서 2인극을 만들고 세 명이 다녔어요. 그 형하고 나하고, 운전 겸 장구 치는 사람, 지금은 싫어해서 안 보는 사람인데요.(웃음) 무대도 작대기 세우고 천 덮고 옆에 앉아서 장구 치면, 작대기 엎어놓고 이만한 막을 옆에 만들어놓으면 그 뒤에 숨어서 옷 갈아입고 그렇게 한 거예요.

지 내용은 기억이 나세요?
김 제대로 기억은 안 나는데, 옴니버스 스타일의 연극이었어요. 동팔이라는 주인공이 노동운동으로 들어오는 이야기, 그런 거였는데요. 중간 중간에 다른 에피소드들, 전두환과 노태우의 대결, 이런 에피소드들도 들어가구요. 원래는 다른 제목이었어요. 노동자를 싣고 가는 아홉 개의 옴니버스, 작은 이야기를 모아놓은 것이었는데요. 〈동팔이의 꿈〉, 〈우리 동팔이〉

 악당 7년

이런 이름으로 공연을 했는데, 꽤 인기가 좋았어요. 사람들이 좋아했어요. 우리는 덩치가 가벼우니까 다니기도 쉽구요. 그걸로 얼마를 받는지 전혀 관심이 없었어요. 그걸 다 장구치고 운전하는 양반이 관리를 했었는데, 지금 생각해보면 그 양반이 많이 떼먹었어요.(웃음) 극단 재정을 다 그 사람이 맡았고, 우리는 아무도 관심이 없었는데, 뭐 큰돈이야 벌었겠어요? 하지만 그 사람은 거기서도 떵겨 먹었을 사람이에요.

지 지금도 연극 계속 하시는 분인가요?
김 중간에 영화 프로듀서를 하다가 지금은 안 하죠. 지금은 아무도 믿어주는 사람들이 없어서 아무것도 못 할 거예요.

지 일 년 정도 그렇게 현장에 가서 사람들을 만나면서 많은 걸 느끼고 배우셨겠네요. 노동 현장에 가서 그 사람들의 생생한 이야기를 들을 수도 있고, 그게 연극에 반영될 수도 있고 그럴 것 같은데요.
김 별로 그렇지 못했어요. 많이 반성하는 점인데, 우리의 노선이라는 것이 그랬어요. 문화운동에도 여러 가지 노선이 있었는데요. 말하자면 귀납적인 노선이 있고 연역적인 노선이 있는데, 우리는 연역적인 노선이었어요. 그래서 현장의 사람들을 좀 대상으로 바라봤어요. 교육시키고 성장시키고 변화시키는 대상으로 바라봤어요. 그로부터 배운다는 생각은 안했어요. 되게 건방진 생각이었죠.

지 나쁘게 말하면 선민의식 같은 건가요?
김 선민의식이라기보다는 교조주의적이었어요.

지 나쁜 의미에서 계몽의 대상으로 본 거네요.

김 그렇지, 그렇지. 경험도 별로 없으면서 이 사람들을 소위 어떻게 의식화시킬 것인가를 생각했는데요. 주제넘게 나섰던 때였죠. 지금 생각하면 그게 부끄러워요. 물론 현장에 너무 매몰되어서 더 높은 수준의 이야기를 못한다고 비판하던 사람들이 있는데요. 지금 돌이켜 생각해보면 무슨 더 높은 수준, 수준이 어딨어, 라는 생각이 들어요. 왜냐하면 가장 과격한 얘기가 가장 옳은 얘기라고 느낄 때였으니까요. 지금 페미니즘 운동이 가는 것처럼 제일 쎈 얘기를 해야 맞는 거고, 나머지는 다 나보다 오른쪽이라고 비판하는 거잖아요. 개량적이고, 수정적이라고 판단하는 거죠.

지 개량주의, 수정주의.
김 그게 우리 안에 있었어요. 크게 존재했어요. 어떻게 하면 중국을 닮지 않고 소련을 닮을까, 이런 생각들을 했었죠.(웃음)

지 이를테면 지금, 일부겠지만, 박근혜가 여자라는 이유로 아무리 훌륭한 남자도 그보다 못하다고 생각하는 사람들이 있잖아요.
김 그건 과격한 게 아니고, 병신 같은 짓이라고 생각해요.(웃음) 그건 좀 달라. 그렇게까지 우리를 떨어뜨리면 안 돼요. 우린 그건 아냐. 우리는 배움이 부족하고 건방졌을 뿐이지, 정신이 나가지는 않았어요.

지 정진영 선배하고는 에피소드가 많았겠는데요.
김 그렇지도 않았어요. 재밌게 같이 다니고 술도 먹고 그랬는데, 진영이 형은 지금까지도 되게 어려운 사람이에요.

지 일 년 선배가 좀 어렵죠.
김 그런 것보다도 이 형은 뭔가 어두워.

지 친해지기 어려운 캐릭터인가요?

김 원래 그랬던 것 같지는 않고, 운동하면서 좀 심한 트라우마를 겪었어요. 1학년 때인가, 2학년 때 겪었어요. 사람들 많이 죽고 그랬잖아요. 그 전이죠. 이재호, 김세진 같은 사람들이 친구 또래들이었을 거예요. 제가 할 수 있는 얘기는 아닌데, 그 형은 되게 상처가 많은 사람이었어요. 그런 것에 감수성이 예민하니까. 그래서 항상 즐거운 것 같지만, 서로 살갑게 편해지지는 않는, 그런 사이 있잖아요. 진영이 형은 나랑 스타일도 좀 다르고.

지 떨어뜨려서 따로 보면 두 분이 성격도 비슷할 것 같고, 친할 것 같은 느낌인데요.

김 서로 되게 좋아하죠. 같이 연극을 되게 많이 했어요. 재미있는 공연도 많이 하고, 얘기도 많이 하고 친하게 지냈죠. 그런데 항상, 막 편하지는 않아요. 그건 사이가 나쁜 거랑은 전혀 상관없는 일인데요.

지 서로 계속 존댓말 하면서 친한 사이도 있구요.

김 어려워요. '혹시 기분 언짢은 건가?' 이렇게 좀 보게 되는.

지 천지연이나 한강 극단에 있을 때 기억나는 다른 일들이 있나요?

김 회의를 굉장히 많이 했어요. 중앙위원회, 집행위원회 이런 것을 만들고, 그때 대선 때도 비판적 지지를 해야 하나, 독자적 노선을 가야 하나, 민중 후보를 내세워야 하나, 단일화가 제일 중요하냐, 우리들끼리 토론을 해봐야 아무 영향도 없는데 그걸 밤새고 했어요. 아, 진짜.(웃음) 그걸 밤새고 맨날 어떻게 하느냐, 결론은 되게 이상한 걸로 내리고. 비판적으로 지지하기 위해서 민중후보를 지지해야 한다고 해서 백기완 후보 선거 운동을 하고. 그 겨울에 되게 열심히 했어요. 추억은 새록새록이네요. 선거운동도 엄청 추운데 다니고, 선거 끝난 다음에 허탈해서 구로구청을 가네 마네 하고. 그다음에 노태우 때 와가지고 갑자기 강경책들 들고 나오니, 맨날 싸우고, 계속 학교 가서 공연하고, 현장 가서 공연하고, 파업한다고 하면 찾아가고 계속 그랬죠. 그다음에 전교조 나오면서 공연 많이 다니고 밥벌이를 좀 하고 그런 시간들이었어요. 흘러가는 듯 멈춰 있는 시간들, 그게 소련이랑 사회주의 국가들 망할 때까지 계속 이어졌죠. 그때까지 그렇게 즐거운 시간들이 멈춰서 흘러갔죠. 구 소련이 망할 때까지.

지 1989년에 구 소련이 망하면서 운동권에서는 멘붕이 심하게 왔잖아요.
김 멘붕이 심하게 오면서 서로 심하게 싸우고 노선이 다르다면서 아무것도 아닌 일로, 실제로 지금 생각해보면 케이크를 입에 물고 주스를 마실 것이냐, 주스를 입에 물고 케이크를 집어넣을 것이냐, 이런 걸 가지고 싸웠죠. 돈은 다 안 된다고 하고 그랬던 건데, 그 안에 사실은 묵었던 감정들, 싸움의 이유로 절대 내놓지 않는 감정들이 있었던 거죠. 그래서 추악하게 싸웠죠. 우리 내부에서 그랬던 것, 그러면서 뿔뿔히 흩어지는 와중에 저는 이혼을 했고, 이혼을 하면서 완전히 그 세계와 단절을 한 거죠. 그 세계에서 결혼을 했으니까, 그 안에서 같은 조직원들끼리 결혼한 셈인데요. 이혼하면서 조직에서 나는 몹쓸 새끼가 된 것이고, 이 사람들하고 절대 볼 수 없게 떨어져 나오면서, 서서히 가라앉지 못하고 하루아침에 운동권에서 이탈을 한 거죠.

지 연극하다가 만나서 결혼을 한 건가요?
김 저는 연극하고 그 친구는 노래하고… 유명한 가수였죠.

지 지금도 집회나 이런 데서 노래하시지 않나요?

김 이혼한 다음에 한 번도 안 봤어요. 어떻게 그럴까 싶을 정도로 마주친 적도 없어요.

지 일부러 피해도 그렇게 피해지기가 쉽지 않잖아요.
김 극단도 그만두고 아예 안 봤어요.

지 이쪽 사람들이 잘 가는 술집에서 마주칠 수도 있잖아요.
김 저는 엄청 피하죠. 이번에도 두 번째 이혼한 다음에 6년 동안 동부이촌동에 한 번도 안 갔어요. 너무 싫은 거예요.

지 헤어진 이유가.
김 그때는 너무 어렸어요. 시기가 그렇게 맞았을 뿐이지, 제가 너무 어렸죠. 결혼해서는 안 되는 상황에서 결혼을 했는데 결혼 생활에 충실하지 못했고, 제가 일방적으로 이혼하자고 했어요. 완전히 폭력적으로. 내가 결혼하자고 해서 해놓고, 일 년 만에 이혼하자고 한 거니까요. 너무 나쁘죠. 최악의 쓰레기, 쓰레기.

지 정말 그분 주변에 있는 사람들은…
김 그분들은 저를 쓰레기라고 생각해요. 이건 변명의 여지가 없는, 너무 나쁜… 철없다는 말로 변명하기에는 남의 인생의 중요한 부분을 망쳤다고 하는 것도 오만한 걸까요? 남의 인생에 재를 뿌린 거니까 입이 열 개라도 할 말이 없죠. 최근에 결혼했다는 얘기를 들었어요. 너무 오랜만에 마음이 편해지더라구요. 진짜 웃기는 것이 정진영 선배가, 제가 두 번 결혼을 하고 두 번 이혼을 했는데, 두 와이프를 다 알잖아요. 그 둘의 재혼 소식을 다 진영이 형이 저한테 얘기해줬어요. 우연히. 형은 나한테 재혼 소식

전달 전문가야, 그랬죠.(웃음)

지 인적으로 연결이 되어 있는데, 한 번도 못 만났다는 것이 희한한 일이네요. 그다음에 극단 한양레파토리에 들어가셨죠?

김 한양레파토리에 들어가지는 않고 공연을 했죠. 그때 연우무대에서 처음으로 외부 공연이라는 것을, 극단에 속해는 있었지만, 외부 공연이라는 것을 처음 했어요. 〈한씨연대기〉를 했어요. 김성만 선배가 같이 하자고 제안한, 〈한씨연대기〉의 두 번째 시즌이었죠. 말하자면. 몇 년 전에 문성근 선배가 주연을 했던 것을 제가 하고, 배우 한두 명 바뀌고, 거의 배우들이 안 바뀌고 그대로 유지된 상태에서 저만 성근이 형 대신 들어가서 했어요. 그런데 성근이 형이랑 비교되면서 너무 좌절한 거예요. 지금 생각해보면 연기의 연자 맛도 못 봤을 때인 것 같아요. 그냥 뭘 할 뿐이지. 진짜 못했던 것 같아요.

지 연기를 정식으로 배웠다기보다는 바로 현업에 뛰어들어서 실전을 통해 배우신 거잖아요.

김 너무 배움이 없고, 너무 못했어요. 학교에서 연극반 생활을 하면서 탄탄하게 뭘 했어야 하는데, 그때는 탄탄하게 연기 공부하고 준비를 하는 게 아니라 쓰기 바빴으니까요.

지 전시처럼 정식으로 훈련소를 차리기 어려운 시절이었네요. 기초만 가르쳐서 바로 현장에 투입해야 되니까.

김 맨날 쓰고 고치고 이게 정치적으로, 옳은가 그른가만 따질 때였으니까요. 그러니까 참담한 수준으로 연기를, 그것도 두 달은 한 것 같아요. 물론 그래가지고 백상의 연극 쪽 신인상 후보로 올라가기도 했는데요. 그때

〈에쿠우스〉의 조재현이 계셨으니까, 올라간 것도 이상한 거죠.(웃음) 연우
무대에서 하니까 추천했는지 모르겠는데, 진짜 말이 안 되는 너무 넌센스
의 못하는 연기를 했어요. 제가 지금도 꾸는 세 가지 악몽이 있는데, 하나
는 군대를 다시 가는 꿈이에요. 군대를 다시 오래, 현역으로 들어오라고
하는 꿈이구요. 학교에서 시험을 봐야 하는데, 공부를 하나도 안하고, 시
험장이 어딘지도 모르는 꿈이구요. 나머지 하나는 〈한씨연대기〉 공연을
하는데, 대사가 하나도 생각이 안 나는 꿈이예요. 아직도 그 세 가지 악몽
을 꿉니다. 얼마나 나한테 상처가 컸으면.(웃음)

지 3대 트라우마인 셈인데요.

김 베트남에서 그렇게 고생을 했는데, 베트남 꿈은 안 꾸네요. 그건 고생
이 아닌가.(웃음) 〈한씨연대기〉는 상처뿐인. 다들 대놓고 얘기는 안하지만
'저거 어떻게 하지?' 생각하는 그런 느낌이었어요.

지 두 달간이나 했으면.

김 매일 매일 좌절했어요.

지 그럼 대안이 없었던 건가요?(웃음)

김 그랬을 거야, 씨바 저게 뭐야, 이 정도는 아니었을 거예요. 왜냐하면 그
연극 자체가 장치도 되게 많고, 재밌는 장치들이 어우러져 돌아가니까, 저
혼자 하는 건 아닌데요. 사람들이 '쟤를 왜 주인공으로 썼지?' 하는 가벼
운 의문 정도였던 것 같아요. 지금도 그걸 하라고 하면 못할 것 같아요. 그
때보다는 잘하겠지만, 안 하고 싶어요. 그래서 그때를 생각하면 그 공연을
성근이 형하고도 했고, 나랑 하면서 싫은 티를 안 내고 같이 공연해준 선
배들이 너무 고마웠어요. 유태호, 이두일, 김미경, 이런 분들. 정말 고마워

요. 이 고맙다는 얘기를 아직 한 번도 안했네요. 한번 해야겠네요. 셋을 모아놓고 해야겠어요.

지 식사라도 대접하면서.

김 그때는 사실 그렇게 못한다, 가 아니라 내 마음속에서는 '나는 한다고 하는데, 왜 사람들의 반응이 덜 올까?' 이런 생각이었던 것 같아요. 자기를 객관적으로 못 본 거죠. 지금 생각하면 부끄럽고, 그때 그것을 다 넘겨줬던 동료들이 고맙구요. 싫은 소리 한 번도 안하고.

지 이런 고민을 통해서 연기가 깊어진 부분도 있을 거잖아요.

김 그런 거 없어요. 그냥 못했죠.(웃음) 그냥, 꾸준히 못했던 것 같아요. 계속 하니까 조금씩 늘고, 안 하는 동안 좀 많이 느는 것 같아요. 연기 안 하는 동안.

지 지난번 〈우먼 인 블랙〉 보니까 잘하시던데요. 사람들이 굉장히 재밌게 봤구요.

김 고마워요. 연기 안 하는 동안 많이 느는 것 같아요. 그게 달콤한 점이죠. 안 하는 동안 느는 것, 살면 느는 거.(웃음)

지 복귀하고 나서 연극을 한 작품밖에 안한 것은 〈한씨연대기〉의 트라우마인가요? 아니면 스케줄이 바빠서?

김 둘 다죠.

지 아무래도 연극은 마음의 준비가 더 많이 필요하겠죠.

김 쉽게 쉽게 하기에는 제가 경험이 너무 없구요. 그동안 해오지도 않았구요. 일상처럼 연극을 준비하게 되지는 않는 것 같아요. 〈우먼 인 블랙〉도 여러 가지 장치들이 도와주고 해서 조금 편하게 들어갔던 것이지, 사람들 눈앞에서 진짜 정통으로 연기를 하는 거였다면 어려워했을 수도 있을 것 같아요. 편법을 많이 써서 연기의 노력을 좀 중화시켜주는 그런 연극이었으니까요.

지 오늘의 마지막 질문을 드릴게요. 작년 말에 영화하고 드라마 양쪽에서 상을 받으셨잖아요. 연기 톤이 다를 수밖에 없는데요. 상이라는 것 자체는 인정을 받았다는 거니까 자부심을 느낄 수 있을 것 같은데요. 그 두 상이 본인에게 어떤 의미가 있나요?

김 일단은 운이 되게 좋았다고 생각해요. 좋은 작품들을 만났고, 좋은 캐릭터를 했고, 그게 우연히 같은 시기에 열리면서 서로 시너지가 있었던 것 같구요. 그런 면에서 운이 좋았고, 상이라는 것은 그런 운 같은 요소들도 많이 개입이 되고, 특히 영화에서의 상이라는 것은, 영화상은 기본적으로 공로상의 성격이 있어요. 어느 정도의 커리어를 쌓아서 그 커리어의 통산치에 대한 상을 주는 것이 있단 말이죠. 이미 거기 도달한 배우들은 말고, 처음에 진입한 배우들. 제가 5, 6년 정도 조연을 해오고 하니까, 내가 만약에 아무도 모르는 사람이었으면, 〈부산행〉의 그 역으로는 상을 절대 안 줬을 거예요. 제가 그 상에 적합한 퍼포먼스를 했다기보다는 누적적으로 한 번쯤 이런 퍼포먼스에 상을 줄 때가 됐다는 것, 업계의 일원으로 더 강하게 인정받는 듯해서 기분이 좋은 것은 있죠.

지 꾸준히 활약한 선수에 대한 인정과 보상.

김 그런 것이 없을 수가 없다고 생각하구요. 그런 면에서 내가 좀 더 이 인더스트리의 중심에 한걸음 더 들어왔구나 하는 느낌이 좋은 거구요. 상을 받으니까 앞으로 더 좋을 것이라고 생각하니까 좋은 거구요. 내가 이번에 되게 잘한 것에 대한 보답이라고는 생각 안 해요. 더 잘한 사람들도 많구요. TV 쪽도 마찬가지로 연기 효과가 좋은 역할을 맡았고, MBC 드라마가 최근 안 좋은 상태에서 군계일학 같은 드라마여서 방송사 내부에서는 상을 줄 만한 작품이 〈W〉밖에 없었던 것 같아요. 운이 좋았다고 생각하고, 앞으로 도움이 되겠다는 생각이죠.

지 그런 부분들을 가지고 올해 또 좋은 작품을 만나면 한 단계 더 도약을 할 수 있겠네요.

김 이 배우 이런 상을 받았어, 이런 것이 좋은 영향을 주겠죠. 실제 나하고는 그렇게 관계없는 일이긴 하지만, 도움이 된다면 즐겁게 받아들여야죠.(웃음)

악당, 누구나 쓰임새가 있다

"

우리나라 사회를 영화로 축소하자면 4, 50대 남자는 다 나쁜 놈인 것 같아요.

주인공은 안 그렇지만. 주인공은 어차피 착한 사람일 수밖에 없고, 나머지는 다 악하지,

그 또래 남자들은. 젊은 남자, 젊은 여자들이 착하고, 나이 든 남자는 악하죠.

기득권을 대변하는 것이고.

"

3장

지 그동안 어떻게 지내셨는지요?
김 우리가 언제 봤죠?

지 한 달 전에 봤죠.
김 별일 없었어요.

지 영화 안 찍었어요?
김 거의 끝나가구요. 부산 갔다 왔고. 부산 가서 사람들이랑 영화 같이 보는 프로그램 하나 하구요. 감기 걸려서 돌아왔다가 그저 그럭저럭 지내고 있죠.

지 〈해피투게더〉에도 출연하셨잖아요.
김 우리 안 본 사이에 많은 일이 있었네요. 회사도 옮겼고, 큰 변화들이 있었네요. 다음 작품 출연도 결정을 했구요.

지 최동훈 감독님 작품?
김 네. 큰 변화들이 있었네요. 그러고 보니까.

지 아티스트컴퍼니로 회사 옮기시고 어떤 느낌이 드세요?

김 편하고, 좋아요. 가내수공업을 하다가 대기업에 들어온 느낌.(웃음) 그런데 뭐 여기도 대기업은 아니구요. 배우가 그렇게 많은 회사고 그렇지만, 우선 뭐라고 할까, 한국 영화계를 오랫동안 끌어왔던 배우고, 이제 막 중견으로 가는듯한 배우들, 이렇게 좋은 배우들이랑 같이 얘기 많이 하고 배우는 것도 많고, 여러모로 좋아요.

지 말씀하신 대로 굉장히 많은 배우들이 참여하고 있는 것 같구요. 계속 그런 추세로 움직이실 것 같은데요. 영화 쪽에서 배우로 볼 때 뭔가 새로운 흐름을 만들고자 하는 건가요?

김 그렇게 간판을 내걸고 있는 것은 아니지만, 내심으로는 기대하는 것은 있죠. 배우들도 아직 해결돼야 할 문제들이 많이 있거든요. 지금 현재 영화계에서 공식적인 배우 조직으로는 뭔가 좀 쉽지 않은 그런 일들이 있어서요. 현업에서 물러나 계시는 분들도 많구요. 현업에서 활발히 일하는 중견 배우들을 중심으로 해서 권익 보호라든가, 더 좋은 환경에서 많은 배우들이 일할 수 있게 도움이 된다면 좋으니까 그런 것들도 조금씩은 같이 고민을 하지 않을까, 그런 생각을 하고 있어요.

지 지금 찍고 계신 것은 〈강철비〉인가요?

김 지금 〈골든슬럼버〉랑 〈강철비〉를 찍고 있는데요. 〈강철비〉 분량이 많지 않아서, 주로 〈골든슬럼버〉 촬영을 하고 있어요. 대부분 끝났고, 한두 번씩만 남았어요.

지 두 분 감독님이랑은 다 처음 해보시는 거죠? 예전 현장하고 어떤 차이가 있나요?

김 대동소이한데, 양우석 감독은 옛날 양반, 신사 같은 느낌이고, 너무 각 듯하게 해주셔서 처음에 좀 놀랐구요. 배우들 뿐 아니라 스탭들한테도 그 러시구요. 노동석 감독도 너무 너무 착한 분이에요. 개성을 하나만 들라면 착하다는 얘기를 할 수 있을 정도라 편하게 일했죠.

지 예전에 트위터에 강동원 씨하고 친해지고 싶다고 쓰셨는데요. 조금 친해지셨나요?(웃음)

김 조금 친해졌죠. 강동원 씨는 친구가 많거나 그런 스타일도 아니고, 만 나도 외국인 친구들을 많이 만나는 편인 것 같구요. 영화 배우들이랑 친한 사람은 별로 없는 것 같구요. 친해지는 데 시간이 많이 걸리는 스타일인 것 같아요. 너무 좋은 사람인데요.

지 강동원 배우는 현장에서 다른 배우하고도 말을 안 하는 편이라고 들 었는데요.

김 편안하게 같이 있지만, 말을 많이 하거나 장난을 치지는 않는 편이죠. 마음은 굉장히 따뜻한 사람이에요. 그런 게 느껴지죠.

지 그동안 예능에는 별로 출연을 안 하셨는데요. 예능도 좀 하기로 하셨 나요?

김 그런 건 아니구요. 한 번 정도는 해보고 싶다는 마음도 있었구요. 여러 군데서 자꾸 얘기를 하는데, 한 번 정도 해보면 재밌겠다는 그런 생각이었 어요. 예능을 많이 하게 되지는 않겠죠. 아무래도 저 자신을 그대로 드러 내야 되는 거라서요.

지 SNS에서는 생각을 솔직하게 드러내시는 편이잖아요.(웃음)

김 내 맘대로 할 수 있는 것하고, 남의 틀에서 하는 것은 좀 다른 거라서요.

지 SNS도 어느 정도는 본인이 활동하시는 데 도움이 되게 하기 위해서 이용하는 부분도 있는 거잖아요.

김 그렇죠. 그런데 예능에서 대놓고 하는 것은 전혀 생각하지 않고 있어요.(웃음) SNS도 활동에 도움이 되기보다는 제가 하고 있는 활동에 대한 정보를 부드러운 방법으로 제공하는 정도지, 그걸로 얼마나 더 많은 관객이 들고 이런 건 아닐 테니까요.

지 이번에 〈북촌방향〉을 새로 보니까 홍상수 감독님이 김의성 배우에게 선물을 주고 싶었다는 느낌이 들더라구요. 약간 디스하듯이 '베트남 갔다 와서 살이 쪄서 온 배우'라고 표현하기도 하고, 한 캐릭터에 대해서 굉장히 오래 얘기를 하는데요. 송선미 씨(보람)가 유준상 씨(성준)에게 물어보는 대사들이 있지 않습니까? 극중에서 맡으셨던 중원에 대해 어떤 사람이냐고 물어보는데 '말로 다 해먹고 사는 사람', '제가 아는 왕구라 세 명 중 하나', '머리는 너무 좋은데 자기 말에 취해서 스스로 고꾸라지는 케이스', '정말 똑똑한데 안 풀리는 사람', '너무 자기 말만 믿는 거지. 적당히 믿고 다른 것들에 맡기고 넘어가야 되는데 사람들 관계가 불편해요', '그런데 정말 착해요.'라고 유준상 씨가 얘기하는데 그 말을 다 들은 송선미 씨가 '불쌍하네요.'라고 답을 하구요. 다음 장면에서 까페 소설 주인에게 말로 수작을 겁니다. 홍상수 영화에서 이렇게 말로 캐릭터를 길게 설명하는 경우도 흔치 않았던 것 같은데요. 그게 홍상수 감독님이 김의성 배우를 관찰하고 김의성 배우에게 하고 싶었던 말 같기도 하던데요. 영화 보면서 어떤 생각이 드셨나요?

김 영화를 찍는 과정에서 그런 얘기들을 보니까, 그날 대본이 나오는 걸 보니까 처음에는 되게 이상했어요. 거의 그대로 나에 대한 얘긴데, 굳이 그대로 할 필요가 있나, 그런 생각이 들었죠. 심각하게 '이건 너무한데…' 이런 건 아니었지만, '왜 이러시지?' 하면서 웃으며 생각을 했었는데요. 나중에 생각해 보니까 홍 감독님 영화 안에서 직접적으로 그 인물의 인생을 다 이야기하고, 그것도 반복해서 계속 나오구요. 이 인물은 이 영화에서 크게 영향을 미치는 사람이 아니에요. 삽화 정도의 인물이잖아요. 관계로 들어가지 않고 과거의 관계만 있을 뿐인 사람인데 그걸 왜 그렇게 하셨을까, 그런 생각을 하다 보니까 그냥 얘를 도와주고 싶다고 생각하셨던 것 같아요. 제 생각에는. 지금도 그런 생각이 들어요. 한 번도 홍 감독님이랑 이야기를 나눠본 적은 없는데요. 특히 어떤 인물이 등장하기 전에 그 인물에 대해서 한참 이야기를 하잖아요. "오늘 누구 만나기로 했어. 베트남 가서 망하고 왔어. 많이 망가졌더라. 살이 많이 쪘어." 그런 이야기들을 하는데요. 그러고 나서 등장시키잖아요. 그때 저는 배우를 하겠다는 생각 같은 것은 없었는데, 홍상수 감독님은 사람들한테 '이런 배우가 있었는데' 그 뒤에 만나서 얘기하듯이 '나랑 처음 영화를 같이 하고, 그다음에 내가 안 써서 영화 안 하고, 베트남에 가서 이렇게 이렇게 살다가 다시 왔네.' 하고 마치 사람들한테 소개해주는 것 같았어요. 홍상수 감독님의 영화가 엄청 나게 많은 대중들이 보는 영화는 아니지만, 영화 감독들을 비롯해서 관계 자들은 관심을 두고 관찰하는 영화들인데요. 그걸 통해서 십몇 년 만에 이 배우가 다시 우리 옆에 있어, 하고 소개해준다는 느낌을 받았어요. 돌이켜 생각해보니까, 〈북촌방향〉은 유준상, 송선미, 김상중, 김보경 네 명의 배우가 주인공인 이야기잖아요. 이야기 틀 자체가 정해져 있는데요. 홍상수 감독님이 '포스터 찍을 때 너도 와.' 그래서 저도 포스터에 들어갔어요. 저는 그 배우들하고는 중요도에서 차이가 많이 나는 배역인데요. 뭔가 이 영화의 주제부를 맡고 있지도 않구요. 포스터에도 넣어주시고, 굉장히 많이 배

OFFICIAL SELECTION
UN CERTAIN REGARD
FESTIVAL DE CANNES
|각본·감독| 홍상수 유준상 김상중 송선미 김보경 김의성
2011. 9. 8

〈북촌방향〉(2011)

려하고 도와주고 싶었구나 그런 생각이 들더라구요.

지 감독님 자신의 첫 번째 영화 주인공이기도 해서 애정이 있으셨던 것 같네요.

김 이유는 모르겠지만, 굉장히 저를 도와주고 싶으셨구나 하는 생각이 들어서 감사한 마음이 들었죠.

지 실제로 그 영화 찍을 때만 해도 배우를 다시 하시겠다는 결심을 굳히지 않으셨을 때잖아요. 오히려 홍상수 감독님께서 배우를 계속하면 좋겠다는 말씀을 하셨다면서요.

김 저한테도 얘기를 해주셨어요. 촬영 과정에서. 뭐예요. 그거 담배로 막 지진 거예요.

지 예, 그런…

김 많이도 했다, 많이도 했어.(웃음) 그 과정에서 저한테 얘기하시기를, 니 나이를 먹고 너 같은 개성을 가진 배우가 한국에 없다, 다시 배우를 하면 쓰일 수 있는 부분이 분명히 있을 것이다, 내가 쭉 관찰을 해보니까 배우라는 직업이 참 괜찮은 직업이더라, 그러니 계속 배우를 하는 것에 대해서 생각을 해봐라, 나는 배우를 하는 것이 좋다고 생각한다, 이런 말씀을 해주셨어요. 그게 제가 다시 직업 배우를 하게 된 중요한 계기가 됐죠.

지 〈돼지가 우물에 빠진 날〉을 보고 자란 감독들이 〈북촌방향〉을 다시 보면서 김의성이라는 배우를 떠올리게 됐을 거구요. 홍상수 감독님이 따뜻하면서도 배우를 보는 눈이 있었다는 거잖아요. 될 것 같다고 생각한다고 쉽게 되는 일은 아닐 것 같은데, 어쨌든 자리를 잡으셨잖아요.

김 그건 제가 잘해서 된 거구요.(웃음)

지 하하하.

김 뭐랄까, 그런 혜안이랄까. 제가 먹고 살 수 있을 것 같다는 판단을 누구도 할 수 없는 상황에서 권유를 해주신 건데요. 누구도 그런 얘기를 해줄 사람은 없었거든요.

지 감독님이 연민 같은 것이 있었던 것 같아요. '정말 똑똑한데 안 풀리는 사람', '너무 자기 말만 믿는 거지. 적당히 믿고 다른 것들에 맡기고 넘어가야 되는데, 사람들 관계가 불편해요.' 이런 표현들은 감독님의 아쉬움을 표현한 건가요?

김 그런데요. 홍상수 감독님의 방법이라는 것이 논픽션 안에 픽션을 섞잖아요. 거기에 섞여 있는 거죠. 픽션도 섞여 있는 거구요. 저에 대해 감독님이 생각하는 이미지가 후루룩 쏟아져 나왔던 것 같기는 해요. 그렇죠. 저의 약점도 누구보다 잘 알고 있는 분이라고 생각되구요.

지 예전에는 그런 편이셨던 건가요? 고집이 지금보다 더 세고, 본인의 주장이 강하고.

김 그렇죠. 고집도 세고, 더 자기중심적이고, 뭐랄까, 현실에 잘 만족하지 못한달까, 그런 사람이었다고 생각해요. 현실에 만족하지 못한다는 것이, 그게 함의의 폭이 넓어서 그렇기는 한데요. 뭐랄까, 현실에 대한 소속감이 부족하다고 얘기해야 되나요? 그게 맞는 말인 것 같아요. 나는 여기에 소속해 있는 사람이 아냐, 라는 생각을 항상 했던 것 같아요. 젊은 사람들은 대체로 그런 경우가 많듯이요.

지 어떻게 보면 아웃사이더 기질이…

김 정신적으로 아웃사이더 기질이 강했죠. 어떻게 보면 뭔가 자기가 강해서 아웃사이더인 것도 있지만, 항상 도망갈 준비를 했을 수도 있었다고 생각해요. 그 생각의 이면에는 언제든 도망가고 청산할 수 있는 뭔가 그런 비겁함이랄까, 나약함이랄까, 그런 게 젊은 시절의 제 안에 계속 있었지 않았나 싶어요.

지 '그런데 정말 착해요', '불쌍하네요.'라고 대화가 마무리 지어지잖아요.(웃음)

김 사람은 다 착하다고 생각하니까.(웃음)

지 인터뷰 보다 보면 베트남 이야기가 나오긴 하는데, 거기서 구체적으로 어떤 일을 했는지 자세히 나오는 경우가 많지는 않더라구요. 10년이나 계셨잖아요.

김 그게 베트남에 통째로 있었던 10년은 아니구요. 사실 인생의 굴곡이 그것 말고도 많아요. 그 기간의 얘기들을 자세히 안 하고 싶은 부분도 있고요. 여러 사람들과의 원망이랄까, 미안함이랄까, 이런 것들이 뒤섞여 있는 시기였구요. 경제적으로도 너무 고통받았던 세월이구요.

지 어떻게 보면 잊고 싶어서.

김 누구에게는 미안함도 가지고 있고, 누구에게는 원망도 크고, 그런 복잡한 것이 있는 시기였습니다. 제 인생에 누군가와 의절을 몇 번 경험한 것도 그때였구요. 그 외에는 누구와 '나 이 사람을 안 봐', 이럴 일이 아예 없는 사람인데요. 당시를 생각해보면 아직도 마음의 빚을 가지고 있는 사람들도 있구요. 그래서 그냥 뭉뚱거려서 그때 이야기들을 하는 편이구요. 기억이 윤색되어 있기도 하고. 아마 그 기억들을 다시 되살리고 파 내려가면 제 안에 있는 상처들도 많이 드러날 것 같아요. 그 시기의 기억 중에서 덮여 있는 기억들도 많은 것 같습니다.

지 실제로 너무 큰 고통을 겪으면 그 시절의 기억을 통째로 지워버린다든지, 그렇게 해야지 견딜 수 있으니까 기억을 왜곡시키는 경우도 있다고 하잖아요. 그만큼 그때의 기억이 고통스러운 부분이 많았다는 거잖아요. 사람들과의 관계도 그렇고.

김 그렇죠. 일단 경제적으로 되게 힘들었어요. 괜찮았던 시기가 별로 없고, 대체로 힘들었구요. 내가 잘 모르는 일을 아는 척하면서 해야 하는 것도 부담스러웠구요. 제가 배우를 그만뒀던 것도 내가 능동적으로 개척해보고 싶다는 마음이 있었는데요. 세상에 그런 일이 잘 없잖아요. 주변 환경에 의해서 계속 흔들리고, 무기력하게 뭔가를 기다리고 이런 시기였어요. 제가 배우를 안 한 기간이 12년 정도였는데요. 그 기간이 지금에 와서는 길게 느껴지지 않아요.

지 굉장히 성공한 100부작 드라마도 제작하셨잖아요. 베트남 드라마의 역사를 새로 쓴 작품이라고 하던데요.

김 그렇죠. 말하자면 그렇다고 할 수 있다고 저는 확신을 해요. 결과적으로 제 개인에게는 실패한 시도였지만, 베트남의 드라마, 엔터테인먼트, 대중문화 이런 데 분명히 뭔가 화두를 던지기는 했을 거라고 확신해요.

지 성공하고도 그 상황을 유지하기 쉽지 않았던 건가요?

김 유지하기 쉽지 않았던 것이 아니구요. 그 성공이라는 것이… 예를 들면 이런 거죠. 지승호 씨가 누군가와 책을 썼는데 몇만 권 팔렸어요. 그런

데 나한테 돌아오는 것이 아무것도 없어, 그런 거예요. 단추를 애초에 잘 못 끼우고, 어쩔 수 없이 밀려 밀려 좋지 않은 조건들에도 일을 할 수밖에 없는, 일은 대체로 잘됐지만 조건 자체가 처음부터 안 좋았기 때문에 좋은 성과를 내 것으로는 하지 못하고 남 좋은 일만 계속 해왔던 것 같구요. 계획은 거창했지만, 결국 그 과정이라는 것은 하루하루를 버티고 살아가야 하는, 먹고살기 위해서 뭔가를 계속 만들어내고 그것을 포장해야 했던 시기라서요. 사람들한테 거짓말도 많이 했던 시기였구요.

지 그 거짓말이라는 것이 어떻게 보면 자기도 그렇게 믿고 싶었던 일인데 상황이 그렇게…
김 그렇죠, 그렇죠. 윤색하는데, 자기 확신이 들어 있는 윤색을 하는 거죠. 자꾸 하다 보면 그런 거짓말들이 외워지고, 내재화되고.

지 그러다가 조금 지나면 '내가 거짓말을 했네.' 하는 자괴감을 느끼고.
김 허망해지고. 잘 아시잖아요. 그런 거.(웃음)

지 이를테면 예전에 조용필 씨가 엄청난 인기를 끌었는데, 음반 인세도 제대로 못 받은 시절이 있었던 것처럼.
김 그런 거죠. 수익 모델을 미처 제대로 확정짓지 못하고 일을 시작하고, 어떻게든 방법이 있겠지, 하고 갔던 거구요. 멈춰 있으면 죽는 거니까요. 성공은 했지만, 성과는 제 것이 아니었던 거죠.

지 문화적으로 그런 부분에서 상처를 많이 받으셨겠네요. 베트남이 그런 부분에서 시스템이 제대로 안 된 부분이 있었을 것 같은데요.
김 나중에는 일하다 보면 사람들이 미워지기도 하고, 제 생각하고는 너무 달랐구요. 내가 만약에 좀 강자였다면 '이렇게는 일을 안 해,' 해버릴 수도 있고, 그 사람들과 합리적인 타협점들을 찾을 수 있거나, 현재 조건이 다를 수도 있잖아요. 잘못이 아니잖아요. 거기는 그런 건데, 무리하게 하다 보니까 상처도 많이 받고, 내 맘하고 왜 이렇게 달라 이런 생각도 하게 된 것 같구요. 돌이켜 보면 어떻게 쓰면 무협지지만, 어떻게 쓰면 너무 끔찍한 소설이 나오기도 하는 두 얼굴을 가진 시기죠. 성공담 가지고만 책 한 권을 쓸 수도 있는, '나는 이렇게 성공했다'는 책을 쓸 수도 있는 시기지만, '나는 이렇게 실패했다'는 책을 한 권 쓸 수도 있는 시기였죠.

지 60분짜리 100부작을 성공시키고 나서는 굉장히 자부심도 느끼고 보람도 많이 느끼셨을 텐데요.

김 그랬죠. 그런 것을 다 잊어버리고 지냈었는데요. 부산영화제 때 어떤 파티가 있었어요. 마리끌레르 시상식을 하고 파티를 했었는데요. 저랑 같은 테이블에 베트남 아이돌 가수 출신 배우가 같이 앉았어요. 반가워서, 그 친구는 10대 후반이니까 제가 드라마 만든 것이 10년도 넘게 전이니까, 혹시 그런 드라마를 아느냐고 물어봤죠. 그랬더니 잘 알고 있고, 그 드라마가 베트남 드라마의 역사를 바꾼 것으로 알고 있다고 얘기하더라구요. 그럴 때는 전혀 기대하지 않았던 보람 같은 것이 느껴지는 거죠.

지 시청률로 치면 어느 정도 나온 건가요?

김 굉장히 잘 나왔어요. 제가 두 개의 드라마를 했는데요.

지 그게 〈무이응오가이〉(고수의 향기)인가요?

김 그게 두 번째 드라마구요. 첫 번째 〈랑 호아 띤유〉라고 하는 사랑의 꽃 바구니인데요.

지 시트콤이죠?

김 두개 다 시청률이 굉장히 잘 나왔어요. 첫 드라마는 20퍼센트 정도, 두 번째는 30퍼센트 정도 시청률이 나왔는데요. 그것도 굉장히 열악한 시간 대에 들어가서 그런 성과를 낸 건데요, 광고도 굉장히 많이 붙었구요. 광고가 처음에 대여섯 개 붙는 시간대에 서른 개 이상이 붙었으니까요. 크게 화제가 됐죠. 큰 성공을 거뒀구요.

지 여러 가지 환경이 좋아졌을 수도 있을 텐데, 외국인이라는 한계와 심의 등 제도적인 문제 같은 것이 있었나요?

김 그런 것도 있었구요. 애초에 돈이 잘 안 됐어요. 그러니까 큰 프로젝트를 하면 점점 자금 면에서 힘들어지구요. 단지 프로덕션 하나를 운영하는 방식으로는 거기서 답을 내기는 어려웠어요. 그래서 말 그대로 규모의 경제가 필요했구요. 신규 채널을 운영한다든가, 아니면 방송 시간대를 사서 그 안에 컨텐츠를 채워 넣는다든가, 당시에 베트남도 막 케이블TV가 생기고 디지털 방송이 생기는 시기였으니까요. 그런 환경에 맞춰서 뉴미디어를 개발하지 않으면 답이 없는 그런 거였어요. 돈이 많은 회사가 해야 할 일을 저희가 했던 거죠. 돈 한 푼도 없는 사람들이 할 일이 아니었던 겁니다. 그래서 돈이 필요해서 CJ라는 대기업과 일을 하게 됐어요. 회사를 팔고 그 회사에서 일을 하게 된 거죠. 회사를 판 돈은 빚 갚는 데 다 썼어요. 그동안 일했던 것의 빚을 갚으니까 싹 다 없어지더라구요. 회사가 진 빚을 갚고, 나머지는 나눠서 개인이 진 빚을 갚고 나니 남는 게 없더라구요.

지 FNC미디어가 운영하던 회사 이름이죠.

김 그걸 만들어서 하다가 CJ미디어에 FNC미디어를 판 거죠.

지 어떻게 보면 인수합병을 당한 거네요.

김 인수합병을 했고, 그 잠깐이 가장 행복했던 빛나는 시기였죠. CJ미디어에서 회장님도 오시고, 사장단 회의를 통째로 베트남에 와서 했었구요. 회의의 주요 프로그램이 CJ미디어 베트남의 성과들을 보고하고 이런 거였으니까요. 그때는 엄청나게 업이 되어 있었어요. 회장이 "CJ 정신이 바로 여기에 있다"고 얘기했었구요. 그 CJ 정신이 뭔지는 모르겠지만.(웃음)

지 도전 정신.(웃음)

김 100부작 드라마를 제작하던 와중에 CJ에 인수가 됐어요. 그랬는데, 몇 가지 이유로 회사에서 쫓겨났어요. 그것도 몇 달 안 돼서. 한 두세 달 사이에 쫓겨났습니다. CJ 쪽에서 생각했던 현실이랑 조금 달랐을 수도 있구요. 모르겠어요. CJ미디어에서는 베트남 업자들에게 속았다고 생각할 수 있고, 우리 입장에서는 CJ에게 속았다고 생각할 수 있는 일들이 벌어졌죠. 제작비는 생각보다 더 많이 들어가야 하고 아웃풋은 어떻게 나올지 불투명한 상태가 이어지고, 그럼에도 제작비는 투입돼야 하는데, CJ미디어는 큰 회사니까 프로젝트에 돈이 척척척 안 들어오는 거예요. 이렇게 길게 해도 되나.(웃음) 하는 데까지 해볼게요. 거기다가 우리는 이 일은 작은 일이고, 뭔가 방송 쪽에서 어떤 컨텐츠 제작이 아니라 미디어를 확보하는 일들을 하려고 했던 거니까요. 당신들이 들어오려고 우리한테 얘기를 했으면 그것과 관련해서 구체적으로 공격적으로 일들을 좀 해야 되지 않느냐, 그런 부분에서 투자 계획이라든지 이런 것을 안세우고, 프로젝트와 관련된 돈도 안 들어오니까 우리가 현지에서 해서는 안 될 일들을 했어요. 그게 뭐냐 하면 돈을 꿔서 드라마를 만들었어요. 돈을 안 보내주면 중지해야 되는데요. 그걸 못 한 거야. 그동안 해왔던 구멍가게 방식의 관성이 있으니까 그대로 해온 거예요. 돈을 꾸기도 하고, 심지어는 직원들 월급으로 들어오는 돈들이 있거든요. 운영비는 잘 들어오거든요. 큰 회사는 그런 게 정해져 있으니까요. 그 운영비의 일부를 프로젝트의 제작비로 전용한 거예요. 작은 회사라면 칭찬받을 일이지만, 큰 조직에서는 그것은 어떻게 보면 배임이라고까지 볼 수 있는 거죠. 돈을 전용한 거니까요. 여기에 쓸 돈을 다른 데에 쓴 거죠. 베트남에서 주로 그 일을 했던 친구는 편법으로 없는 직원을 만들어서 월급을 준 건데요. 그래봤자 한 달에 몇백 불밖에 안 되는데, 그렇게 해서라도 프로젝트가 굴러가야 하니까요. 배우들도 돈을 줘야 하고.

지 그렇게 끌어다 쓰면 잘 될 것 같고.

김 그런 거죠. 그런 데다가 CJ에서는 회장이 왔다간 다음에 무슨 일이 벌어졌냐 하면 상속과 관련된 이슈들이 크게 생겼어요. 그러면서 문제가 좀 많이 되고 그러니까 일단은 사업을 수비적으로 해라, 그래서 신규사업, 해외사업, 엔터테인먼트 쪽을 보수적으로 해라, 동결하라고 한 거죠. 우리는 그 세 가지에 다 해당되니까 더 이상 안 하는 거죠. 그러니까 회사 들어가서 맨날 싸우고, CJ는 보스 보고 일하는 회사니까 중간에 우리랑 같이 일하기로 결심했던 사람들이 보자 하니 자기네들이 타격을 입게 생긴 거예요. 그래서 이것을 핑계로 대자고 결정을 한 것 같아요. 이대로 베트남 돌아가면 자기들한테 큰 부담이 되니까, 애들을 쫓아내고 새로 바닥부터 다시 시작하자, 감사 팀들이 들이닥치고 영화 같은 일들이 벌어졌어요. CJ미디어 대표가 어느 날 갑자기 베트남 회사에 들이 닥쳐서 사람들을 다 쫓아내고, 컴퓨터 확보하고… 저는 그때 한국에 있을 때였는데, 저랑 같이 파트너로 일하는 친구를 배임, 횡령 혐의로 고발했죠. 그래서 경찰서엘 불려 다니고, 저와 같이 일했던 친구는 검찰까지 갔었는데요. 무혐의로 재판까지 가지는 못했어요. 아무리 자금 전용이라고 하더라도 해외에서 생활비

를 아껴서 밥벌이에 옮겼다는 것을 가지고 벌주기는 어렵다, 어떻게 보면
이쪽에 책임도 있는 것이구요. 그다음에 회계 관리를 너무 엉망으로 해서
제대로 걸기가 어려울 정도로 자료가 없기도 했어요.(웃음) 당시에는 CJ미
디어를 원수처럼 생각하고 엄청 원망을 많이 했어요. 나중에 생각해보니
까 우리 잘못도 있다, 서로 비슷한 수준의, 비슷한 크기의 잘못이 있었다
는 생각이 들었어요. 제가 같이 일했던 그 친구는 무리하게 진행했고, 어
떻게 보면 개인적인 횡령이 있을 수도 있는 혐의도 보이구요. 저는 몰랐는
데, 나중에 까 보니까. 그래서 우리는 베트남에서 몇 년을 일하다가 그 회
사를 다른 회사에 넘기고, 거기서 일했는데 그 회사를 뺏긴 거니까요. 그
다음에 몇 달 후에 그 회사는 문을 닫아버렸어요. CJ미디어는 방법이 없다
고 철수를 해버렸어요. 그러니까 아무것도 안 남게 된 거죠. 일을 할 수 있
는 것이, 우리 회사를 다시 할 수도 없구요. 팔아서 없어져 버린 회사니까,
굉장히 힘들었죠. 거의 파국이었습니다.

지 굉장한 시간을 들여서 만들었는데, 허무하셨겠네요. 시간만 버린 셈
이 되니까.
김 그렇죠. 방법이 없어서 한국으로 잠깐 돌아왔었어요. 어떻게 할 방법이
없으니까 한국으로 돌아왔는데, 그때가 2007년 무렵이었을 거예요. 돌아
와서 베트남을 다시 가겠다는 생각을 안 하고, 친구 회사 같은 데서 일하
고, 팔라우 가서 참치 잡는 회사에서 일하다가 베트남에 있던 친구가 다시
한 번 시작해보자고 해서 또 다시 베트남으로 갔죠. 거기서 한 2년 정도
더 있었던 것 같아요.

지 그때는 무슨 일을.
김 바닥부터 작은 일이라도 해보자고 해서, 작은 투자를 받아서 연극을 했

어요. 공연 사업부터 다시 하자. 연극 제작하고, 한국 연극도 수입하고, 심지어는 제가 직접 연출을 했죠. 말도 안 통하는데.(웃음) 쉽지가 않았어요. 항상 약자의 입장에서 뭔가 계약을 해야 하고, 이렇다고 얘기했는데, 그다음 날 들어 보면 또 다른 얘기를 하고 있구요. 이해할 수 없는 제도들, 이해할 수 없는 계약 관행들, 이런 거… 그래서 진짜 고통스러웠어요. 그때는 돈도 한 푼 없고, 담배 살 돈도 없었어요. 담배 겨우겨우 사서 피우고, 호치민에 한국 식당이 200개 정도가 있었어요. 한국 식당이 너무너무 많고, 한국 사람은 그냥 한국 식당에 가서 밥 먹고 그랬는데요. 저는 한국 식당에서 밥을 먹은 것이 한 달에 한두 번 정도였던 것 같아요. 베트남 길에서 파는 음식만 계속 먹고, 돈이 없으니까요. 한국 식당 가면 한국 돈으로 6,000원에서 7,000원 정도 되는데요. 베트남 식당에서 먹으면 1,000원에서 1,500원 정도면 되니까요. 가끔 그쪽에서 일하는 선배들이 밥을 사주면 한국 식당에서 밥을 세 공기씩 먹었어요. 이때 아니면 언제 먹나 해서.(웃음) 직접 포스터 붙이고, 오토바이 타고 연극 티켓을 배달해주기도 하고, 한국 연극 초청을 했을 때는 그랬죠. 그렇게 해가지고 하는데, 나중에는 한국에 있는 유수의 연극 프로덕션을 같이 일을 하자고 CJ처럼 꼬셔서 들어왔었죠. 거기는 빨리 파국이 왔어요. 저랑 같이 일하던 친구가 '이 사람이랑은 나와 안 맞는구나…' 그 친구도 저랑 10년 가까이 일을 했는데, 그때 결론을 내렸어요. 이 사람이랑은 같이 갈 수가 없다. 그건 복잡하고 긴 얘기라서 자세히 말하기는 어렵구요. 그래서 엄청 상처를 받았죠. 10년 동안 같이 일하고 나를 제일 잘 안다고 하는 사람하고 등을 돌리게 됐으니까요. 그러고 나서 조금 더 버텼어요. 버텼는데, 길이 너무 안 보이더라구요. 그래서 그쪽에 투자했던 연극 하는 사람한테는 미안하다, 나중에 언젠가 빚을 갚겠다. 그래서 아직도 마음의 빚을 남겨놓고 있는 건데요. 베트남에서 더 가볍게 한번 일을 해보자는 생각을 했어요. 한국에 와봤자 아무

방법도 없으니까요. 그때 호주에서 베트남으로 와서 일하던 재호주 베트남 교포인데, 다시 돌아온 사람이 있었어요. 그 친구와 같이 이런저런 계획들을 짜고 있었구요. 공연 사업을 좀 제대로 해보자, 같이 얘기를 많이 하면서 준비들을 해나가고 있었는데요. 그때 장모님이 암에 걸렸다는 소식을 들었어요. 사업을 하려면 돈이 필요하고, 아버지도 그때 병에 걸렸다는 얘기를 들었어요. 이 양반들이 힘든 상황이니까 가서 좀 보고 와야겠다고 생각해서 한국으로 다시 들어왔어요. 2010년에. 그래가지고 지금까지 그냥 있었던 거죠. 못 돌아갔어요. "금방 돌아올게." 하고 한국에 왔는데, 그 뒤로는 한두 번 놀러는 갔지만, 일로는 못간 셈이죠.

지 아버님이 2011년까지 암 투병을 할 때 계속 병간호를 하신 건가요?
김 계속 병간호를 한 건 아니지만, 아버지랑 시간을 많이 보냈죠. 한편으로는 장모님도 간호하고. 양쪽이 아프셔 가지고.

지 아버님이 '재미있게 살라'고 남기신 유언을 인터뷰에서 많이 얘기하셨잖아요. 연기하시는 것을 별로 못마땅해 하셨다고 알고 있는데, 돌아가실 때는 그런 말씀을 하셨다고요.
김 그 얘기를 왜 하셨는지 모르겠어요. 아버지와 사이가 썩 좋지는 않았어요. 원수처럼 산 것은 아니지만 항상 많이 부딪혔구요. 아버지는 저를 항상 못마땅해 하셨고, 능력은 좋은 앤데 게으르고 세상 물정을 모른다고 생각하셨어요. 저는 아버지는 너무 속물이다, 이런 생각을 했구요.(웃음) 그래서 계속 싸웠죠. 계속 싸우고, 서로 불만이 많았어요. 죽기 살기로 싸운 것은 아니고, 아버지랑 벽이 있었어요. 우리 아버지는 평범하게 평생 실패를 하면서 산 사람이라서. 그런데 자기 마음은 되게 좋은 것을 추구하고 싶은 것은 있었구요. 그러니까 자식이 공부도 잘했으니까 기대도 많이 했는데 뜻대로 안 움직여 주니까, 그런 면에서 불만이 많으셨죠. 저는 그동안 콤플렉스가 많은 사람이라 그것도 싫었구요. 그러다가 아버지가 아프시면서 아버지랑 얘기할 시간이 많아졌어요. 아버지가 약해지니까 좀 편하더라구요. 건강할 때는 부딪혔는데.

지 자식한테 기대기도 하고.

김 그때는 저도 아무것도 없었고, 여전히. 진짜 바닥이었죠. 계속. 진짜 바닥이었는데, 아버지랑 같이 재밌는 이야기들을 많이 했어요. 특히 우리 아버지가, 이게 죽을 병이다, 라는 감을 거의 잡았는데요. 보통은 '아니야' 하고 부인하거나 부정하거나, 헛된 희망을 갖거나 아니면 좌절하면서 포기를 하거나, 보통 그렇잖아요. 아버지는 그게 아니고 나는 이 병을 나아서 일어나고 싶은데, 그럴 수 없으면 죽어도 괜찮아, 하는 멋진 태도를 보이고 마지막에도 멋있게 돌아가셨어요. 세상과 이별하는 법이 되게 좋더라구요. 그래서 아버지에 대한 존경심이랄까, 이런 것이 좀 더 생겼구요. 더 가깝게 느껴지고, 벽은 없어지고, 그런 와중에 그런 얘기를 하신 거예요. 그것도 돌아가시기 전날 그런 말씀을 하시더라구요. 말도 잘 못하고, 목소리도 겨우겨우 나올 때였는데요. 그 얘기를 듣고도 그때는 몰랐어요. 뭐, 이런 얘기를 하시나 했는데요. 아버지가 돌아가시고 그다음 날 영안실에 앉아 있는데, 그 얘기가 자꾸 머릿속에 떠오르는 거예요. 말하자면 이게 마지막으로 한 말이고 나한테 따로 한 유언인데… 이게 뭔가, 생각을 하다가 약간 충동적으로 두 가지 결론을 내렸어요. 하나는 이혼을 하자, 하나는 배우를 다시 시작하자. 이게 아버지가 원했던 것인지는 모르겠지만, 내 나름대로 해석을 하자면 나한테 재밌게 사는 방법은 두 가지라고 생각했어요. 병원에서 아버지가 돌아가시고 장례를 치르고 집에 들어가야 되는데, 그때부터 집에 안 들어갔어요. 그날로 집에 안 들어갔고, 전처하고 이혼 절차를 차근차근 밟자, 그때 또 장모님이 아프셨을 때니까, 지금 상태에서는 이혼하기 힘들다고 기다리자고 해서 결국은 일 년 반 후에 이혼을 했어요. 연기도 그때 결심한 후에 거의 일 년 뒤부터 일들을 시작했던 것 같아요. 제가 결심한다고 일이 들어오는 것은 아니니까요.

지 두 번째 이혼을 하신 거잖아요. 아무래도 사업도 어렵고 하다 보니까 가정불화가 생긴 건가요?

김 그런 건 아니에요. 특별한 불화는 없었는데, 그냥 둘 다 이 정도면 됐다고 느낀 것 같아요. 아마 이 상태로 둘이서 같이 바라볼 수 있는 희망은 없다고 느낀 것 같구요. 제 마음이 떠나 있다는 것도 와이프가 느낀 것 같구요. 와이프가 먼저 그런 것 같은데, 영안실에서 둘이 밤에 틈이 날 때 "뭔가 우리 안에서 바뀐 것 같다."고 해서 제가 "그런 것 같다. 너는 그냥 집으로 가고, 오늘부터 영안실에 있을 필요도 없을 것 같다. 서로 불편하니까 집에 가라."고 했죠. 그리고 그 뒤로는 이혼할 때 봤죠. 이혼할 때 보고, 그 다음에는 한 번도 못 봤어요.

지 자녀 분은 일부러 안 가지신 건가요?

김 그냥, 아이를 낳겠다는 생각을 별로 안 해본 것 같아요. 평생. 난 절대 안 낳을 거야, 라는 생각은 최근에 하게 됐지만, 한 번도 아이가 있는 삶, 이런 것을 상상해본 적이 별로 없었어요.

지 왠지 그동안의 삶 자체가 스스로 힘들다고 생각을 해서 그런 건가요?

김 그런 것도 있겠죠.

지 이게 자식한테 대물림이 되지 않을까 하는 생각을 하신 건가요?

김 힘든 것의 대물림, 그런 쪽으로는 생각을 안했어요. 일단은 누구를 더 책임질 만한 경제적인 환경이 아니었구요. 번식할 만한 환경이 아닌 거죠. 그리고 조금 관념적으로는 누구를 낳아서 정신적으로도 누군가를 20년 가까이 책임지고, 애한테 뭐가 옳고 뭐가 그르며, 이걸 해도 된다, 이건 안된다고 말할 자신이 없었어요. 나도 모르겠는데…. 다 알아서 하게 된다고는 하지만, 안 낳았으니까 자신이 없더라구요. 그게 사실은 제일 크죠. 누군가의 인격을 책임질 자신이 없었어요. 결과적으로 정말 잘한 일이라고 생각해요.(웃음)

지 지금 같이 계신 분이랑은 굉장히 행복해 보이는데요. 환경이 바뀐 건가요? 배우님 인생관이 바뀌어서 그런 건가요?
김 상대방이 좋아서 그런 것 같아요. 상대방이 워낙 좋은 사람이고, 저한테 좋은 것을 굉장히 많이 주는 사람이구요. 그게 제일 크죠. 경제적인 것은 그렇게, 왜냐하면 우리는 진짜 힘들 때도 좋았으니까요. 특별한 사람인 것 같아요. 그 사람은.

지 인연 같은.
김 둘이 좋은 시기에 잘 만났고 잘 맞고 저보다 훨씬 좋은 사람인 것 같아요. 사람이 누군 좋고 누군 나쁘다고 재긴 어렵지만, 훨씬 훌륭한 사람이고, 저를 정말 좋아해주고 잘 이해해주구요. 그런 사람을 만나는 건 거의 불가능한 일이라고 생각될 정도로 너무 좋아요.

지 어떻게 만나셨나요? 6년쯤 전에 만나신 것 같은데.
김 이혼할 때쯤 그 비슷하게 만난 건데요. 동생을 먼저 알았어요. 백현진이 동생이잖아요.

지 어어부밴드.

김 전방위 아티스트.

지 홍상수 감독님 영화에도 많이 나오셨죠.

김 그 친구를 홍 감독님이 소개시켜줘서 만났어요. 만나서 같이 처음에 의기투합이 잘돼서 거의 매일 둘이 보고 지냈어요. 그렇게 지내다가 자기 누나가 미국에 잠깐 가 있는데, 재밌는 사람이라고 같이 만나서 놀자는 거예요. 그래서 만났죠. 만났는데 첫눈에 반했달까요. 되게 미인이었어요. 미인이고 멋있고, 그래서 잘 보이려고 처음에 애를 많이 썼죠.

지 애를 써서 마음을 결국 얻으셨군요.(웃음) 그분 입장에서는 꺼려질 수 있는 부분도 있었을 텐데, 서로 잘 맞으셨던 거네요.

김 모르겠어요. 둘 다 나이는 많은데, 세상에서 보통 따지는 조건 같은 것을 재는 스타일이 아니었구요. 둘 다. 둘 다 가진 게 하나도 없어서 서로 따질 게 아무것도 없었어요. 진짜 둘 다 아무것도 없었거든요. 빚이 있는 사람들을 제외하고는 제일 가난했을 거예요. 저는 빚도 좀 있었고.(웃음) 진짜 수중에 한 푼도 없었어요. 둘 다. 놀라울 정도로 돈이 없었어요. 저보다는 조금 나았던 것 같아요. 백현희가. 그래도 몇백은 있었던 것 같아요.(웃음) 그 친구가 갑자기 취직이 됐어요. 큰 회사의 높은 자리로 취직이 되어가지고 월급도 500만 원 넘게 받게 되구요. 그러면서 자기가 독립을 한 거죠. 아버지랑 같이 좀 살다가, 독립을 해서 단칸방을 하나 얻었는데요. 거기 제가 기어 들어갔죠. 그렇게 같이 살기 시작한 거죠.

지 디자이너라고 하셨죠? 의상 쪽인가요?

김 새로 CGV를 짓거나 리뉴얼할 때 거기에 아트디렉팅 하는 일을 하고

있어요. 그래서 뭐, 프리랜서죠. 일이 있으면 하는 거니까요. CGV 직원도
아니고. 그쪽에서 꾸준히 일을 줘서 극장 세 개 정도를 리뉴얼했으니까요.

지 미국에서 그런 공부를 하신건가요?

김 미국은 다른 일로 간 거구요. 일하다가 지쳐서 도피 행각을 했던 거구
요. 원래 미술 전공을 했었고, 패션 쪽 일을 많이 했었어요. 아니, 했었대
요.(웃음)

지 지금은 배우님이 수입이 어느 정도 되니까 집에서…

김 놀고 싶어 하죠. 잘 놀고 있는 것 같아요.(웃음) 가끔 일하고. 둘 다 노는
것을 좋아해서 잘 맞아요.

지 이경영 배우님 하고 대담하시면서 '요즘은 영화 분야에서 무비 매직
이라고 할 수 있는 현장에서의 마법 같은 순간이 없어지는 것 같다. 그런
상황이 안타깝다.'는 말씀을 하셨는데요. 음악의 경우 LP가 CD와 MP3
로 바뀌면서 음악에 대한 존경심이 없어진 것 아니냐는 얘기하고 비슷
한 것 같은데요. 예전에는 LP를 들으려면 제의 비슷하게 자켓에서 꺼내
닦아서 걸고, 한번 걸면 뒤집어서 B면까지 듣는 게 하나의 과정이었는데
요. 지금은 좀 듣다가 전주가 마음에 안 들면 스킵해버리잖아요. 그것과
비슷한 감정인 건가요?

김 유사하죠. 제일 큰 것은 필름으로 찍지 않는다는 것이 제일 큰 것 같아
요. 기술 발전이. 필름으로 찍는다는 자체는 필름 자체가 돈이기 때문에
필름을 아껴써야 한다는 제약이 굉장히 컸어요. 그래서 한 장면을 찍어도
조금 더 공들여서 찍으려고 애를 썼던 것 같구요. 지금도 다르지는 않겠
죠. 그래도 지금은 안 되면 다시 찍으면 된다는 생각이 기본적이니까, 뭐

랄까 전에는 뭔가 어떤 한 장면을, 제대로 된 장면을 만들어내야 한다, 현장에서 제대로 된 장면을 창조해야 된다는 생각이 있었다면 요즘은 괜찮은 장면을 여러 개 찍어놓고 나중에 편집한다는 생각이 더 일반적이라서요. 그런데 뭐, 그런 안타까움보다는 바뀐 기술적 환경이 주는 이점이 너무 커요. 그냥 일종의 배부른 푸념 같은 것이지, 그래서 나빠졌다고 생각하지는 않아요.

지 글을 쓸 때도 연필로 쓰는 것하고, 타자를 치는 것 하고, PC로 쓰는 것이 차이는 있지만, 글을 쓴다는 것 자체는 똑같다고 볼 수 있겠죠.(웃음)
김 공허한 얘기잖아요.

지 관객들의 영화에 대한 태도가 예전하고 좀 달라졌다고 생각하세요?
김 잘 모르겠어요. 옛날 관객들이 어땠는지 제가 잘 모르니까요.

지 장률 감독님의 영화 〈춘몽〉에 악역 사장님으로 까메오로 잠시 나오셨는데요. 거기서 양익준 배우가 장률 감독님의 영화를 극장에서 보면서 "아니, 계란 하나 까먹는 데 일 분이나 걸리는데 이런 재미없는 게 무슨 영화냐?"고 소리를 지르고, 거기 데리고 갔던 한예리 배우가 굉장히 창피해하면서 극장 밖으로 데리고 나오는 장면이 나오는데요. 장률 감독님이 자신의 영화를 보는 최근 대중의 태도에 대해서 자조적으로 셀프 디스를 하는 것 같아 재미있었거든요. 재밌으면서도 씁쓸한 장면이었어요. 그런 영화들에 위로를 받아야 할 대중들이 삶 자체가 힘드니까 생각하게 하는 영화를 재미없어 하고, 오히려 공격적으로 나오는데요. 그래서 다른 포맷의 영화들이 많이 나오는 것 같아요.
김 관객들이 영화를 보는 다양성이 줄어든 것은 분명한 것 같아요. 전에는 유럽 영화나 헐리우드의 작은 영화들도 그냥 잘 상영되고, 적당한 관객들이 들고 그랬었는데요. 많이 들지는 않았지만요. 지금은 그런 면에서는 양극화가 심하죠. 안되니까 수입도 잘 안하구요. 그래서 헐리우드 영화도 주로 마블 영화들, 큰 영화들만 수입하는 것 같습니다. 하지만 관객들한테만 뭐라고 할 수는 없죠.

지 이를테면 김기덕 감독님이나 홍상수 감독님은 아예 큰 관객을 기대하지 않고, 그전에는 어느 정도 제작비가 들어가는 영화도 만드시다가 요즘은 아예 저예산에 가까운 영화로 몇만 명의 관객을 기대하는 영화를 만드시잖아요. 시장이 나뉘어버린 것 같은 느낌인데요. 세계적인 감독인데도 관객을 포기했다고 해야 되나요, 그런 포지셔닝을 설정한 걸까요? 그렇게 됐잖습니까?

김 추세라기보다는 그 두 감독은 굉장히 특수한 케이스라고 생각해요. 영화를 계속해서 만들고 싶은 욕망이 굉장히 강하신 분들이고, 자기가 현실적으로 영화를 제작해나갈 수 있는 속도랑 자기 머릿속에서 만들어지고 있는 영화 속도가 안 맞으니까, 더 빨리 더 많이 만들고 싶으니까, 그런 길을 찾아낸 거죠. 적은 돈으로 영화를 만들 수 있는. 근데 그건 길을 찾았다기보다는 사실 그 영화에 배우나 스탭들이 적은 개런티로 참여해주지 않으면 제작 자체가 불가능한 거니까요.

지 그런 측면도 있네요.
김 아예 상업적인 면을 완전히 배제해버릴 수밖에 없죠. 상업적인 면을 배제하지 않으면 사람들한테 돈도 많이 줘야 하고, 제작 기간을 짧게 해서 자기 생업에 지장을 주지 않게, 전체 제작 기간을 2주 정도 해서 그 시기에 맞는 배우들과 작업을 하는 거잖아요. 그렇게 자기 길을 찾아내신 것이고, 감독에 대한 존경심이나 이 영화에 출연했을 때 내가 얻을 수 있는 것이 있다고 다들 생각하니까 그렇게 적은 출연료나 인건비로 영화에 자발적으로 참여할 수 있는 거잖아요. 강제하는 것이 아니고, 즐겁게 참여하는 거니까, 스스로 획득해낸 거죠. 거기까지는. 전세계적으로 아트하우스 필름을 만드는 것이 돈이 되는 일도 아니고, 항상 힘든 건데요. 그런 길을 찾아내서 꾸준히 예술을 생산해내신다는 것이 대단하죠. 특히 홍 감독님 같은 경우에.

지 〈뉴스타운〉에 나가셔서 홍상수 감독님 영화에 100만 원 정도 출연료를 받는다고 하셨는데요. 모든 배우가 비슷한가요?(웃음)
김 주연은 조금 더 받지 않을까요?(웃음)

지 차이가 있나요?
김 모르죠. 배우는 남이 개런티를 얼마 받는지 모르니까요.(웃음) 저는 홍 감독님 영화 찍는다고 해도 전체가 10회차, 15회차가 된다고 치면 그중에 한 두세 번, 네 번 정도 찍는 거구요. 많이 찍어야 하는 배우는 더 줘야겠죠. 사실 큰 의미는 없지만요. 알아서 잘 하시겠지.(웃음)

지 예전에 인터뷰하실 때 "홍감독님 영화에 가장 많이 출연한 배우가 되고 싶다."고 하셨는데요. 〈당신자신과 당신의 것〉 이후로 출연을 안 하고 계신 거잖아요. 안 불러주신 건가요? 스케줄이 안 맞았던 건가요?
김 스케줄이 안 맞았던 때도 있었구요. 홍 감독님은 스케줄이 안 맞으면 바로 포기하세요. "시간 돼?" 해서 안 된다고 하면 "그럼 다음에."라고 하시니까요. 그런 면이 좀 있었죠. 제가 바란다고 되는 것이 아니니까, 그냥 일 열심히 하고 살다가 불러주실 때 시기가 맞으면 "앗싸" 하고 하는 거죠.

　　　　　　　　　　　　　　　　　　　　　　　　악당 7년

지 상도 받고 여기저기 방송에도 나가시면서 대중들이 그전보다는 조금 더 연예인스럽게 대하는 부분이 있을 것 같은데요. 피부로 느끼시나요?

길 조금 더 알아보거나 사진 같이 찍자고 하거나, 싸인 해달라고 하거나, 이런 사람들이 많아지는 거구요. 공적인 자리에 가서 인사를 했을 때 박수라든가, 이런 것들이 더 커진다거나 그런 거죠. 트위터에서 드라마나 영화 얘기를 하는 경우가 더 많아진 것도 있구요. 그 정도죠.

지 예전에 어떤 인터뷰에서 "필립 세이무어 호프만하고 연결되어 있는 것 같다는 생각을 했었다."고 하셨어요. 특별하게 배우한테 몰입을 하는 편은 아니라고 하셨는데, 이 배우하고는 뭔가 연결된 느낌을 받으셨다는 거잖아요.

길 대단한 건 아니구요. 영화를 보는 관객으로서 이 배우를 본다기보다는 나도 일하고 있고, 저 사람도 일하고 있고, 같은 배우로서의 그런 것이 다른 헐리우드 영화를 보면 안 생기는데요. 그 배우한테는 그런 느낌을 받았어요. 캐릭터로서보다는 그 사람 자체로서 그 사람의 작품을 보게 되고, 저 혼자서 그런 생각들을 했던 거죠. 어떤 부분에서는 되게 닮고 싶은 부분도 많이 있구요. 갑자기 죽어서 좀 충격을 받았죠.

지 같이 연기를 해보고 싶다는 생각도.

길 감히, 그런 것은 아니고, 그럴 수 있다면 좋겠지만… 이제는 불가능해졌구요.

지 그런 느낌을 가지셨으면 소식 들었을 때 큰 충격을 받으셨겠네요. 오동진 평론가는 '한국의 잭 니콜슨'이라고 표현하셨는데요. 그 표현에 대해서는 어떻게 생각하세요?

김 너무 감사하죠. 나이 먹으면서 점점 더 닮아가고 싶은 배우니까요. 그분은 어렸을 때부터 자기만의 개성을 가지고 있던 분이고, 저는 나이를 먹으면서 조금씩 조금씩 그 배우의 느낌 같은 것들이 나오면 되게 기분 좋고 그런 것이기도 하구요. 현실적으로 제가 추구할 수 있는 길이라는 생각이 들어요. 내가 추구할 수 있는 레퍼런스라는 생각, 굉장히 고약한 면 또는 강하고, 악한 면, 부정적인 면을 가지고 있다가도 어떤 때는 다른 면모의 변주들이 있구요. 기본적으로는 절대 좋은 사람일 리가 없다는 이런 느낌이 있고 그런 것이 좋아서요.(웃음) 닮고 싶죠. 〈W〉라는 드라마에서 악역 캐릭터를 할 때, 웃을 때 잭 니콜슨의 조커처럼 웃을 수 있으면 좋겠다는 생각을 했어요.

지 잭 니콜슨의 조커를 약간 염두에 두고 연기를 하신 건가요?
김 네. 그렇게 웃을 수 있으면 좋겠다고 생각했어요.

지 〈W〉 같은 경우에 처음 제안을 할 때는 그림만 그리면 된다고 했다가, 나중에 알고 보니.(웃음)
김 웃자고 한 얘기구요. 중요한 키가 되는 인물인데, 우선은 이 세계의 창조자이고, 나중에 이 세계로 들어가게 됩니다, 라는 것까지만 들었어요. 어떤 방식으로 그 세계에 들어갈지는 몰랐어요. 그런 방식으로 또 다른 자아가 돼서 얼굴만 내 얼굴을 빌린 전혀 다른 사람이 될 줄은 몰랐죠. 깜짝 놀랐어요. 대본 나왔을 때.

지 그동안 몸을 많이 쓰는 배역을 많이 맡으신 편은 아니잖아요. 〈살인의 뢰〉 때 굉장히 센 액션 신이 있었잖아요. 그때 체력적으로는 어땠나요?
김 딱 하루 고생한 거죠. 하루 고생을 위해서 두세 달 연습했지만요. 힘들

　　　　　　　　　　　　　　　　　　　　　악당 7년

〈살인의뢰〉(2014)

죠. 체력적으로 굉장히 힘들었어요. 〈W〉 찍을때는 더위가 제일 힘들었어요. 진짜 작년 여름에 더웠는데, 가죽 코트 같은, 바람 하나 안통하는 두꺼운 옷을 입고 찍었으니까 더워서 힘들었죠.

지 베트남 얘기를 좀 마무리하자면요. 왜 베트남이었나요?
김 글쎄요. 꼭 베트남이었던 것은 아니었어요. 그때 국내에서 이런저런 일들을 해봤어요. 매니지먼트 회사에서도 일했고, 영화사도 창립했었고, 그런 일들을 하는 핵심 역량이 나한테 있는 것은 아니니까 계속 그랬지만, 되게 답답하고 잘 안되고 그러던 와중에 베트남에서 "이런 것을 하면 좋다더라." 라는 얘기를 들은 거죠. 가까이 있는 사람한테 제안을 받았는데, 처음에는 한국 영화 배급을 하는 일을 했구요.

지 통역하시는 분이 잘못 얘기해서 그랬다고. 0을 하나 더 붙여서.(웃음)
김 사람 일은, 사람 인생은 너무 후진 것 같아요.(웃음) 그 통역 실수로 인해서 베트남에서 십몇 년을 있게 됐죠.

지 어떤 영화들을 배급하셨나요?
김 90년대 한국 영화들, 〈해가 서쪽에서 뜬다면〉 같은 영화들을 했었어요.

지 베트남 사람들의 기호에 맞아야 되니까 그런 고려들도 하셨겠네요.
김 그 당시에는 대부분 로맨틱 코미디였으니까요. 대체로 잘 맞았구요. 베트남 사람들이 좋아하는 배우들이 나오는 영화, 장동건, 고소영 씨 나오는 영화들을 배급했죠. 잘 안됐지만, 아주 안된 것은 아니었어요. 보따리 장사를 할 정도는 됐는데요 베트남에서 한국 영화 잘 된다는 소문을 다른 데서도 들어가지고 영화 판권 가격이 많이 올랐죠. 헐리우드 같은 시스템이 아니니까, 프린트도 많이 안 가지고 있고 판권 사는 가격은 오르고 장사는 그저 그렇고 해서 방송 쪽으로 방향 전환을 한 거죠.

지 베트남 사람들이 한국 사람들을 생각하는 것이 특별할 수밖에 없잖아요. 한국 사람들이 일본 사람들을 생각하는 것처럼. 월남전 때의 경험도 있고 하니까요. 지낸 시기에는 어땠나요?
김 그런 불편함은 없었어요. 대체로 친절하고 순박하고, 물론 같이 사업을 하는 것은 전혀 다른 일이지만, 지내기에는 너무 좋은 사람들이었구요. 베트남전에 저질렀던 침략 범죄들에 대해서는 일단 베트남 정부가 정책적으로 그것에 대해서 비난하지 않는다는 정책을 가지고 있어요. 승자의 여유인지.

지 본인들은 미국을 물리쳤다고 생각하니까요.
김 실제로 승자예요. 승자이기도 하고, 오랫동안 경제적으로 침체되어 있다가 발전해야 하는 시기에 그런 식으로 외교적인 마찰이라고 할까, 부정적인 관계들, 개별 국민, 개별 외국인 사이에서도 이런 생각을 안 하는 것이 베트남 정부의 정책이었던 것 같아요. 많은 사람들이 비슷한 이야기를 했어요. "월남전 때 미안했다."고 하면 "우리에게는 두 개의 창이 있는데, 하나는 과거를 위한 창이고, 하나는 미래를 위한 창이다. 지금은 우리는 과거를 보는 창을 닫아놓았다."고 항상 얘기를 하더라구요. 정해진 표현들이 있어요. 전쟁이라는 것은 나쁘니까, 평화를 위해 같이 애쓰자고 했구요. 특히 호치민 쪽은 뭐랄까, 한국군이 직접적으로 진주했던 것도 아니고, 거기다가 남쪽 사람들의 경향이 "미국이 있을 때가 좋았는데…" 하는 느낌을 가진 사람들도 있어서 분위기가 좋은 편이죠. 다낭 같은 경우는 워낙 많은 사람들이 한국군한테 죽어서 지금은 많이 옅어졌지만, 그 당시에는 한국 사람들이 다낭 가면 분위기가 안 좋다는 얘기가 있었어요. 실제로 한국 사람도 거의 없었구요. 지금은 관광객들이 엄청 많죠.

지 베트남에서 일했던 경험이 인생에 어떤 영향을 주고 있다고 생각하세요? 여러 가지 경험을 했기 때문에 배우 생활을 하는 데 영향을 미쳤을 것 같기도 하고, 삶 자체에도 그런 게 있었을 것 같은데요.

김 베트남을 딱 떼놓고 이야기하기보다는 배우를 안 했던 시기 동안, 혹은 그 전체를 다 통틀어서도 지금처럼 마음이 편했던 시기가 없어서요. 그게 오히려 역설적으로 지금의 행복감을 더 강화시켜주는 것 같아요. 지금 제가 뭐, 지금도 대단히 행복한 것은 아니지만, 예전 시기들과 비교하면 모든 게 마음이 편하고 경제적으로도 조금은, 엄청나게 돈을 벌거나 그런 것은 아니지만, 그래도 끼니 걱정 안 하고 즐겁게 존중받으면서 일하고 있으니까, 그런 것에 대한 만족도가 높은 것 같아요. 만약에 제가 쭉 배우를 해서 지금보다 더 좋은 커리어를 가졌을 수도 있고, 객관적으로 좀 더 그레이드가 높은 배우가 되어 있을 수도 있겠지만, 지금처럼 재미있고 행복하게 지냈을 수는 없을 것 같아요. 그게 영향이라면 영향이죠.

지 이를테면 비온 뒤에 땅이 굳는다, 이런 건가요?(웃음)
김 그런 건가?(웃음)

지 아무래도 산전수전 겪다 보니.
김 힘들게 살다 보니 지금이 편하다, 이런 거죠. 마음이 편한 거죠. 전에는 감사하게 생각 못 했던 일들에 대해서 좀 더 감사하게 되구요. 아까 말씀 드렸듯이 내가 여기 속해 있지 않다, 그렇게 살아왔던 것에서 '아, 내가 여기 속해 있구나,' 그런 뭐랄까, 자기 자아에 대한 인정이랄까, 이런 것들이 있으니까요.

지 정우성 배우님하고는 〈더 킹〉에서 처음 같이 연기를 하신 거죠?
김 네. 그전에 막 한국에 돌아왔을 때, 광고하는 친구랑 같이 술 마시는 자리에서 처음 봤구요. 가끔 이렇게 우연히 마주치고, 그러다가 〈더 킹〉에서도 제가 워낙 분량이 적으니까 한두 장면 같이 했는데, 가깝게 됐어요. 특히 회사에 들어오면서 더 많이 가까워졌고.

지 〈더 킹〉에 대해서 관객들이 낯설어하는 부분도 있었던 것 같은데요. 한재림 감독님의 지난번 영화와 어떤 차이가 있었나요?
김 한재림 감독, 뭐, 글쎄요. 그건 감독의 세계니까, 이런 영화도 하고, 저런 영화도 하는 거겠죠. 여전히 가장 재주가 뛰어난 감독 중 한 명이라고 생각하구요.

지 한재림 감독님은 김의성 배우님을 뭔가 베일에 싸인 쪽으로 많이 활용하는 것 같네요.(웃음) '저 사람은 뭐지?' 하고 관객들이 궁금증을 가질 만한 배역을 주는 것 같습니다.
김 그러네요. 하다 보니까 그렇게 된 것 같아요. 〈더 킹〉은 그때 당시 촬영 들어갈 때 일정이 많이 미뤄졌어요. 〈육룡이 나르샤〉라는 드라마 찍을 때랑 초반에는 일정이 많이 겹쳤어요. 뒤쪽에는 하나도 안 겹쳤는데요. 제가 "되게 작은 역할을 달라."고 얘기를 해서 그 역할을 한 것도 있어요. 모르죠. 더 큰 역할을 줬을지 안 줬을지는. 아무튼 그 역할은 재밌었어요. 비주얼적으로도 특이한 역할이었으니까. 별로 할 것은 없었지만.

지 그런 역할이 대사가 많고 설명을 많이 할 수 있는 역할을 맡았을 때와

〈더 킹〉(2016)

연기하는 데는 어떤 차이가 있나요? 비주얼적으로 특이하다는 표현도 하셨는데요.

김 모르겠어요. 제가 그렇게 대사 없는 역할은 처음 해봤으니까요. 항상 말을 많이 하는 역할을 맡았으니까. 심지어는 한명회도 얼굴은 안 보이지만 말은 많이 하는 역할이었잖아요. 대사가 거의 없는 역할은 처음 해보니까, 이래도 되나 싶은 것도 있었구요.(웃음) 완전히 대상으로서 보이는 인물이니까요. 자아를 드러내기보다는. 재미있는 경험이었어요. 제가 뭔가 비주얼적인 것으로 누구한테 어필을 할 수 있겠다고 생각을 해본 적이 없으니까요. 그런 면에서는 그런 경험이 되게 좋았죠. 잘했는지는 모르겠지만요.(웃음)

지 최근 들어 지금의 국정농단 사태를 예측한 것 같은 그런 류의 영화가 많이 나오잖아요. 이번에 〈특별시민〉 같은 경우도 정치 안에서의 음모나 비리, 선거 같은 얘기들이 나오는데요. 기획 단계나 영화를 찍을 때는 그런 상황을 전혀 모르잖아요.

김 시대를 좀 더 앞서가려고 했는데, 시대에 치여버린 거죠. 영화들이 다. 앞서가고 도전해보려고 했는데, 도전이 아니라 오히려 현실을 쫓아가지 못하는 영화들이 되어버렸으니, 영화 만드는 입장에서는 속상하죠. 지금도 영화 준비하는 쪽에서는 사실 이런 현실을 해석하고 현실을 본 다음에 현실을 이겨내고 넘어서는 거짓말을 하는 것이 영화인데, 특히 대중 영화라고 하는 것이 그런 건데요. 도저히 이 현실을 이겨낼 만큼 재미있는 이야기, 뻥을 더 칠 수 있나, 이런 것에 대한 고민들이 급격히 늘어난 것 같아요. 최근에. 쓸 것이 없다, 이런 얘기들을 하고 있죠.(웃음)

지 지난번에 우병우 역할 질문을 받으시고, 그것이 숙성되고 제대로 된 해석이 나오려면 10년이 걸릴 텐데, 그때 되면 우병우 역할을 맡기 어려울 거라고 〈뉴스포차〉에서도 말씀하셨는데요. 현실을 보면서 '영화가 쉽지 않구나' 하는 것을 느끼셨을 텐데요. (웃음)

김 말씀드렸듯이 현실이 너무 쎄니까, 현실이 영화보다 더 뻥 같으니까, 앞으로 어떤 영화들이 나올지 모르겠어요.

지 너무 속도가 빨라지면 느린 영화가 인기를 끌 수도 있잖아요. 한동안 프랑스에서 말아 피우는 담배가 유행한다든지, 그렇게 아날로그로 돌아갈 수도 있을 것 같은데요.

김 모르겠어요. 예측이 어려워요. 짐작은 해볼 수 있겠지만, 누구도 '그래, 이렇게 될 거야.'라고 생각하기에는 관객들을 읽는다는 일이 너무 어려워서요. 읽기 쉬우면 다 성공을 하겠죠.

지 그런 부분에서는 지금 한국의 현실에서 50대 남자들이 나쁜 역할을 많이 하고, 힘이 있는 상황이잖아요. 소위 개저씨 이야기가 오래전부터 나왔구요. 그동안 그런 역할들에서 장점을 보이신 거구요.

김 그렇죠.

지 그런 부분들이 변할 수 있다면 배우로서 그와 같은 환경에 다시 적응해야 하는 문제도 있을 수 있잖아요.

김 그래야죠. 꼭 환경 때문에 그런 역할만을 맡는 건 아니기도 하구요. 아무래도 중년 남자 배우들이 일이 많은 것은 사실이에요. 영화 장르들도 남자들 얘기가 많고, 거기다가 젊은 세대들의 얘기는 활발하게 나오지 않고 있구요. 청춘물 같은 영화가 거의 나오지 않잖아요. 남성 영화들, 검사라든가, 국정원이라든가, 형사라든가, 깡패… 다 남성이 주로 나오는 이야기들이라서요. 한편으로는 운이 좋다는 생각도 드는데, 한편으로는 쏩쓸하죠. 조금 더 장르가 다양해지고, 특히 여성 배우들이 일도 더 많아지고 성장할 기회들도 있어야 하는데, 미안한 마음도 있어요. 제가 누구한테 미안할 처지는 아니지만.(웃음)

지 그동안 남자들 얘기, 조폭 얘기 많이 나오다가 거기다 요즘 말씀하신 대로 형사, 검찰, 정치인, 국정원 등과 얘기를 섞어서 나오는데도 계속 그런 영화가 만들어지지 않습니까? 일정하게 관객도 들고요, 한국 사람들이 그런 것을 재밌어 하고 소비하는 이유는 뭘까요? 말씀하신 것처럼 다양성을 훼손하는 부분도 있을 텐데, 되니까 투자가 되고 만들어지는 걸 텐데요.
김 잘 모르겠어요. 아무튼 일단은 관객 수에서 20, 30대 여성들이 굉장히 절대적인 비중을 차지하고 있거든요. 그분들의 팬덤에 기대는 측면도 있구요. 그래서 그분들에게 어필하는 남자 배우들만이 득세를 하는 거구요. 그것을 중심으로 영화를 만들려다 보면 장르 영화들이 많이 나오는 것 같구요. 그건 해석의 한 가지구요. 전세계적으로 남성 중심이고, 모든 세계가 그렇게 돌아가니까요.

지 헐리우드 같은 곳에 비해서도 한국 여배우들의 활약이 적어 보이는데요. 메릴 스트립 같은 배우들은 단독 주연을 맡아서 흥행을 이끌기도 하고 그렇잖아요. 우리나라에서는 두드러지지 않고, 여자가 원톱이 돼서 나오는 영화는 최근에는 김혜수 배우님 정도 외에는 거의 없었던 것 같아요.
김 턱 없이 적죠. 일단은 그게 상업적으로 어렵다고 쉽게 판단들을 해버리는 것 같은데요. 어쩌겠어요. 개별 제작사들은 한 편, 한 편에 목숨을 거는

데, 가능하면 관객이 많이 드는 영화, 많이 드는 요소를 가진 영화를 만들고 싶어 하는 거구요. 그렇다고 대형 투자 배급사에서 영화의 생태계를 다양하게 꾸려보자는 생각들을 강력하게 해내는 것 같지도 않구요. 어디서부터 답을 찾아야 할지 모르겠어요. 계속 불만을 토로하고 자극하는 정도가 우리가 할 수 있는 일인 것 같아요. 지금 현재로서는. 크게 봐서는 이런 장르 편향이라는 것이 시장 자체에 실망을 줄 수도 있고, 피로감을 줄 수도 있거든요. 지금 마냥 이것을 즐기고 있을 수만은 없는 일입니다.

지 어느 순간 피로감이라는 것이 쌓이면 피로 골절이라는 것도 있듯이 어느 순간 부러져질 수도 있거든요.
김 시장 자체가 위축될 수도 있구요. 재미없는 영화만 만든다고. 생태계, 종의 다양성, 이런 부분은 거시적으로 생각해야 하고, 작은 데서도 그런 움직임이 꾸준히 있어줘야 하는 거구요. 지난번에 나왔던 〈미씽, 사라진 여자〉 같은 영화들이 많이 나오고, 잘돼야 하는 것 같습니다.

지 권석천 선생의 글을 되게 좋아하시더라구요.
김 워낙 글을 잘 쓰시니까.

지 권석천 선생이 〈부산행〉을 보시고, 칼럼에 "지금 한국이 앞으로 나아가지 못하는 건 '아저씨들의 세상'이기 때문이라고, 나는 감히 생각한다. 평소엔 점잖아 보이지만 절대 손해 볼 일은 하지 않고 마음속엔 작은 아이가 살고 있는 아저씨들의 세상. 다른 이들을 자신의 엄폐물쯤으로 여기고, 피해자를 패배자라고 비웃고, 이기심 바이러스를 퍼뜨리며, 어떠한 일이 있어도 나만은 살아남아야 한다고 믿는 아저씨들의 세상"이라고 쓰셨잖아요. 본인의 배역으로 좋아하시는 분이 쓰신 칼럼을 보고 기

  악당 7년

〈부산행〉(2016)

분이 좋으셨겠어요. 페이스북에 기쁘다고 올리셨던 것 같구요.

김 사회를 날카롭게 잘라서 보시는 분인데요. 제가 했던 연기 캐릭터를 통해서 사회를 잘라서 보셨다는 것 자체가 되게 재밌구요. 시간 있으면 사석에서 가끔 봬요. 요즘 글을 못 쓰시니까 안타깝죠.

지 JTBC 가셔서.

김 글쓰는 자리가 아니어서요. '저 분은 계속 글을 쓰셔야 하는데…' 그런 생각을 하죠. 물론 환상의 진용을 갖추고 계시겠지만.

지 그런 전형적인 한국의 아저씨들 역할을 맡으시는데요. 개인적으로는 젊은 분들하고 잘 지내시잖아요. 설리 씨하고 관련해서도 계속 기사가 생산되고 있던데요.(웃음) 지난번 인터뷰 중에서 '상식과 멍청함의 차이'라고 하셨던 얘기 때문에 인터넷에서 한바탕 난리가 났더라구요. 맞는 얘기일 수도 있는데, 대중의 어떤 부분을 지적한다는 것이 연기자로서 위험한 부분이기도 할 텐데요.

김 위험할 수 있죠. 인터뷰를 길게 하다 보면 지쳐서 아무 말이나 나가요.(웃음) 한편으로는 지치고 한편으로는 업 돼서 건방진 말이 나가는 거죠. 그런데 제가 뭐 정치인도 아니고, 사람으로서 사람에 대해서, 개인으로서 이상한 집단에 대해서 혹은 어떤 집단적 경향에 대해서 당연히 이야기할 수 있다고 생각해요. 제가 일방적으로 옳다는 것은 아니지만, 내 기준으로는 그게 상식과 멍청함의 차이 같다는 생각이 든다는 거죠.

지 아직도 한국 사회가 다른 사람의 어떤 부분에 대해서 '도덕적으로 옳지 못하다'고 훈계하고 싶어 하는 대중들의 욕망이 있는데, 그걸 지적하신 것 같은데요.

 악당 7년

길 그 이면에는 더 후진 것이 많아요. 도덕적으로 옳지 못하다고 지적하는 이면에는. 남의 삶을 컨트롤하고 싶어 하고, 참견하고 싶어 하고, 거기에 제일 만만한 것이 연예인이구요. 똑같은 이상한 짓을 했을 때 정치인이 받는 타격은 연예인이 받는 타격의 10분의 1도 안돼요. 너무 말이 안 되는 것 같아요, 그건.

지 이번에 홍준표 후보 같은 경우에 연예인이면…
길 이미 끝났죠. 완전히 끝났고, 앞으로 다시는 얼굴 보기 힘든 상황이 되었겠죠.

지 그런데 정치인은 그 공격을 정치적인 공격이라고 하고, 보호해주는 자기 편이 있잖아요.
길 그게 만약에 여성이었다? 더 하죠. 이 사회에 강자들 있잖아요. 나이 많은 것, 남자인 것, 이 바닥에서는 대중들을 놓고 보면 배우가 강자가 아니지만, 이 바닥에서 배우인 것, 이런 강자의 요소들이 저는 진짜 아무것도 아닌 것으로 시작했었는데, 이미 어느 순간엔가 제가 강자가 되어 있더라구요. 이게 제가 정말 경계해야 할 대목이 아닌가 하는 생각이 들어요. 끊임없이 스스로를 돌아보고, 남들이 나에게 호의를 갖는 것이 내가 강자이기 때문에 그런 것이 아닌가, 내 의도와는 다르게 내 존재로서 호의를 강요하고 있는 것이 아닌가, 이런 것에 대해서 계속 생각하지 않으면 확 개저씨가 되는 거니까요. 술자리에서 젊은 여성 부하직원이 술을 따라주거나, 나랑 친한 누군가가 나한테 술을 따라준다고 해서 '혹시 나를 좋아하나?' 이런 병신 같은 생각을 안 하는 것이 되게 중요한 거죠.(웃음)

지 한국 사회의 편견이라고 해야 하나, 상식이라고 해야 하나요? 누군가가 "이런 시국에 젊은 애는 옷을 벗고, 아버지 뻘이 되는 사람이 옹호한다."고 글을 썼을때 거기다가 "후진 단어만 다 골라 썼다."고 지적하셨잖아요.(웃음)

김 그렇죠. 최악이죠, 최악. 이런 시국에, 라는 말부터가 그런데요. 그러면 이런 얘기는 언제해요. 나는 언제 내 개성을 발현해. 자기가 생각하기에는 심각한 시기일 수 있지만, 남한테는 안 그럴 수도 있는 거구요. '이런 시국' 그런 식의, 거기서부터 출발하는 말들은 다 후져요. 어린 애가 옷을 벗었다? 성인인 데다가 포르노를 찍은 것도 아니고, 법에 저촉되는 행위도 없었고, 저는 그 사진 작가를 되게 싫어해요. 그 당시에는 설리가 로타랑 작업한지도 몰랐어요. 아마 친구로서 "나 로타랑 작업을 하고 싶어."라고 하면 "후져, 하지 마."라고 얘기했을 거예요. 그건 친구로서 할 수 있는 얘기지, 작업을 한 다음에 '너는 왜 그 사람이랑…' 이럴 일은 아니고, 자기 생각에는 자기를 표현하기에 이 사람이 재밌는 사람이라는 생각을 했던 거구요. 그리고 내 나이랑 그게 무슨 상관이에요.(웃음) 그리고 나는 친구라서 옹호한 것이 아니에요. 왜 우리나라에서 젊은 여자 연예인은 공격의 대상이 되어야 하는지, 그것에 대해서 분노하는 거거든요. 공격의 대상, 훈계의 대상, 걱정의 대상, 시집 어떻게 갈지 걱정 된다고 하는데, 병신 같은 새끼들, 누가 너한테 간대, 짜증나, 진짜.(웃음) 한국의 말도 안 되는 유교 찌그러기 문화 같은 것이 마지막까지 들러붙어서 남아 있는 것이 젊은 여자 연예인들한테 관리질하는 그것 같아요. 그런 사람들은 평소에 자기 주변에 있는 젊은 여자들한테도 그런 공격을 할거구요. 여자들도 그런 공격을 해요. 이상한 사람들도 많아요. 질투심에 공격하는 사람들도 있구요. 일일이 다 파악할 수는 없지만, 내가 맷집이 좋으니까 방어막이 좀 되어줄 수 있다면 되어주겠다, 누구에게든. 그런 것으로 제가 업계에서 밥 벌어먹고 사는데 문제가 생기는 것은 아니니까요. 뭔가 부도덕한 것이라든지, 표현이 너무 지나치게 경솔하다든지 이런 것으로는 문제가 될 수 있지만, 내 의견 자체가 다른 사람과 비교해 과격하다고 해서, 의견 자체가 다르다고 해서 내 밥줄이 끊어지진 않거든요. 제가 엄청나게 더 훌륭한 사람이 될 것도 아니고, 대충 이렇게 살다가 죽을 텐데요. 그런 면에서 맷집이나 방패막이가 되어 줄 수 있다고 생각하는 거죠.

지 설리 씨 같은 경우에는 이런저런 일들을 겪으면서 굉장히 독특한 유형의 연예인이 되어 버린 것 같아요. "계속 사진 올리는 설리 멋지다."고 표현하셨구요. 새로운 유형의 사람들이 나타나고 있다고 보시는 건가요?
김 사람들이라고 하기에는 설리가 너무 특별한 존재죠. 잘 보호하고 싶어요. 왜냐하면 저런 존재들이 또 한편으로는 깨지기가 되게 쉽거든요. 부서지기가 쉽구요. 정서적으로 부서지기도 쉽고, 그렇게 생각해서 더 단단하고 더 멋있게 점점 더 좋은 사람이 되어주면 좋을 것 같아요.

지 나이 든 사람이 젊은 사람과 같이 지내는 게 주변의 시선도 있고, 본인도 모르게 꼰대 짓을 하거나 잔소리를 하게 되고, 그런 것 때문에 친해지기 어려운데요. 반말하고 그런 것들, 그런 게 없기 때문에 친해질 수 있었을 텐데요. 배우 정소민 씨도 얼마 전 인터뷰에서 '김의성 씨와 문자 친구'라고 하던데요.
김 그래요?

지 서로 '의성 씨', '설리 씨' 이렇게 부른다고 하던데, 그런 태도가 젊은 사람들에게 다가갈 수 있었던 이유 같네요.
김 아무래도 그렇죠. 저는 그렇게 생각해요. 세대로 봤을 때 나의 세대는 지나가고 있구요. 나라가 됐건, 사회가 됐건, 아니면 이 인더스트리가 됐건, 새로운 사람들의 시대가 열리고 있고, 실제로 사람들의 생각도 많이 바뀌고 있구요. 사실 몇 년 전 하고 지금을 비교해보면 소위 여성 이슈라든지 이런 것들이 엄청나게 변했잖아요. 사회 인식이라는 것이. 홍준표 같은 경우도 10년 전 같으면 문제가 되지 않았겠죠.

지 본인도 크게 문제가 안 된다고 생각하니까 책에 썼겠죠.

김 지금 다들 화가 나 있지만, 실제로 그때는 그런 일들이 농담거리였어요. 실제로 우리 젊을 때는. 불행한 일이고 안타까운 일이긴 하지만, 돼지발정제라는 말은 다 알고 있었어요. 지금의 기준으로 보면 데이트 강간이라고 여겨지는 일들을 그때는 무용담처럼 이야기할 수 있는 시대였어요. 실제로. 인식이 거기까지 확장되어 있지 않으니 어떻게 할 수 없었죠. 다 나빴고 인식도 부족하고 바보들이었죠. 그런데 시대가 바뀌는데도 거기에 적응을 못하는 것은 진짜 심각한 일이죠. 그래서 저는 잘 적응하고 싶어요. 적응해서 새로운 시대와 잘 지내고 싶어요. 그런 면에서 새로운 시대를 끌고 가는 친구들하고도 잘 지내고 싶고, 게다가 얼마나 매력 있는 사람들이 많아요. 배우나 감독이나 젊은 사람들 매력 있잖아요. 그런 사람들한테 내가 내 나이 때문에 내 스스로 벽을 쳐서 이 사람들의 세계에 어느 정도 같이하지 못하는 것은 전적으로 내 손해거든요. 손해 보고 싶지 않아서 하는 거예요. 이런 거죠. 물론 저보다 훨씬 더 영향력이 있는 내 또래 배우들이다, 그러면 아마 그 영향력 때문에, 혹은 존경심 때문에, 혹은 어려움 때문에 이 배우들한테 더 열심히 연락하고, 젊은 배우들이 연락하고 인사하고 이럴 수는 있어요. 그러면 만약에 나한테 그러지 않는다고 했을 때 내가 "왜 나한테는 안 그래?" 해야 하나요? 오히려 내가 먼저 연락해서 "잘 지내? 이번에 뭐 봤는데, 좋았어." 이렇게 친구처럼 다가가는 것이 훨씬 더 좋지 않나 싶어요. 그리고 어떤 조언도 안 해요. 친구라고 생각하기 때문에, 조언을 요구해오면 하죠.

지 조언의 유일한 조건이 있다면 상대방이 원할 때인 것 같아요. 해달라고 할 때 하는 것이지, 내가 걱정한다고 생각한다고 해서 하면 상대방이 기분상할 수 있잖아요. 가족 간에도 그게 문제가 되잖아요.

김 그렇죠. 그걸 유지하려고 하는 편이에요. 촬영장에서 마음에 안 드는 모습들도 있죠. 저 배우는 이런 모습은 이렇게 고쳤으면 좋겠다, 이런 모습은 좋지 않은데, 하는 것은 있는데요. 그런 말이 입에까지 올라올 때 생각을 해봐요. 이게 만약 내 선배라고 하면 할까, 이 얘기를. 대부분 안 할 거예요. 그걸 후배한테라고 해서 하면 안 되잖아요. 그게 진짜 그 사람을 위해서라기보다는 내가 지금 약간 눈에 거슬리니까 하는 거잖아요.(웃음) 그래서 내가 어떤 존재인지 아니까, 그런 면에서 현명한 사람이 아니라는 걸 아니까 나의 현명하지 않음이 발휘될 기회를 없애버리는 거죠.

지 이번에 박정민 배우가 영화 〈아티스트〉 할 때 김의성 배우님의 조언이 많은 도움이 됐다고 하던데요.

김 정민이는 유일하게 내가 좀 가끔 화를 내면서 이런저런 얘기를 하는 배우예요. 걔는 좀 답답해서, 하는 게 좀 답답하고, 뭔가 결행력도 적고, 항상 좀 머뭇거리는 게 있어서요. 걔는 너무 가능성이 많은 배우인데, 이것저것에 얽매여서 과감한 선택을 못 해서요. 조언이라기보다는 욕을 하죠. "병신 새끼야." 하고.(웃음)

지 그만큼 친하신가 보네요.(웃음)

김 정민이는 친하기도 하지만, 저는 그를 배우로서 되게 좋아하거든요. 높이 평가하구요. 아마 다음 세대를 이끌어갈 대표주자가, 30대 중반 넘어가면 박정민은 그중 한 명이 분명히 될 거라고 생각하고 있어서요.

지 이런 태도가 어떻게 보면 세대 간의 갈등을 없애는 면에서 바람직할 뿐만 아니라 좋은 거잖아요. 나이 든 사람은 젊은 사람의 감각을 배울 수 있고.
김 제 이익을 위해서 하는 거라니까요.(웃음)

지 젊은 사람들은 불안하니까 먼저 경험한 사람들에게 위안을 얻고, 조언을 구하고 싶을 때도 있을 텐데요. 사이가 안 좋으면 그런 것이 끊어져 버리는 거니까요. 대부분의 아저씨들이 그런 마음이 있어도 젊은 사람들에게 잘 접근을 못하니까 자기 딴에는 친해보자고 하는 얘긴데…
김 뻑사리가 나는 거죠.

지 그런 이유는 대체로 뭐라고 보시나요?
김 상대방을 대상화해서 그래요. 어떻게 하겠다… 나보다 어린 사람, 어떤 존재 이런 식으로 딱딱 정해버리니까, 내 부하, 부하 직원은 이렇게 해야 한다, 이런 잘못된 상식들을 가지고 있으니까, 그냥 사람 대 사람으로 자연스럽게 같이 지내고 그 사람의 젊음과 그 사람의 아름다움, 그런 것에 대해서 존중하고 좋아하고 진심으로 부러워하고 그냥 그러면 돼요. 콤플렉스를 줄이는 게 참 중요한 것 같아요. 사실 나이 든 사람들의 행동에는 콤플렉스에서 비롯되는 것이 굉장히 많거든요.

지 나를 무시하는 것 같아.(웃음)
김 아까도 얘기했지만, "이 새끼는 나한테 연락을 안 해."라고 할 것이 아니라 "야, 너 왜 나한테 연락을 안 해?"하고 웃으면서 물어보면 되거든요.

“잘 지냈어? 많이 바빴어? 내가 한가해서 먼저 연락하는 거야.” 이러구요.(웃음) 계속 연락이 없으면 “나랑 안 친하고 싶은가 보다.” 하고 그다음 사람한테 하면 되는 거죠. 그런데 굳이 ‘왜 나를’ 이럴 필요는 없잖아요. 예를 들어 젊은 배우가 더 좋은 차를 타고 다닌다, 그러면 “야, 차 멋있다.” 이러면 되는 건데, 그걸 잘 못 해요. 콤플렉스를 없애려면 그 말을 잘해야 하는 것 같아요. ‘부럽다’ 이 말을 잘해야 되는 것 같습니다. ‘부럽다’는 말을 못하는 순간 그 안에 자기 콤플렉스로 싹 바뀌는 것 같아요. ‘부럽다’는 말로 탁 털어내버리면 되는데…

지 나이 든 사람들은 셀프 디스 이런 게 잘 안 되잖아요. 자기 벽이 있고 이러니까. 나조차 나를 농담거리로 만들면 진짜 바보가 된다고 생각하는 면이 있는 것 같습니다. 그런데 실제로 자기를 스스로 내려놓을 때 사람들이 좋아하잖아요.

길 그 순간이 가장 좋은 웃음이 나오는 순간이죠. 제삼자를 깎아내리는 방식이 아니고, 나를 깎아내리는 방식이 제일 좋은 웃음이 나오는 순간이고, 사람들의 경계를 허무는 순간이니까요. 그런데 그게 또 무작정 자기 비하, 내지는 죽는 소리, 앓는 소리는 다른 사람을 힘들게 하죠.

지 제 얘기인가요?(웃음)

길 그렇죠.(웃음) 자기처럼 되니까 적절히 잘 조화를 이뤄야 되고, 유머 감각도 필요하구요. 젊다기보다는 현재 풍속과 현재 언어들에 대해서 관심을 좀 가져야 될 것 같아요. 기껏 한다는 유행어가 10년 전에 했던 말이면 곤란하구요. 그리고 “나 이런 말도 알아.”라고 자랑하는 것도 바보 같은 짓 같구요.

지 예전에 이회창 후보가 2002년 대선 때 젊은이들에게 친화적인 모습을 보이려고 '빠순이'라는 얘기를 썼잖아요. 적절하지 못한 용어를, 적절하지 못한 순간에 사용해서 친해지려고 얘기했다가 분위기가 더 싸해졌죠.

김 어려워요. 점점 세상이 어려워지는 것 같아요. 그런 것도 알아야지, 소위 PC(political correctness, 정치적 올바름)에 대한 감각도 가지고 있어야지. 말을 되게 조심해야 하잖아요. 옛날보다 어려워진 것은 사실인데 그만큼 경쟁력은 더 생기니까요. 그것만 좀 통과해놓으면 현재를 살아가는 세대들하고의 벽을 다른 사람보다는 많이 줄이고 나갈 수 있으니까요.

지 이번에《뉴스타파》에서 하는〈뉴스포차〉에 출연하셔서 "박근혜를 찍은 사람들은 용서해서는 안 된다.'는 표현도 하셨잖아요.
김 아니요, 그렇게 얘기하진 않았어요. '박근혜를 대통령으로 만든 사람들'이라고 했죠.

지 아, 그랬었죠.
김 투표해서 박근혜를 찍은 사람 이야기를 한 것은 아니었어요. 오해의 소지가 좀 있는데요. 그 말은 아니었어요. 왜냐하면 국민이 박근혜를 선택할 수 있죠. 그 선택이 내 마음에 들지 않는다고 해서 그건 악이고 내가 한 선택은 선이라고 말할 수는 없다고 생각해요. 하지만 박근혜가 어떤 정도의 사람이고, 얼마나 이 사람이 한 사람의 인간으로도 완성이 안 되어 있는, 한 나라를 운영하는 데 턱 없이 미치지 못하는 사람이라는 것을 알면서도 그 사람을 포장해서 대통령을 만들어낸 사람들에 대한 얘기였죠.

지 자기의 사익을 위해서였든, 박근혜가 불쌍해서 그랬든, 나라를 어렵게 만든 선택을 한 사람들에 대한 책임을 지워야 한다는 건가요?

길 그런 선택을 한 사람 중에서 박근혜가 불쌍해서 그런 사람은 없겠죠. 박근혜가 불쌍해서 찍은 사람들은 그냥 투표한 사람들이고, 속은 사람들일 뿐이죠. 그 사람들이 싫어요. 하지만 그 사람들이 책임을 져야 한다고 생각하지는 않아요.

지 워낙 많은 얘기들이 나왔는데요. 지난번에 말씀하셨지만, 그런 얘기들이 10년 정도 지나서 얘기의 윤곽이 나오고, 새로운 것들이 덧붙여져야 영화가 나올 수 있다고 하셨는데요. 이번 국정농단 사태를 보면서 어떤 지점이 배우로서, 예술가로서 영화로 만들기에 좋은 소재였다고 생각하세요? 호기심이 가는 부분.

길 저는 결국은 인간이라고 생각하고, 영화는 결국 캐릭터, 어떤 인간이 어떤 일을 겪고, 어떻게 결심하고, 어떻게 하는가 하는 것인데요. 영화적으로는 고영태 씨를 주인공으로 다룬다면, 왜냐하면 다른 것은 너무 직접적이니까요. 너무 대놓고 권력 복판의 이야기니까. 뭔가 되게 어려운 집안에서 자라서 자수성가를 하고 싶은 열망이 있는 젊은이가 어떤 아줌마를 만나서 진짜 막 권력 뒤쪽의 소용돌이에 휘말려가지고 자기도 모르는 사이에 엄청나게 올라갔던 시절이 있었을 것이고, 그러다가 누군가를 만나고 파멸하고 그 과정에서 결국은 일종의 정의로운 제보자처럼 변해가는 그런 이야기가 영화적으로는 재미있을 것 같아요. 우병우, 최순실 이런 사람들이 주인공이기보다는, 어느 한 면을 거기서부터 뚫고 들어가서 이 사태를 보는 것도 한 재미가 되지 않을까 생각하구요. 그런 정도라면 영화가 빨리 나올 수도 있죠. 지금보다는 더 픽션이 많이 가미된 이야기가 될 것이구요. 그 모티브를 고영태 씨 같은 젊은 남자로 삼는 것은 어떨까 하는 생각이 들어요. 이 사태를 통째로 영화로 만들기에는 10년도 짧아요. 실체적 진실들이 다 나와야 되고, 몇 년 있으면 또 다른 이야기가 나오고, 이런 것들이 켜켜이 쌓인 다음에 이것을 어떤 방식으로 보고 어디로 뚫고 들어갈 것인가를 정해야 하겠죠. 1987년 6.10 항쟁도 이제 영화로 나오잖아요. 30년 만에.

지 광주항쟁 얘기도 영화로 나온 것이 많지는 않으니까요.
김 사실 그것도 제대로 다룰 수가 없어요.

지 예전에 《한국일보》 인터뷰에서 "가장 예술적인 것이 가장 정치적이다."라고 표현하셨는데요, 예술은 예술적인 방식으로 표현해야지, 정치적인 부분을 직설적으로 표현하는 것이 좋지 않다고 보신 건가요?
김 그건 아닌 것 같은데요. 맥락을 잘 모르겠는데요. 제가 왜 그런 이야기를 했는지, 그런 맥락이었던 것 같아요. 저는 새롭지 않으면 정치적이지 않다고 얘기한 것 같아요.

지 그런 부분을 표현하려면 새로운 방식, 예술적인 방식을 고민해야 한다는 말씀이었던 것 같은데요.
김 말하자면 마돈나의 등장 같은 것은 정치적이라고 생각한단 말이에요. 그게 어떤 정치적 함의를 가져서가 아니라 사회에 어떤 패러다임을 던지잖아요. 정신이 아름다워, 몸이 더 아름다워, 이런 질문을 던지는데요. 이런 게 저는 정치적인 것이라고 생각해요. 현실 정치를 얘기하는 것이 아니라 그야말로 정치적인 테제, 처음으로 하는 새로운 이야기, 이런 것이 정치적인 거라고 생각하구요. 그걸 그다음에 반복해서 나오는 수많은 아류들은 이미 정치성이 거세되어 버린 거니까요. 정치적이라고 한 이야기는 아마 현실이라는 뜻은 아니었을 거예요. 다 그런 것은 아니지만, '진짜 예

                                                            악당 7년

술적이다' 하는 것은 현실에 대한 새로운 해석, 세계를 바라보는 새로운 눈을 던지는 거니까 당연히 정치적이죠. 저는 홍상수 감독의 영화가 정치적이라고 생각하구요. 〈귀향〉 같은 영화는 정치적이지 않다고 생각해요.

지 너무 직설적이라.

김 직설적인 것이 아니고, 아무것도 새로운 것을 제시하지 않았으니까요.

지 아, 예술을 통해서 새로운 것을 제시한다는 것이 쉬운 일은 아니기 때문에 그런 작품이 나올 때 세상이 놀라는 것 같아요. 시기적으로도 한국 영화가 90년대에 그런 기운이 있었구요.

김 그렇죠. 〈돼지가 우물에 빠진 날〉 같은 영화가 정치적인 영화구요. 〈부러진 화살〉 같은 영화도 정치적인 영화구요.

지 홍상수 감독님이 데뷔하고, 김기덕 감독님이 데뷔할 무렵에 한국 영화계에서 작품 면에서 훌륭한 작품이 많이 나왔는데요.

김 96년도가 기적 같은 해였죠. 〈돼지가 우물에 빠진 날〉, 〈악어〉, 〈비트〉 같은 영화들이 그해에 나왔던 영화들이구요.

지 지금은 그런 작가주의적인 감독이 새롭게 나오기 어려운 풍토인가요? 기획적인 작품들이 주로 나오는 것 같은데요.

김 그래도 우리나라만큼 활발하게 세계적인 작가들이 활동하고 있는 나라가 없어요. 홍상수, 김기독, 이창동 감독이면 되게 많은 거예요.(웃음) 그 정도면 넘치는 거예요. 이 좁은 시장에서. 무명의 작가들도 활동을 엄청나게 시작하고 있구요.

지 상업 영화를 찍으면서도 그런 기운을 잃지 않고, 유지하는 감독님들이 계시죠. 박찬욱, 봉준호, 류승완, 김지운, 최동훈 등등. 류승완 감독님은 출연시켜달라고 하니까 "제 계좌번호는요…,"라고 농담을 하셨다면서요.(웃음) 장난끼가 많으시니까요.

김 죽어도 류승완 영화에는 한번 출연해야겠다는 생각을 가지고 있어요.(웃음) 진짜 꼭 하고 싶은데, 심지어 "하고 싶다"고 대놓고 말도 하는데 안 써주는 감독들이 몇 분 있어요. 류승완, 김성수 감독님, 두 사람이 대표적이죠.

지 류승완 감독님은 요즘 영화도 많이 찍으시는데.

김 모르겠어요. 자기가 생각하기에 저랑은 안 맞나 보죠. 이 배우의 이런 것을 쓰고 싶어 하는 것이 별로 없는 것 같아요. 됐어요. 안 해도 돼요. 지 손해지, 뭐.(웃음)

지 연기라는 것이 배우들 사이에서 액션과 리액션을 주고받으면서 하는 거잖아요. 배우의 합이라고 표현하기도 하구요. 어떤 분들은 연기 대결이라고 표현하는데, 그 표현은 별로 안 좋아하신다고 하셨잖아요. 그런 과정에서 제일 염두에 두고, 중요시해야 하거나 조심해야 할 부분은 어떤 것이 있나요?

김 그냥 상대방에게 최대한 집중하고, 내 앞에 있는 존재에 대해서 내가 뭘 얻어내고 싶은가, 이 사람에 대한 내 욕망은 뭔가에 대해서 끝까지 붙잡고 있는 것, 그게 제일 중요하지 않겠어요? 어려워요. 되게 어려운 일이에요. 어떻게 해야 할지 잘 모르겠어요.

지 실제로 상대방 배우한테 라이벌 의식 같은 것을 느껴서 본인이 더 돋

보이고 싶어 하는 배우들도 있잖아요.

김 그건 두려움에서 나오는 것 같아요. 내가 지면 어떻게 하나, 밀리면 어떻게 하나, 하는 두려움에서 나오는 것 같아요. 그게 어떨 땐 좋은 동력으로 사용될 때도 있는데, 그게 좋은 방식이라고 생각하지는 않아요.

지 연기라는 것이 자기한테 맞는 배역이 있는 것 같기도 하구요. 지난번에 트위터에 표현하신 것처럼 전지현 씨 같은 경우에는 굉장히 천재적인 배우라고 하셨잖아요. 전지현 배우가 예전에는 발 연기 논란이 빚어진 것처럼 쉽지 않은 영역이라는 건데요.

김 어려워요. 어떤 것은 너무 쉬워서 하기 싫고, 어떤 것은 너무 어려워서 하기 싫구요. 맨날 하던 거, '쉽다. 여기서 뭘 더해.' 하는 것도 재미없고, 너무 도전적이어서 '이걸 어떻게 하나?' 하는 경우도 있고, 쉬운 것이 없어요. 답은 웬만하면 다 하는 것, 이것 같아요.(웃음) 큰 실수만 아니면 이렇게도 부딪혀 보고 저렇게도 부딪혀 보고 하는 거죠.

지 〈아수라〉 포스터가 여기 있네요. 정우성 배우의 연기에 대해서도 논란이 있었습니다. 연기를 잘하는 배우인데, 〈아수라〉에서는 미스 캐스팅이었다는 얘기도 나왔구요.

김 최고의 연기였다고 생각해요.

지 일각에서는 색다른 캐릭터를 창조했다는 얘기도 나왔지만, 욕도 어색하고, 욕을 처음 하는 사람이 쎄 보이려고 어색한 욕을 하는 것 같은데, 그 캐릭터에는 그 연기가 어울렸을 것 같기도 하구요.

김 욕이 쎄고의 문제가 아니라 정우성 씨의 대사 중에 의미망을 가지는 대사가 거의 없었어요. '어우, 씨' 이런 거였지, 처음 등장할 때부터 스트레스가 여기까지 올라와 있는 상태를 2시간 동안 계속 연기를 한다는 것이 진짜 어려운 거거든요. 한 번도 스트레스 지수가 낮아진 적이 없잖아요. 그 인물이. 그리고 그것을 실제로 감추는 사람도 아니에요. 저는 그게 굉장히 어려운 연기라고 생각해요.

지 어떻게 보면 그런 역을 맡는다는 것이 배우로서 도전이면서 위험하기도 하잖아요. 그런 문법에 익숙하지 않은 관객들의 비난에 직면하기도 하구요.

김 엄청 센 도전이죠. 우성 씨는 도전이 없는 역할을 잘 안 해요. 잘하건, 못하건, 결과가 좋건, 좋지 않건, 항상 도전이 있는 역할을 많이 하더라구요. 좀 지나칠 정도로 그렇게 하는 배우죠. 작품 선택이 희한해요. '야, 저렇게까지 택해야 하나?' 이럴 정도로.(웃음)

지 배우로서 일가를 이뤘다고 생각하니까 새로운 도전을 하는 게 아닐까요?

김 상당히 용감해요.

지 예전에 본인은 이성적으로 연기하는 배우인데, 직관적으로 연기하는 배우가 부럽다고 말씀하셨잖아요. 정우성 씨는 어떤 배우인가요? 두 유형에서도 약간 빗겨가 있는 배우 같은데요.

김 정우성은 잘생긴 배우죠.(웃음) 너무 잘생긴 배우죠. 본인으로서는 불행할 수 있겠지만 그걸 빼놓고 얘기할 수도 없죠. 처음부터 잘생겼고, 계속 잘생겼고, 잘생겼다기보다는 멋있죠. 멋있는 배우입니다. 저는 연기파 이런 것은 말이 안 되는 소리라고 생각해요. 연기파 배우가 어디 있어요. 어느 식당 주방장은 조리파 주방장이야, 셰프인데, 이 분은 조리파야, 이런 건가요?(웃음) 그런 게 있을 리가 없죠. 당연히 배우는 연기를 하는 것이고, 연기를 잘해야 하고, 거기서 대중들한테 사랑받을 수 있는 그런 것들을 가지고 있고, 그래서 스타가 되고, 스타의 길을 꾸준히 유지하는 것은 희귀하고 소중한 일이거든요. 그런 것은 본인의 노력만 가지고 되는 일도 아니고, 노력 없이 되는 일도 아니구요. 모든 것이 다 갖춰져야 될 수 있는 영화계의 소중한 자산인 건데요. 존경스러워요. 이정재, 정우성 이런 배우들, 존경스럽고, 그 자리를 유지한다는 것이 진짜 어려운 일이거든요. 수없이 반짝였던 사람들이 다 나가떨어질 동안 한국 영화계에서 중심을 잡고, 발 딛고 서서 있다는 것이 참 대단하죠. 사람들이 연기라고 얘기할 때, 저는 솔직히 사람들이 연기를 잘 모른다고 생각해요. 대중들이 '아, 이 사람은 연기를 잘해, 이 사람은 연기를 잘 못 해.'라고 하는 기준이라는 것이 허망하다고 생각해요. 편견이 되게 많고, 대중들뿐 아니에요. 이쪽 업계에 종사하는 사람들도 마찬가지인데요. 아이돌 출신들이 연기에 약하다든지, 젊은 여자 배우들은 연기를 잘 못 한다든지, 그런 편견들을 가지고 있어요. 중년 남자 배우들, 연극배우 출신들은 무조건 잘한다는 생각을 하고 있는데요. 진짜 말도 안 되는 소리죠. 얼굴 잘생기면 잘 못 한다는 생각을 하구요.

지 양날의 검 같은 것이 너무 잘생긴 배우는 뭘 해도 멋있으니까 자꾸 튀잖아요. 거지 분장을 해도 잘생기고, 이런 것이 연기자로서 핸디캡일 수 있잖아요.(웃음)

김 〈아수라〉에서도 그렇게 정우성을 망가뜨리려고 했는데, 잘 안 망가져, 그렇게 두들겨 패고 해도 안 됐죠.(웃음)

지 그런 부분에서 잘생긴 배우들이 가지고 있는 고민들이 있을 것 같아

요.(웃음)

김 잘생기면 좋지, 뭐.(웃음)

지 아까 말씀하신 것처럼 잘생긴 배우는 연기가 약하다는 대중들의 편견도 있는 것 같구요. 장동건 배우도 초기엔 상당히 그런 이미지 때문에 고민을 했던 것 같습니다.

김 실제로 젊을 때는 부족한 부분들이 다 있죠. 그런데 일단 잘생기면 기회가 더 많이 있으니까요. 일단 잘 안 돼도 잘할 때까지는 기회를 많이 주니까. 요즘은 너무 못생긴 배우들이 많이 나와 가지고 좀 질리는 것 같아요. 잘생긴 배우가 좋아요.(웃음) 개성 강한 배우 시대로 가고 있어서. 잘생김의 기준도 많이 다양해졌구요.

지 이를테면 요즘 젊은 배우 중에서는 김우빈 씨 같은 경우 어떻게 보면 굉장히 잘생겼고, 어떻게 보면 이상한 얼굴인데요.(웃음) 워낙 스타일도 좋고, 연기를 잘하니까 캐스팅이 많이 되는 것 같은데요. 처음에는 선배들이 "너 정말 이상하게 생겼다."고 했는데, 지금은 이정재 씨도 '잘생겨서 부럽다.'고 얘기하더라구요. 시대에 따라서도 그렇고, 화면에서 어떻게 나오느냐에 따라 배우가 굉장히 다르게 보일 수 있을 것 같아요.

김 시대를 잘 타고난 거죠. 20년 전 같은 경우는 그 얼굴로 배우하기 힘들었을 수도 있죠.(웃음)

지 송강호 씨 같은 경우 60년대였으면 내가 배우하기 어려웠을 거라고 스스로 얘기했잖아요.

김 송강호 씨는 그때도 어려울 때였고, 여전히 어려운 얼굴이죠.(웃음) 그런데 멋있어요. 멋있게 생겼잖아요.

지 지금의 자기를 만들어준 은인이라고 김의성 배우를 말씀하시면서도 실질적으로 무슨 선물을 한다든지 그런 건 없나요?(웃음)

김 그런 건 없어요.(웃음)

지 입으로만 하는 건가요?(웃음)

김 그렇게 얘기를 해주는 것만으로도 고맙죠.(웃음) 사실은 송강호 인생에서 별로 중요한 것은 아니었으니까요. 자기가 다 만든 거지, 뭐.

지 애착이 가는 영화 얘기할 때 〈소수의견〉 얘기를 많이 하셨던 것 같은데요. 마지막에 나오는 대사를 직접 쓰셨다면서요. 마지막에 홍재덕 검사가 인권 변호사한테 얘기하는 부분. "국가라는 건 말이다. 누군가는 희생을 하고, 누군가는 봉사를 하고, 그 기반 위에서 유지되는 거야."라고 하면서 자신은 국가를 위해서 봉사를 했고 사법피해자는 국가를 위해서 희생됐다는, 말도 안 되는 강변을 하잖아요.

김 현장에서 감독하고 같이 썼어요. 비슷한 뉘앙스의 이야기를 감독이 써왔어요. 뭔가 입에 잘 안 붙어서 감독님의 허락을 받고 고쳤죠.

지 그렇게 대사 작업에 참여하시는 경우가 많은가요?

김 거의 없어요. 써 있는 대로 하는 편이죠.

지 그 장면이 자료 화면으로도 많이 나오는 장면이어서요.

김 저도 좋아하는 장면이에요.

지 그런 캐릭터들을 현실에서 많이 봐왔기 때문에. 롤 모델 같은 것이 있었나요?

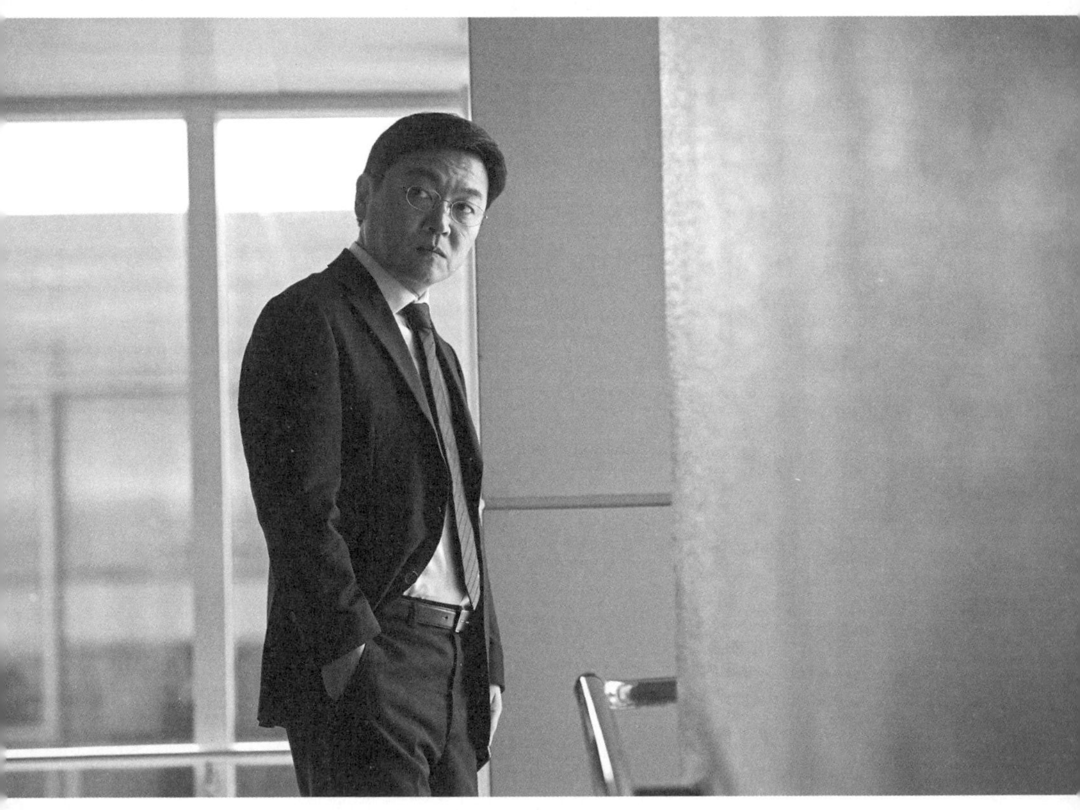

〈소수의견〉(2013)

김 없었어요. 제 스스로가 롤 모델이었어요.

지 사법고시에 합격하고 그러셨으면.
김 네. 옛날에 같이 사회과학 공부도 하고, 사회에 대해서 열정을 가졌던 친구들이 서서히 그렇게 변해가는 것을 봐왔구요. 어떻게 연기해야겠다기보다는 이런 인물이 있을 수도 있고, 나도 이럴 수 있다는 사실이 확보되어야 그 인물을 연기할 수가 있으니까요. 그 정도였죠.

지 그런 부분에 대해서 취재라고 할까요, 그런 것은 잘 안 하세요?
김 그런 것은 잘 안 해요. 내 안의 그런 모습들을 찾는 거죠.

지 그런 디테일 같은 부분들에 대해서 자료를 좀 찾아보고 해야 하지 않나요?
김 텍스트가 제일 중요한 것 같아요. 써 있는 텍스트가 이해되지 않으면 다른 자료를 찾아보기도 하는데요.

지 시나리오.
김 시나리오가 제일 중요하다고 생각해요.

지 언젠가 인터뷰하실 때 하드코어나 멜로도 하고 싶다고 하셨잖아요. 제안이 안 들어오나요?
김 그런 영화가 잘 안 만들어지니까요. 기회만 있다면 영화적으로 다양한 경험을 하고 싶어요. 특별히 멜로가 하고 싶다, 이런 것은 아니구요.

지 시나리오를 받으면 어떤 준비들을 하세요? 눈이 나빠서 초기에 고민하는 것 중의 하나가 맞는 안경을 선택하는 거라고 하셨는데요.

김 제가 만들 수 있는 것이 별로 없으니까요. 책, 대본을 계속 읽고, 뭔가
느낌이 올 때까지 있는 거죠.

지 배역에 맞는 안경을 고를 때 직관적으로 배역에 맞는 안경을 고르는
건가요? 아니면 배역하고 맞추는 기준이 있는 건가요?

김 고민을 해보죠. 이 사람의 캐릭터가 안경을 껴야 할 경우에는 캐릭터의
성격을 강화할 수 있거나 그런 쪽을 보는 거죠. 뒤집는 것은 잘 안 하고, 안
경 같은 경우는 작은 소도구니까 거기서 지나친 파격을 주는 것은 인물이
덜 보일 수가 있으니까 가능한 한 자연스럽게 이 사람이 고를 만한 안경,
이런 것을 선택하죠.

지 〈뉴스포차〉 보니까 블랙리스트에 대해서도 말씀하셨던데요. 권해효
배우도 불이익을 당했는데 그때는 누가 방송국에 와서 이 배역에 이 배
우를 왜 쓰냐고 간섭하기도 했다면서요.

김 그 얘긴 많이 들었는데요. 진 아무개 씨가 MB 때 국회의원 되고 MB가
방송 장악할 때, 방송국 다니면서 그렇게 말하고 다녔다고 하더라구요.

지 블랙리스트에 이름이 없었잖아요. 김제동 씨도 없었다고 하더라구
요.(웃음)

김 그래요? 그게 아마 굉장히 기준이 후져서 그냥 끌어다 모아서 한 것 같
아요. 심층적으로 연구를 하거나 이런 것이 아니라 성명서 같은 데 이름
올린 사람들을 싹 다 긁어모아서 만든 것 같아요. 저는 성명서 같은 데 서
명하는 것을 별로 좋아하지 않다 보니까, 안 오른 것도 있고, 별로 유명하
지 않은 이유도 있을 거구요. 무슨 영화인의 모임, 이런 성명서 쓸 때 이름

     악당 7년

올리면 바로 올라가는 거였죠. 진짜 병신 같은 거죠.

지 〈남영동1985〉 찍을 때는 어떠셨나요? 고문 장면도 많고 해서 배우들이 힘들었던 것 같은데요.

김 저는 그냥 즐겁게 찍었어요. 가짠데요.(웃음) 고문 같은 것을 할 때는 그런 느낌이 별로 없었어요. 구체적으로 짜서 하다 보니까 실제로 고문당하는 역을 한 배우는 힘들었죠. 완전히 만들어 찍기는 어렵고, 실제로 물을 붓기도 하지만, 전기고문이야 어려울 게 없죠. 전기를 실제로 통하게 할 수는 없으니까, 그런데 물고문은 물을 붓는 게 보이니까요. 때리는 거야 진짜 심하게 때리는 것도 아니고, 물고문이 하는 사람이나 당하는 사람이나 가장 힘들었던 장면인데요. 마지막에 박원상 씨가 맡았던 김근태 캐릭터를 벌거벗기는 장면이 있었어요. 벌거벗기고 바닥에 기게 하는데, 그때는 되게 힘들더라구요. 그 수치심이 느껴지니까. 육체적으로 고문을 하고 이럴 때는 오히려 괜찮았는데, 벌거벗고 바닥에 있는 모습을 찍는 것이 힘들었어요.

지 어쨌든 실화를 바탕으로 한 거라. 김근태 선생님은 만나보신 적이 있으신가요?

김 젊었을 때 먼 발치에서 봤었죠. 행사가 있거나 집회가 있거나 이럴 때, 다 봤죠. 김근태, 장기표, 김문수, 이부영, 노무현.

지 촬영 당시 두꺼비가 올만한 곳이 아니었는데 두꺼비가 나타났다고 들었습니다. 김근태 의장 별명이 두꺼비였나요?

김 김근태 의장 별명이 두꺼비가 아니라 민청련의 상징이 두꺼비였어요. 민청련 깃발에 두꺼비가 그려져 있었습니다. 두꺼비가 자기 스스로를 희

〈남영동1985〉(2012)

생해서 뱀이 두꺼비를 먹으면 그 독 때문에 뱀이 죽는다고 해서 독재 정권에 스스로 먹혀서 독재 정권을 무너뜨린다는 비장함으로 두꺼비라고 했다는데요. 세트 안으로 두꺼비가 들어와서 신기했죠. 의장님이 '내 영화를 하는구나.' 하고 왔나 해서요. 그런 이상한 일들이 있었어요.

지 여자 스탭이 없었는데, "컷" 하는 여자 목소리가 들렸다면서요.
김 그게 제일 심하게 고문하는 장면을 찍을 때였는데요. 마침 "이제 그만 해." 그런 목소리처럼 들렸는데, 현장에서 많은 사람들이 들었어요. 모니터에는 안 들렸구요.

지 가수들이 녹음할 때 귀신이 나타나면 대박난다고 하잖아요.
김 그런데 30만밖에 안 들었어요.

지 음악이 아니고 영화라서 그런 건가요?(웃음)
김 몰라요.

지 이경영 배우님이 연기 복귀하고 나서 전환점이 되는 영화 중 하나였다고 말씀하셨는데요.
김 그랬죠. 그전까지는 특별출연 같은 역할들만 했었구요. 거기서 처음으로 악역이지만, 주연을 하셨으니까요.

지 김의성 배우님에게는 그런 의미의 작품이 어떤 거였나요?
김 여러 작품들이 계기가 있었죠. 처음 했던 〈북촌방향〉도 굉장히 의미가 컸고, 그 업계 사람들한테 '아, 이 사람이 있었지.' 하고 보여주는 작품이었구요. 〈건축학개론〉 같은 경우는 '아, 이 사람이 상업영화를 하네.' 하는 것을 업계에 알려주는 작품이었고, 〈관상〉 같은 경우 처음으로 대중들에게 제 얼굴을 각인시킨 작품이었구요. 극적으로 가장 큰 변화를 준 것은 〈부산행〉이라고 할 수 있을 것 같아요. 〈관상〉하고 〈부산행〉이죠. 관상 이후에는 계속 〈관상〉에 나온 배우라고 이야기가 됐었구요. 〈부산행〉 이후에는 〈부산행〉에 나온 배우라는 얘기를 들었구요. 드라마 〈W〉도 그렇구요.

지 최동훈 감독님의 〈도청〉을 찍게 되면 대중들에게 더 알려지는 계기가 될 것 같네요.

김 그렇죠. 제가 다시 영화를 시작하면서 처음으로 맡은 주연인 데다 작은 영화도 아니고, 한국에서 영화 감독으로 절대 강자라고 할 수 있는 최동훈 감독의 영화이고 하니까, 부담도 많이 되지만 굉장히 큰 전환점을 줄 수 있는 그런 작품이 아닌가 생각합니다. 부담이 많이 됩니다. 안 가질려고 하는데, 부담이 많이 되네요.

지 〈암살〉에서 최동훈 감독님과 인연을 맺은 건가요?

김 그런 셈이죠. 〈암살〉 때 처음 같이 작업을 했고, 그때 최동훈 감독과 저는 인연이 없었는데, "김의성 선배와 한 번쯤 같이 일하고 싶다."고 제안을 하셨구요. 영화와 관계없이 그 뒤로 서로 재밌게 지냈어요. 여행을 같이 갈 때도 있었구요. 저는 최동훈 감독을 되게 좋아해서요. 최동훈 감독은 어떤지 모르겠지만.

지 좋아하니까 캐스팅도 하셨겠죠.(웃음)

김 최동훈 감독은 워낙에 캐릭터에 대한 분석이나 배려가 굉장히 강하기 때문에, 그런 면에서는 걱정이 안돼요. 이 사람이 나에 대해서 답이 나와 있기 때문에 캐스팅을 했겠지, 하고 생각을 하는 거죠. 주연 배우들 세 명

〈암살〉(2015)

빼고는 아무도 캐스팅을 못 했어요. 계속 고민하고 있더라구요. 그런데 어떻게 나를 쉽게 뽑았지, 이런 생각도 들구요. 나에 대해서 이 배우는 이렇게 이렇게 쓸 수 있겠다는 확신이 있으니까 뽑았겠지, 알아서 잘 해주시겠지, 하는 생각을 하죠.

지 최동훈 감독님은 홍상수 감독님이나 한재림 감독님과는 스타일이 다르잖아요. 현장은 어떤 차이가 있나요?
김 천지 차이죠.(웃음) 너무 다르죠. 비슷한 점이 있다면 스탭들이 감독을 되게 좋아한다는 것, 그 정도가 비슷한 거지. 현장의 규모에서도 열 배 이상의 차이가 나구요. 모든 면이 다르죠. 찍는 방식도 완전히 다르고, 어떨 땐 이런 작품을 할 수 있고, 어떨 땐 저런 작품을 할 수 있다는 것이 너무 좋죠. 배우만이 가지고 있는 특권이라고 할까요?

지 이성으로 연기를 하는 편이라고 하셨지만, 이성과 감성이 잘 조화되어야 화면에 잘 나올 수 있잖습니까? 망치로 누굴 내려치는 것에 몰입이 되면 사고가 날 수 있으니까, 그걸 진짜 같이 하되, 그 두 가지 사이에서 조절을 잘해야 할 것 같은데요.
김 미친 짓이죠. 배우라는 것은 상식적으로 말이 안 되는 짓을 하는 거죠. 이 사람이면서 동시에 다른 사람이려고 노력해야 되는 거거든요. 이런 것들을 다 계산할 수 있는 나면서 어떤 상태에 빠져 있는 인물을 동시에 다 만족을 시켜야 되니까, 굉장히 분열적인 직업이죠. 그래서 아무나 못 하는 것이고, 좀 잘하게 되면 돈도 많이 주고 그런 것 같아요.(웃음)

지 특별히 현장 분위기에 따라서 배우끼리 친해지는 것이 다를 것 같은데요. 지금 보면 친하다고 많이 나오시는 분들이 〈오피스〉를 같이 작업

                    악당 7년

했던 배우들이더라구요.

김 그때는 거의 매일같이 연기를 했어야 하니까, 매일 하루 종일 같이 있고, 저녁에 밥 먹고, 술 먹고, 두 달 가까이를 거의 같이 있었어요. 사무실 공간이 하나였으니까. 굉장히 많이 친해지게 됐죠. 다 모르는 사이였으니까, 처음에 연습할 때는 아무도 아는 사람이 없었거든요. 개중에 나랑 나이가 비슷한 배성우와 박성웅한테 우리가 젊은 배우들한테 진짜 잘해줘서 재밌는 현장을 만들자고 이야기를 했구요. 그렇게 해서 다 나서서 나이든 배우들이 돌아가면서 밥도 사고 술도 사고 이러면서 같이 재미있게 어울리려고 애썼구요. 그래서 아직도 재미있게 잘 지내고 있어요.

지 그때 배우들끼리 워크샵 준비하던 것은 하고 계신가요?

김 지금 제가 회사를 들어와서 상황이 바뀌어버려서 지금은 우리 회사 젊은 배우들과 가능하면 연락도 많이 하고 그러고 있어요.

지 그러면 회사 차원에서.

김 그런 것들을 활성화하려고 노력하고 있습니다. 배우들끼리 연기 연습하고.

지 지난번에 여쭤보긴 한 것 같은데, 좋은 배우가 되려면 어떤 조건을 갖추고, 공부를 해야 할 것들이 있나요?

김 아무래도 타고나야 되는 것 같아요.(웃음) 타고나는 것이 큰 것 같아요. 좋은 배우라는 것이 무슨 말인지 모르겠지만, 결과적으로 좋은 배우라는 것이 자기 일로 유명해지기도 하고, 돈도 벌고, 사람들의 인정도 받고, 부와 명예, 권위 이런 것을 다 갖추는 것이 좋은 배우라고 치면, 제일 중요한 요소는 매력인 것 같아요. 매력은 정말 타고나는 것이라서요. 매력을 만들거나 어떻게 하기는 힘든 것 같아요. 제일 중요한 조건은 타고나는 것 같아요. 나머지는 그다음에 만들 수 있으니까,

지 배우는 여러 가지 감정을 표현해야 하는데요. 상대적으로 표현하기 어려운 감정이나 본인이 표현하기 쉬운 감정이 있나요?
김 쉬운 것은 짜증 이런 것은 쉽죠. 잘 내죠, 잘 냅니다. 짜증, 경멸, 이런 것은 잘해요.(웃음) 사랑 같은 것은 잘 표현 못 하구요. 나이 먹으니까 그런 감정 표현을 많이 안 하면 굳어져서요. 많이 쓰는 감정은 쉽고, 잘 안 쓰는 감정은 어렵잖아요. 공포, 이런 것도 잘 못 하는 것 같구요. 저는 무서운 것이 별로 없으니까요. 짜증 많이 내고, 짜증 연기는 잘할 수 있어요.(웃음)

지 하하.
김 웃자고 하는 소립니다.

지 배우로서 이건 절대 타협할 수 없다는 부분이 있으신가요? 아니면 살면서 타협하고 싶지 않은 나의 뭔가가 있다면요.
김 글쎄요. 별로 없는 것 같아요. 다 타협할 수 있는 것 같아요.(웃음)

지 작품 선정을 할 때 중요시하는 부분이 있나요?
김 그 얘기는 다 했잖아요.

지 조금 더 자세하게.(웃음) 시나리오를 선정할 때, 캐릭터도 보실 거구요.
김 일단 얘기가 재밌어야죠. 얼마나 재미나고 얼마나 새로운가. 시나리오는 재미보다 새로움이 더 중요한 것 같구요. 캐릭터, 감독 혹은 작가가 이 캐릭터를 사랑하고 있는가. 충분히 이 캐릭터를 연구하고 이 캐릭터에 대

해서 공부를 하고 애정을 가지고 있는가, 그래야 매력이 있으니까요. 그다음에는 감독이 믿을 만한가? 이 프로젝트, 이 캐릭터가 내 커리어에서 어떤 의미가 있는가, 도전할 만한가, 아니면 내 위치를 지키기 위해서 좋은가, 이걸 했을 때 시장에 어떤 싸인을 줄 것 같은가, 내가 이 작품의 이 역을 맡았다는 것이 시장에 어떤 싸인을 줄 것 같은가? 그게 완성된 배우라면 별로 중요하지 않은데요. 아직 완성되지 않고, 조금씩 성장하고 변화를 겪고 있는 배우기 때문에 시장에 잘못된 싸인을 주는 것은 좋지 않아요. 이 배우는 어떤 배우라는 것이 결정되어 있으면 뭘 하건 다시 돌아와서 이걸 하면 되는데요. 되게 매력적이지만, 너무 어중간한 영화에 어중간한 역, 이런 것을 내가 좋다고 하면 '이 사람이 여기서 이렇게 꺾였구나.' 하고 오해할 수가 있거든요. 이 정도의 작품에 이 정도의 역을, 나를 이렇게 보고 있구나 하고 사장이 오해할 수가 있다는 거죠. 아직까지는 조금 더 좋은 프로젝트, 긍정적인 프로젝트에 들어가는 것을 중요하게 생각하고 있어요. 시간이 지나면 하고 싶은 것을 할 수 있는 때가 올지도 모르겠죠. 아직까지는 좀 더 객관적으로 양질의 프로젝트 같은 것들을 하고 싶어요. 지금까지는 그렇게 잘됐구요.

지 이번 최동훈 감독님 작품이 부담스러운 부분이 있다고 하셨는데요. 그건 배우로서의 입지나 이런 부분하고 관련이 된 건가요?
김 책임이 커지니까 혹시 나 때문에 폐를 끼치면 어떻게 하나, 그런 거죠. 그리고 되게 막연한 불안감, 이건 사실 별로 불안할 이유는 없는데요. 모두가 주목할 만한 작품에서 못하면 모든 사람이 제가 연기를 못했다는 것을 알게 되니까요.(웃음) 그런데 그건 걱정을 안 해요. 필요하니까 썼을 것이고, 저를 어떻게 해서 어떻게 사용할 것인지에 대한 계획이 충분히 있으실 거구요. 감독을 충분히 신뢰할 수 있으니까요. 그 다음에는 항상 얘기하듯이 돈 문제도 중요하다고 생각해요.

지 말씀하신 것처럼 상대방이 나를 어떻게 생각하는지서부터.

김 그렇죠. 그것 말고는 나를 어떻게 생각하는지 보여줄 척도가 없기 때문에. 그리고 내가 우겨가지고 돈을 되게 많이 받으면 저 사람은 나한테 돈을 많이 받아간 나쁜 사람이라고 기억하지 않아요. 저 사람은 이만한 가치를 가진 사람이라고 생각하고, 본전을 찾으려고 더 잘해줘요. 제가 만약 양보해서 적은 돈을 받으면 '이만큼 나에게 양보를 해줘서 고맙다.'라고 생각하지 않고 '아, 이 배우는 이 정도를 받는 배우구나.'라고 생각을 바꿔요. 그래서 양보하지 않을 것이 있다면 개런티죠.

지 영화는 화면이 크다 보니까 눈빛이나 표정 이런 걸로도 표현을 해야할 때가 있는데요. 그것 역시 타고나는 건가요? 아니면 훈련을 통해서어느 정도 가능한 건가요?

김 훈련도 될 것이고, 그런 것은 소위 말하자면, 사람들이 흔히 쓰는 표현으로 존재감, 이런 표현들을 쓰잖아요. 그건 나이를 잘 먹는 것이 중요한 것 같아요. 나이를 잘 먹으면 세월의 무게라는 것이 화면 안에서 존재로서드러나게 되구요. 그런 것은 젊은 배우들이 자기 방식으로 아무리 애를 써도 획득하기 힘든 면들이 있어요. 나이가 주는 몇 안 되는 선물 중 하나죠.

지 세월의 흔적인 주름도 좀 있어야 되구요.

김 그런 거죠.

지 이번에 〈특별시민〉에서 최민식 씨를 마지막에 클로즈업을 하는데, 만감이 교차하는 표정을 짓더라구요. 젊은 배우들은 힘들잖아요.

김 주름이 없어서 힘들어요.

지 클로즈업을 했을 때 젊은 배우들은 예쁘긴 하겠지만. 배우한테 발성도 되게 중요하잖아요. 연극하실 때는 발성연습도 많이 하셨을 텐데요.
김 옛날에는 멋 모르고 했는데요. 지금 영화나 방송 환경은 워낙에 소리를 잘 픽업해주니까, 별로 큰 소리를 낼 필요가 없구요. 뭔가 소리를 만들어내기보다는 자기의 자연스러운 소리를 내면 되거든요. 전처럼 뭔가 발성의 중요성 같은 것은 전에 비해 많이 줄어들었다고 봐요. 자기가 좋은 소리를 갖는 것은 좋죠. 낮은데도 힘이 있는 목소리 같은 것이 있으면 좀 더 다양한 표현들을 할 수 있을 텐데요. 저 같은 경우는 그런 부분이 부족하다고 생각해요. 낮은 쪽의 힘이 있는 목소리가. 그냥 '부족하다'고 생각하고 살아가고 있어요. 별로 극복하려는 노력을 안 해.(웃음)

지 먹고 살기 어려운데 예술이 무슨 소용이냐는 얘기를 하는 사람들도 있잖아요. 지금 현재 대중들한테 영화는 어떤 의미를 가질까요?
김 글쎄요. 가장 저렴한 오락 중에 하나, 그런 것 같아요. 그래서 세상이 어려워져도 영화 산업은 조금 버티는 것 같구요. 그런 게 아닌가 싶어요. 점점 더 그렇게 되어가고 있는 것 같아요. 영화를 통해서 뭔가 다른 어떤 예술적 경험을 하려고 한다기보다 좀 저렴한 오락.

지 그러면 영화의 미래는 어떻게 전망하세요?
김 크게 보면 어둡다고 봐야죠. 어둡다고 보지만, 제가 밥 벌어먹고 사는 동안은 괜찮지 않을까 싶어요.(웃음) 그래서 그다음이야 저는 뭐, 크게 상관없다고 생각하고 살고 있어요. 나만 잘살면 되지.(웃음)

지 미국 같은 경우 넷플릭스나 이런 데서 영화를 만들면서 TV를 통해 배급하는 움직임이 있잖아요. 영화와 드라마의 벽도 없어지면서 완성도 높은 드라마도 많이 나오고 하는데요.

김 드라마뿐만 아니라 영화를 보는 경험을 점점 더 개인화해 갈 것 같아요. 기술이 발전하면. 넷플릭스도 그것의 중간 정도라고 생각하는데요. VR이 발전하는 것이 되게 결정적일 거예요. 그러면 혼자서 뒤집어쓰고 영화를 보면서 극장보다 훨씬 더 좋은 환경에서 혼자 영화를 볼 수 있는 환경들이 만들어지지 않을까 싶어요. 그다음에는 점점 더 비중이 커지는 컴퓨터 그래픽(CG)이 결정적으로 영화를 지배하지 않을까 하는 생각도 들구요. 지금 100퍼센트 CG로 만든 영화들의 연기를 보면 굉장히 놀랍게 하거든요. 만들어진 캐릭터들이. 나중에는 유명한 배우들이 자기 얼굴만 팔고, 그 얼굴로 알아서 3D로 연기를 만들어서 트는 그런 시대도 올 것 같구요. 빨리 유명해져서 얼굴을 팔 수 있어야 하는데요. 얼굴을 못 팔면 꽝인데.(웃음)

지 지난번에 연극하던 시절 얘기하다가 끝났었는데요. 연우무대에서는 어떤 작품을 했나요?

김 〈한씨연대기〉라는 작품을 했어요. 초연은 문성근 선배가 했고, 두 번째는 제가 했는데요. 굉장히 괴로운 경험이었죠. 문성근 선배와 비교가 됐거든요. 문성근 선배는 연기를 진짜 잘하는 배우였는데, 도대체 어떻게 해야 할지 모르는 상황에서 주연을 했으니까요. 안갯속을 걷는 그런 기분이었어요.

지 연우무대에서는 그 작품만 하셨나요?

김 극단 연우무대와 연기한 작품은 그거 한 작품이었어요.

지 그다음에 학전에서.

김 〈챔피언십〉을 했었구요. 그다음에 한양 레파토리랑 했었구요.

지 그때까지 극단 생활을 하셨나요?

김 〈챔피언십〉이라는 연극을 보고 SBS 감독이 드라마에 캐스팅을 했어요.

지 〈머나먼 쏭바강〉

김 그때부터 방송이나 영화 일을 중심으로 하게 됐죠. 연극도 짬짬이 했지만요.

지 드라마를 먼저 하셨네요.

김 그런 셈이죠.

지 그게 굉장히 화제가 됐잖아요. SBS 창사 드라마로.

김 그렇게 잘된 드라마는 아니었구요. 화제는 많이 됐죠.

지 그때 베트남 배우 린당 팜 이름도 기억 나구요.

김 이경영, 박중훈이 처음으로 드라마 주연을 한 것이었으니까요.

지 첫 영화는 〈성공시대〉였나요?

김 엑스트라로 나갔어요. 이미지 단역 같은 것, 얼굴이 삭 스쳐지나가는, 면접 보는 장면인데, 면접 기다리는 군상 중 한 명으로 나왔는데요. 87년도에 연극 처음 시작할 때 나갔구요. 데뷔작이라고 할 만한 작품은 이현승 감독의 〈네온 속으로 노을지다〉였어요.

지 어떻게 캐스팅이 되셨나요?

김 잘 모르겠어요. 어떻게 됐어요. 그때 〈머나먼 쏭바강〉 하고 드라마 하면서 누가 소개를 해줬더라, 어느 매니지먼트에 속하게 됐구요. 그 당시에 이현승 감독이랑 소위 문화 운동하던 사람들, 여균동 감독 등이랑 알게 되서 영화를 찍고 그랬죠. 어떻게 캐스팅됐는지 기억은 잘 안나요.

지 당대의 스타였던 채시라 씨하고.

김 채시라 씨의 전 애인 역할이었죠. 한 이불에 누워 있었죠.(웃음)

지 긴장 돼서 덜덜 떠셨다면서요.

김 진짜 떨어서 어떻게 찍었는지 하나도 기억이 안나요.

지 그다음에는 〈박봉숙 변호사〉, 〈엄마에게 애인이 생겼어요〉, 〈무소의 뿔처럼 혼자서 가라〉를 하셨는데요. 〈진짜 사나이〉에 우정출연하셨구요. 그때 기억나는 에피소드 같은 것은 있나요?

김 글쎄요. 〈엄마에게 애인이 생겼어요〉가 조금 기억이 나는 그 당시 작품인데요. 벼락 출세를 한 거죠. 작은 역할들을 한두 번 한 다음에 바로 중요한 역할, 네 명의 주인공 중 한 명의 역할을 맡아서 연기를 했으니까요. 그런데 그게 뭔지에 대한 자각이 전혀 없었어요. 그게 뭔지도 몰랐고, 연기를 어떻게 해야 할지도 몰랐고, 작품을 어떻게 분석하는지도 몰랐고, 닥치는 대로 힘들게 잘 못 하면서 어렵게 했었던 것 같아요. 그때 같이 했던 배우들이나 감독들한테 좀 미안한 마음이 있어요. 너무 준비가 안 된 상태로 연기를 해서.

지 이경영 배우와 처음으로 같이 연기한 작품이었죠.

김 네. 최진실, 정선경 배우와도 같이 했어요.

지 당대의 스타들이었는데요.

김 그렇죠. 로맨틱 코미디가 한참 유행할 때 야심을 가지고 만들었는데, 잘 안 됐어요. 그렇게 성공적인 흥행을 하진 못했습니다. 그게 다 내 책임인 것 같고…

지 최진실 씨에 대한 기억은 없나요?

김 그냥 현장에서나 보고, 워낙에 그때 스타였으니까 어려웠구요.

지 96년에 〈돼지가 우물에 빠진 날〉을.

김 1995년도에 찍었죠. 1996년에 개봉하고.

지 그 이후로는, 지금 와서 의미가 커진 건데, 그 당시에는 흥행이 크게 성공을 한 것은 아니어서 캐스팅 요청이 많이 오거나 그렇지는 않았던 건가요?

김 그때도 영화계 안에서는 큰 반향을 일으켰어요. 그 작품을 하고 나니까 마이너한 성향의 영화들이 많이 들어 왔어요. 〈억수탕〉이라든지 〈바리케이드〉라든지 마이너한 영화들의 주연을 했었죠.

지 그 두 편 찍고 97년도에 두 편이 개봉됐고, 98년에는 개봉된 영화가 없더라구요.

김 결혼하면서 연기를 그만뒀어요. 연예계 생활을 완전히 그만둔 거죠.

지 그만둔 이유는 계속 말씀하신 것처럼, 스스로의 연기에 대해서 회의를 느껴서.

김 그런 것도 있고, 그 당시에는 아내가 연기하는 것을 싫어했어요. 그게 제일 컸어요. 왠지 잘 모르겠지만, 뻔히 배우인 것을 알고 결혼했는데 결혼하고 나서 "연기하는 것이 싫다."고 하더라구요.

지 99년에는 〈이프〉나 〈주노명 베이커리〉가 개봉했잖아요.
김 〈이프〉는 한참 전에 찍었는데, 그때 개봉한 거구요. 〈주노명 베이커리〉도 그전에 만든 거였구요. 영화계 주변인으로서 아는 사람 영화에 잠깐 나간 그런 거였죠. 돈 받고 제대로 한 연기도 아니었구요. 오늘 우리 여기까지 할까요? 약속이 있어서요.

조금 다른 단계의 고민

> **"**
>
> 그런 무가치한 사치, 쓸모없는 사치가 예술인 것이고, 그게 인류를 발전시켜온 거잖아요.
>
> 인류가 소위, 잉여 생산이 생겨서 누군가는 매일 일하는 데 머리를 쓰지 않고,
>
> 먹을 것을 생산하는 데 모든 것을 쏟지 않고 그것과는 조금 다른 덜 실용적인 가치를 창조해냈기 때문에
>
> 인류가 이렇게 문화적으로 발전해온 거잖아요.
>
> **"**

4장

지 이번에 〈부산행〉으로 백상예술대상 남우조연상을 받으셨잖아요. 아무래도 대중들한테 많이 알려진 상이고 하다 보니 또 다른 느낌이 있었을 것 같은데요.

김 상 받을 줄은 전혀 생각을 못했어요. 많이 놀랐어요. 작년에 제가 상을 많이 받았어요.

지 그렇죠.

김 영화로는 부일영화상도 받았고, 제작자 협회에서 주는 상도 받았고, 드라마로도 이 상, 저 상을 받았네요. 작년에 넘치도록 고마운 일이 많았구요. 〈부산행〉이 올해 백상 후보에 오른 영화들 중에서는 오래된 영화이기도 하고 워낙에 쟁쟁한 후보들도 많았어서 농담이 아니라 아예 생각조차 안 했어요. 갈까 말까 고민하다가 하도 요즘 TV에 많이 안 나오니까 TV에 나오는 모습을 어머니한테 비춰드리고 싶었어요.(웃음) 후보 되면 얼굴이 나오잖아요. 그거나 어머니께 보여 드릴까 하고 나간건데, 깜짝 놀랐죠. 수상 소감도 전혀 준비를 못 했구요. 사실 그런 자리에서 뭔가 멋진 말을 했어야 되는데, 게다가 대선 전이라 뭔가 한마디 했어야 하는데 못했죠. 아, 그래서 아무 말도 못하고 바보같이 그랬습니다. 상의 크기를 나눌 수는 없지만, 백상은 아무래도 역사도 있고, 역사야 부일영화상도 있지만, 뭔가 중앙에서 주는 그런 느낌이 있어서요. 주변에서 축하를 많이 받았어요. 다른 사람들은 상 받은 걸 잘 모르더라구요.(웃음)

지 상이라는 것이 성취에 대한 인정도 있지만, 보상이라는 의미도 있다 보니까요. 말씀하신 것처럼 좀 지난 영화라 배제될 가능성이 높다고 스스로 생각하셨는데, 막상 상을 받게 되니까 당혹스러운 한편 '이 작품으로 배우로서 인정을 좀 더 받은 셈이 됐구나.' 하는 생각이 들었을 것 같아요.

길 상을 받은 다음에 좀 고민이 생겼어요. 이게 뭔가 제가 하는 것에 대해서, 앞으로 제가 어떻게 해야 하나 하는 것에 대해서 고민이 좀 생겼어요. 〈부산행〉에서 제가 맡았던 용석이라는 배역은 그 안에서 비중으로 따지면 다섯 번째 정도 되는 역할이고, 출연 시간도 그렇게 많지 않고, 캐릭터도 단순해서 뭔가 사려 깊은 연기를 했다는 느낌을 제 스스로 가지고 있지 않아요. 그에 반해서 같이 후보가 됐던 〈아가씨〉의 조진웅이라든지, 〈더 킹〉의 배성우 같은 배우들은 훨씬 더 복합적이고 연기하기 어려운 역할을 연기했는데… 작품 안에서의 비중도 더 크구요. 그런데 이게 뭔가, 왜 나한테 상을 주나, 그리고 저는 그 연기에 그렇게 만족하지 않거든요. 영화가 잘됐으니까 좋다는 생각이 있고, 악역으로서 그 캐릭터 자체에 대해 사람들이 재밌어 하는 것이지, 내 연기가 그렇게 훌륭했다고 생각하지는 않아요. 고민이 계속 깊어지더라구요. 이렇게 하는 것이 잘하는 것인가, 이건 잘하는 것이 아닌 것 같은데 어떻게 해야 하지, 그런 생각도 계속 들구요. 아직도 완전히 해결이 안 되고 고민을 계속하고 있어요. 저번에도 한 번 얘기했지만 상이라는 것이 점수를 매겨서 점수가 제일 높은 사람한테 주는 것은 아니라고 생각하거든요. 복귀하고 나서 한 6년 정도 꾸준히 열심히 일해온 것에 대해 존중할 만한 그런 계기, 영화도 잘됐고 캐릭터도 재밌으니까 그런 계기를 통해서 그런 존중을 보여준 것이 아닌가, 그런 생각이 들었죠.

지 아무래도 그런 고민들이 있을 수밖에 없겠네요. 가수도 히트곡이 하나 있으면 그 곡으로 인해서 사랑도 받게 되지만, 대중들에게 그 곡만으로 기억되고 한정되는 부분이 생기면서 다른 음악적인 부분에서 저평가되는 경우도 있으니까요. 배우로서 그런 고민도 생기겠네요.
김 사실은 그동안은 관객을 생각하지 않고, 연기를 했어도 됐어요. 제 관심이 관객보다는 업계를 향해 있었다는 말이 맞을 거예요.

지 감독님이나.
김 그게 업계죠. 업계에서 이 배우는 믿을 수 있고 쓰임새가 있고, 돈값을 하는 배우고, 같이 일하기 좋은 배우라는 평가에 만족을 하고 있었는데요. 이제는 그런 단계를 조금 넘어서서 대중적인 관심도 생기고… 그런 대중적 관심이 돈으로 치환되기도 하니까요. 이제는 이 배우가 이만큼 잘하니까 이만큼 돈을 주겠어, 하는 것보다 이 배우가 이만큼 인지도가 있으니까 이만큼 돈을 주겠어, 하는 것이 살짝 시작되는 시기인 것 같아요. 제 능력이 아니라 이름값이 슬슬 적용되는.

지 어느 정도 티켓파워가 생기고.(웃음)
김 티켓파워까지는 아니지만, 다른 배우와 이름이 걸리면 캐스팅이 짜임새가 있네, 이런 얘기를 듣는 정도가 된 거죠. 다른 스테이지고, 돈을 많이 받는다는 것 말고는 그렇게 반가운 스테이지는 아닌 것 같아요.

지 어쩌면 자유롭게 발언하고 이런 부분에서 예전보다는 덜 편해질 수도 있구요.

김 그럴 수도 있죠.

지 본인의 이미지뿐만 아니라 영화 자체도 영향을 받을 수 있는 상황이니까요.

김 역할의 비중이랄까 이런 게 많아지니까 한 영화에서 출연 회차가 길어지구요. 연기에서도 조금 다른 단계의 고민이 시작되는 거죠. 전에는 한 장면, 한 장면을 어떻게 하면 잘 해내느냐, 하나의 인물을 어떻게 그럴듯하게 구축하는가의 얘기로 넘어가게 되니까요. 인물의 컨티뉴이티도 그 안에서 가져야 하구요. 지금처럼 탁 한 순간을 잡아서 좋은 퍼포먼스를 하면 해결되는 때가 지난 거죠. 물론 그런 역도 계속하겠지만요. 아무래도 기대들도 더 생기고, 부담도 더 커졌죠. 부담이 없다면 거짓말일 거예요.

지 요즘 평론가들 사이에서 사회파 상업영화의 전성시대라는 표현도 나오던데요. 그런 영화들에서 좋은 배역을 맡아서 해온 셈인데요. 이 흐름이 계속 가지 않을 수가 있잖아요. 한국 사회가 다이나믹하니까 계속 그럴 수도 있겠지만, 대중들이 그런 부분에서 피로감을 느낄 수도 있구요.

김 지금 만들어지고 있는 것은 전의 흐름을 탔다고 생각할 수 있구요. 앞으로 만들어질 영화들은 조금 달라지지 않을까 생각해요. 더 다양한 영화들이 나올 수 있지 않을까, 사회파 영화라면 한발 더 진전한 영화들도 나올 수 있을 것 같구요.

지 지난번에 사회적인 현상이 있으면 10년 정도 묵혀서 새로운 시각으로 보여주는 것이 예술이라고 말씀하셨으니까요. 그 흐름이 다양하고

복잡해질 수 있을 것 같은데, 그동안 영화를 오래 하셨으니까 이런 방향
이 어떻게 흐를 거라고 생각하십니까?

김 모르죠.(웃음) 특히 90년대, 2000년대는 정치적으로 되게 큰 이벤트들
이 없었다는 생각이 들어요. 물론 있었지만, IMF, 김대중 대통령 당선, 노
무현 대통령 당선 같은 이야기들은 영화로는 그렇게 재밌는 이야기들은
아닌 것 같거든요.

지 너무 당위적인 느낌이라 복선이 있고, 이변이 있고, 굴곡이 있고, 몰
상식한 부분도 있어야 이야기가 재밌을 텐데요.(웃음)

김 모르겠어요. 흐름은. 우리가 흐름이라고 말해도 장사가 잘되고 사람들
에게 알려진 영화들의 흐름이지, 만들어진 영화들 중에서도 사람들이 모
르고 넘어가는 영화들도 많으니까요.

지 좋은 영화들이 만들어지면 케이블에서 틀어주기도 하고, 예전에 〈지
구를 지켜라〉처럼 관객은 적었지만 걸작이었다고 평가를 받기도 하고,
업계에 영향을 주거나 받거나 하는 경우도 있잖아요.

김 업계라는 것이 하나의 흐름을 갖는 것이 아니라 각 개별자들이 뭉쳐서
업계가 되는 거니까요. 개별자들은 개별적인 선택을 한단 말이죠. 그 흐름
을 미리 알 수는 없어요. 그리고 그 개별자들은 사실은 책임감이나 사명
감으로 프로젝트를 진행한다기보다는 가장 이윤이 많이 남는 쪽으로 프
로젝트를 추구하게 되어 있기 때문에요. 결국 관객들이 어떤 것을 선택할
지의 문제가 아닌가 싶어요. 그러니까 너무 어렵죠. 관객들이 뭘 선택할지
알면 누구나 성공할 수 있을 거잖아요.

지 작품적으로도 별로고 의미가 없는 영화 같아 보이더라도 관객들이 많

이 선택을 하면 그 당시의 의미 있는 작품이 되어 버리잖아요.

김 그렇죠.

지 그게 요즘 나오는 빅데이터, 어마어마한 데이터를 가지고 추론해내는 건데요. 수십 년간 쌓인 내용들이 어떤 추론을 가능하게 해줄 수도 있을 것 같은데요.

김 불행하게도 영화는 기획 단계에서 영화가 개봉될 때까지 최소한 3년이 걸려요. 그 3년 동안 사회가 너무 빨리 변해서 처음 기획했을 때랑 영화 나올 때랑 세상이 달라져 있어요. 그건 진짜 복불복의 측면이 굉장히 많아요.(웃음)

지 그게 맞아 떨어지면 어떻게 이런 걸 예상했지, 하게 되는 거구요.(웃음) 요즘 심사위원도 하시는데, 선수이기도 하면서 후배들의 연기를 평가하는 입장이 된 거잖아요.

김 어려운 일이지만 재미있어요. 그런데 진짜 해보면 연기라는 것이 연기만 떼놓고 점수를 매기는 것은 아니라는 사실을 깨닫게 됩니다. 영화가 좋지 않은데, 거기서 좋은 연기를 했다고 상을 주기는 굉장히 어렵더라구요. 좋지 않은 영화는 빼게 되구요. 거르게 되구요.

지 운동 선수도 혼자서 아무리 잘해서는 평가를 받기 힘들잖아요.

김 아주 특별한 경우를 제외하곤 그렇죠.

지 주로 젊은 연기자들의 연기를 평가하게 될 텐데요. 어떠세요?

김 글쎄요. 젊은 사람들의 연기는 어떻다고 평가하기가 어려운 것 같아요. 다 다르니까. 잘하는 사람도 있고. 제가 주로 심사하는 것은 독립영화들,

저예산 영화들이니까요. 어떤 배우들은 저예산 스타일, 독립영화 스타일이라고 저 혼자서 만들어 부르는 스타일에 갇혀 있는 경우도 있는 것 같구요. 그런 것과 상관없이 좋은 연기, 나쁜 연기라는 것을 말하기는 어렵지만, 하여튼 독립영화 스타일이라는 것이 있어요.(웃음)

지 영화제가 오래되면 그 영화제에 맞게끔 기획을 해서 만드는 영화가 있는 것 같아요. 그게 영화제의 특성일 수도 있구요.
김 연기도 약간, 배우의 문제는 아니겠으나, 그런 연기를 하는 배우들이 있는 것 같아요.

지 부산국제영화제때 심사하신 후에 구교환 배우를 칭찬하셨잖아요. 그분이 영화도 만드시고.
김 좋은 감독이죠.

지 활동 자체가 유니크하신 것 같더라구요.
김 차세대 재능이라고 생각해요. 넥스트 제너레이션 탤런트.(웃음) 뭔가 어마어마한 연기를 하고, 작품들도 되게 좋더라구요. 모르겠어요. 상업 필드에 나와서 구교환 같은 배우를 크게 끌어안을 수 있는 그런 작품들이 많이 있을까, 그것은 의문이 들죠. 저런 배우들이 잘 활용되어야죠.

지 필드에서 소모해버릴 수도 있으니까요.
김 소모되지도 못하는 것 자체가 문제죠.

지 유망주라고 10년 동안 벤치에만 앉혀 놓고 경기에는 내보내지 않는 경우?(웃음)

길 기존 상업 영화의 배우들의 구성, 송강호를 필두로 한 40대 후반, 50대 초반의 주연급, 그 밑에 따라오는 주조연급의 곽도원, 오래전부터 다른 면에서 기둥이 되고 있는 이정재, 정우성, 그다음에 요즘 연극 쪽에서 넘어와서 양념 역할로 늦게 성장하는 그런 배우들, 그다음에 젊은 배우들, 이런 흐름 사이에서 구교환 같은 배우가 어디에 속할 수 있을지 궁금하죠. 과연 꽃을 피울 수 있을지… 그렇게 됐으면 좋겠어요.

진 말씀하셨듯이 새로운 재능을 가진 분들이 이 판에서 꽃을 피울지, 못할지 고민하게 만드는 벽이 있다는 거잖아요. 어떤 벽이 있는 건가요? 그런 배우들이 필드에서 성장하고 인정받는 데 제약이 되는.
길 상업 영화 판에서는 진짜 거의 생짜 취급을 받게 되니까요. 속도 없는 작은 단역 같은 것들을 하기 위해 오디션을 보게 되구요. 이 배우들은 실제로 연기로는 생활이 불가능하니까.

진 독립영화나 이쪽에서는 스타 배우로 인정받는 분들이 상업 영화에서는 거의 엑스트라 비중의 연기를 할 때 보면 저분이 연기를 하면서…
길 어쩔 수 없어요. 벽이 되게 두껍고, 그걸 뚫는다는 게 어려운 일인데요. 시스템으로 되면 좋겠지만, 그게 말로만 가능하지, 개별적으로 내가 어떤 재능을 발견하면 내가 약간 도움이 되는 경우 그런 거예요. 구교환이랑 같이 상을 받은 이민지 배우 같은 경우도 이번에 하는 영화에 제가 "이 배우는 어떻습니까"하고 제안을 해서 결국은 중요한 역으로 캐스팅이 됐구요. 그런 예들을 만들어나가는 것, 그런데 불공평하죠. 그 배우들은 제 눈에 띄었으니까 그런 거구요. 세상이 공평하게 모든 배우들의 점수를 매겨서 제일 잘하는 사람부터 할 수는 없는 거잖아요. 저도 불공평하게 상위 리그에 들어와 있는 거구요. 공평하게 했으면 못 들어올 수도 있었죠. 연기 잘

악당 7년

하는 배우가 얼마나 많은데요. 사실 불안해요. 모든 배우는 나는 거품을 가지고 있다고 생각하거든요. 거품이 안 꺼지게 해주는 여러 가지 요소들이 그 사람을 지탱해주는 거구요. 어떤 사람은 안 꺼지고 쭉 가는 사람도 있고, 어떤 사람은 중간에 푹 꺼져서 고생하다가 다시 살아나는 경우도 있구요. 과연 내 거품은 언제 다 드러날까, 하는 두려움이 있죠. 내 배우로서의 능력에 비해서 훨씬 더 잘 되고 있다, 그런 생각을 하고 있거든요.

지 많은 예술가분들이 그런 생각을 하시는 것 같더라구요. 불안감을 안고서. 조금 전에 말씀하신 거품이 안 꺼지는 요소들이라면 어떤 것이 있을까요?
김 제일 중요한 것은 운이겠죠.

지 구설수에 안 오르고.(웃음)
김 어떻게든 그 안에서 자기를 계속 발전시키려고 하는 노력이 중요할거구요. 관계, 사람들과 어떤 방식으로 관계를 맺어서 믿음직한, 같이 일하기 좋은 사람으로 쭉 남아 있을 것이냐, 사실 그 거품이 꺼질 때쯤 그 관계마저 깨지면 추락이 가속화됩니다. 이 사람이 하늘에 붕 떠 있을 때는 누구나 이 사람을 쓰고 싶어 했지만, 그게 깨지는 순간 만약 그 사람이 그동안 안 좋은 관계를 맺고 있었다면 싹 돌아서 버리니까요. 그런 거겠죠. 그 다음에는 대중들의 인기.

지 예측하기가 정말 어려우니까 불안한 거잖아요.
김 불가능한 거죠.

지 90년대 한석규 배우 같은 경우 원톱으로 어마어마하게 잘 나가시다가 작품 한두 편 엎어지고 이런 과정을 거치면서 슬럼프가 있었잖아요. 한국 영화 전체로 보면 더 다양한 좋은 배우가 나오는 계기가 되기도 했지만, 한석규 씨 본인 입장으로 볼 때는 한동안 슬럼프에 빠진 시기가 있었구요. 그런 것을 보면 영화판이란 것도.

김 다행스러운 것은 슬럼프에 빠지기엔 제 나이가 많다보니, 그건 약간 다행이죠.(웃음) 모르겠어요. 그냥, 큰 굴곡 없이 배우 생활을 하고 싶어요. 어쩌면 올해가 내 배우 생활에 일종의 커리어 하이를 찍은 것일 수도 있고 내려갈 일만 남아 있을 수도 있구요. 남들에 비하면 조금 소박한 하이지.(웃음) 아니면 2, 3년 동안 조금 더 위로 올라갈 수도 있고, 당연히 올라가길 바라죠. 조금 더 높은 곳에서 정점을 찍고 천천히 내려오고 싶어요.

지 지난번 인터뷰할 때도 얘기가 나온 것 같은데요. 홍상수 감독님이 김의성 배우님을 쓸 때 애정과 함께 짓궂은 장난끼 같은 것도 많이 보이는 것 같거든요.

김 제 배역에 대해서 좀 더 그런 것 같긴 해요.(웃음)

지 홍상수 감독님의 영화에 잘 안 나오는 캐릭터들인 것 같은데요. 〈자유의 언덕〉 같은 경우에도 평소에는 친절하고 오지랖 넓은데, 화가 나면 엄청나게 찌질한 그런 배역이잖아요. 정은채 씨와 말다툼을 하다 "빗치"라고 욕을 하기도 하구요.(웃음) 그런 연기를 할 때 어떠셨어요?

김 그냥 저는 홍 감독님 작품을 할 때는 별 생각이 없어요. 쓴 거 외워서 하고, 감독님이 오케이할 때까지 하는 거예요. 가끔 얘기 조금 해주면 그대로 하고 그런 거지, 그런 데 대해서 깊이 생각은 안 해요. 하고 나서 나중에 영화로 보면 좀 웃기더라구요. 아, 이 양반이 나를 긍정적으로 생각하는 면이 그렇게 많지 않구나, 나의 약간 뒤틀리거나 하찮은 면, 이런 것을 많

이 보시는구나, 그런 생각이 들더라구요.(웃음)

지 첫 번째 작품을 하고, 홍 감독님 입장에서 마음의 상처를 입은 부분이 있는 것은 아닌가요?(웃음)

김 그렇지는 않을 거예요.(웃음) 아무튼 저는 할 때는 다 모르는데, 홍 감독님 영화에 출연하고 나서 보면 제가 맡은 역할은 굉장히 부정적인 역할이더라구요. 저는 그렇게 생각을 안 했었는데요. 제가 부정적인 면을 담당하는구나 하는 생각을 했죠. 〈당신자신과 당신의 것〉 같은 영화에서는 악마 같은 역할이라고 생각했어요. 나쁘다는 것이 아니라 진짜 악마라고 생각했어요. 제가 생각하기로는 그 영화는 신에 대한 이야기를 하는 것이라고 해석했거든요. 사람들이 신을 어떻게 다양하게 만나는 것인가에 대한 영화인데, 인간과 신을 이간질 시키는 악마였던 거죠. 처음에는 그냥 슬렁슬렁하는 선배라고 생각했는데, 명확하게 악마적이더라구요.

지 원래 악마는 악마의 얼굴로 나타나는 것이 아니니까.
김 가장 가까운 곳에 있는 악마, 그래서 재미있었어요.

지 그게 그렇게 해석할 수 있군요.
김 누구나 자기 맘대로 해석하는 거죠.(웃음)

지 홍상수 감독님은 그런 얘기를 안 하셨을 거잖아요.
김 물어보면 그렇지 않다고 얘기하시죠. "그렇지 않아." 하시죠.(웃음) 확실히 그 세계 안에서는 부정적인 인물은 확실한 것 같네요. 제가 맡았던 역할들은 다.

지 사소하게나마 주인공 가까이 있으면서 갈등을 유발하는 역할들이긴
했네요.
김 그렇죠.

지 〈자유의 언덕〉에서 모리가 뜬금없이 "당신이 빚이 많은 게 불쌍해
요."라는 대사를 하잖아요.(웃음)
김 둘이 서로 잘 이해하고 서로 좋아한다는 것 아닐까요?(웃음) 그리고 이
사람은 되게 잘난 척하잖아요. 자기가 돈 쓰고, 다 꿰뚫어보고 빚이라도
없었으면 좋겠다고 얘기하잖아요.

지 일본 사람들은 그런 얘기를 잘 안 할 텐데요.
김 일본 사람이 쓴 것이 아니니까요.

지 빚은 언제쯤 다 갚으셨나요?
김 재작년 겨울에 다 갚은 것 같아요. 마음의 빚 같은 것 말고는 거의 다 갚
았어요.

지 마음의 빚이라는 것은 얼마를 갚아야 할지 모르니, 그런 면에서 더 힘
들 수 있을 것 같아요. 빚이라는 것이 인간 관계에 대해서 많이 생각하게
만들더라구요. 오래 겪어 보면 친구 간에도 돈 얘기를 하기 참 힘들구요.
김 옛날에 되게 어려울 때 하루 종일 침대에 누워서 핸드폰 주소록을 처
음부터 끝까지 훑어보곤 했어요. 누구한테 전화를 걸면 돈을 빌려줄까, 하
고.(웃음) 전화 걸기도 하고 못 걸기도 하고, 또 처음부터 다시 보고 그랬어
요. 돈은 빌리고 빌려주는 순간, 두 사람 사이의 관계에 뭔가 다른 게 생겨
버리거든요.

　　　　　　　　　　　　　　　　　　　　　악당 7년

지 아무리 화가 나도 뭐라고 못하죠.(웃음)

김 그런 것도 있구요. 한편으로는 누구든 여유가 있어서 내 여유의 작은 부분을 떼서 빌려주는 경우는 그렇게 많지 않아요. 그러면 빌려준 날부터 받을 것을 걱정하고, 이쪽에서는 그렇게 쉽게 갚을 수 있으면 돈을 빌렸겠어요.(웃음)

지 약속을 해도 돈이 속이게 되는 경우가 많으니까요.

김 그러면 약속 어기게 되고 신의 없는 사람이 되고 그런 거죠. 한국 와서 되게 힘들 때 권해효가 자기 집에서 술 한잔 먹자고 해서 밤새도록 술 먹고 아침에 나오는데, '야, 노는 데도 돈이 있어야지 놀아.' 하면서 봉투를 하나 주더라구요. 500만 원이라는 돈이 들어 있더라고. 어마어마하게 큰 돈이죠. 만 원도 없었을 땐데. 그 돈으로 조금 버텼어요. 연기하겠다고 마음은 먹었지만, 그 돈이 되게 큰 힘이 되어 줬고… 그 일이 나한테는 되게 컸어요.

지 돈 자체가 어려울 때 사람을 살리기도 하지만, 믿어주는 것 자체가 큰 힘을 주잖아요.

김 말로 할 수 없죠. 물론 그 돈은 몇 배로 갚았어요. 몇 배는 아니고, 조금 더 보태서 갚았죠.(웃음) 그전에도 빌린 게 있는데, 갚으려고 하는데 자꾸 안 받고 그랬던 게 있어요. 돈 갚을 마지막 사람으로 해효를 미뤄놨다가 한꺼번에 갚았죠. 그리고 나서 내가 되게 힘든 범위 아니면 누군가가 SOS를 청할 때 흔쾌히 대답하자, 그게 내가 어느 한쪽에서 받았으면 반대로 베푸는 방법이겠다고 생각을 했어요. 그럴 수 있는 환경만 해도 되게 좋은 거니까요.

지 그 문제에 대해서 정말 확실한 것은 돈 때문에 어려워본 적이 없는 부자들일수록 안 빌려주더라구요. 왜 돈을 모았는지 알게 되는 면도 있구요. 평소에 얼마를 투자하고, 사람들한테 술도 많이 사는 사람들이 돈을 빌려주지는 않아요.(웃음)

김 술을 사는 것은 자기가 같이 먹으니까 사는 거예요.(웃음)

지 배우는 여러 가지로 공부가 필요하잖아요. 마음 공부도 필요하고, 세상에 대한 공부, 인생에 대한 공부도 필요할 것 같은데요. 좋은 배우가 되기 위해서는 어떤 공부가 필요할까요?

김 정답은 없는 것 같아요.

지 사람이 다 다른 것처럼, 배우도 다 다를 테니까요.

김 자기 부족한 면을 채우는 거죠. 지적으로 부족하면 책을 좀 읽고, 그런 거죠. 뭐. 답이 정해져 있다고는 생각하지 않아요. 쉽게 얘기할 수 없죠. 사회에 대해서 민감하게 반응해야 한다는 둥, 그런 건 불쉿이라고 생각해요. 뭐가 좋은 배우이고, 뭐가 중요한지 누가 규정할 수 있나요?

지 어떤 상황을 지속하기 위해서는 관계를 잘 유지해야 한다고 말씀하셨는데요. 배우는 관객, 스탭, 감독 들과 어느 정도의 거리를 유지해야 된다고 생각하시나요? 너무 관객한테 끌려다니는 연기를 해서도 안 될 테니까요.

김 관객한테 끌려다닐 연기를 할 기회도 없어요. 그런 기회가 생기는 배우는 별로 없어요.(웃음)

지 스탭들이나 감독과의 관계도 너무 가까워도 안 되고, 너무 멀어도 안 될 것 같은데요.

김 감독하고 가까울수록 좋다고 생각해요. 스탭들하고도 마찬가지구요. 굳이 먼 거리를 유지해야 할 이유는 없는 것 같아요. 한 가지 조심해야 할 것은 촬영 현장이든 영화에서의 먹이 사슬 피라미드에서 최상층부에 배우들이 있거든요. 누구와 가까이한다는 것이 나만의 일방적인 가까움, 이런 것이 될 수도 있기 때문에 그런 부분에서는 경계를 해야죠. 촬영 현장에 스탭이 거의 8, 90명 정도가 돼요. 아무리 열심히 보고 뭘 해도 이제 나이도 있고 해서 이름을 외우는 것이 되게 어려워요. 기껏 많이 외우면 7, 8명 정도죠. 어려워요. 내가 친하다고 생각하는 것도 다 거짓말이고, 저들이 나를 볼 때 되게 어려운 존재인 것이고, 거기서 '내가 가족같이 하고 있어.' 이런 환상을 안 가져야 할 것 같구요.(웃음)

지 말씀하신 대로 일방적인 것이 될 수 있겠죠.

김 최소한 정말 뭔가 불의한 일이 벌어지지 않고서는 현장에서 화내지 않고 먼저 인사하고, 촬영 끝나고 숙소 근처에 다니다 보면 벌어지고 있는 술자리에서 술값 내주고 그런 정도, 그게 내가 할 수 있는 일인 것 같아요. 술값 내준다고 너무 오래 앉아 있지 않고.

지 부장님처럼 2차 따라가지 않고.

김 한두 잔 먹고 여기까지 술값 내주는 그런 배우, 그런 선배, 감독이랑이야 가까울수록 좋죠. 커뮤니케이션 많이 하면 좋은데, 그럴 때도 감독이 영화를 만드는 주체고 주인공이라는 사실을 잊어버려서는 안 된다고 생각해요. 내가 생각하는 내 캐릭터가 이랬으면 좋겠고, 이런 부분에서 이렇게 하면 좋겠다고 생각하는 부분도 있겠지만, 기본적으로는 감독이 선택할 몫이구요. 저는 그냥 감독이 뭔가를 고민할 수 있는 꺼리를 던져 주는 정도여야지, 제 생각을 관철시키려고 해서는 안 된다고 생각해요. 처음에 나이 먹고 다시 현장 갔을 때는 '이 사람들이 나를 싫어하나?' 하는 생각이 들었어요. '나한테 왜 싹싹하게 안 대하지?'라는 생각을 했는데요. 나중에 보니까, 어려워한 거더라구요.

지 그래서 사실은 소통이 필요한 거잖습니까? 그때 터놓고 얘기해보고 이러면 어려워했다는 것을 알겠지만, 계속 대화를 안 하면 점점 더 사이가 나빠지고, '아, 쟤들은 날 무시해', 이러고 저쪽에서는 '꼰대야, 역시 무서운 사람이야' 하면서 얘기 한마디 안 해보고 서로 거리가 멀어지고… 원수가 되는 경우가 영화 현장뿐만 아니라 사회 생활에서도 굉장히 많이 벌어지는 일이잖아요.
김 터놓고 얘기한다는 자체가 어려운 전제예요.

지 그렇죠. 그게 쉬우면 인간 관계가 다 쉽게 풀리겠죠.
김 어떻게 터놓느냐, 어떻게 터놓게 하느냐, 이게 어려우니까요.

지 부모와 자식 간에도 그게 어려우니까, 대화를 한답시고 시도하다가 더 사이가 나빠지잖아요.
김 맞아요. 연기하는 후배들한테도 똑같아요.

지 관계가 나빠지지 않기 위해서 현장에서 유의할 점이라고 할까요? 특정 배우들끼리 사이가 안 좋다는 소문이 들리기도 하고, 어떤 배우를 스탭들이 싫어한다는 소문이 들리기도 하잖아요. 가장 조심해야 될 것은 어떤 것이 있을까요?
김 그냥 호인이 되는 것이 중요한 것 같아요. 그리고 스스로 어렵지 않은 사람이 되는 것, 권위를 지키고 믿음을 주는 것도 중요하지만… 모르겠어요. 저는 그냥 즐겁게 현장에서 사람들에게 헛소리도 좀 하고, 나에게 접근할 수 있는 문턱을 좀 낮춰주는 것, 헛소리를 하거나 농담 같은 것을 많이 해요.

지 유머가 굉장히 중요한 것 같더라구요. 유머러스한 사람이랑 있으면 즐겁구요. 서로 디스도 하면서 경계를 허물어주고 이런 게 필요할 것 같은데요. 젊은 사람들 중에서도 너무 시리어스해서 사람들이 접근하기 힘들고, 농담 좀 하면 바로 핀잔 주고 이런 사람들도 있잖아요. "그게 웃기냐? 이런 상황에서 이런 얘기가 나와?" 하고.(웃음)
김 일단 관계를 맺고 싶어 하지 않는 사람들도 있구요. 관계를 맺는 방법을 모르는 사람도 있는 것 같아요. 그런 데서 진짜 잘하는 사람들 많죠. 마동석 같은 사람은 스탭들 이름도 진짜 잘 외워요.

지 이를테면 학교 선생님도 학생들 이름 다 기억해주면 학생들이 좋아하고 그럴 수 있겠지만, 선천적으로 머리 나쁜 것을 떠나서 사람 이름도 잘 못 외우고, 사람 얼굴도 잘 기억 못하는 사람들이 있잖아요.
김 옛날에는 잘 외웠는데, 지금은 조카 이름도 잘 기억 못 하는데.(웃음)

지 나이 탓일 수도 있구요. 알콜성 치매일 수도 있죠.
김 뇌세포가 많이 죽었어요.

지 머리가 굉장히 좋으신데.
김 지금은 뇌세포가 거의 파괴된 것 같아요. 좋은 축에 못 드는, 평균 이하의 머리인 것 같아요. 잔재주만 남았죠.

지 지난번에 인터뷰하면서 들어보니까 옛날 얘기, 연극할 때 얘기며 학창 시절 얘기를 디테일하게 기억하고 있는 것을 보면 머리가 여전히 좋으신 것 같은데요.

김 별로 디테일하게 기억 못해요. 뇌의 여러 부분이 막 막혀 있는 것 같아요. 기억의 여러 부분이 막혀 있어서 뭐 하나가 뚫리면 거기서부터 생각이 날 때가 있구요.

지 지금 영화라는 것이 사람들에게 어떤 면에서 가장 필요하다고 생각하세요? 영화의 역할, 영화라는 예술이 왜 필요한가, 이런 질문들을 사람들이 많이 하잖아요. 우리가 먹을 것도 없는데, 예술이 왜 필요해, 하는 질문을 하기도 하고, 실제로 경제적으로 어려워지면 문화에 관련된 비용 지출을 줄이잖아요.

김 영화는… 모르겠어요. 그냥 오락 아닌가요? 가격 대비 성능이 괜찮은 오락, 만 원 정도로 두 시간 즐길 수 있고, 거기서 여러 가지 간접 경험들을 하는 뭐 그런 거죠. 영화가 대단한 것을 할 수 있다고 생각하지는 않아요. 영화라고 하는 것이 영화라는 말 한마디로 다 퉁칠 수 있는 것이 아니라서요. 세상에는 너무나 다른 종류의 영화들이 있고, 지구상 어느 곳에선가는 영화를 통해서 혁명가들을 길러내는 곳도 있을 거구요. 어떤 곳에서는 영화 한 편을 7년, 8년 찍는 장인들도 있을 거구요. 영화라는 것은 영화라는 한마디로 얘기하기 어려워서요. 지금 제가 제일 깊이 몸담고 있는 대중 상업 영화에 대해서 얘기할 수밖에 없을 것 같아요. 사람들에게 좋은 가격에 좋은 오락을 주는 것, 재밌는 얘기를 잘 만들어서 사람들에게 보여주는 것, 그런 거라고 생각해요. 제가 너무 썩은 것 같기는 해요. 뭐랄까 초심이랄까, 영화에 대한 열정이랄까 이런 것 없이 영화는 내가 밥 벌어먹는 일이라고 생각해버리게 된 것이 아닌가 하는 생각이 들 때가 있어요. 그 밖에 영화가 나한테 주는 기쁨 이런 것은 뭐라고 말하면, 입 밖으로 꺼내는 순간 쑥스러워지고, 꺼내는 순간 오염이 되어 버려서 말하기가 적합지 않더라구요.

지 그래도 여전히 여러 영화제 같은 데서 고전 영화 함께 보기 행사도 하시고, 영화와 관련된 다양한 활동을 하시잖아요. 대중들한테 영화가 위로를 준 사례는 어떤 것들이 있을까요? 관객으로서 영화도 많이 보실 텐데요.
김 그건 옛날 감수성 예민할 때의 일이라고 생각해요.(웃음) 책으로 위로받는 것과 비슷한 거죠. 영화로 위로받은 것이 몇 편 있죠. 그런데 저는 기본적으로 영화광이 아니에요. 영화를 그렇게 좋아하지 않아요.

지 그렇게 말씀들을 많이 하셔서. 워낙 감독님들이나 배우들 중에서 고전 영화를 몇천 편씩 본 씨네필도 많아서 그 정도는 아니겠지만, 그래도.
김 민간인 중에서도 그렇게 많이 본 편은 아닌 것 같아요. 영화를 막 좋아하고 사랑하지 않는 것 같아요. 배우로서 일하는 것이 좋은 거지, 항상 그러니까 미안함이나 안타까움 같은 것이 있죠. 다른 배우나 감독들이 영화에 대한 열정이나 다른 영화를 얘기할 때 '나는 잘 모르겠다.'는 생각이 들구요.(웃음) 내가 좋아하는 몇몇 영화들만 좋아하는 거죠.

지 예전에 시네마테크의 친구들 영화제에서 〈케이프 피어〉를 선택하셔서 최동훈 감독님과 GV를 하셨잖아요.
김 최 감독이 선택을 한 거예요. 제가 잘 모르니까 같이 합시다, 라고 해서 최 감독이 골라서 하고 저는 꼽사리 끼어서 영화를 보고 같이 이야기를 합시다, 한 거죠. 혼자 하면 영화도 잘 모르고 할 말도 없고.(웃음)

지 영화가 다른 사진이나 소설 같은 장르와 가장 다른 점은 뭐라고 생각하세요? 요즘 웹툰 원작으로 나오는 영화도 많아졌잖아요.
김 영화는 일단은 살아 있는 사람을 찍는 거니까요.

지 제일 다른 점이 배우가 있다는 건가요? 애니메이션이나 소설에서는 일단 살아 있는 사람은 아니니까요.
김 움직이는 것을 보여주고, 살아 있는 사람을 보여주고, 스펙터클을 보여주는 것이 영화가 다른 장르하고 조금 다른 점이죠. 전에는 드라마가 굉장히 중요하다고 생각했는데, 드라마도 중요하지만, 사람들한테 볼거리와 스펙터클을 제공해주고, 한편으로는 스타들을 보여주는 것도 중요하다고 생각해요. 내가 헐리우드의 노예가 됐나?(웃음)

지 배우가 누구냐에 따라서 돈을 내고 보러 가나 마나의 차이가 있잖아요. 분명히 그 배우의 연기에서의 아우라나 전반적인 부분이 사람들한테 영향을 끼치는 거잖아요.
김 상업 영화의 본질 중에 스타, 차 한 대 부술 것을 열 대 부수고, 그런 데에 돈을 쓰는 것, 이런 게 상업 영화라고 생각해요.(웃음)

지 그런 부분에서 또 아까와 비슷한 질문을 도돌이표처럼 하면, 아프리카에서 굶는 아이들이 있는데, 영화에서 차 한 대를 부술 것을 열 대씩 부수냐고 할 수 있잖아요.(웃음) 예능 프로그램을 보면서도 진지하게 "먹을 것을 가지고 왜 장난쳐. 굶는 사람들이 있는데"라고 얘기를 하는 사람들이 있구요.
김 그냥 그렇게 계속 떠드시는 게 중요하다고 생각해요. 그분들은 계속 그렇게 떠드시고, 뭔가 영향을 미쳐서 세상이 좋은 방향으로 바뀔 수 있으

면 좋구요. 그런데 그건 대부분 탁상공론이라서 세계가 바뀌는 데 영향을
못 미치죠. 사실은 그것은 오류거든요. 오류, 그런 생각은. 세상의 모든 자
원을 순서대로 가장 가치 있는 것부터 쓰기 시작해야 된다고 생각하는 건
데요. 세상에 그런 것은 없으니까요. 그런 사람들이 "이 중요한 시국에 뭘
해?"라고 말하는 것과 똑같은 거죠.

지 자원을 배분하고 이런 것이 정치의 역할일 텐데요. 선거 끝나고 나서
도 페이스북에 관련된 글을 쓰셨잖아요. 선거 끝나고 나니 기분이 어떠
세요?

김 기뻐요. 저는 이번 선거 결과가 굉장히 기뻐요. 저는 스스로를 진신류
(진보신당류)라고 생각했던 시절도 있는데요. 현실적인 정권 교체와 리버
럴한 정권이 들어서는 것이 중요하다고 생각하구요. 점점 갈수록 내 사상
도 조금씩 우경화되고 있어서 지금 민주당이 가지고 있는 스탠스가 저랑
잘 맞아요. 편안하게 민주당을 지지할 수 있는 상태가 되어 있어요. 중도
인데, 양심 있는 사람들이 그 그룹에 많이 속해 있고, 염치 있는 사람들이
많이 속해 있고, 좋은 진보적 가치를 가진 사람들도 있어서 그 정도면 저
한테 맞는 정당이다, 처음으로 정당을 지지할 수 있는, 나는 민주당 지지
자라고 말할 수 있는 상태가 온 것 같아요. 부끄럽지 않게. 민주당 지지가
부끄럽지 않고, 저 스스로도 그런 정당을 지지하는 것이 부끄럽지 않구요.
민주당은 굉장히 많이 발전해 왔다고 생각해요. 김대중 혹은 김영삼 한 사
람의 총재에 의해서 돈을 끌어오고, 그 돈으로 유지되고 그런 정당에서 지
금 실제 당원들의 투표로 모든 중요한 결정이 이루어지는 시스템까지 온
것은 대단한 일이죠. 누구 한 명이나 계파의 힘에 의해서 공천되는 것도
막아 놨구요. 잡음은 있을지언정 시스템으로 공천하게 되어 있으니까, 굉
장히 큰 발전이라고 생각해요.

지 앞으로 좀 더 지켜봐야겠지만, 청와대 인선 폭도 굉장히 넓게 가져가는 것 같아요.

김 엄청나게 무서운 사람이라는 생각이 들어요. 당선된 이후로 굉장히 타이트하게 준비해왔구나 하는 생각이 들어요. 100일까지는 거의 로드맵이 서 있구나, 개혁 과제들을 다 준비했고… 하나하나 누굴 쓰고 하는 것이 뜻이 다 있더라구요. 걱정했던 것보다는 믿음직스러워요.

지 미담들이 많이 나오는데, 문재인 후보가 좋은 사람이라는 것은 웬만한 사람들은 다 알았잖아요. '사람이 좋고, 능력도 있다.'고 생각한 사람들이 있었던 반면 그렇지 못했던 사람들도 있었잖아요. 정윤철 감독이 이야기한 것이 제일 인상 깊더라구요. 당시 문재인 후보가 2012년 대선에서 진 직후에 영화계 사람들을 불러서 "영화계의 문제점이 뭔지 얘기해보자."고 해서 좀 당황했다고 하던데요. '떨어진 사람이 왜 그러지?' 했는데, 그때부터 준비를 했다는 거니까요.

김 일 년 동안 반성문을 썼잖아요. 그걸 책으로 냈잖아요. 이 사람 정말 이상한 사람이다, 만만한 사람이 절대 아니라는 생각이 들었죠. 소위 포퓰리즘이라는 것에서 가장 멀리 있는 사람이다. 진지한 원칙주의자고. 좋아요. 마음에 들어요. 지난 9년 동안 쓰레기 같은 사람들이 있어서 더 반사적인 효과를 보는 면도 있는 것 같구요.

지 지난번에 트위터에 같이 일했던 배우들에 대한 평을 썼던 것이 화제가 됐었잖아요. 같이 일한 배우들에 대한 애정이 느껴져서 좋았구요. 사람이 사람 얘기를 하는 것을 좋아하니까요. 이를테면 30자 평 같은 것을 얘기해보면 좋을 것 같아요. 얼마 전 안성기 님의 영상자료원 행사에 참석하셨는데요. 국민 배우라는 애칭이 가장 잘 어울리는 배우기도 하면서 영화를 보는 관객들 입장에서는 평이 다양하더라구요. 심지어 연기를 잘 못한다고 생각하는 관객들도 있는 것 같은데요. 어떻게 생각하세요?(웃음)

김 연기 못하는 사람이 운만으로 그 자리를 지킬 수 있었을까요? 안성기 선배의 배우로서 훌륭한 점은, 순서를 뒤죽박죽 찍는 영화에서 컨티뉴이티를 쭉 가지고 하나의 일관된 인물을 그려내는 것, 어느 한 장면이 빛나지 않더라도… 그건 최고인 것 같아요. 그게 긴 세월을 그분이 주연 배우로서 있게 하지 않았나 싶어요. 그 선배가 눈을 마주치고 웃는 것을 보면 간을 빼드려야 되나, 콩팥을 떼 드려야 되나, 그냥 녹아요.(웃음) 최고의 미소를 가지신 분이죠.

지 어떻게 보면 강성은 아니시잖아요. 스크린쿼터 문제나 이런 게 벌어지면 큰 목소리를 내길 바라는 입장에서는 답답한데, 어쨌든 그 자리에서 책임을 지는 어른이라는 이미지도 가지고 계시잖아요. 그게 안성기 아닌가 하는 생각이 들어요. 조용히 자리를 지키는.

김 안정감을 잃지 않는, 모험을 하지 않지만 도망가지도 않는, 그런 거죠.

지 박중훈 배우님과는 연기를 하신 적이 있나요?

김 〈머나먼 쏭바강〉이라는 드라마에서 같이 했었죠. 박중훈 씨는 어릴 때부터 친구였어요. 고2 때인가, 고3 때 나이트에서 만났어요. 서초동의 채널 브이라는 곳이었어요. 나이트에서 처음 만난 것이 친구가 된 계기인데요. 친구의 친구를 만난 거죠. 용산고등학교 애들 만나면서. 둘 다 연기하기 전에 만났고, 중훈이가 먼저 배우가 됐죠. 그 뒤로 쭉 좋은 친구로 지냈고, 최근에 소원했고, 제가 뭔가 되게 힘들 때 약속해 놓고 지키지 못한 것이 있어서 일종의 절교 같은 것을 당한 적이 있어요. 절교까지는 아니지만, 중훈이가 굉장히 화를 내면서 헤어진 적은 있었죠.

지 그게 일종의 마음의 빚 같은 건가요?
김 그때 무슨 일이 있었냐 하면 내가 아무 것도 안 하고 있을 때 한국 들어와서 자기가 영화를 제작하는데 프로듀서가 되어 달라고, 미리 돈도 좀 땡겨주고 그랬었어요. 그랬는데, 제가 다른 일 하고 양다리를 걸쳐놓고 중간에 다른 일로 넘어가겠다고 하니까 불같이 화를 내더라구요.

지 친구라 믿었는데.
김 그렇죠. 그렇게 됐구요. 그 뒤로 쭉 못보고 지내다가 돈은 연락 안 하던 사이에 갚았구요. 최근에 백상에서 박중훈 씨가 사회 보면서 만났어요. 지나간 일들 자기가 잊을 테니까 술 한잔하자고 하더라구요.

지 이번 백상이 그런 의미에서 기억에 남겠네요. 그분이 사회를 보시고, 오랜만에 만나서 화해하는 계기가 됐으니까요.
김 화해라기보다는 제가 일방적으로 잘못했기 때문에 중훈이가 용서해주는 거라고 봐야겠죠.(웃음)

지 굉장히 일찍 데뷔해서 전성기가 빨리 온 후 예전의 화려했던 시절에 비해서는 좀 저평가 받는 부분도 있는 것 같은데요.
김 모르겠어요. 쉽지 않을 거예요. 주연 배우로서 한 세대를 풍미했던 사람인데, 경영이 형 같은 경우는 자기 역할을 확 낮춰서 다시 신인배우처럼 성장해가는 그런 면이 있지만, 글쎄 중훈이한테 어떤 사정이 있는지는 모르겠으나 배우 활동을 활발하게 하고 있지는 않으니까요. 계속 영화 감독으로서, 제작자로서 일을 하고 싶어 하는 것 같아요. 한 시기의 정점을 찍어본 사람들은 함부로 짐작하기 어려운 것 같아요. 정점을 찍어보지 않은 사람들은 몰라요. 알 수가 없어요. 그래서 함부로 말하기가 어려워요.

지 엄청나게 화려하지만, 정점이라는 것은 혼자니까 그만큼 외롭다는 것도 될 텐데요.

김 하여튼 톱을 탁 찍어 본 사람에 대해, 거기에 가보지 않고 그에 대해서 얘기하는 것은 바보 같은 일인 것 같아요. 그 부분에 대해서 함부로 얘기하긴 어려운 것 같구요. 어렸을 때 친구로서 계속 친하게 지내고, 부디 영화 감독으로건 영화 배우로건 성공적으로 자기 커리어를 이어갔으면 좋겠다는 생각을 하죠.

지 한석규 배우님과는…

김 개인적으로 친분이 없어요. 연기도 같이 안 해봤구요.

지 배우로서는 어떻게 평가하세요?

김 몇 세대라고 해야 할지 모르겠지만, 그야말로 90년대 중반에 새로운 세대를 연, 새로운 연기 스타일, 새로운 배우 패러다임을 연 선구자 같은 분이죠. 존경합니다.

지 그분도 한번 부침을 겪고 나서 연기가 훨씬 깊어진 것 같구요.

김 모르겠어요. 최근에 하신 것을 잘 못 봐서.

지 송강호 배우님 같은 경우는 데뷔를 시켜주셨다고 언론에 회자되고 있는데요.(웃음) 〈돼지가 우물에 빠진 날〉에서 처음 보시고, 〈관상〉으로 두 번째 같이 하신 거죠?

김 처음에는 연극 같이 하는 되게 친한 후배였죠. 너무 너무 연기 잘하는 후배였구요. 제가 뭔가 큰 역을 맡아서 주장을 할 수 있게 됐을 때 이 배우 어떠냐고 추천을 했었는데요. 제가 추천을 했던 역에는 안됐고, 조금 작은 역을 하게 된 거죠. 그래도 돈을 꽤 받아서 신혼여행도 가고 그랬다고, 그 당시에 그러더라구요.

지 그때만 해도 홍상수 감독님 영화가 예산이 좀 있었군요.(웃음)

김 정상적인 예산에서 조금 적은 영화였으니까요. 그러고 나서는 볼 일이 없었죠. 후에 진짜 국민 배우가 됐고, 〈관상〉에서 반갑게 인사를 하고…. 강호는 뭔가 좀 쓸쓸해 보여요. 그야말로 정상에 혼자 버티고 있는 사자, 호랑이, 혼자 거기 있다가 누가 올라오면 치는 맹수로서의 고독함, 그런 것이 느껴져서요. 실제로 보면 어떤지 모르지만, 그런 느낌이 있으니까요.

지 혼자 한국 영화계를 오래 끌고 온 부분이 있죠.

김 저렇게 외로우면 행복할까, 하는 생각도 드는데요. 제가 거기 가보지를 않았으니까, 그 마음이 어떤지는 알 수가 없죠.

지 〈관상〉 찍은 직후에 《레이디경향》과 인터뷰를 하면서 송강호 배우의 연기를 극찬하셨잖아요.

김 훌륭하죠. 훌륭한 배우예요. 그 뒤를 이을, 그 그룹의 뒤를 이을 훌륭한 배우들이 성장을 해줬으면 좋겠다는 생각이 드는데요. 너무 장기 집권을 하고 있다는 생각이 들어요. 약간 고인 물 같은 느낌이 들어요. 멜로도 다 40대 후반이 하고 그러니까.

지 아까 말씀하신 것처럼 젊은 사람들이 성장하기엔 지금 풍토가, 영화가 만들어지는 것도 4, 50대 남자 배우들이 주인공을 맡을 수 있는 배역들이 많았구요.

김 한동안 좀 그랬죠. 꼭 그런 것만이 아니라, 2, 30대 역할도 나이를 올려요. 그 배우들을 쓸려고.

지 모험을 안 한다는 얘기잖아요. 티켓파워가 있는 배우들만 쓰게 되는 거구요.

김 송강호, 황정민 쓰고 싶은 거죠.

지 최민식 배우님과 연기를 하신 적이 없으시죠?

김 한 번도 없어요.

지 서로 선호하는 연기 패턴이 있는 건가요? 인맥이라는 것이 했던 사람과 영화를 하는 것이 편해서 그런 건가요?

김 기회가 없었을 뿐이에요. 최민식 선배는 제가 처음 복귀했을 때, 제가 누군지 잘 몰랐구요. 계속 영화에 출연하니까 조금씩 알게 되고, 술자리나 이런 데서 인사하면 반갑게 맞아주시면서 "야, 나랑 같이 해야지." 하는데 약간 무섭죠.

지 어떤 점에서.

김 저분이랑 하면 무섭죠.(웃음)

지 연기적으로 뭔가.

김 한편으로는 그런 진짜 멋진 순간을 갖고 싶다는 생각이 있구요. 한편으로는 너무 쎈 배우랑 부딪히는 것이 나를 파멸시키지 않을까 하는 두려움

도 있죠.(웃음)

지 지난번에 연기에서의 기 싸움은 없다고 하셨지만, 기가 쎈 배우를 만나면 '뭔가 빨릴 것 같다'는 생각이 들기도 한다는 거잖아요.
김 무섭죠.

지 최민식 배우님과 비슷한 느낌을 주는 배우가 또 있나요?
김 글쎄요. 따로 누굴 생각한 적은 없어요.

지 아까 언급하신 황정민 배우님도 굉장히 연기를 잘한다는 평가를 받으면서도 소위 빅3를 꼽을 때는 빠지는 경우가 많은 것 같은데요.
김 그렇지 않아요. 지금 계속 제일 히트작을 뽑어내는 것은 황정민인데요. 계속 천만 관객 영화를 계속 하고 있구요.

지 사실 기타 실력을 순위로 매길 수는 없는 것 같지만 흔히 대중들이 말하는 세계 3대 기타리스트 순위는 '에릭 클랩튼, 제프 벡, 지미 페이지'인 경우가 많잖아요. 그것처럼 매스컴에서 흔히 세 명을 꼽을 때는 '송강호, 최민식, 설경구'를 많이 꼽는 것 같은데요. 김윤석 님을 꼽는 경우도 있구요.
김 호사가들이 하는 얘기죠.(웃음) 이 배우들은 조금 더 나이 먹은 역할들도 가야 하는데, 안 넘어가 주는 것이 저한테는 좋죠. 이분들이 조연으로 넘어가면 제가 어디 가서 설 수 있겠어요.(웃음)

지 황정민 님 연기는 어떻게 보세요?
김 배우가 무슨 다른 배우의 연기 평을 해요. 같이 작업을 한 적은 없는데,

 악당 7년

내가 평할 수 있는 수준을 넘어선 훌륭한 배우들이죠.

지 설경구 배우님이랑 작업을 하신 적은 있나요?
김 영화는 없어요. 옛날에 연극을 같이 한 적은 있구요. 둘이 뭘 꼭 하자고 얘기한 바로 그날, 제가 술주정을 엄청 심하게 한 적이 있어요. 그래서 한양 레파토리 사람들에게 욕 먹고, 못 보게 되고 그랬죠.(웃음) 진짜 에너지들이 쎈 것 같아요.

지 김윤석 배우님하고는 같이 하신 적 있나요?
김 〈검은 사제들〉에서 한 장면 같이 찍었어요. 하루.

지 어떠셨어요?
김 그냥 그랬어요.(웃음)

지 정우성 배우님은 어떤가요?
김 정우성 씨랑은 〈더 킹〉을 같이 했는데요. 되게 짧아서.

지 지금 사장님이시잖아요.
김 정우성은 훌륭한 사람이에요. 위인전에 나와야 할 사람이죠.

지 바른 생활 사나이의 느낌이 있어요.
김 자기 절제도 굉장히 강하고, 생각이 굉장히 건강해요. 삶을 바르게 산다, 이런 것보다도 생각과 삶을 대하는 태도, 다른 사람을 대하는 태도, 이런 것이 범인의 수준을 넘어서는 위인 수준이죠.

지 그런 것을 알 수 있는 에피소드 같은 것이 있나요?

김 정우성 씨는 혼자 마시면 빨리 취하는데, 사람들하고 같이 마시면 안 취해요. 그게 '이 사람들을 대접해야 된다. 술자리 끝까지 잘 모셔야 된다.'고 생각해서 버티는 거라고 해요. 끝까지 단정함을 유지해야 되고, 그건 우리같이 체력도 약하고 이기적인 사람들은 생각지도 못하는 거죠. 정우성 씨는 국제적으로 훌륭한 일도 많이 하고, 세계난민기구 홍보대사죠. 그쪽 사람들이 정우성 씨는 우리 직원이라고 얘기한대요. 제일 위험한 데만 찾아다니고, 자비로 다….

지 이런 분들이 정치를 해야 되는데요.(웃음)

김 생각하는 것이 굉장히 훌륭해요. 냉소가 거의 없구요.

지 그런 것을 실천하신다는 얘기니까. 〈더 킹〉에서의 연기가 논란이 된다는 말씀을 드렸더니 "굉장히 어렵고, 잘한 연기다."라고 하셨잖아요.

김 〈더 킹〉이 아니라 〈아수라〉에서 너무 좋았다고 말씀드린 것 같은데요.

지 맞다, 맞다.

김 〈더 킹〉은 너무 잘생긴 두 사람이 나와서 균형이 그 부분에서 좀 안 맞았다고 생각해요. 둘 중 한 사람은 퉁퉁하거나 못생긴 사람들이 나와서 조화를 맞춰야 하지 않았나 하는 생각이 들어요.(웃음)

지 이정재 배우님도 제가 듣기로는 인품이 훌륭하다고 들었는데요.

김 이정재 씨는 친절하고 스위트한 사람이죠. 다정한 사람.

지 정우성 씨와 이정재 씨는 그렇게 오랜 친구인데도 아직도 서로 존댓말을 쓴다면서요.

김 가끔 반말을 살짝 할 때도 있구요. 정재 씨, 우성 씨 했다가 자기야 했다가 아주 꼴불견이에요.(웃음) 덩달아 우리가 다 같이 얘기할 때도 서로 존댓말 쓰는 분위기가 되어 버렸어요.

지 조선시대 때 부부들이 서로 존댓말을 쓴 것처럼, 싸워도 존댓말을 하면 감정이 절제되는 면이 있는 것 같구요. 게시판에서 싸우고 이럴 때도 보면 반말을 한다는 것은 상대방이 내 생각과 다르다고 해서 깔보고 들어가는 태도인 거잖아요.

김 처음부터 반말을 뱉는 사람들이 없어져야 세상이 좀 좋아질 텐데요.

지 좋은 분인데, 처음 만나는 사람한테 자연스럽게 반말을 하는 분도 있더라구요. 상대방이 이해해주면 괜찮은데, 그렇지 않은 경우도 있을 수 있구요.

김 그런 사람은 안 만나고 싶어요.

지 나쁜 의도는 분명히 아닌데,

김 나쁜 거죠.(웃음) 결과가 나쁜데.

지 곽도원 배우는 어떤가요?

김 곽도원 씨는 연기 본능이 진짜 강한 배우인 것 같아요. 그 본능에 걸맞는 이성적인 면을 가지면 좋겠지만요.(웃음) 본능이 진짜 강한 배우다.

지 〈특별시민〉 보셨나요?

김 네. 그건 최민식 원맨쇼죠.(웃음)

지 곽도원 배우도 별로 밀리지 않을 정도의 포스를 보여준 것 같은데요. 그게 말씀하신 연기 본능인 건가요?

김 곽도원 씨 잘하죠. 지금 제 배우들 평이 재미있게 안 나오고 있죠?

지 아닙니다. 재미있습니다.(웃음) 솔직하면서도 동료로서 따뜻하게 보시는 거잖아요.

김 나쁜 말이 입에서 나오는데, 겨우겨우 참는 거죠.(웃음)

지 워낙 친하시고, 같이 많이 작업하신 이경영 배우님은 어떤가요?

김 경영이 형은 너무 많이 하셔서 적게 하셨으면 좋겠다는 생각이 들어요.(웃음)

지 아티스트컴퍼니 영입설이 있더라구요.

김 어, 아니에요.

지 기사가 떴는데, 정우성 님이 이경영 님한테 사석에서 "오시면 어떻겠냐?"고 말씀하셨나 보더라구요.

김 거의 자기 회사 비슷한 회사를 가지고 있어서요. 오시면 좋죠.

지 만약에 오시게 되면 거기 있는 배우들을 다 모시고 오실 수도 있겠네요. 이경영 님은 300편 이상 하시지 않았나요? 기사 보니까 곧 나올 영화가 네다섯 편 되는 것 같더라구요. 일 년에 10편씩도 하시니까.

김 300편은 안될 거예요.

지 옛날 배우인데, 신성일 선생님 시절의 연기에 대해서는 어떻게 생각하세요?

김 그때는 자기 목소리를 안 쓰는 연기니까, 거기에 대해서는 뭐라고 평가
하기 어려워요. 무성 연기도 아니고, 목소리 연기를 다른 사람이 해주는
거니까, 그 당시의 연기에 대해서는 스타일, 이런 것으로밖에 얘기할 수
없기 때문에요. 연기의 굉장히 중요한 부분을 남이 하는 거라서. 멋있었
다, 잘생겼다, 이런 얘기는 할 수 있겠지만요.(웃음)

지 혹시 〈아티스트〉라는 영화 보셨나요?
김 못 봤어요.

지 무성영화에서 유성영화로 넘어가는 시절에 엄청난 슈퍼스타였던 배
우가 몰락하는 과정이 나오는데요. 회사에서는 "유성으로 가야 된다, 이
게 시대의 흐름이다."라고 했는데, "그건 영화가 아니다."라면서 자기가
돈을 투자해서 무성영화를 찍었다가 쫄딱 망하는데요. 그때 처음부터
자길 좋아했던 배우가 유성영화로 슈퍼스타가 되어서 몰래 도와주는데,
그게 이 남자 입장에서는 자존심 상하니까 갈등을 겪다가 마지막에 영
화를 같이 하는 것으로 끝나는데요. 이것처럼 60년대, 70년대를 영화의
전성기로 기억하는 배우들도 많은데요.
김 그때 배우들이 사실은 부럽죠. 지금은 배우들이 재미도 없고, 그때는
집 한번 나가면 한 달씩 안 들어오고, 휴대폰도 없고, 동네마다 애인도 있
고, 요즘 같으면 인터넷에 쫙 나오니까 배우들이 제일 얌전하게 사는 것
같아요.(웃음)

지 배우나 연예인들한테 가장 높은 도덕성을 요구하는 것 같아요.
김 배우가 예능 프로그램에서 반찬 못했다고 사과하고, 진짜 미친 것 같아

요.(웃음)

지 강동원 배우도 외증조부 일로 사과를 했잖아요. 정치인들도 사과 잘 안 하는데.

김 사실 사과할 일도 아니어서 저는 사과하지 않기를 바랐는데요. 그분이 그렇게 단순한 인물도 아니고, 실제로 강동원 씨 가족은 외증조부가 월북했다는 것 때문에 연좌제로 고통을 받았구요. 이제는 친일파라고 하니 미칠 노릇이죠.

지 강동원 씨가 국가의 녹을 먹는 사람도 아니고.

김 외증조부가 유산을 남겨서 부자로 사는 것도 아니구요. 그분은 어마어마하게 훌륭한 일을 많이 하신 분이더라구요. 나중에 보니까. 어찌 되었건 나는 그런 사과를 안 했으면 했는데, 본인 생각으로는 지금 이것을 자기 입으로 털고 가는 것이 우리 영화 개봉할 때 부담을 안기지 않을 것이라고 생각해서 했다는데요. 그 마음을 생각하면 가슴이 아프죠.

지 일종의 동료애이기도 하고 책임감이기도 하잖아요. 영화가 꽤 많은 사람이 관여하고, 돈도 많이 들어간 거라 나 때문에 손해가 되면 안 된다고 생각해서 마음 아프지만 얘기를 한 걸 텐데요. 같이 일해보시니까 어떻던가요? 굉장히 깔끔한 성격일 것 같고, 그건 곁을 잘 안 내준다는 의미도 될 것 같은데요.

김 동원 씨는 친구가 되는 데 시간이 걸리는 타입이고, 좋은 친구가 되면 친구 사이의 책임, 의리 이런 것은 잘 지키는 것 같아요.

지 물리적으로도 친구가 많으면 하나하나 챙기기 어렵잖아요.

악당 7년

김 그런데 이번에 촬영하기 전에 그 사건이 터져서 편하게 친해질 수 있는 기회는 놓쳤어요. 본인도 그것 때문에 힘들어하고 그래서.

지 술 먹자고 하기도 그렇고.(웃음)

김 그런 말 잘 못해요. 내가 강동원한테 술 먹자고 해도 되나, 하고 조심스러워서.(웃음)

지 젊은 배우들 중에서 한효주 배우랑도 작업을 하셨잖아요.

김 한효주 씨는 굉장히 사랑스럽구요.

지 그분도 가족사 때문에 고통을 겪으셨잖아요.

김 그런 거 너무 싫어요. 다 미친 것 같아.(웃음) 한효주 씨는 연기에 있어서 그 또래의 거의 드문 올라운드 플레이어예요. 모든 역할을 다 잘할 수 있는 굉장히 소중한 여배우 자원이랄까, 그 또래에서 어떤 연기든 다 소화할 수 있는 사람이구요. 강한 정신력을 가진 사람이에요. 스탭들한테 친절하고. 좋은 점이 많은 사람이죠.

지 아버지라고 문자를 보내나요?(웃음)

김 아빠, 라고 하죠.(웃음)

지 김우빈 배우하고는 〈스물〉에서 아버지로 나왔었죠. 그분이 처음 나왔을 때는 선배들이 "너 참 이상하게 생겼다."고 했다는데요. 지금 보면 제일 멋진 배우 중에 하나잖아요.

김 지금도 이상하게 생겼어요. 이 얼굴로 배우를 하나 싶죠.(웃음)

지 스타일이 좋으신데, 여전히 얼굴은 물음표로?(웃음) 연기도 잘하시는 것 같고, 매력적인 배우더라구요.

김 연기 잘하죠.

지 조인성 씨랑은 〈더 킹〉에서 같이 하셨죠.

김 한 장면 같이 나왔나? 같이 대사하는 장면도 없었어요. 사석에서 많이 봤죠. 귀여워요. 귀엽지만, 벌써 영화계의 원로죠.(웃음) 재밌어요. 장난꾸러기고.

지 김주혁 배우는 어땠나요? 〈당신자신과 당신의 것〉에서 악마의 연기를 하셨다고 하셨으니까.

김 그래봤자 3, 4일 하는 거니까요. 만나면 굉장히 반갑지만, 깊이 친해질 기회는 아직 없었고… 그런 거죠. 주혁이는 되게 착한 사람이에요.

지 배우 분들이 남들이 쳐다보는 시선도 많고 하니까, 착하기도 하고 자기 절제를 많이 해야 하는 직업 같기도 합니다.

김 주혁이는 착해요. 순박하고. 그건 만들어낸다고 되는 것을 넘어서는 착함인 것 같아요.

지 〈부산행〉에서 같이 했던 공유 배우는 어떤가요?

김 공유는 되게 팀 플레이어예요. 연기할 때 내가 남을 이기겠다는 생각을 하지 않구요.

지 이미지 자체가 댄디한 이미지니까요.

김 실제로 연기할 때도 자기 주장 막 해서 내가 돋보이고 그런 거 안 해요.

　　　　　　　　　　　　　　　　　　　악당 7년

주연 배우들 중에는 그런 배우가 드물어요. 많지가 않죠. 세심하고 사람들 잘 챙기려고 애쓰고… 그런 편이죠.

지 마동석 배우는 어떤가요?
김 진짜 마당발이고 항상 자리를 즐겁게 만들어요. 모든 사람한테 친절하고, 특히 스탭들한테 굉장히 잘해요. 이름도 많이 외우려고 애쓰고요. 그리고 일 중독자예요. 쉬지도 않고 계속 뭔가 일을 만들고 하니까요.

지 액션 연기를 많이 하다보니까 여기저기 아프다고 하던데요.
김 몸이 성한 데가 없어요. 거의 장애인이지, 뭐. 급수 매기면 나올 거예요.

지 정유미 배우는 어떤가요? 엄청난 미인 타입은 아니지만, 역할 자체도 그렇지만 사람 자체가 굉장히 러블리한 면도 있는 것 같던데요.
김 예쁘고 굉장히 독특한 사람이에요. 보통 사람들이 생각하는 거랑 좀 다르게 생각하는 면도 있구요.

지 인터뷰 기사도 보면 굉장히 진지하고, 독특한 답을 많이 하더라구요. 기자한테 되묻기도 하구요.
김 재밌는 사람이에요. 지금 보니까 〈윤식당〉 때문에 엄청 뜬 것 같은데.

지 〈윤식당〉 얘기 나왔으니까. 윤여정 배우님과도 연기를 하셨잖아요.
김 되게 멋있죠. 사람들하고 친하게 잘 안 지내세요.

지 뭔가 왠지 가까이 가기 무서운.
김 내가 너랑 괜히 친한 척할 이유가 없잖아, 하는 포스를 가지고 계세

요.(웃음)

지 왠지 그렇게 말씀도 하실 것 같은데요.(웃음)
김 야단도 잘 치시고, 그런데 마음이 굉장히 따뜻한 사람이에요. 마음도
약하시고.

지 이병헌 배우님은 〈내부자들〉에서 같이 하셨잖아요.
김 전혀 몰라요.

지 맞물린 장면이 없었나요?
김 시상식이나 이런 데서 인사한 것밖에 없어요. 교류할 틈이 없었어요.
옛날에 봤는데, 고깃집 같은 데서 봤는데, 저쪽에서 훤한 빛이 보이는데
이병헌 씨더라구요.(웃음)

지 평은 어렵다고 하셨지만, 연기에 대한 인상은 어떤가요?
김 이병헌 씨는 그야말로 두 마리 토끼를 다 잡은 분이죠. 연기력과 스타
로서의 파워를 다 가진 배우죠. 한국에서 탑이죠. 해외에서도 활발하게 활
동하고 있구요.

지 조승우 배우님은요.
김 같이 영화에 두 번 출연했는데, 현장에서 한 번도 마주친 적이 없어요.

지 하정우 배우는 트위터에 상남자라고 표현하셨잖아요.
김 〈암살〉에서 처음 봤을 때 점잖고 어려웠어요. 계속 존댓말을 쓰고 나중
에 친해진 다음에 얘기를 들어보니까 그때 자기 상태가 안 좋았었다고 하

더라구요. 감독을 맡았던 허삼관 매혈기가 망해서 아주 안좋은 상태여서
그랬다고.(웃음) 친해지고 나니까 너무 재밌고, 진짜 강한 사람…힘도 세
고 육체적으로 강하고 정신적으로도 강하고 자기 세계가 확실해서 밀고
나가는 그런 사람인 것 같아요. 남의 영향도 별로 안 받고. 자기랑 한번 인
연 맺었던 사람은 끝까지 챙기고, 의리도 있구요.

지 보스 기질이 있는 거네요.
김 그런 게 있어요.

지 진짜 상남자네요.
김 마초예요. 마초.

지 백윤식 선생님과는 두 편을 하셨죠. 〈내부자들〉과 〈관상〉. 그분도 독
특한 연기 세계를 갖고 계시잖아요.
김 얼마 전에 주지훈이라는 배우가 자기가 본 사람 중에 눈이 제일 이상
한 사람 두 명이 백윤식 선배와 나라고 하더라구요. 두 분의 눈은 사람 눈
이 아니라 요괴 눈 같다고.(웃음) 그런 얘기를 들었어요. 백윤식 선배는 내
가 저 나이에 저렇게 배우로서 살아 있고, 일하고 있고, 날이 선 그런 배우
로서, 평범하게 나이 먹어서 일일 드라마(폄하하는 것이 아니라) 하면서 그
저 그렇게 배우로서 나이를 먹어가는 것이 아니라 계속해서 유니크한 역
할을 맡을 수 있으면 얼마나 좋을까, 생각을 하게 되는 롤 모델이시죠.

지 조금 전에 주지훈 배우 얘기가 나왔는데요. 주지훈 배우도 모델 출신
이고, 연기보다는 다른 활동을 많이 하지 않을까 싶었는데, 배우 활동을
너무 열심히 하시더라구요.

〈내부자들〉(2015)

김 연기 너무 잘하고, 주지훈 배우는 30대 초반인데, 그야말로 새로운 세대를 이끌어갈 배우라고 생각해요.

지 그 나이 또래의 선두 그룹이죠.

김 아주 강하고, 주연을 맡을 수 있는 그런 배우죠. 의리파고, 선배들 좋아하고 잘 모시고, 형님, 형님 하면서…(웃음) 귀엽고 재밌어요. 나름 아픔도 겪었고 해서.

지 잘 극복을 하신 것 같은데요.

김 그렇죠.

지 윤계상 배우는 어떤가요? 아이돌 가수 출신이고 배우로서 커리어를 많이 쌓았음에도 영화계 주류와는 거리가 좀 있어 보이는 느낌이 있거든요.

김 계상이는 뭐랄까, 스스로 쉽게 친해지기는 어려운, 사람에 대해서 상처가 있는 사람이라는 느낌을 좀 받았어요. 가까워지면 너무 다정하고 귀여운 친구고, 사람들이 연기에 대해서 이런 말 저런 말 하는데, 굉장히 좋은 배우가 될 자질을 갖추고 있다고 생각해요. 가끔 아주 놀라운 장면들을 만들어내는데, 그런 장면이 가끔이 아니라 자주 나오게 되면 훌륭한 배우가 되겠죠.

지 〈소수의견〉에서 서로 적으로 나오잖아요.

김 진짜 가끔 놀라운 연기를 할 때가 있어요.

지 예를 들어서 어떤 장면인가요?

김 뭐라고 말하기 어려운데요. 묘한 연기를 해요.

지 배우 이미지 자체도 그런 게 있잖아요. 장난꾸러기 같은데도 말씀하신 대로 사람한테 다쳐서 거리를 두고 있는 느낌이 있구요.
김 그건 앞으로 스스로 해결해야 할 부분이겠죠. 어차피 인더스트리라는 것이 있고, 거기서 배우가 나 혼자만 잘해서 내 몫만 하면 된다고 생각할 수도 있겠지만, 산업의 중심에 선 배우가 되면 책임도 따르고 자기가 짊어져야 할 일들도 있고… 하고 싶은 것만 할 수는 없는 거니까요. 그런 면에서 계상이도 점점 그렇게 되지 않을까 싶어요.

지 〈극적인 하룻밤〉에서 한예리 배우랑 연기를 하셨잖아요. 한예리 씨도 묘한 지점에 있는 것 같아요. 독립 영화계의 스타에서 상업영화에 진출해서 주연급 배우를 맡을 정도까지 온 것 같은데요. 아직 완전히 자리 잡았다고 하긴 어려운 것 같구요.
김 너무 매력적이죠. 그 또래에 좋은 여자 배우들이 많이 나왔어요. 김고은, 천우희 등등. 한예리는 거기서 나이도 제일 많아요. 아직까지는 자기한테 딱 맞는 옷을 입어본 적이 많지 않은 것 같아요. 그동안에 제일 잘 맞는 옷이었다고 생각하는 것은 〈해무〉에서의 역할이었구요. 이 배우가 섬세한 배우여서 섬세하게 잘 쓰여야 하는데, 좋은 감독을 만나면 활짝 꽃피지 않을까. 개인적으로는 너무너무 매력이 있고 사랑스럽고 품위 있는 그런 마스크를 가진 배우라고 생각해요.

지 말씀하신 것처럼 좋은 배우들이 많이 나왔는데, 사실 그 또래 배우들이 TV 말고 영화에서 활약하기에는 배역이 많이 부족하잖아요.
김 어쩔 수 없어요. 영화계가 다 같이 약속을 해서 여자 배우들을 많이 쓰자고 협약을 맺을 수도 없는 거구요. 흐름을 따라가는 건데, 그리고 각개 약진을 하는 것이라서, 작품 하나하나에 목숨을 걸고 하는데 "우리는 여배우를 많이 쓰는 영화를 만들 거야." 하고 내세울 수는 없는 거니까요. 여배우들도 스스로 더 열고, 역할에 더 달려들고 하는 자세가 필요하겠죠. 여배우들의 몫이 점점 더 커져야 한다는 생각은 하고 있어요.

지 〈암살〉을 같이하신 전지현 배우에 대해서는 극찬을 하셨잖아요. 죽이는 집사 역할을 맡았다고 가문의 영광이라고도 하셨구요.(웃음)
김 제가 연기하면서 경험해본 몇 안 되는 짜릿한 순간에 전지현 씨와 함께 연기한 순간이 포함되어 있어요. 지현 씨는 천재적인 연기 감각을 가지고 있어요. 너무 아름답고, 최고죠. 최고.

지 지금 연기를 굉장히 잘한다고 평가받는 여배우들 중에 초기에는 연기에 대해 혹평을 받는 경우가 많았잖아요. 김민희 배우도 그렇고.
김 심지어 전도연 씨도 그랬죠. 연기 아이돌 같은 것으로 시작해서 지금의 대배우가 되었죠.

지 전도연 배우님이랑은 작업하신 적이 있으신가요?
김 전도연 씨, 사랑하고 존경합니다. 꼭 같이 해보고 싶어요. 만날 때마다 뭘 좀 같이 해보자고 주제넘게 조르고 있어요. 전도연 씨 입장에서 저 같은 미물이 무슨 의미가 있겠냐만은. 요새는 오빠라고 불러줘서 너무 행복해요.(웃음)

지 그것도 배우 생활하는 즐거움 중 하나겠네요.(웃음)
김 저는 아직도 민간인 마인드를 벗어나지 못해서 배우들 만나면 너무 신

기해요. 좋고. 이런 배우들과 내가 아는 사이인 거야, 하고 깜짝깜짝 놀라
요.(웃음)

지 김해숙 선생님과도 연기하신 적이 있으신가요?
김 옛날에 젊을 때 TV에서 연기를 같이 한 번 했었구요. 〈암살〉에서는 만
날 일이 없었지만, 진짜 연기자로서 존경하는 선생님이자 선배님이죠. 여
자 백윤식 이런 느낌, 그런 역할을 그렇게 소화해낼 수 있는 여배우는 김
해숙 선생님밖에 없는 것 같아요. 〈박쥐〉의 시어머니 같은 역할은 김해숙
선생님 말고는 할 사람이 없죠.

지 국민 엄마로 불리시잖아요.(웃음)
김 드라마면 드라마, 영화면 영화, 다 완벽하게 해내시죠.

지 〈박쥐〉 얘기 나왔으니까, 김옥빈 배우랑도 〈소수의견〉에서 같이 연기
하셨잖아요. 이 분도 젊은 배우 중에서는 독특한 이미지가 있잖아요.
김 일단 너무 예쁘고 마음이 맑고 털털하고, 너무 하드한 연기를 어린 시
절에 해버린 것 같아요. 조금 풀어져서 할 필요도 있을 것 같아요.

지 그런 것을 좋아하는 것 같아요. 유니크한 역할들.
김 조금 더 편안하게 할 수 있는 그런 연기들을 나이에 맞게 했으면 좋겠
다는 그런 생각을 하죠. 이미지가 너무 강해서.

지 그런 이미지가 다른 역할을 맡는 데는 걸림돌이 된다는 말씀이신가
요?
김 그거는 모르겠어요. 그 속은 어떤지 모르겠어요. 더 활발하게 더 많은

     악당 7년

작품을 했으면 좋겠다는 생각을 하는 거죠.

지 조정석 배우는 어떤가요? 그분도 연기를 맛깔나게 잘하시잖아요.
김 정석이는 일종의 제2의 송강호라고 할까요. 되게 유연하게 코미디 연기를 잘하죠.

지 두 편 같이 하신 거죠.
김 그렇죠. 〈관상〉이랑 〈특종: 량첸살인기〉. 자기 색깔도 분명하고, 〈관상〉찍을 때 송강호 배우가 조정석이랑 연기하는 것이 너무 편안하고 좋았대요. 자기가 많이 안 해도 알아서 잘 놀아주고 하니까 같이 연기하기가 너무 좋았다고 하더라구요.

지 박성웅 배우는 어떤가요? 〈오피스〉와 〈살인의뢰〉 같이 하셨잖아요.
김 또 한 것 같은데요. 그 두 편이 단가? 성웅이는 제 친척이에요. 서로 교류가 없던 6촌이었는데, 만나서 친척이라는 것을 알게 되어서 서로 많이 의지하고 나한테 잘해주려고 애쓰고… 나는 괜찮은데 자꾸 어디 캐스팅해준다고 애를 쓰구요. 그 정도로 어렵지는 않은데.(웃음)

지 그런 얘기를 들으면 고맙지만.(웃음)
김 가만히 있어야죠.(웃음) 마음 따뜻한 사람이고. 그런데 술을 너무 많이 마셔요.

지 체구도 좋으시고.
김 언제 만나도 기분이 좋아요.

지 이분도 어떻게 보면 〈신세계〉에서의 이미지가 너무 강해서.

김 아직도 〈신세계〉가 대표작이니까 그걸 넘어서는 다른 작품이 나오기를 기대하죠. 배우는 좋은 작품의 좋은 연기를 하고 나면 나중에는 그게 부담이 되고 발목을 잡죠. 저도 〈관상〉 찍고 나서 〈부산행〉 할 때까지 〈관상〉의 한명회로 불리웠으니까요. 그리고 〈부산행〉을 하고 나니까 〈부산행〉의 나쁜 남자가 되어 있는데요. 새 작품이 계속 대표작이 될 수 있다면 좋죠.

지 〈오피스〉 같이 했던 고아성 배우는 어떤가요? 〈괴물〉로 데뷔해서 어릴 때부터 연기를 했고 〈설국열차〉라는 세계적 작품도 했는데요. 어릴 때부터 연기를 하면 성인 배우로 변신이라고 할까, 그게 어렵잖아요.

김 지금 그럴 때라고 생각해요. 워낙 똑똑하고 자아가 강한 친구라서 잘 넘어갈 수 있을 거라고 생각해요. 진짜 독특한 사람이에요. 생각하는 것도 독특하고, 좋은 친구예요.

지 김상경 배우는 어떤가요? 초기에 홍상수 감독님 작품을 많이 하셨잖아요.

김 김상경은 〈살인의뢰〉에서 같이 했는데요. 상경이는 굉장히 힘이 쎄요. 육체적으로도 힘이 쎄고, 정신적으로도 힘이 쎈 배우고, 〈살인의뢰〉를 찍을 때 자기의 연기 플랜을 가지고 왔는데, 내가 자기가 생각하지 않은 방향으로 가니까 거기에 맞춰서 해주더라구요. 그런 면이 있는 배우죠.

지 신하균 배우하고도 〈빅 매치〉를 같이 하셨죠.

김 〈런닝맨〉도 했죠. 하균이랑 한 작품이 다 흥행이 안됐어요.(웃음)

지 두 분의 합이 안 맞았나요?(웃음)

김 하균이랑 한 작품들이 궁합이 안 맞았어요. 연기를 너무 잘 하는 배우
죠.

지 〈자유의 언덕〉에서 카세료 배우와 연기를 했는데요. 외국 배우와 연
기를 하는 것은 좀 차이가 있나요? 아무래도 언어가 다르니까, 영어로
연기를 하셨잖아요.
김 그렇죠. 다른 언어로 연기하니까. 워낙에 우리가 다 좋아하는 배우였
고, 팬의 입장에서 만난 그런 배우라서요. 너무너무 감수성이 예민하고
독특한 정서를 가진 사람, 인간미가 있는 그런 배우였어요. 그런데 홍 감
독님하고 너무 깊은 사랑에 빠져서 두 사람의 사랑을 보고 있는 쪽이었
죠.(웃음) 촬영이 끝난 후에도 이메일로 연락을 주고받다가 요즘은 조금
뜸해졌어요. 그 뒤로도 한국에 왔을 때 만나고, 제가 일본 갔을 때도 만나
고, 친구처럼 지내고 있어요.

지 김민희 배우랑은 연기하신 적은 없으시죠?
김 같은 장면을 연기한 적은 없어요.

지 〈밤의 해변에서 혼자〉 보셨나요? 그 영화로 해외영화제에서 여우주
연상을 받았는데요.
김 그건 못 봤구요. 그 전작 〈지금은맞고그때는틀리다〉, 거기서 너무 반했
죠. 너무 좋은 연기여서.

지 저 연기는 저 배우 아니면 안 될 것 같다는 연기를 하셨죠.
김 홍 감독님이 생각하고 쓰신 거니까 다른 배우가 하면 이상하겠죠. 민희
씨는 모델의 느낌이 강했었는데, 요즘은 배우의 느낌이 확 느껴져서요. 너

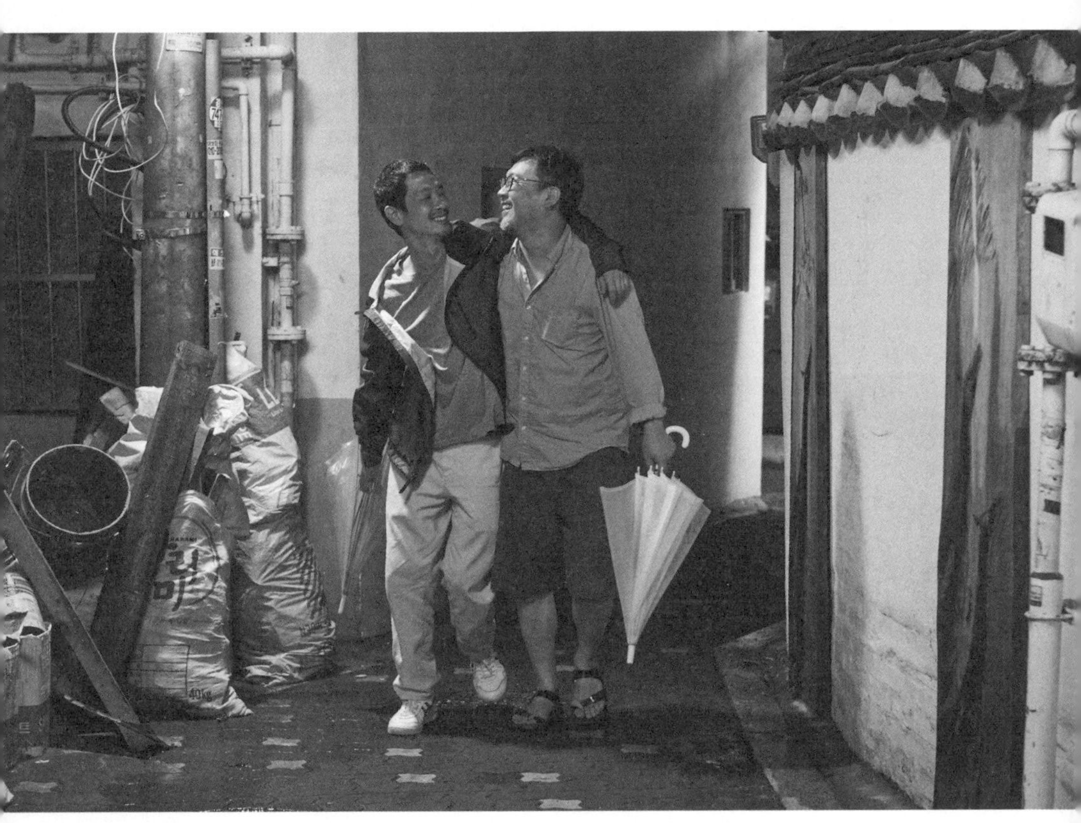

〈자유의 언덕〉(2014)

무 멋있는 배우죠.

지 〈자유의 언덕〉에서 같이 했던 문소리 배우는 어떤가요?
김 소리 씨는 특별히 언급할 것이 별로 없어요.

지 〈소수의견〉 같이 했던 유해진 배우는 어떤가요?
김 유해진은 굉장히 똑똑한 사람이에요. 아는 것도 많고, 의외로 여자들에게 인기가 많아요. 진짜 여자들이 좋아해요. 보통 우리가 생각하는 이미지랑은 달라요. 굉장히 생각이 깊고, 그러면서도 연기 본능도 쎄고, 그러니까 배우로서 너무 좋죠. 배우로서 완벽한 조건을 갖췄다고 할까요?

지 조연 배우가 주연을 넘나드는 이상적인 케이스가 아닌가 싶은데요.
김 아마 이제 주연으로 넘어가서 조연으로 돌아오지 않겠죠. 그럼 저는 좋죠.(웃음)

지 두 분은 색깔이 다르잖아요.(웃음)
김 아무튼 한 사람이라도 줄어들면 좋죠.(웃음)

지 유해진 씨 때문에 나온 얘기는 아니지만, 〈관상〉에서 김혜수 배우도 만나셨잖아요.(웃음)
김 김혜수 씨도 〈관상〉에서 만날 일은 없었어요. 누구나 다 가지고 있는 이미지, 멋있는 이미지를 가지고 있죠. 옛날에 실제 어느 촬영감독님 장례식장에서 뵀었는데, 실물로는 혜수 씨만큼 예쁜 사람이 없었던 것 같아요

지 정진영 배우님이랑은 영화는 〈찌라시〉 한 편 하셨나요?

김 그것도 얼굴을 못 봤죠. 제가 맡은 역들이 다 작아서 얼굴 보기가 힘들어요.

지 연극을 일 년 동안 같이 하고 다녔다고 하셨잖아요.
김 네. 같은 극단에서 일했으니까, 언제나 뭐랄까… 의지가 된달까 그런 선배죠.

지 이선균 배우는 어떤가요? 〈누구의 딸도 아닌 해원〉 같이 하셨잖아요.
김 술고래죠. 진짜 잘 먹어요. 선균이도 힘이 쎈데요. 홍 감독님 남자 배우들이 대체로 힘이 쎄요.

지 이선균 씨와 관련된 술에 관한 에피소드는 없나요? 예전에 어느 피디님과 술을 마시다가 만취해서 그분 집에 가서 따님 방에서 잤는데, 거기서 다 토했다고 하더라구요. 그 후로 드라마 배역에서 계속 술 먹고 토하는 장면을 넣어서 소심한 복수를 하셨다는 얘기를 TV에서 본 적이 있는데요.(웃음)
김 아, 웃긴다.(웃음)

지 유준상 배우는 어떤가요?
김 준상이는 진짜 다정한 사람이에요. 착한 사람이고, 건강한 사람이에요. 건강에 나쁜 일을 절대 안 하고, 좋은 것만 해요. 운동 열심히 하고.

지 〈다른 나라에서〉에서 나왔던 라이프 가드 이미지인가요?(웃음)
김 그게 유준상 이미지를 극대화한 거죠. 항상 밝고 열심히 사는, 그런 친구예요.

〈북촌방향〉(2011)

지 〈남영동1985〉를 같이 했던 박원상 배우는 어떤가요?

김 박원상도 착한 사람, 노예의 몸을 가졌죠. 몸이 너무 좋죠. 좀 지나치게 진지해요. 술 먹으면 더 진지해지고. 좀 덜 진지하게 편하게 살았으면 좋겠어요.(웃음)

지 가다보니 〈건축학개론〉까지 올라가네요.(웃음) 엄태웅 배우는요?

김 태웅이는 웃기고 한심한 사람이죠.(웃음) 요새 좀 고초를 겪고 있는데요. 가끔 이상한 카톡을 해요. 둘이 진짜 말도 안 되는 소리 하면서 놀고.

지 이상한 농담을 즐긴다고 하더라구요.

김 진짜 이상한 농담. 유머 감각이 되게 이상한데, 재미있어요.

지 한가인 배우는 어땠나요?

김 한가인 씨와는 같이 연기해본 적이 없어요. 그때는 나 혼자 강의를 하는 거라서 배우들하고 컨택되는 일이 없었죠. 잠깐 가서 강의를 하는 역할이었으니까요. 수지 씨는 보고 사진 찍자고 해서 함께 셀카 찍고 그랬죠.

지 일반인들도 배우를 만나면 사진 찍자고 하기 조심스럽잖아요.

김 요새는 배우로서의 자각이 생겨서 덜 찍는데, 옛날에는 누굴 만나면 "사진 좀 찍을게요."하고 무조건 사진을 찍었죠.(웃음)

지 이종석 배우는 어떤가요? 〈관상〉도 했고 드라마 〈W〉도 같이 하셨죠.

김 지가 이쁜 것을 되게 잘 알아서 애교 떨고 사랑받을 짓을 잘해요.(웃음) 기집애처럼 문자 보내고 하트 막 날리고.

악당 7년

지 어쩌면 재수 없을 수도 있는데, 이쁜 것을 알면서 이쁜 짓을 정확하게 하면 그렇게 귀여울 수가 없잖아요. 그런 캐릭터인가 보군요.

김 종석이는 한류의 엄청난 스타라서요. 재밌어요. 같이 연기할 때도 재미있었고, 궁합도 잘 맞는 것 같구요.

지 권해효 배우하고도 연기하셨죠. 〈진짜 사나이〉에도 우정출연을 하셨던데요.

김 해효는 연극할 때부터 봤죠. 해효는 진짜 연기를 잘하는 연기의 신인데요. 너무 오랫동안 그런 것을 봉인했다고 할까, 스스로. 생활 연기인으로 너무 오래 살았다고 할까요. 요즘 영화에서 감춰졌던 날들이 보이는 것 같아서 좋아요.

지 요즘 홍상수 감독님 영화에 많이 나오잖아요.

김 주연으로 깐느도 가고, 너무 잘됐죠. 배우로서나 인간적으로나 굉장히 존경하는 친구예요.

지 그렇죠. 최민수 배우랑도 〈주노명 베이커리〉를 같이 하셨잖아요.

김 그것도 우정 출연을 했던 거라 볼 일이 없었어요. 그래서 잘 몰라요.

지 〈박봉숙 변호사〉에서 고두심 선생님이랑 연기를 하셨잖아요.

김 그땐 너무 어려서 어려웠어요. 어려운 선생님이었죠. 얼마 전에 길에서 만났어요. 영화 촬영하고 계시더라구요. 그래서 가서 인사를 했더니 '티브이에 나오는 그 사람이 자네가 맞나?' 그런 생각을 했었다고 해요. '그때 그런 친구가 있었는데, 저 친구가 그 친구인가…' 생각했다면서 반가워해 주시더라구요.

지 〈돼지가 우물에 빠진 날〉에 같이 나왔던 배우들은 연락이 되나요?

김 조은숙 씨는 연기 활동을 다시 하는 것 같구요. 저번에 얘기했듯이 박진성 선배는 어디로 갑자기 없어졌어요. 그게 의문이에요. 소식이 아예 없더라구요. 이응경 씨도 한동안 드라마 나오시다가 요새 안 보이시구요. 모르겠어요, 잘.

지 〈무소의 뿔처럼 혼자서 가라〉에서 어마어마한 여배우들과 같이 하셨잖아요. 강수연, 심혜진, 이미연, 당시의 탑 여배우들이었잖아요.

김 아우, 그때 주눅이 들었죠. 완전히 주눅 들었죠. 강수연 씨야 이미 그때부터 월드스타이자 원로 배우였구요. 심혜진 씨는 같은 소속사 배우였는데, 한 번도 나한테 존댓말을 쓰지 않았구요. 나를 우습게 봤고.(웃음)

지 그게 상처가.

김 상처는 아니고, 우습게 보임을 당하면서 있었구요.(웃음) 그때 이미연 씨 남편 역할이었는데, 이미연 씨도 터프하고 다들 기가 쎘어요. 거기 이렇게 붙어서 조심조심 연기를 하다가 나왔죠. 진짜 옛날로 거슬러 올라가네요.

지 〈엄마에게 애인이 생겼어요〉에서 최진실 배우, 정선경 배우와 같이 하셨는데요.

김 최진실 씨랑은 거의 친하게 못 지냈어요. 그때 워낙 대스타였고, 같이 어울리고 그런 일이 없었어요. 최진실 씨는 이경영 선배랑 주로 얘기했고, 저는 정선경 씨랑 친해지려고 애썼구요.(웃음) 정선경 씨가 마음이 곱고 여린 사람이었어요. 그 작품 이후로 본 적이 없어서요. 최근에 드라마에 출연했다고 하는데, 제가 TV를 잘 안 봐서요. 정선경 씨 한번 만나고 싶어요.

악당 7년

지 기주봉 선생님은 어떤가요?

김 존재감 그 자체, 그분이 화면 안에 있으면 뭔가 게임이 끝나는 느낌.

지 키도 작으신데.

김 진짜 작은 거인이죠. 술 드시고 나한테 "나는 연기는 등으로 하는 것이 중요하다고 생각해."라고 하셨는데, 그게 무슨 소리인가 아직도 고민 중에 있어요.(웃음)

지 최근 홍상수 감독님 영화에 많이 나오는 서영화 배우는 어떤가요? 두 분이 같이 나온 적이 있나요?

김 네, 같이 나온 적이 있어요. 같이 나온 영화는 30초짜리 영화인가, 70초짜리인가 〈50/50〉이라는 베니스영화제 70주년 기념 영화에 나왔었죠. 서영화 씨는 너무 어려운, 스스로 어려운 사람인 것 같아요.

지 역이 본인한테 맞는 역할이군요. 고민이 많은 역할을 주로 하고, 목소리 자체도 그렇구요.

김 홍 감독님 영화 말고는 안 한다고 하는 것 같아요.

지 김상중 배우는 어떤가요? 〈북촌방향〉에서 같이 하셨죠.

김 김상중 씨는 되게 예의 바르고, 예의를 지키는 정도인데, 나랑 되게 먼 사람, 다른 사람이라는 느낌을 받았어요. 서로 만나면 예의 있게 반가워 하고 그러는데, 더 이상 진전되기에는 서로의 세계가 다르다는 생각이 들어요.

지 밖에서 보는 이미지는 비슷할 수 있는데요. 지적인 이미지가 있고, 나중에 〈그것이 알고 싶다〉를 하셔도 될 것 같은데요.

김 상중 씨는 동갑이랑은 별로 안 친한 것 같아요. 뭔가 나랑 다른 세계에 계시는 분, 공유할 것이 서로 많지 않고 만나면 웃고 서로 안부를 전하는 정도.

지 문성근 배우는 어떤가요?

김 성근이 형은 어마어마한 배우죠. 진짜 훌륭한 배우고, 저한테는 트라우마 중 하나예요. 전에도 얘기했지만, 옛날에 연우무대에서 〈한씨연대기〉라는 연극을 했는데요. 문성근 선배가 처음에 해서 엄청난 호평을 받고 난리가 났던 역을 제가 받아서 했는데요. 진짜 별 볼일 없게 했어요.(웃음) 문성근과 내공의 차이를 어마어마하게 드러낸 거죠. 진짜 훌륭한 배우죠. 연기를 꾸준히 하셨더라면… 정치적인 여러 가지 이유로 중간에 연기를 안하셨던 것이 저한테 큰 도움이 됐는데요.(웃음) 재작년인가 부산영화제 때 그랜드호텔에서 딱 만났는데, "나 없는 동안 잘 해먹었더라."라고 하셔서 등골이 서늘했죠.(웃음)

지 명계남 선생님과도 같이 연기를 하셨잖아요.

김 〈남영동1985〉에서 같이 했죠.

지 직장 상사로 나오시잖아요.(웃음) 이분도 엄청나게 다작을 하셨잖아요.

김 90년대 초반에는 명계남이 나오는 영화와 그렇지 않은 영화로 구분이 됐죠. 그런데 영화보다는 정의사회 구현에 뜻이 더 많으셨죠.(웃음)

지 요즘 〈우리 손자 베스트〉라는 영화에서 구교환 배우가 같이 연기를 하셨죠.

김 김수현 감독 영화. 그분도 굉장히 독특한 사람이죠.

자 기 나 름 의 담 론

"

물론 지금은 어찌할 바를 모르니까 저항을 하는데,

어떤 식으로 새로운 시대와 타협하고 같이 가고,

구시대를 연착륙시키고 새로운 시대를 잘 띄워 올릴 것인가에 대해서

모두가 다 같이 고민을 해야 하지 않겠어요?

"

5장

지승호 〈해피투게더〉 방영되고 반응이 어떤가요?

김의성 뭐, 주변 사람들만 얘기하고, 특별한 반응은 별로 없는 것 같아요. 한 가지 재미있는 에피소드가 있는데요. 베트남에서 드라마 만든 이야기를 좀 했었거든요. 열심히 만들었고 잘됐는데 돈은 못 벌었다고 이야기를 했는데요. 세상이 진짜 바뀌었다고 느낀 것이 그걸 베트남에서 사람들이 봐서 기사화가 많이 되고, 이 사람이 우리나라에 와서 그렇게 고생을 하고 돈을 못 벌었다는데 도대체 무슨 일이 어떻게 있었던 거냐는 얘기도 나오고, 굉장히 많이 기사화가 됐다고 하더라구요.(웃음) 몰랐는데, 베트남 어떤 매거진과 미디어 쪽 편집장이 인스타로 연락이 왔어요. 계정으로 다이렉트 메시지를 보내서 지금 베트남에서 그 얘기가 화제가 되고 있다, 거기에 대해서 인터뷰를 할 생각이 있느냐, 자기들 하고. 사실 뭐 좀 예민한 것도 있고, 그런 얘기를 하다 보면 '누가 미웠다. 누가 문제였다.' 이런 얘기를 해야 하니까요. 그런 얘기는 안하고 싶다고 했죠. 베트남 사람들이 다 미안해 하고 있대요.(웃음) 약간 옛날 우리나라 사람 정서 같은 거 아니겠어요. 서양 사람이 와서 고생했다고 하면 "우리가 잘못했다."고 하고.

지 우리가 기억하는 그 드라마를 만들었던 사람이니까.

길 그런 것은 안 하고 싶다고 했는데요. 그러면서 또 그 드라마에 나왔던 아역 배우가 있어요. 초등학교 3, 4학년 정도 됐던 친구인데요. 그 친구가 자기는 그런 줄 몰랐다고 해요. 지금은 베트남에서 큰 스타가 되었다고 해요. 그러면서 미안하게 생각하고 있다고. 그럴 일은 아니고, 안 좋은 기억보다 좋은 기억이 훨씬 많고, 나는 베트남을 되게 좋아한다고 하는… 정치적이고 외교적이기도 하지만, 제 속마음인 얘기도 했죠. 그걸 또 기사로 짧게 실었더라구요. 세상이 진짜 가까워졌구나 하는 생각을 했죠.

지 유재석 씨 나오는 예능은 외국에서 다 보는 것 같더라구요.
길 번역해서 다 보나 봐요. 그래서 그 어린 소녀, 이제는 여인이 된 그 소녀하고도 서로 메일 같은 것도 주고받고, 베트남 가면 꼭 보자고 했죠. 그렇게 전혀 생각하지도 않았던 일이 예능에 출연하니 생기더라구요.(웃음)

지 과거의 여러 가지 경험들이 쌓여서 좋은 일이 많이 생기시는 것 같네요. 옛날 생각나면서 좋으셨을 것 같기도 하구요.
길 옛날 일이라는 것은 대부분 후회가 많은 일들이에요. 전에도 한 번 얘기했던 것 같지만, 과거를 별로 생각하지 않거든요. 생각하면 후회할 일들이 너무 많으니까요. 가능한 한 현재를 생각하려고 하다 보니까 되게 많이 잊고 살았더라구요. 있었던 사실들도 그냥 완전히 기억이 블랭크가 되어가지고, 어쩌면 내가 나를 보호하려고 기억들이 다 닿아버렸나 하는 생각들이 들 정도로요. 이런 일들이 있으면 그걸 계기로 기억들이 되살아나곤 하는데요. 재밌긴 한데, 부끄럽고 후회 되는 일들도 있구요. 남들이 1, 2 잘못했으면 저도 3, 4 했겠죠. 스스로 부끄러운 그런 기억들도 많구요. 내가 어땠다고 참회록을 쓰고 싶은 생각은 없으나, 마음속으로 느끼는 부끄러운 것이 많죠. 마음의 빚을 진 사람들도 굉장히 많구요.

지 영화 〈올드보이〉에서는 갇혀 있다 보니까 이유를 알기 위해서 자신의 악행을 기록하는 '악행일지'를 쓰잖아요. 약간 그런 성격이신 것 같아요. 옛날 생각하면 잘못한 것들이 기억나고.

김 그런 성격인지는 모르겠는데, 아무튼 저는 기억을 안 하는 성격이라고만 알고 있었는데요. 어쩌면 기억하지 않으려고 노력하는 사람인 것 같다는 생각을 이번에 했어요. 이런 기억의 봇물이 터지면 굉장히 괴로울 수도 있겠다는 생각이 들었어요.

지 늘 예능은 새로운 캐릭터를 찾잖아요. 지금껏 예능에서는 보기 힘들었던 게스트를 찾았다고 뉴스에 언급이 되던데요.

김 그런가요?(웃음)

지 프로악플러, 프로독설러, 이런 식으로.(웃음) 따지고 보면 그다지 독설들도 아니고, 전체적 맥락에서는 유머러스하게 한 건데, 특정한 장면만 보면 그렇게 느껴지게 편집을 했더라구요. 전현무 씨한테 한 얘기도 장난인데, 그것만 따서 기사화된 경우도 있던데요. 그게 어떻게 보면 이미지를 소비하는 거잖아요. 이분은 원래 이런 이미지인데 방송 나가서 그렇게 얘기했다, 그런 것을 어떤 면에서는 재밌어 할 수도 있고, 이미지를 한쪽으로 몰아가는 것일 수도 있을 것 같은데요. 예능 쪽에서는 연락이 없나요?

김 이제는 회사 통해서 이야기가 들어오니까, 그것 하고 비슷한 시기에 《일간스포츠》와 취중 인터뷰를 했던 것이 나갔어요. 거기서 폭탄들이 몇 개 터져가지고.

지 홍상수 감독님에 대해 발언했던 것.(웃음)

김 제 입장에서는 폭탄이랄 것도 없는데요. 하고 싶었던 얘기고, 제가 생각하는 바고, 사람이 연애를 할 수도 있죠.(웃음) 법의 잣대나 도덕의 잣대로 쉽게 잴 수 없는 거잖아요. 남녀 간의 일이라는 것이. 그런데 그런 얘기를 하면 조금 더 자극적으로 기사를 뽑기도 하고, 인터뷰 중간 제목을 그렇게 뽑아서 악플이 어마어마하게 달리고 실시간 검색어 1위를 이틀이나 올라 있었는데요. 별의별 얘기들이 많았어요. 여자 친구가 춤 되게 잘 춘다고 얘기했고, 거기다가 저랑 두 살밖에 차이 안 난다고 미리 얘기를 했는데요. 댓글에다가 춤추러 클럽 다니면 30대겠구만, 젊은 년이랑 사니까 좋냐, 이런 식이에요.(웃음)

지 악플은 원래 그런 식으로 달리죠. 제대로 읽지도 않고.
김 그건 진실에 기반하지 않으니까 별로 타격도 안 되지만요.

지 욕하는 거야 이 사람 성품이 안 좋구나, 하고 받아들이면 되는데요.
김 저는 사실 그런 것을 별로 신경 안 쓰거든요. 그런데 회사가 좀 옆에서 딱 붙어서 그런 얘기들을 하려고 하니까, 뭔가 저도 회사랑 맞춰야 되는 부분들이 좀 생기는 거예요. 사실 안 맞춰도 되지, 제가 이런 줄 모르고 같이 일하자고 한 것도 아닐 거구요. 나는 이럴 테니까 그런 부분들을 포기하라고 할 수 있는데요. 걱정들을 하더라구요. 실명들을 이야기하는 것이 어떨지 모르겠지만, 정우성 씨는 "저는 형이 하는 말들이 다 좋고, 그렇게 하시는 것이 다 맞다고 생각을 해요. 그런데 듣는 사람들을 생각하면서 듣는 사람들이 어떤 정도인가, 굉장히 많은 사람들이 이걸 보고 듣는다는 것을 좀 생각하면서 얘기해주셨으면 좋겠어요."라고, 좋은 얘기라도 듣는 사람의 수준이나 마음을 생각하고 했으면 좋겠다는 식으로 돌려서 얘기하더라구요.(웃음)

   악당 7년

지 우리나라 국민들의 의식 수준을 무시하는 발언일 수도 있잖아요.(웃음)

김 무슨 말인지 알겠죠. 이정재 씨는 "형 너무 좋아요. 계속 그렇게 해주세요. 그런데 우리 광고도 좀 해야 하지 않을까요?"라고 하더라구요.(웃음) 앞에 간 것은 다 자기들 마음이 아니야.

지 사실 그 워딩 자체는 상식적이고 정교한 얘기잖아요. 가족들까지 내가 얘기할 수 있는 것은 아니다, 한국에서 그런 선택을 했을 때 본인들이 거의 모든 것을 걸고 한 상태고, 그런 선택을 할 때 많은 걸 잃을 가능성이 높다는 것을 전제하고 말씀하신 거잖아요.

김 내 말이나 글을 전체로 읽어주고 거기에 대해서 생각해주길 바라는 게 사치라는 사실을 깨달았어요.

지 거기다 악플 다는 사람들의 90퍼센트 이상은 기사조차 안보고, '그랬다고 하더라.'는 얘기만 듣고, '어떻게 불륜을 옹호해.' 하는 걸 텐데요. 그런 일을 겪으시면서 대중에 대해 생각을 많이 하셨을 것 같아요. 대중을 계속 상대하셔야 하잖아요.

김 그거는 항상 같았다고 생각해요. 항상 같았는데, 지금은 그런 고려를 하지 않고 걸러지지 않은 이야기들이 광범위하게 노출되는 시대가 된 거잖아요. 시대가 바뀌었어요. 옛날 같으면 그런 글은, 글줄이라도 읽은 사람이 편지를 써서 독자 투고를 하거나 하면 걸러지고 걸러져서 볼 수 있는 것만 보이잖아요. 지금은 쓰면 다 보이고, 쓰면 비슷한 수준의 사람들이 막 '좋아요'를 누르게 되고 그게 확 올라가서 그게 제일 앞에 보이고, 가장 자극적인 것이 가장 잘 드러나는 그런 시대가 되어 버렸잖아요. 이것은 어떻게 보면 발전이기도 하고, 어떻게 보면 큰 퇴보기도 하고, 발전의 부작용 같은 것이기도 해요. 모두가 이야기할 수 있는 환경. 모두가 떠들 수 있는 환경이 만들어진 것은 좋지만, 그것에 대해 박수만 쳐도 될까, 너무 크다는 생각이 들기는 해요. 그런데 현실은 그런 거니까, 이미 이렇게 됐으니까요. 누구도 그 많은 사람들하고 부딪혀서 살아갈 수 없는 것 같아요. 심지어 천하의 진중권 선배도 결국은 꺾었잖아요. 니네랑 얘기 안해, 하고 포기한 거잖아요. 천하의 진중권이 다 옳다는 것은 아니구요. 저는 논객도 아니지만, 그야말로 논객의 시대는 끝난 것 같아요. 왜냐하면 논객이 글을 써봐야 읽지를 않고, 비판하기 때문에.

지 말씀하신 것처럼 그런 얘기가 공론화된다는 것 자체가 어떻게 보면 의성 님 같은 배우가 논객 역할을 하는 시대가 된 것 같다는 생각도 들어요. 연예인들한테 더 도덕적인 것을 요구하고 그렇듯이. 악플도 있지만, 이상한 댓글에 다시 댓글을 달아서 논쟁을 하기도 하더라구요.

김 후배 배우들을 만나서 얘기를 해보면 뭐랄까 고마워한다고 할까, 그런 것들이 있어요. 특히 사실은 생각지도 않게 "여자 친구와 같이 살고 있어요. 결혼을 여러 번 해본 경험도 있구요", 이 말에도 욕을 하는 사람들이 있어요. 제가 결혼을 몇 번 해본 것이 욕먹을 일인가요? 내가 여자 친구와 같이 사는 것이 욕먹을 일이야?(웃음) 쉰세 살 먹은 남자와 쉰한 살 먹은 여자가 6년 동안 이미 같이 살고 있고, 우리는 결혼 제도는 따르지 않겠다는 약속을 하고 살고 있는데, "여자 단물 빨아먹고 버리려고 하나?"는 댓글이 붙으면 어떻게 하냐구요.(웃음)

지 결혼하는 자체를 책임감이라고 생각하는 사람들은 무책임하다고 보는 것 같아요.

김 저는 이미 이 논의가 진전되어 있다고 생각했던 거예요. 제 머릿속에서는. 그러면 '우리 결혼하지 않고 살아보는 것에 대해서 얘기를 좀 해보자.'

　　　　　　　　　　　　　　　　　　　　　　　　　악당 7년

까지 와 있다고 생각을 한 거예요. 저 혼자. 그런데 전혀 그렇지가 않더라구요. 최소한 떠드는 사람들 사이에서는 그럴 줄 알았던 거죠. 저는 트위터 생활이 저한테 악영향을 끼친 부분이 많다고 생각해요. 트위터는 사실 그런 면에서 뭐랄까, 트렌드랄까, 이론적으로 굉장히 앞서 나가 있거든요. 제일 뾰족한 끝에서만 논쟁들이 이루어지고 있잖아요. 성 평등 문제라든지, 성 소수자 문제라든지 이런 모든 이슈들에서 거의 맨 끝에 있고 더 극단적인 사람들의 말에 파워가 있고, 그 안에서 사람들을 말려죽이고 하는 일들을 하잖아요. 거기서 오히려, 가장 소위 진보적이라고 할까, 그런데 진보는 아냐.

지 래디컬한.

김 가장 래디컬한 의견들이 가장 힘 있게 느껴지는 공간인데요. 거기에 제 많은 시간과 정신을 좀 두다 보니까 내가 현실보다 트위터를, 현실하고 되게 거리가 있는데도 이걸 현실로 보지는 않고, 트위터 안 넷상의 현실을 현실로 파악하고 있었다는 생각이 들더라구요. 이건 우리 모두가 조금 경계해야 할 문제인 것 같아요. 그쪽은 그쪽대로 자기 나름의 담론들을 발전시켜 나가고 세상을 비웃을 수는 있으나, 그렇다고 세상이 바뀌는 것은 아니라는 거죠.

지 자기들끼리만 의견을 주고받다 보면 이게 세상 의견의 전부고 대세 같다는 생각이 들 수도 있으니까요. 지금은 아니더라도 당연히 그렇게 갈 거라는 생각이 들 텐데요. 세상이 그렇게 직선적으로 가는 것도 아니고, 운동이라는 것이 때로는 타협을 하고 현실을 인식할 필요도 있는 것 같아요. 트위터라는 공간이 그렇지 못한 면이 있었고, 거기서 오래 활동하다 보니 약간 현실적인 부분을 놓친 것도 있지 않나 생각하신다는 건가요?

김 그렇죠. 이런 거예요. 트위터에서는 메갈리아 논쟁이 활발하게 이루어
지고 있단 말이에요. 제 타임라인에는 메갈리아가 얼마나 문제가 있는가
와 얼마나 소중한 진전인가 하는 이야기가 부딪히고 있어요. 그런데 조금
만 물러나면 "그년들은 일베야."가 되고, 조금 더 물러나면 "메갈이 뭐야?"
하고 아무도 몰라요. 저야 내 삶을 살아가면 되지만, 우리는 세상에 영향
을 끼치고 싶어 하는 욕망이 있잖아요. 심지어 배우라는 자리는 조금 더
유명해질수록 점점 더 영향을 끼칠 수 있는 포텐셜이 생기는 거구요. 그랬
을 때 어떻게 좋은 영향을 끼칠 수 있을 것인가, 이런 고민을 하다 보면 그
런 지점에서 되게 막막해요.

지 그래도 지금까지 용감하게 발언하신 부분들 때문에 어떻게 보면 일종
의 예방주사나 까방권 같은 것이 생기지 않았나요? "저 양반은 소신 있
게 할 말은 해온 사람이야."라는.

김 글쎄요. 그런데요. 사람은 누구나 세상 사람들의 입에 상처를 받아요.
안 받을 수는 없어요. 그동안 제가 상처를 안 받았던 것은 제가 덜 유명했
기 때문이었어요.(웃음) 그래서 저를 공격하는 사람이 적었기 때문에 그런
건데요. 지금은 조금 많아졌거든요. 조금 더 유명해져서요. 그래서 회사
다니면서 회사 얘기를 자꾸 하게 되는데요. 소위 톱스타들을 보게 되잖아
요. 그 사람들의 자제력과 자기 관리는 정말 너무 너무 존경스럽지만, 저
는 절대 그렇게 되고 싶지 않아요. 저렇게 어떻게 살아, 라는 생각이 들 정
도로.(웃음)

지 톱스타는 정치인의 100배 이상의 자제력이 필요할 것 같아요.(웃음)

김 그 확신은 있어요. 들여다 보면 상처가 되니까, 가능하면 안 보려고는

하는데, 세상에 칭찬만 걸러서 볼 수 있으면 얼마나 좋겠어요. 한편으로는 그런 생각도 들더라구요. 칭찬도 똑같은 거구나… 나에 대한 비난이 가치 없는 것만큼 칭찬도 가치가 없다는 생각을 해요. 내가 무슨 짓을 해도 세상에 열 명 중에 한 명 정도는 나를 좋아하고, 두 명은 나를 싫어하고, 일곱 명은 관심이 없는데요. 크게 걱정하지 않다고 될 것 같다는 생각을 하죠.

지 말씀하신 것처럼 누군가가 하는 얘기에, 정도의 차이는 있겠지만, 상처는 다 받잖아요. 여러 군데서 발언을 하다 보니 본의 아니게 같이 계신 분에게 상처가 될 수 있는 얘기들이 나올 수 있잖아요. 의성님 공격하는 것과 다른 맥락의, 여혐의 사람들이 공격하는 댓글들이 같이 계신 분에게 상처를 줄 수도 있을 것 같은데요.

김 아이, 뭐, 저랑 같이 있는 친구는 그런 거 신경 안 써요.

지 댓글 안 보시는구나.(웃음)

김 그냥 제가 트위터 같은 것에 시간을 너무 많이 쓰지 않기를 바라요. 제가 트위터를 거의 완전히 문을 닫았거든요. 그 친구는 되게 좋아해요. 그러다 보니까 저는 심심하더라구요. 트위터를 안 보니까, 내가 진짜 많은 시간을 여기다 보냈구나, 인생의 낭비를 진짜 많이 했구나, 그런 생각이 들어요. 근데 진짜 심심해요. 트위터 아예 안 보니까.

지 그게 중독이라는 거잖아요. 안 하다 보면 뭔가 허전하고, 시간이 남고.

김 중독이 되는 거죠. 트위터에서는 활발한 사람들 300명 정도만 팔로우를 하면 엄청난 속도로 글들을 뿜어내니까 하루 종일 볼 수가 있거든요.

지 어쨌든 담론의 첨단 형태의 얘기들을 쏟아내는 사람들이니까요.

김 일단 글을 쓰는 양들이 많아요. 짧은 글들을 계속 쓰고, 인스타처럼 사진을 찍어서 장식을 해서 달아야 되는 것도 아니고, 페이스북처럼 친목을 주고받는 것도 아니어서 그냥 혼잣말을 계속 쏟아부으니까 글의 양이 너무 많아요. 저처럼 활자중독자들은 트위터가 진짜 좋은 읽을거리거든요.

지 감정이 엄청 쎄게 담겨 있는 글인데, 어떤 사람은 하루에 1,000개 이상 올리잖아요.

김 어마어마한 사람들이 있으니까요. 그리고 유머의 수준도 되게 높고, 글들 자체가 생각의 수준이 높은 글들이 많아서 재미는 있었어요.

지 창의성은 약간의 광기를 동반하니까요.

김 트위터는 재미있는 곳이었다고 생각해요.

지 다시 할 생각이 있으신가요?

김 다시 할 수도 있는데, 지금은 아니라고 생각해요. 특히 정권이 바뀐 다음에 내가 그래도 전에는 김무성 씨에 대해서 비판하고, 박근혜에 대해 비판하고, 이명박에 대해 뭐라고 하고 부딪히던 사람인데요. 꽤 용감하게 나를 걸고, 잃을 것이 별로 없었기도 했지만, 저로서는 제 이름을 걸고 굉장히 용감하게 내 글들을 배설을 해댔어요. 싸울 사람들이랑 싸우고 그랬잖아요. 정권 바뀐 다음에 조금 지나서 보니까, 그전에는 트위터 막판에는 맨날 극단적인 여성주의자들과 싸우고, 아이돌 팬들하고 싸우고, 지금 딱 정권 바뀐 다음에는 제가 문재인 지지자들과 싸우고 있는 거예요.(웃음)

지 문재인 지지하는 글도 많이 쓰셨잖아요.

김 그래서 문재인 지지자들과 싸우고 있는 거예요. 문재인 지지자들이 언론하고 싸울 때 저는 언론이 반성할 점이 많다고 생각한다, 라고 쫙 쓴 다음에 "그런데 문재인 지지자들도 좀 살살하세요."라는 마지막 말에 대해서 공격을 하는 거죠.

지 그런 얘기 정도는.

김 그 사람들한테 뭐라고 해봤자 한 명이 아니고 여러 명이잖아요. 나한테 주어진 현실이 그 사람들과 싸우고 있는 거예요. 너무 가오가 안 서잖아요. 넷페미니스트랑 싸우고, 아이돌 팬클럽이랑 싸우고, 문재인 지지자들이랑 싸우고, 너무 자세가 안 나오잖아요. 그럴 바에야 그냥 관두자, 트위터는 기본이 싸움인데 이런 재미없는 싸움을 할 바에는 관두자. 그래서 관둬버린 거예요.

지 원래 비슷한 생각을 가진 사람들끼리 더 심하게 싸우는 것 같아요. 〈보리밭을 흔드는 바람〉에 나왔던 내용처럼 저쪽을 반대하는 데 주력하다 보니 우리가 만들 세상에 대해서는 고민을 덜하지 않았나 하는 생각이 들더라구요.

김 기본적으로 우리는 회색의 속성을 가져요. 그래서 뭘 하다가도 중간중간에 브레이크가 걸려요. 그리고 브레이크 없이 달리는 사람들을 보면 한숨이 나오고, 진저리 치고 그러는데, 요즘 보면 우리가 너무 쉽게 브레이크를 자꾸 잡는 것이 아닌가 하는 생각도 들어요. 문재인 지지자들을 예로 들면 몰려다니면서 댓글 달고 전화 하고 문자 보내고 하는 것을 보면서 "극악스럽다. 저게 파시즘이 아냐?"라는 얘기들을 사람들이 하잖아요. 지금 청문회 돌아가고 있는 것을 보면 세상이 하나도 바뀌지 않고 있는데, 무슨 방법이 옳고, 점잖은 방법이 어떻고 하는 것이 부끄러울 지경이라니까요.

지 그 부분에 대해서 생각을 많이 할 수밖에 없는데요. 그분들에 대해서 그렇게 얘기하는 것이 좋은 의도를 가지고 하는데 지적하는 것이 옳은 것인가, 그런데 이 방법이 옳은 것인지 아닌지에 대해서는 누군가가 얘기할 수도 있지 않습니까? 문재인 대통령을 지키는 방법이 그것밖에 없냐, 댓글 폭탄밖에 없냐고 문제를 제기할 수도 있을 것 같은데요. 그 문제를 제기하는 사람은, '혹시 다른 방법도'라는 말을 꺼내는 순간 빈사 상태에 이를 정도로 공격을 하니까요. 시간 지났을 때 후회하는 일이 벌어지지 않을까 하는 거죠.

김 아무도 모르는 것 같아요. 어떨 때는 저렇게 극악스러워야 할 것 같기도 해요. 그런 생각도 들어요.

지 일단 속은 시원하다니까.(웃음)

김 그것보다 지금 상태가 만만한 상태가 아니기 때문에 극악스럽게 달려들어야 한다는 생각도 들어요. 물론 그러다가 진짜 권력이 되게 단단해지고, 이 사람들이 홍위병이 될 수도 있겠죠. 그런데 아직 아무것도 안 가졌는데, 무슨 홍위병인가요?

지 홍위병이 될 가능성은 별로 걱정이 안 되더라구요. 문재인이라는 분을 보니까 제가 생각했던 것보다 훨씬 건강하구요. 오히려 그 사람들의 의견이 과하다고 싶으면 애기를 안 들을 것 같아요. 그 사람들에게 휘둘릴까봐 걱정을 했는데요. 양념 짓 하는 것은 그거고, 나는 나대로 간다고 하실 것 같아요. 양념이라는 것은 메인 음식이 아니고, 맛을 좀 낫게 만드는 거잖아요. 거기에 대해서 흔들릴 가능성이 없다고 생각하니까 걱정이 안 되더라구요.

김 그렇죠. 양정철도 아무것도 안 시키는데요, 뭘. 우리가 생각하는 것보다 훨씬 무서운 사람인 것 같아요. 수가 높고, 되게 나이브한 느낌도 받았는데 수가 엄청 높더라구요. 아니면 진짜 수가 높은 스탭들과 함께하고 있든가요.

지 스탭들의 의견을 받아들인다는 자체가 리더의 역량이잖아요. 어쨌든 준비를 많이 한 흔적이 보이니까요.
김 그런 것 같아요.

지 사람들이 쿨하다는 것을 좋은 의미든 나쁜 의미로든 쓰거나, 독설러라는 표현을 하는 것에 대해서는 어떻게 생각하세요?
김 제가 방송 문법에 익숙하지 않았거나, 그 문법을 지키고 싶지 않았거나, 둘 중 하나겠죠. 방송은 이래야 할 수 있고, 저래야 하는 부분이 있다고 생각해요. 그런데 방송에서 지켜야 할 거의 유일한 준칙은 시청자에 대한 예의지. 남의 방송국을 M본부, K본부, S본부라고 지칭하는 것이 방송에서 지켜야 될 예의인지도 모르겠구요. 다른 방식으로 사생활을 공개하고, 예능 프로에 자기 애까지 TV에 내보내고, 애랑 사는 것을 들입다 보여주는 그런 짓까지 하면서, 제가 결혼을 했었고 이혼을 했었다는 얘기를 하면 이상하다고 말하는 것도 너무 웃기구요.(웃음) 저는 애들 나오는 거 진짜 싫어하거든요. 그런 식으로 사생활 노출되는 것, 아이들은 선택권 없이 자기 사생활을 노출시키는 건데, 진짜 끔찍하다고 생각하거든요.

지 커서 후회한다고 돌이킬 수 있는 것도 아니구요.(웃음)
김 그리고 결혼을 한 것만큼 이혼을 한 것도 내 삶의 어떤 선택이구요. 거기에는 가치 개념이 없는 거잖아요. 물론 전에는 결혼에 실패했다고도 얘기했는데, 저는 그건 받아들일 수가 없거든요. 결혼 생활은 결혼 생활이고, 결혼이 영원히 유지돼야 성공인가요?(웃음) 누구 하나 죽어야 성공이라는 거잖아요. 누구 하나 죽기 전에 헤어지면 실패구요. 백년해로라고 해봤자 결국은 한 사람이 먼저 죽잖아요. 물에 같이 뛰어들면 성공인가? 아직도 그런 생각들을 굉장히 많은 사람들이 하고 있다는 것에 대해 좀 놀랐죠. 이건 맞고 이건 틀리고, 이건 바람직하고 이건 바람직하지 않다고 생각하는 사람들이 너무 많다는 것을 보고 놀랐어요.

지 지난번에도 얘기가 나온 거지만, 유승준 같은 경우에는 얄밉다고 못 들어오게 한다는 것은 폭력적인 면이 있다고 볼 수 있잖아요.
김 그런 정도가 아니죠.

지 그런데 사람들 정서는 못 받아들이겠다는 거잖아요.
김 그때는 그렇게 화가 났을 수 있어요. 국가도 그렇고 사회도 감정에 따라서 움직이니까요. 그것을 15년, 20년 가까이 유지하는 건 사회가 정신병에 걸린 거라고 볼 수밖에 없어요. 흥분하면 한때 그럴 수는 있지만, 시간이 너무 많이 흘렀잖아요.

지 보수보다 개혁적이라고 생각하는 사람들이 이런 부분에 대해서 더 민감한 것 같더라구요.
김 피해의식이죠.

지 "야, 그때 군대 좀 갔다오지 그랬니, 이 찌질한 놈아." 하고 비웃는 것이 훨씬 건강한 태도라는 생각도 들구요.
김 피해의식적 공산주의, 피해의식적 사회주의, 피해의식적 평등주의가 지배하고 있는 곳이에요. 여기는. 그리고 그런 평등주의가 지배하면서도

비겁하게 진짜 평등을 해치는 큰 적한테는 달려들지도 못해요. 자기보다
요만큼 불평등한, 제일 힘도 없이 자기보다 조금 이롭게 움직이는 사람들
만 죽어라고 까지. 진짜 불평등 구조를 만들고 진짜 불평등하게 사는 사람
들에게는 찍소리도 못해요. 미치긴 미쳤는데, 정신이 있어. 비겁한 쪽으로
는 제정신이 있는 것 같아요.(웃음)

지 비겁하게 미친 건가요?(웃음)
김 비겁하게 미쳤으니까 최악인 거죠. 이런 말 괜찮을까? 또 야단 맞을라
나.(웃음)

지 사람들이 진지하게 책을 읽고 논평하지는 않는 것 같더라구요.
김 누가 리뷰를 그런 것만 따서 달 거잖아요.(웃음)

지 섭외가 들어오면 어느 정도 예능을 할 생각이 있으신 건가요?
김 지금은 아닌 것 같아요. 모르겠어요. 잘 모르겠는데.

지 회사 입장에서는 CF도 찍어야 하니까.(웃음)
김 회사 입장에서 별로 좋아하지 않을 것 같아요. 경영진들은 그냥 "배우
하세요." 그럴 것 같아요.

지 자꾸 구설수에 오르니까…
김 그런 것도 있구요. 그런 것보다는 예능을 한다는 것이 배우 생활에 큰
도움을 주지 못하니까요. 예능이라는 것은 자기 자신을 내놓는 거니까요.
캐릭터 뒤에 숨는 게 아니라 드러내야 하니까 소모도 되게 빠르고… 모르
겠어요. 이것도 다 이론이라서.

지 그동안의 경험으로 볼 때 예능에 많이 나오신 분들이 이미지가 빨리 소비된 경우가 많은 것 같아요.

김 예능은 하려면 진짜 많이 해야 하거든요. 그 일을 달려들어서 해야 하는데요. 글쎄, 그게 체질에 맞을지는 모르겠어요. 맞을 수도 있겠죠. 저는 배우 하는 것만 되게 소중하고, 예능인이 되는 것, 방송인이 되는 것은 저열하다고 생각하지는 않아요. 나한테 그래요. 배우는 되게 고상한 일이고 예능은 아니고 그렇지는 않아요. 둘 다 직업이에요. 저는 배우라고 하는 직업에 대해서 이 직업의 조건이 여러모로 좋은 것이지, 이 직업을 이상화하는 환상 같은 것은 없어요. 배우 해서 먹고 사나 예능 해서 먹고 사나, 다 먹고 사는 거죠.(웃음)

지 홍상수 감독님의 사랑에 대해서 얘기해보자면 예전과는 분위기가 달라진 것 같기도 합니다. 쉬쉬하거나, 사회적인 가십거리로 매도해버리거나 했을 텐데… 지금은 비난하는 여론이 높긴 하지만, 약간 특수한 경우긴 한데, 외국에서 영화를 만드실 수 있으니까요. 그래도 예전보다는 받아들이는 품이 넓어진 것 같다는 생각도 들 거든요. 활동하고 있는 데 대해서 기자들도 비판적인 코멘트를 뒤에 달긴 하지만, 영화에 대한 평을 하고 활동 자체는 인정하고 지켜봐주는 것 같기도 하구요. 홍상수 감독님의 영화적인 부분에 대해 손상은 거의 없는 것 같고, "이 사람 영화 잘 만드는 사람이고, 국제적인 감독이야. 그런데 둘 사이의 불륜은 용서할 수 없어." 이런 정도로 정리가 된 것 같거든요.

김 특별히 할 말이 없네요.

지 우디 앨런하고 순이 플레빈과 비교해도 다른 경우인 것 같구요.(웃음)

김 자기가 입양한 딸이랑 그런 거하고는 많이 다르죠.(웃음)

  악당 7년

지 우리나라 같으면 우디 앨런 같은 경우 매장을 당했을 것 같은데요.

김 유럽은 그나마 더 관용적이었을 거예요. 미국이었으니까 그렇지.

지 아티스트컴퍼니에 대해서 '배우들이 출퇴근하는 회사'라고 말씀하셨 잖아요. 배우들은 활동 안 할 때는 따로 활동하고, 혼자 시간을 보낼 것 같기도 한데요. 기획사라기보다는 같이 영화를 공부하는 동아리 같은 느낌도 있거든요.

김 기본적으로 이정재, 정우성, 하정우, 세 사람이 이 회사의 주주들이니 까요. 골드 멤버들이고, 그 사람들은 회사에서 일이 많이 있어요. 일들을 실제로 해야 해요. 사람들과 미팅도 해야 하고 사업 전개에 관한 일도 해 야 하구요. 그러니까 배우 겸 회사의 임원들이니까 회사에 계속 나와 있 구요. 처음부터 그런 분위기가 좋아서, 저는 회사에 지분도 없고 아무것도 아니지만 회사에 가 있는 것이 좋고, 그러면 가만히 있느니 내가 할 수 있 는 일을 뭐라도 하는 게 낫지 않을까 해서 젊은 배우들을 같이 만나는 일 을 하려는 거구요. 그런 거죠. 출근한다는 이야기는 좀 과장이지만, 보통 배우들은 거의 회사에 안 가거든요. 그런데 우리 회사에 가면 누군가 있 고, 점심도 먹을 수 있고, 저녁 때쯤 쓱 나와서 술 한잔도 할 수 있는 그런 분위기인 거죠.

지 같이 영화를 볼 수 있는 공간이 있어서 영화도 같이 보신다면서요.

김 신인 배우들이랑 같이 영화를 보기도 하구요.

지 어떤 영화들을 보세요?

김 이제 시작한 지가 얼마 안 돼서요. 지난번에 〈노인을 위한 나라는 없 다〉를 보다가 너무 무거워서 중간에 딴짓도 하고.(웃음) 엄정아 씨도 있는

데, 우리 여자 배우들이랑도 만나서 같이 모여 영화 보고 놀고 그랬더라구요. 어떻게 보면 다른 회사의 배우들이 굉장히 부러워할 만한 부분이 있죠.

지 지금까지는 어쨌든 배우들을 위해서 뭔가 프로야구로 치면 선수협 같은 역할도 하면서 새로운 선수들을 키우기도 하고, 이런 꿈을 가지고 만든 느낌이 드는데요.
김 그렇죠.

지 지금까지는 잘 되고 있는 건가요?
김 느리게 가는 거죠. 그만한 힘을 가지려면 시간도 많이 걸릴 거구요. 배우가 많을수록 회사는 돈을 더 까먹게 될 확률이 높거든요.

지 작품은 한정되어 있고 캐스팅도 한정되어 있을 텐데, 기본적으로 배우를 케어해야 하는 비용들이 있을 테니까요.
김 회사는 가능한 한 배우들을 늘리고 싶어 하구요. 이 시스템이 자리를 잡으려면 시간이 좀 더 걸릴 것 같아요.

지 말씀하신 대로 배우들이 많다고 해서 꼭 좋은 것도 아니고, 여러 가지 문제가 발생할 수 있잖아요. 배우들을 스카웃하는 기준은 있나요?
김 제가 하는 게 아니고 수뇌부들이 하는 거니까요.(웃음) 기본적으로 제가 느끼기에는 열정과 태도, 이런 걸 보는 것 같아요. 연기보다는. 연기는 공부하면 는다고 생각하는 것 같구요. 이 일을 얼마나 원하는가, 얼마나 바른 태도를 가지고 있는가, 이런 것을 보는 것 같아요. 그게 정우성 스타일이죠.

지 그분들이 돈을 벌려고 만든 것은 아닐 테니까요. 영화라는 것에 얼마나 애착을 가지고 있나 그런 것을 보시는 거군요.

김 그런 것 같아요.

지 《일간스포츠》 인터뷰를 보니까 출연료 책정하는 데 대한 기준이 아주 디테일하더라구요.

김 모든 배우가 쓸 수 있을 만한 좋은 포뮬러를 만들었어요. 제가. 그대로 작년 말, 올해초에 계약도 진행을 했어요.

지 보통 보면 그런 협상을 할 때 우리나라 사람들은 주변에 자기와 비슷한 사람과 비교해서 '저 선수가 저 정도 받으니 나도 이 정도 받아야겠다.' 이런 경우가 많잖습니까? 그걸 만들어야겠다는 생각은 어떻게 하셨나요?(웃음)

김 왜냐하면 혼자 직접 해야 하니까, 어떻게 해요. 기준이 있어야 하잖아요. 〈부산행〉 이후에 배우로서의 위상도 조금 많이 올라갔고, 도대체 어떤 영화는 얼마를 달라고 해야 하나, 그동안은 매니저가 다 했으니까, 저한테는 기준이 없었구요. 보니까 다 주먹구구식으로 하더라구요. 감은 있어요. 이건 대충 얼마 정도다, 하는 감은 있는데요. 이 감에 걸맞을만한 포뮬러가 있으면 설득하기도 좋겠다고 생각한 것이 첫 번째였구요. 두 번째는 제가 생각하는 배우관, 직업으로서의 배우, 내가 생각하는 이미지, 이런 걸 나름대로 정리해보면 배우는 현장에 나가서 하루 종일 열심히 일을 하고 일의 대가로 돈을 벌고 집에 온다, 이런 개념이 제 머릿속에는 제일 멋있더라구요. 일당을 받는 사람… 멋지더라구요.(웃음) 우스개로 그런 얘기들도 했어요. 나는 현장 나가서 일을 하고, 저녁에 일당을 현금으로 받아서 집에 오고 싶어.(웃음) 뭐랄까, 육체로 노동하는 사람의 삶, 이런 것을 동경하게 되더라구요. 어떤 영화의 무슨 역이면… 이런 것이 아니라 한번 개량화 해보자. 일당을 받는 사람으로서 나를 생각해서 내가 일당을 얼마 정도 받으면 될까? 그동안에 받았던 영화를 계산해보니까 어떤 것은 일당이 턱없이 많기도 하고, 어떤 것은 적기도 해서 일당을 이 정도 받으면 되겠다는 개념을 정한 거죠. 올해의 나는 일당이 얼마다, 거기에 영화의 제작비가 크면 부잣집 가서 일하는데 일당을 좀 더 받아야지, 가난한 집에 가면 공짜로라도 해줘야지, 하는 식으로 영화 예산에 따라서 할증과 할감을 통해 변수로 집어넣구요. 그다음에 일당은 이렇게 정해져 있는데, 내가 한 영화에서 80일 정도, 80회차 정도를 일해야 할 때 이 일당대로 일하면 너무 많아질 수가 있는 거예요. 그렇다고 80일차로 나눈 일당을 줄여놓으면 두세 번 나가는 것에서 너무 조금 받으니까요. 그러니까 이렇게 하자, 회차가 적은 구간은 일당을 늘리고, 1회차에서 5회차까지는 일당을 늘리고, 중간 구간은 딱 맞추고, 회차가 많아지면 일당을 줄여서 서비스해주는 개념으로 하자.(웃음) 총액은 늘어나지만, 전체적으로 일당은 제일 위에서 조금씩 줄어드는 형태로 만든 거예요. 만들고 나서 처음으로 혼자 영화 계약을 할 때 저쪽에서 얼마를 얘기하길래 그 표를 들이밀고서 "저는 이렇게 주세요." 하니까 그대로 주더라구요. 이게 먹히는구나, 합리적이다, 그쪽에서도 합리적으로 생각해줬구요. 그런 식으로 세 편의 영화를 혼자 계약했어요. 다 그 원칙을 그대로 적용해서.

지 한국적인 정서라는 것이 그렇게 하면 너무 빡빡하다, 융통성이 없다, 정이 없다고 말하는 사람들도 있잖아요. 주먹구구식으로 하는 것이 이미 관행화되어 있는데, 너무 정교한 데이터를 들이대서 저는 안타 150개를 쳤고 몇 경기 나왔으니, 이런 식으로 하면 싫어할 수도 있잖아요.

김 그건 지금 제게 나름의 힘과 위치가 생겼기 때문에 그렇게 할 수 있는 거라고 생각해요. 그런데 제가 그래도 이렇게 합리적인 것들을 내놓으니, 사람들은 이걸 보면서 재밌어 하기도 하고 흥미로워 하더라구요. 나이도 있고, 영화계에서 어느 정도 위치도 있고… 모르겠어요. 어떤 역할에서는 마땅한 대안이 안 떠오르는 그런 배우이기도 하다고 생각해요. 폭이 넓지는 않지만. 그런 경우에 제가 저를 주장할 수 있는 조건이 좀 되니까 그렇게 해보는 거죠. 잘됐어요.

지 두 달쯤 전인가 소방관 GO 챌린지를 하셨잖아요. 그쪽에서 먼저 연락이 온 건가요?

김 가수 이승환이 저를 지목한 거죠. 개는 약간 좀 제가 만만한가 봐요.(웃음) 주변에 별로 친한 연예인이 없나 봐, 맨날 그런 걸 시켜요. 뭐 있으면 해달라고 하고. 뻔한 그룹들이 있어요. 이승환, 강풀, 주진우, 류승완.

지 강동모임이죠.

김 자기 놀 때는 생전 안 부르고 그런 일이 있을 때만 시키는 거예요. 그리고 자기 공연할 때나 주진우 북콘서트 할 때 꼭 부르고… 좀 난감해요. 좋지는 않아요.(웃음) 거기다가 이 사람들은 지금 사명감이 넘쳐요. 늦게 믿기 시작한 기독교인 같은 거라서, 저처럼 모태 신앙인 사람들은 피곤해요.(웃음)

지 하하하.

김 너무 열정적이야. 지금 너무 성령 충만이라서 피곤해요.

지 젊은 시절 소모하지 않았던 에너지를 지금 표출하는 건가요?

김 그걸 딱 받고, 그때 역시 나랑 주진우를 지목했나 그랬더라구요. 그 앞에는 표창원 의원, 뻔해요. 이렇게 뻔하게 가면 안 되겠다. 그런데 누굴 시킬 사람도 마땅치 않고… 무조건 시켜놓고 봐야 하는 건데, 제가 간이 작아서 그렇게는 못 하겠더라구요. 기획도 해야겠고, 이걸 어떤 쪽으로 발전시키면 좋을까 생각을 해봤어요. 여기서 또 류승완 이런 쪽으로 돌면, 결국 이 사람들끼리 맨날 하는 게 되니까요. 과감하게 방향을 틀자고 해서 회사 사내망에다가 "제가 이걸 해야 되는데, 다음 주자로 받아주실 분 없으십니까?" 했더니 깜짝 놀라게도…

지 사장님이.
김 사장님이 덥석 제가 해드릴게요, 라고 받아주더라구요. 그리고 정우성 씨는 거기서 류준열과 주지훈으로 그다음 주자를 넘겨 버리니까 전혀 다른 물로 넘어가잖아요. 그러니까 좋잖아요. 걔네들은 했는지, 안 했는지 모르겠지만, 아무튼 그래서 정우성 씨의 이미지 제고에도 한몫 했다고 생각하고 있구요. 워낙 그동안에도 좋은 이미지였지만, 더더욱.

지 기사를 보니까 류준열 씨와 주지훈 씨는 장소를 물색하고 있다는데요. 사진 찍고 하려면 장소가 필요하니까요.
김 소방서 앞에서 하자는 아이디어는 정우성 사장이 내줘서 저도 용산소방서 가서 했어요. 소방서 가니까 너무 좋아하시더라고. 기계도 동원하고 "어떻게 하지?" 하면서 점점 일을 크게 만들어 소방서 직원분들이 사다리 차를 가지고 와서 위에서 막 뿜구요.(웃음)

지 이벤트이기도 하지만, 본인들이 원하는 이슈를 가지고 하는 거니까요.
김 그쪽에서 간절히 원하는 것이었으니까요. 그런데 소방대장님은 "조건이 너무 열악하다고 생각하지는 말아 달라."고 말씀하시더라구요.(웃음)

자부심을 가지고 일하고 계시다고.

지 이번에 김우빈 배우가 비인두암에 걸려서 〈도청〉 촬영이 무기한 연기가 됐다고 들었는데요. 영화라는 게 무한정 기다릴 수는 없는 상황 아닌가요?

김 그게 참 그래요. 답이 없어요. 우빈이는 너무 청천벽력 같은 일을 당해서, 매일 계속 안부를 묻고 지금 어떻게 지내는지 물어보고 있는데요. 그런 일을 당했고, 영화는 거의 100여 명 가까운 사람들하고 계약을 했는데, 모든 사람의 시간을 다 묶어놓고는 있구요. 이게 한두 달 정도 후에 복귀할 수 있는 거라고 하면 기쁘게 기다리겠지만, 한두 달이 될지, 6개월이 될지, 일 년이 될지 아무도 모르는 거거든요. 기다리는 것이 맞는 건지, 아닌 게 맞는 건지 알 수가 없구요. 어떤 것이 아픈 본인을 위한 건지도 알 수 없구요. 그런데 최동훈 감독은 "자, 그래. 그럼 우리 정리하고, 다른 대안을 만들어봅시다."라고 얘기하는 그런 사람이 아닌 것 같아요. 본인 스스로가 "나는 촌스러운 사람입니다."라고 얘기를 하구요. 아직까지도 굉장히 괴로워 하고 힘들어 하고 어찌할 바를 몰라 하고 있어요. 그런 모습을 보면 사랑스럽죠.

지 살면서 어려운 일 중 하나잖아요. 후배가 아파서 안타까운 상황이구요. 그런데 또 의성 님 입장에서는 그 영화가 상당히 기대작일 텐데요.

김 어설프게 얘기도 했지만, 제 입장에서는 큰 브레이크가 걸린 것 같은 느낌이에요. 굉장히 좋은 기회고…. 그런데 그건 그거고, 나보다 더 힘든 젊은 청춘이 있는데, 거기서 내 불평을 이야기할 수는 없는 거구요.

지 불평이라기보다는 안타까움이겠죠.

김 안타깝죠. 그런데 무리해서 뭘 어찌 하고 싶은 마음도 안 생기더라구요.

지 〈스물〉에서 아들이었구요.
김 빨리 나아서, 그동안에 저는 다른 일 찾아 실업자 신세 면해 일하다가 언젠가 건강해져서 같이 즐겁게 이 영화를 찍으면 얼마나 멋있을까, 그런 생각은 하죠. 현실적으로는 다시 모두가 스케줄을 다시 맞춰서 뭉치는 것은 거의 불가능에 가까워요. 운이 좋기를 바라야죠.

지 인생에 브레이크가 걸렸다고 페이스북에 쓴 것이 이 얘기였네요.
김 우빈이 아픈 소식을 듣고 한 얘기였어요. 뱃속에 찬바람도 좀 가라앉히고, 좋은 계기가 됐어요.

지 넷플릭스에서 제작한 〈옥자〉의 개봉방식을 가지고 논쟁이 벌어졌잖아요. 새로운 매체와 충돌하는 장면인데요. 영화는 똑같은 영화 아니냐고 할 수도 있지만, 넷플릭스는 인터넷이나 TV를 통해서 영화를 유통하는 회사니까요. 기존의 영화 배급 방식을 존중할 필요가 없다고 판단한 것인데요. 자기들 입장에서는 당연한 선택인데, 극장 배급하는 쪽에서는 그걸 수용하기 어려웠던 것 같구요. 그 점은 어떻게 생각하세요? 이게 영화의 미래하고도 관련이 있는 것이기도 하구요.
김 조금씩 바뀔 거라고 생각해요. 지금의 미디어 플랫폼 그대로 가리라고 생각하지 않구요. 지금 현재 극장에서 개봉하고 상영하는 시스템은 진짜 오래 잘 버텨왔다고 생각해요.(웃음)

지 거의 100년이죠.
김 그동안의 혁명적인 변화들이 있었죠. 무성 영화에서 유성 영화로 바뀌었고, 흑백에서 컬러로 바뀌었고, 습식으로 프린트해서 돌리던 방식에서 극장에 파일을 쏴서 상영하는 방식으로 바뀌었고, 엄청난 큰 변화를 겪었죠. 그런데 그때마다 영화의 위기라고 했어요. TV가 나왔을 때 곧 영화가 죽는다고 했구요. 유성 영화 시대를 지나면서 예술로서의 영화는 끝이 났다고 얘기했고, 컬러TV가 나왔을 때는 저 조잡함을 우리가 어떻게 감당할 것이냐 하는 얘기를 했는데요. 계속 그랬지만, 그래도 영화는 버텨 왔잖아요. 앞으로 이런 식의 극장은 흔적 기관처럼 남게 될 거라고 생각해요. 데이트를 하는 코스, 나들이를 위한 수단, 이런 것이지, 영화라는 것을 감상하는 주요 미디어는 퍼스널한 미디어들이 될 거라고 생각해요. 앞으로는. 넷플릭스가 그걸 가시화하고 가속화할 뿐이지, 넷플릭스를 폭파한다고 해서 그 흐름이 바뀌지는 않잖아요. 물론 지금은 어찌할 바를 모르니까 저항을 하는데, 어떤 식으로 새로운 시대와 타협하고 같이 가고, 구시대를 연착륙시키고 새로운 시대를 잘 띄워 올릴 것인가에 대해서 모두가 다 같이 고민을 해야 하지 않겠어요? 기존의 극장 체인들을 비롯해서. 모르죠. 지금 극장들이 한 사람씩 들어가서 독서실처럼 된 영화 감상실을 극장 안에 만들지도 모르죠. 한 명 혹은 두 명이 들어가서 VR 안경을 끼고 보는, 그렇게 될 가능성이 굉장히 많다고 생각해요. 굳이 사람들이 밖에 나온다면 옆에서 팝콘 먹는 거 걸리적거리지 않고 둘만의 방에 앉아서 멋지게, 지금의 극장 환경보다 훨씬 더 좋은 환경으로 영화를 볼 수 있게 되지 않을까 싶어요.

지 매체가 다르니까 차이는 많이 나겠지만, MP3가 처음 나왔을 때 음악 산업계가 잘 대응하지 못해서 초토화된 부분이 있지 않습니까? 영화도 접점을 찾아서 같이 가지 못하면 산업 자체도 뭔가 타격을 입게 되지 않을까요?

길 다 찾아지게 되어 있어요. 디지털화가 이루어지면서 소위 영화가 파일로 영화를 실어 나르기 시작한 다음부터 한국 영화계에 꽤 긴 암흑기가 왔어요. 기존에 비디오, DVD로 판매되던 2차 판권 시장이 완전히 무너지고, 비디오 대여점이 다 없어지고, 감상실도 사라지면서 극장 수입 이외에 수입이 모두 없어졌다구요. 그리고 파일의 불법 유통을 막을 수가 없다고 생각을 했구요. 그런데 몇 년 동안 어찌어찌 하면서 결국 파일의 불법 유통을 거의 완전히 막았어요. 기술이 발전하면서 체이싱을 해서 불법유통을 추적해 잡을 수가 있게 되니까, 지금은 불법 유통을 할 기술이 없는 것이 아니라 불법 유통을 잡는 기술이 생겼으니까요. 지금 현재 IPTV와 같은 2차 판권은 비디오나 DVD 시장보다 더 커졌어요. 오히려 세상의 변화와 함께 매체와 기술이 발전하면 어느 순간, 초창기에는 생산자나 유통자들에게 질곡으로 작용할 수도 있지만, 그 시기를 넘어서고 나면 긍정적인 요소로 돌아오니까요.

지 실제로 영화는 보고 싶은데 극장에 갈 시간이 없는 사람들이 극장에서 보는 돈보다 더 비싼 돈으로 TV로 보잖아요.

길 극장 동시상영 영화를 만 원 주고 보잖아요. 비디오 대여점에다가는 기껏해야 한 대여점에 완전히 히트가 됐을때 7~10개 정도 파는 거였잖아요. 아니면 한두 개 팔고. 그런 비디오 대여점이 전국에 만 개가 있다고 해봤자 몇만 개 파는 건데요. 전혀 다른 양상으로 진짜 개인들한테 다 팔게 됐잖아요. 그래서 저는 그렇게 비관적으로 보지 않아요. 어쩌면 영화를 만드는 방식 자체에도 영향을 미칠 수 있을 거라고 생각해요. 시장의 변화가 영화 생산 방식에도 영향을 미쳐서 다른 형식의 영화들, 1인 미디어에 최적화된 영화들로 영화 자체가 바뀔 수도 있을 것 같아요. 물론 이게 영화냐고 욕을 하겠죠.(웃음) 이미 모여서 영화를 보는 시대는 끝나가고 있구요. 깐느영화제에서 〈옥자〉 같은 영화를 초청하면 안 된다고 백번 지랄을 떨어봤자 본인만 그냥 늙어가고 있는 거예요.

지 영화 안 하실 때 배우들의 일과는 보통 어떤가요?

김 배우들마다 다 다르죠. 저는 심심한 편이에요. 특별한 일을 별로 안 해요. 전에는 트위터를 많이 했는데 요즘은 안 하니까요.(웃음) 운동하고, 외모를 가꾸는 일, 피부 관리, 이런 것들을 일주일에 한두 번씩 하고, 집에서 빈둥대거나 회사 가서 빈둥대거나 저녁에는 사람들 만나 얘기하고 술마시고, 그렇게 평범하고 한가한 일상을 살죠. 그리고 가능하면 여행을 가고 싶어 하구요.

지 시나리오는 요즘 많이 들어오나요? 보고 계신 시나리오가 있나요?

김 들어오는 것을 보죠. 〈도청〉 하기로 결정했다고 발표한 다음에 시나리오가 안 들어와서 '어떻게 해야 하나?' 그러고 있어요.(웃음)

지 작품에 들어갔다는 얘기를 들었으니 바쁠 거라고 생각할 거구요.

김 다른 것을 같이 할 수 없는 역할이라는 것을 아니까 거절도 많이 했구요. 올해 벌써 20편 정도는 거절한 것 같아요.

지 거절하는 일도 쉽지 않잖아요. 기대하고 보냈을 것이고, 인맥이 있거나 신세를 진 사람들의 경우도 있을 거구요.

김 그냥, 어렵게 생각하지 않으려고 해요. 왜냐하면 자기들이 생각하기에 최선의 배역을 제안하는 것이지, 내가 생각하기에 최선의 배역을 제안받은 것은 아니거든요. 서로 냉정하게 판단해야죠.

지 배역과 영화 성격에 따라 다 다르겠지만, 배우는 어떤 과정을 거치게 되나요? 영화에 참여하고 결과물이 나오고 마무리 지을 때까지의 과정이 어떻게 되나요?

김 제일 처음은 캐스팅 제의겠죠. 우리가 조금 바꾸고 싶은 점은 캐스팅 제의 부분이에요. 굉장히 수동적인 과정이 될 수밖에 없거든요. 영화에서 주연 배우들을 먼저 캐스팅하고, 그게 정해지면 그다음에 조연 배우들, 단역들… 역할 순서대로 캐스팅을 해나가는데요. 저 같은 경우는 주연 배우가 아니니까, 캐스팅 제의가 들어올 때쯤이면 영화 촬영 들어가기 두세 달 전, 이런 케이스가 거의 대부분이에요. 아주 중요한 배역이면 조금 더 일찍 들어가게 되는데요. 뭐랄까 장기적인 계획을 챙기기도 어렵구요. 대부분의 경우 제가 취할 수 있는 리액션이 예스, 노밖에 없으니까요. 그래서 첫 단계를 바꿔서 가능한 한 일찍 대본들을 찾아서 보고, 하고 싶은 배역들을 역으로 제안하고 들어갈 수 있는 그런 과정들을 만들어보고 싶어 하는데요. 쉽지는 않아요. 대부분 주연 배우가 캐스팅이 되기 전에는 그다음 캐스팅을 손대지 않으려고 하구요. 주연 배우 캐스팅이 영화 제작의 관건이기 때문에 그게 정해지기 전까지는 영화가 정해졌다고 하기 힘들어서 조금 어려운 면이 있긴 해요. 어찌되었든 그런 부분은 개선해보고 싶은 생각이 있구요. 그건 여담이고, 캐스팅 제의가 들어오면 시나리오를 읽죠. 읽고, 어떻게 할지 정하죠. 그리고 약간 뭔가 모호하거나 이런 부분이 있을 때는 감독을 한번 만나보기도 하고 제작자도 만나보고 그러면서 결정을 하죠. 하기로 확정이 되면 주로 감독, 제작자와 상견례를 하고 작품에 대해 얘기 좀 나누고, 그 과정은 여러 번에 걸쳐서 할 수도 있고, 한두 번에 끝날 수도 있구요. 그다음에는 옷을 맞추죠.(웃음) 의상 분장 회의를 먼저 하고, 분장 쪽에서 이 캐릭터는 이런 식으로 풀어가겠다, 의상은 이런이런 옷을 입히겠다. 그러면 감독과 배우가 "좋습니다. 이런 방향으로 가면 좋겠습니다." 그렇게 해서 주요 의상 컨셉을 정한 다음에는 옷을 맞추죠. 치수를 재고, 어떨 때는 옷을 사기도 하고 맞추기도 하니까, 가서 입어보구요. 옷이 꽤 중요해요. 그다음에는 테스트 촬영을 해요. 주요 배역들하고 가서 스튜디오에 모여서 옷을 입고, 몇 가지 포즈들을 취해 보고, 혹은 자기랑 페어링 되는 사람들과 카메라를 찍어 보고 이러면서 이미지를 수정해야 할 부분들을 수정하는 등의 비주얼적인 작업을 하구요. 그다음에는 리딩을 하죠. 배우, 감독이 모여서 같이 시나리오를 읽는데요. 리딩도 한 번으로 끝날 때도 있고, 영화 리딩이라고 하는 것은 뭘 막 만들어 간다기보다 전체가 한 번 읽어 본다는 느낌인 경우가 많아요. 중요한 것이 있으면 그 파트를 같이하는 사람들끼리 모여서 소규모 리딩을 하기도 하구요. 그렇게 뭐가 좀 정해지고 나면, 주연 배우 혹은 주요 배역들은 조금 더 같이 시간들을 보내죠. 만나서 술을 마시거나 얘기하면서 작품에 대한 상을 공유하구요. 그러고 나서는 고사를 지내죠.

지 사고 나지 말고, 영화 잘되게 해달라고.

김 영화를 진행하게 됐습니다, 얘기를 하구요. 고사 지내고 술을 먹죠.(웃음) 배우 입장에서만 보는 거예요. 제가 말하는 일정 사이에 엄청나게 많은 일들을 제작 쪽에서는 준비를 하고 있습니다. 그다음에는 촬영 스케줄이 날아오죠. 언제, 언제, 언제 찍겠다는 전체 스케줄이 나오고, 수정 작업이 좀 들어가요. 서로 스케줄을 맞춰야 하니까요. 전체 촬영 스케줄을 맞춰서 정하고, 그다음에는 정해진 날에 가서 촬영을 하죠. 내 촬영일이 영화 처음 들어갈 때보다 너무 많이 뒤쪽이라고 하면 중간에 한두 번 남의 촬영 구경도 가요. 분위기 적응도 하고 스탭들이랑 얼굴도 익히구요. 아침에 현장에 일단 도착하면 옷을 입고 분장을 하고 밥을 주면 먹고 현장 가서 인사하고 앉아서 기다리다가, 자기 차례 되면 찍고 다 찍으면 분장을 지우고 집에 가죠. 그걸 영화 끝날 때까지 반복합니다. 어떤 때는 매일 출퇴근할 때도 있고, 어떤 때는 지방에 가서 여관방에서 자면서 며칠씩 찍을 때도 있구요. 영화를 하는 과정 중에서 그 시간이 제일 재미있는 시간이에요. 그러다가 내 촬영의 마지막 날이 오죠. 그러면 "앗싸" 하죠.(웃음) 제작사에서 꽃다발도 주고, 케이크도 가져와서 촛불도 불어 끄라고 하구요. "수고하셨습니다!" 하고 촬영이 끝나면 어떤 때는 그게 진짜 전체 촬영의 마지막 날일 때도 있고, 대부분은 내가 끝나도 다른 촬영은 계속되니까요. 그러고 집에 있으면 언제가 촬영 마지막 날이고, 그로부터 며칠 후에 쫑파티를 한다고 연락이 와요. 쫑파티에 가서 "모두 수고하셨습니다." 하고 술을 먹죠.(웃음) 2차 가서 싸우고.

 어떤 걸로 주로 싸우나요?(웃음)

 영화 현장에서는 잘 안 싸워요. 드라마 현장은 많이 싸운대요. 워낙에 서로 날카롭게 힘들게 일하다 보니까 2차 가면 싸움이 많다고 하는데요. 모르겠어요. 저는 싸우는 건 못 봤으니까요. 즐겁게 다 같이 술 먹고 노래방을 가고, 니가 잘했네, 내가 잘했네 하고 격한 애들은 울고.(웃음) 그러다가 저는 적당한 시점에 먼저 빠지죠. 그렇게 쫑파티를 하고 나면, 그다음에 녹음을 하러 오라고 해요. 후시 녹음을 할 부분이 꼭 생기거든요. 그때 찍어 놓은 것을 좀 보죠. 후시 녹음은 이미 편집이 거의 다 완성된 상태에서 해요. 그리고 그 다음에는 필요에 따라서 포스터를 찍으러 가요. 포스터에 참여하는 배우들은 포스터를 찍고, 그리고 그다음에는 개봉일이 잡히고, 스탭들이랑 같이 모여서 기술 시사를 하죠. "좆됐다" 이런 얘기를 하고,(웃음) "잘 나왔네, 어쨌네." 해요. 그러고 나서 배우들을 부르는데요. 언론 시사할 때 배우들을 불러서 기자들한테 인사를 하고 시사회가 끝난 다음에 질의응답도 좀 하고, 언론 배급 시사를 하기 전에 보통 제작보고회 혹은 제작발표회를 하죠. 그때도 기자들 모아서 영화 영상 같은 것을 보여주면서 "이 영화 다 만들어졌다."고 기자들이랑 얘기하고, 질의응답 시간을 갖기도 하구요. 언론 배급 시사 하고 나서 며칠 후에는 VIP 시사를 하죠. 옷 이쁘게 입고 가서 사진도 찍고, 시사 끝나고 가서 술 먹고, 그로부터 4, 5일 후에 개봉을 하죠. 개봉일을 전후해서는, 보통 개봉 직전이나 직후에 인터뷰를 쭉 하죠. 매체, 어떨 땐 열 곳, 어떨 땐 스무 곳을 한자리에 앉아서 하루 종일 해요. 라운드 인터뷰를 돌아가면서. 홍보사에서 그때부터 맡아서 하니까. 그게 영화의 전 과정에서 제일 재미없는 부분이에요. 한 얘기 하고 또 하고, 똑같은 질문에 똑같은 대답을 계속해야 하니까요.

지 인터뷰를 그렇게 많이 하는데 기사가 천편일률적으로 나오는 이유는 뭘까요? 인터뷰하는 사람들도 좋은 기회일 것 같은데요.
김 그냥 습관인 것 같아요. 습관적으로 하고, 모든 매체를 다 받아줍니다. 다 안 받아주면 나쁜 글을 쓰니까요.

지 좋은 글을 기대하는 것이 아니고.(웃음)
김 욕을 안 먹으려고 인터뷰를 하는 방어적인 인터뷰인 경우가 대부분이에요. 대개 재미가 없죠. 개봉 날부터 무대 인사를 다니는데, 그것도 별로 의미없는 짓이라고 생각해요.(웃음) 주말마다 무대 인사를 가요. 하루에 거의 극장 7개씩에 전체 관수 거의 한 15관, 20관 가까이를 돌면서 인사를 해요. 거기서도 똑같은 소리를 하죠.(웃음) 다 끝났다 싶으면 한참 있다가 DVD 출시될 때 코멘터리 녹음하자고 연락이 와요. 거기까지 하면 영화와 관련된 일은 끝나는 것 같아요. 그런데 이게 주연 배우들의 일과고, 조금 작은 역의 배우들은 여기서 많은 게 빠지죠. 작은 역의 배우들 같은 경우는 쫑파티가 끝이고, 그다음에 VIP 시사 때 초대받고 그 정도로 일이 마무리되죠. 저도 대부분의 영화는 그렇게 했구요.

지 배우의 경우에는 케이블이나 이런 데서 계속 영화가 돌아가니까 연기에 대한 평도 끝나지 않고 계속 피드백을 받을 수밖에 없잖아요.
김 〈관상〉 같은 경우는 명절 때 틀어주니까 명절 때 되면 전화가 오고 그래요.

지 《일간스포츠》 인터뷰에서 "TV 드라마보다는 영화에 주력하겠다."고 하셨는데요. 연기 복귀 후 출연한 드라마 2편이 모두 화제작이었고 평도 좋았는데요. 간혹 한 번씩은 해야 한다고 생각하지는 않으세요?
김 해야죠. 조금 두려워요. 고생을 많이 하거든요. 고생은 다른 게 아니라 짧은 시간 동안 되게 많은 것을 해야 하는 그런 게 있는데요. 호흡이 너무 짧으니까 그게 부담스럽구요. 그런 것만 아니면 TV도 재미가 있어요. 대중적으로 배우로서 알리는 데 도움도 많이 되구요. 특히 어머니가 TV에 나오면 좋아하세요. 그것 때문에라도 해야 하는데, 아직까지는 뭐랄까, TV에서 많이 보이는 배우가 되고 싶지는 않아요. 언젠가는 그런 날이 올 수도 있고, 안 올 수도 있지만, 가능한 한 천천히 왔으면 좋겠구요. 당분간은 영화에서 쨍쨍하게 일하고 싶어요. TV는 1, 2년에 한 편씩은 해야 하지 않을까 생각하고 있구요. 그런데 조금 고르고 싶어요. 잘 고르고 싶어요. TV 드라마에 목숨을 걸고 "이게 내 직업이야."라고 하면 고를 여지가 없겠지만, 저는 해도 그만, 안 해도 그만이라는 입장이면 좀 더 고를 수 있으니까 그걸 잘 이용해서 좋은 사람들이랑 일하고 싶어요. 다행히도 두 번의 TV 출연이 작가 선생님들, 연출자 모두 좋은 사람들이었어요. 굳이 다른 것을 안 찾고 이 양반들 다시 할 때 그냥 할까, 하는 생각도 들었구요.(웃음) 작품 출연이라는 것은 서로 시기가 맞아야 하는데요. 배우는 항상 뭔가 일을 하고 있을 때가 많아서요.

지 어떻게 보면 전략도 필요할 수 있잖아요.
길 이게 기본전략인거죠. 저한테는.

지 자기가 가진 능력치도 알아야 하고, 작품과 자신의 시너지 같은 것도 예측하기가…
길 어렵죠. 지금 하고 있는 수 읽기가 한 달쯤 지나면 '뭐든지 해야지.'로 바뀔 수도 있는 거구요. 진짜 모르는 일이거든요. 조금만 자만하면, 자만이 얼마나 무모한 짓이었는지 금방 결과가 나오기도 하구요. 그래서 되게 어려워요. 예를 들어, 하기 애매한 역의 제안이 들어왔어요. 내가 이런 역을 지금 하는 것은 시장에다가 내가 이 정도 역을 하는 배우라는 잘못된 싸인이 될 수도 있는데, 라는 생각이 드는 한편, 무엇이건 나한테 해달라고 하는 것이 얼마나 고마운 일인가, 라는 생각이 들 때도 있어요. 시장이 나를 어떻게 보는지 못 읽을 때가 있잖아요. '나는 이제 이 정도 됐어. 이런 역을 거절해야지.' 하고 두어 개를 거절하면 오랫동안 공백이 생겨서 놀 수도 있어요. 쉽게 선택을 했는데, 내 몇 달간의 시간이라는 기회비용이 될 수도 있는데, 이미 선택하고 났더니 굉장히 좋은 제안이 들어왔을 때는 오히려 못할 수도 있는 거니까 쉽지가 않은 거죠.

지 배우도 프리랜서라고 볼 수 있는데요. 한국 사회가 프리랜서에 대해서 굉장히 이중잣대를 가지고 있잖아요. 부러워하면서도 "너 좋아하는 일 하고 노는 건데, 생계까지 보장해줘야 해? 힘들다고 징징거리지 마." 이런 분위기가 있어요. 예전에 시나리오 작가 최고은 씨 돌아가셨을 때도 처음에는 동정 여론이 나오다가 금세 잊혀졌구요. 제 후배는 "나 하고 싶은 일을 하는데 국가가 왜 도와줘야 하냐?"고 하더라구요. 국가와 사회가 도와준 적이 없거든요.(웃음) 주변에서 품앗이하면서 버티는 경우가 많은 건데요. 노조나 이런 것에서도 배제되어 있고…. 멋있는 일을 하는 사람들인 것 같지만, 그게 빛 좋은 개살구 같다는 생각이 들 때도 있잖아요.

김 그게 그러니까 개미와 배짱이 얘기부터가 좀 문제가 되는 거죠.

지 하하하.

김 개미는 일하고 배짱이는 논다고 생각하는 것부터가. 나머지 사람들은 다 하기 싫은데, 일을 하고 있고….

지 사실 그런 건 아니잖아요.

김 각자의 일을 하는 것이고, 다른 일 못하니까 이 일을 하는 거죠. 그리고 어떤 직군은 그 직군 내에서 빈부의 격차가 적은 것이고, 어떤 직군은 빈부의 격차가 큰 거고, 어떤 직군은 아예 막혀 있고 그런 건데요. 너는 하고 싶은 일을 하고 있고 우리는 하고 싶은 일을 못 하고 있다, 이런 식으로 파악하는 것은… 그런 것은 그냥 어디에도 적용이 안 되는 것 같아요. 심지어 노숙자한테도 적용할 수 없습니다. 그리고 어떤 일이 얼마만큼의 눈에 보이는 가치를 생산해내는가를 측정하는 것은 민감하고 어려운 얘기잖아요. 비누 공장에서 일을 하면 한 달에 몇 개의 비누를 만들어내야 하고, 어떤 식으로 유용하게 실용적으로 쓰이는 거지만, 그림을 그리거나 오선지 악보를 그리는 것은 어떻게 보면 진짜 무가치한 일로 보일 수 있잖아요. 실용적이지 않은 일이잖아요.

지 당장 필요하냐?

김 그런 무가치한 사치, 쓸모없는 사치가 예술인 것이고, 그게 인류를 발전시켜온 거잖아요. 인류가 소위, 잉여 생산이 생겨서 누군가는 매일 일하는 데 머리를 쓰지 않고, 먹을 것을 생산하는 데 모든 것을 쏟지 않고 그것과는 조금 다른 덜 실용적인 가치를 창조해냈기 때문에 인류가 이렇게 문화적으로 발전해온 거잖아요.

지 그러니까요. 그렇게 따지면 프로야구 선수들이나 이런 사람들은 다 필요 없는 사람들이죠.(웃음) 이런 비슷한 취지의 글을 《한겨레》에 썼는데요. 프리랜서 분들은 공감을 많이 해주셨어요. 어떤 분은 점잖게 "보아하니 글도 못 쓰는데, 프리랜서는 일 잘하면 성공하게 되어 있습니다."라고 충고를 하시더라구요. 제가 어느 정도의 위치에 있는지는 잘 모르겠구요. 야구 선수도 이대호만 먹고살 수 있는 자격이 있는 것은 아니잖아요. 2군 선수도 먹고 살아야 하구요.
김 어찌 됐건 우리나라가 다 같이 많이 힘든 상황이기도 하구요. 양극화가 되게 심해지고 있는 측면도 있는데요. 특히 글 값이 너무 싸요.

지 20년 전과 지금 원고료가 거의 비슷할 거예요.(웃음)
김 글 값이 너무 싸고, 좋은 글과 나쁜 글의 변별력을 점점 인정하지 않고, 번역 쪽은 더 심하더라구요. 어떻게 해결해야 할지 모르겠는데, 어차피 그쪽은 시장논리에 의해서 좌우될 수밖에 없거든요. 책을 보는 사람들이 줄어드니까 글 값이 떨어지는 거기도 하구요. 누군가는 기발한 글을 써내가지고, 자기 가치를 높여서 글 쓰는 사람들의 이정표들을 찍어 나가야 할 필요가 있겠지만, 한쪽에서는 글을 쓰는 것만으로도 최소한의 생활을 할 수 있는 다른 차원의 사회 보장이 있어야 한다는 거죠. 그야말로 기본 소득이 필요한 지점이 그런 데라고 생각해요.

지 영화 쪽도 소득 격차가 심한 편이잖아요. 배우들 사이에서도 그렇고, 스탭들은 여전히 다른 직종에 비해서 일은 많고 수입은 비교적 적다고 알고 있습니다.

김 일이 좀 힘들어서 그렇지, 뭐랄까, 수입 부분은 굉장히 많이 개선되었어요. 영화계는 빨리 변하는 곳 중 하나라고 생각해요. 대기업처럼 안정되게 많이 줄 수는 없겠지만요. 표준 계약제가 완전히 정착되면서 하루 12시간, 그것도 첫 집합부터 마지막 촬영 끝날 때까지 12시간을 넘을 수가 없게 되어 있구요. 그다음 날 모일 때까지 쉬는 시간도 보장을 해야 하구요. 그 시간을 희생해서 일할 때는 무조건 노동의 대가를 지급하게 되어 있습니다. 휴식도 일주일에 한 번씩 쉬어야 하는 등 비교적 완전히 정착되어 있어요. 그런 부분에서 영화계는 많은 발전이 있었죠. 오히려 문제는 그런 계약이 적용되지 않는 단역 배우들이나 작은 현장들이 문제가 되겠죠.

지 큰 틀에서는 그런 부분들이 많이 개선된 데다가 영화는 아무래도 지켜보는 사람들이 많구요. 구성원 자체가 낭만적인, 아까 말씀하신 것처럼 최동훈 감독님 같은 경우 어마어마한 돈이 투자가 됐는데, 우리 사회는 "돈이 얼마나 들어갔는데, 한 사람을 기다리냐." 하는 사람이 대부분일 텐데요. 최동훈 감독님은 그렇게 못 하신다는 거잖아요. 영화계는 그런 부분이 남아 있는 것 같다는 생각이 들거든요.

김 직군 중에, 물론 제가 편한 쪽에 속해 있어서 그럴 수도 있지만, 직군 중에 어떤 뭐랄까, 건강성이랄까, 이런 것은 제일 괜찮은 쪽이라고 생각돼요. 특히 예술의 여러 분야 중에서도 그렇구요.

지 TV 얘기로 좀 돌아가자면 TV 쪽에 종사하시는 분들이 영화 쪽 분들한테 속으로 불만을 갖는 부분이 "자기들만 예술이라고 생각하나?" 하

 악당 7년

는 피해의식이 좀 있는 것 같기도 하더라구요. TV는 예술로 취급하지 않았던 흐름이 있었던 것 같구요. 많은 배우들이 "저는 영화 할래요." 할 때 "나는 예술할 거야, TV는 상업 아냐?" 이런 식으로 받아들이는 부분들도 있는 것 같더라구요.

김 영화가 무슨 예술이에요, 상업이지. 각자의 상업을 하고 있는거죠.(웃음) 리듬이 다르니까 그 리듬에 적응을 못하거나 그 리듬이 싫거나 하는 부분이 있을 뿐이죠.

지 〈육룡이 나르샤〉 하셨을 때 선죽교에서 유아인 씨와 연기를 하셨던 장면이 굉장히 인상적이었는데요. 색다른 경험이라고 표현하셨죠.

김 저는 저나 유아인 씨의 연기가 대단했다고 생각하지는 않아요. 그 장면에서. 유아인 씨는 자기가 가진 역량들을 펼쳤고, 저는 제가 가진 것을 했는데요. 만족스럽지 않은 부분도 있구요. 연기로서 그 장면이 얘기되어야 할 장면은 저는 아니라고 생각해요. 사실 여말선초를 다루면 가장 큰 이벤트가 선죽교잖아요.

지 너무 많은 사람들이 알고 있죠.

김 누가 「하여가」를 어떻게 뱉어내고, 누가 「단심가」를 어떻게 뱉어낼 것인가, 지금까지는 이렇게 했는데 어떻게 할 것인가, 이방원과 정몽주의 캐릭터는 어떻게 잡을 것인가, 이런 것에 대한 관심인 거잖아요. 가장 큰 이벤트에 대한 관심인 건데요. 일단은 이 드라마는 이방원을 굉장히 어린, 끝까지 약관의 얼굴로 계속해서 그려내잖아요. 30대 초반의 얼굴까지 나오니까 지금까지 사극에서 다룬 것으로는 가장 젊은 이방원을 그린 거구요. 뭐랄까, 선이 굵은 의지보다는 집념, 유아인씨가 가지고 있는 특징적인, 지금까지와는 조금 다른 섬세함, 이런 것들을 보여주는, 고뇌하는 젊은 이방원의 모습이었구요. 정몽주도 기존의 굉장히 고지식한 외유내강형, 겉은 부드럽지만 속은 단단한 선비를 그렸다면, 제가 하니까 제 외향도 그렇고 겉도 되게 쎄고, 마치 어떻게 보면 무장 같은 모습을 가지기도 하고, 어떤 권모술수의 모습도 보여주는 그런 정몽주가 그려진 거구요. 특히 마지막 장면은 지금까지 한 번도 그렇게 안 했는데요. 선죽교 위에서 서로 「하여가」와 「단심가」를 시조의 형태가 아니라 말의 형태로 뱉어내는 그런 것을 만들어냈잖아요. 그것 자체가 굉장히 센세이셔널 했던 것 같아요. 저는 제작진이 그 부분을 어떻게 그려내실 것인가에 대해서 고민하고 기다렸죠. 작가 선생님이 어떻게 쓰시나. 그 대본을 촬영 4, 5일 전에 받았겠죠. 받는 순간 소름이 끼치더라구요. 사실 정몽주는 여말선초에서 굉장히 중요한 인물이었지만, 〈육룡이 나르샤〉에서는 그다지 중요한 인물이 아니었어요. 초반에는 파편적으로 많이 다뤄졌구요. 죽기 직전까지 조금씩 강화돼서 정몽주 이벤트가 벌어질 때만 쫙 쎄게 나왔었는데요. 힘든 점도 많았어요. 초반에 인물에 대한 뭐랄까…

지 감정을 쌓아가는 시간이 부족했겠네요.
길 감정이든, 정당성이든 쌓아가는 과정이 없이 갑자기 '자, 이제 달려.' 하니까, 그때부터 시동을 혼자 걸고 달려야 하니까, 그게 굉장히 힘들었어요. 힘들었는데, 힘든 상태에서 '어떻게 죽나, 죽긴 죽어야 되는데, 어떻게 써 있나.' 하는 것을 봤는데, 최후를 그렇게 풀어내신 것을 보고 굉장히 감동했죠. 감동을 받고, 이 역을 맡은 보람이 있다, 이 한 장면을 건지면 된 것이 아닌가, 이 작품에 참여했을 때…, 라고 생각을 했어요. 연기는 무난히 해낸 정도라고 생각해요. 허점이 있으나 못 볼 만하지는 않게 무난히 해낸 정도인데요. 워낙 대본의 설정과 대사들이 좋아서 사람들이 좀 더 좋게 보시지 않았나 하는 생각이 들어요.

    악당 7년

지 말씀하신 대로 기존에 풀어낸 방식이 아니라 신선하고 스타일리시하게 풀어냈으니까요.

김 그렇죠. 유아인 씨는 어떨지 모르겠지만, 저는 잘 버텨내려고 했어요. 끝까지 지지 않으려고… 그것밖에 보여줄 것이 없더라구요.

지 이번에 상받았을 때 어머님이 "너는 늘 자랑스러운 아들이었다."고 하셨다면서요. 그 말씀을 듣고 만감이 교차하셨을 것 같은데요.

김 어머님이 고생을 많이 하셨거든요. 아버지가 좋은 남편은 평생, 아니었던 것 같아요. 말년에는 두 분이 굉장히 사이좋게 같이 잘 맞춰서 친하게 지내면서 사셨지만, 아버지가 평생 한 번도 어머니를 경제적으로 부유하게 살게 해드린 적도 없는 것 같구요. 명예를 갖게 해준 적도 없으니까요. 어머니가 항상 힘들게, 정신적으로도 자존심을 세울 길이 없는 삶을 쭉 사셨는데요. 경제적으로 힘든 건 말할 것도 없구요. 그러다가 아들이 서울대를 들어가니까, 교회 커뮤니티에서나 어디에서나 어깨를 펴고 신나게 사셨으니까요.(웃음)

지 서울대 엄마.(웃음)

김 그런 것이 어머니한테 제일 큰 추억이 됐는데요. 그 뒤로 아들이 별 볼일 없이 직장도 제대로 안 갖고, 연극하다가 그만뒀다가 항상 빌빌거리면서 돈도 없이 살고 있었으니까 얼마나 마음이 안 좋으셨겠어요. 그러다가 요즘 조금 더 안정된 생활을 하고, 배우로서도 이름을 알리고 그러니까 그런 면에서 내가 내 아들을 자랑스럽게 여겼던 것이 잘못된 판단이 아니었구나… 이런 생각을 하시니까 더 기분이 좋으신 거겠죠.(웃음)

지 국가 공증은 아니지만, 사회적으로 공인을 받은 거니까요.

김 어머니가 요새 처음으로 진짜 돈 걱정 안하는 기분으로 사신다고, 제가 돈을 많이 드리는 것도 아닌데도 돈을 걱정하지 않는 느낌으로 사신다고 너무 좋아하세요.

지 큰 효도죠.
김 네. 마음이 편해지시게 해드린 것 같아서.

지 연기 이런 부분에 대해서 고민하고 공부를 하시잖아요. 이론서나 이 런 것들을 정리해서 내실 생각은 없으신가요?
김 이론서를 쓸 만큼 축적이 안 된 것 같아요. 아주 얇은 가이드북 같은 것 은 쓸 수 있을 것 같지만요. 그것도 신인 배우, 혹은 단역 배우들을 위한 가 이드북 같은 것, 이런 정도라면 관심이 있어요. 연기 책들이 다 주연 배우 를 기르는 입장에서 쓰여 있어요. 그래서 작은 역할들을 어떻게 하면 실천 적으로 현장에서 잘할 수 있을 것인가, 신인 배우는 어떻게 시작해야 하는 가, 이런 것에 대한 길을 제대로 제시하는 책은 없기 때문에 현장에서 지 금부터 5년, 10년 정도 더 경험을 쌓으면 얇은 가이드북 형태로 만들 수 있지 않을까 하는 생각이 들어요. 해보니까 책에 있는 것이 연기의 다가 아니더라구요. 교과서에 있는 것하고는 전혀 다른 환경들도 많고, 그럴 때 어떻게 실천적으로 연기할 것인가, 실제적으로 연기할 것인가에 대한 고 민들이 필요할 것 같아요.

지 올해 계획은 어떻게 되시는 건가요? 작품이 어떻게 될지에 따라 유동 적이겠네요.
김 이미 이 작품은 올해 안에는 못 들어간다고 생각하고 있어요. 그래서 지금 하반기에 실업자가 돼서 "이거 어떻게 이 실업 상황을 극복하나?" 그

생각을 하고 있죠.(웃음) 뭔가 일을 해야 될 것 같아서 급히 시나리오들을
다시 읽고 있어요.

지 시나리오를 선택할 때도 취향과 느낌이 작용할 텐데요. 어떤 부분을
중점으로 보세요?

김 일단은 이야기가 재미있어야 하겠죠. 재밌는 이야기인가, 그리고 내 캐
릭터가 좋은가, 그거죠. 그 두 가지가 핵심이라고 생각해요. 그다음 단계
에서는 돈이라든지, 작품의 규모라든지, 이 작품이 시장에서 어떤 위치를
차지할 것인가, 종합적으로 내 커리어에 어떤 영향을 미칠 것인가, 이런
것들을 그다음에 보는 거구요. 제일 우선은 이야기와 캐릭터죠.

지 어떤 질문을 받으시거나 자기 의견을 내실 때 아직은 거의 눈치를 보
지 않고 얘기를 하시는 편이잖아요. 솔직하게.

김 가능한 한 정확하게 대답을 하려고 하죠.

지 여러 일들을 겪어보시니까 정확하게 이야기한 것이 대단히 곡해가 되
거나, 들을 생각이 없거나, 준비가 안 됐거나 이런 경험을 많이 하셨잖아
요. 농담처럼 이제 지킬 것이 많아서 조심할 거다, 란 말씀을 하셨는데
요. 그런 부분이 좀 변할 것 같으세요?

김 안 변할 것 같아요.(웃음)

지 사람은 잘 안 변하니까요.(웃음)

김 성격은 잘 안 변하고, 질문에 가장 충실한 대답을 하겠다는 이상한 욕
망 같은 것은 변하기가 힘든 것 같아요. 저는 눙치고 딴소리하고 이런 걸
못해요.

지 어떻게 보면, 지식인 같은 자의식과 사명감 같은 게 있는 거네요.
김 권모술수가 부족한 것 같아요.

지 진중권 선생도 사람들이 싫어할 걸 알지만, 이런 얘기를 해야 해, 하는 타입이잖아요.
김 어떤 상황에서는 여기서는 이렇게 치고 이런 게 있어야 되는데, 그게 없어요. 누가 뭘 물어오면 거기에 대해서 가장 멋있고 정확하게 대답해주고 싶어요. 인터뷰이로서는 괜찮은 것 같아요. 그렇죠.

지 토크쇼 진행을 하셔도 잘하실 것 같은데요.
김 얘기를 딱딱 하는 것으로는 게스트가 낫지 않아요? 저는 진행자로도 괜찮을 수 있는 자질이 조금 있다고 생각해요. 남의 얘기를 잘 듣는 편이거든요.

지 대화라는 것이 질문과 대답이니까요. 정확한 대답을 할 수 있는 능력이 있으면 정확한 질문도 할 수 있는 거잖아요.
김 작가들이 써주는 것을 읽는 것도 많아요.

지 정치 얘기로 가면, 지금 시대에 필요한 정의는 어떤 것이 있을까요?
김 아아, 어렵네요. 지금 시대에 필요한 정의?

지 정권이 바뀌고 나서 그런 글들도 여러 차례 쓰셨잖아요.
김 어렵네요.

지 그러면 도덕, 아직 한국 사회가 사람들이 받아들이기 힘든 도덕관을 제시하신 거잖아요. 서양에서는 보편적인 얘기일 수 있는데요.

김 도덕관을 제시한 것은 아니죠.

지 내가 가진 가치관은 이거다, 이걸 문제 삼는 것이 이상하다, 는 얘기였잖아요.

김 일종의 반도덕을 얘기한 것이지, 도덕은 이래야 한다고 얘기한 것은 아니라고 생각해요. 그건 도덕이 아니라고 얘기한 거죠. 그리고 도덕이 강조되거나 혹은 옳은 것이 강조되면 얘기는 재미가 없어져요. 저는 재미있는 스토리텔링이 좋거든요. 저는 그냥 어쩌다 보니 이렇게 되어야 재미있지, 그것이 옳아서, 는 별로 재미가 없더라구요. 영화도 그렇거든요. 주인공이 목적 의식이 뚜렷하고 뭔가 도덕적으로 강한 사람이면 재미가 없어요, 영화가. 그냥 자기 욕망에 충실하게, 자기가 옳다고 생각하는 대로 살아야 재미가 생기는 거죠.

지 주인공이 고뇌가 없이, 선생님같이 얘기를 하면 매력이 떨어질 수가 있겠죠.

김 뭐가 옳고 그르고가 강하면 재미가 없는 것 같아요. 지금 필요한 것… 어떻게 알겠어요. 제 앞가림이나 잘해야죠. 각자 자기 앞가림을 잘 하는 것이 필요한 것 같아요. 지금은.(웃음) 쓸데없이 남의 일에 오지랖 넓게 참견하지 않구요.

지 마크 트웨인이 "망치를 들고 있으면 못을 치고 싶어진다."고 했잖아요. 요즘 사람들은 망치를 들고 있어서 자꾸 뭔가를 때리고 싶어 하는 것 같습니다.

김 핸드폰을 항상 들고 있으니까요. 실제로 망치를 항상 들고 있는 거

죠.(웃음)

지 이게 망치 역할을 하는 거네요.(웃음)
길 그렇죠. 바로 망치죠.

지 사람이 안 좋은 얘기를 들으면 망치로 맞는 것보다 더 아플 수도 있으
니까요. 긴 시간 좋은 얘기 많이 들었습니다. 일단 여기서 마치죠.
길 네. 저도 즐거운 시간이었습니다.

함께 살자고 말하는 김의성

그를 처음 스크린으로 만난 것은 홍상수 감독의 괴물 같은 데뷔작 〈돼지가 우물에 빠진 날〉이었다. 그 후 윤인호 감독의 〈바리케이드〉에서 다시 만났다. 연기인 듯, 연기가 아닌 듯한 묘한 표정이 인상 깊었다. 그런 그가 갑자기 사라졌다. 영화제에서 혹은 개인적으로 〈돼지가 우물에 빠진 날〉을 보게 되는 날, 한 번쯤 다시 궁금해지는 그런 시간들이 꽤나 흘렀다. 그를 다시 보게 된 것은 2011년 홍상수 감독의 〈북촌방향〉에서였다. 그 후 그는 〈남영동1985〉, 〈관상〉, 〈소수의견〉, 〈살인의뢰〉, 〈암살〉, 〈부산행〉, 〈당신자신과 당신의 것〉, 〈강철비〉 등의 작품에서 개성 강한 연기를 통해 주목을 받았다. 주로 악역이었다.

그와의 사적인 인연은 트위터를 통해 맺어졌다. 각자의 활동을 서로 호감 있게 지켜보고 있었던 것 같다. 간간히 만남이 이어지는 동안, 그가 연기에 대해 어떤 생각을 하는지, 세상을 어떻게 바라보는지가 궁금해졌다. 배우가 사회에 대해 나름의 통찰력을 가지고 거침없이 말하는 데 카타르시스를 느꼈고, 쌍용차 노조와 나눔의 집과 연대하고자 하는 모습에 사회의 한 구성원으로서 위로를 받았으며, 개저씨라는 소리를 들을 나이에 설리나 김우빈 같은 젊은 배우들과 친구로서 공감하는 모습이 좋았다. 그래서 그를 기록으로 남기고 싶었다.

어느 날 그가 문자를 보내왔다. '묻지도 따지지도 말고, 계좌번호를 보내달라'고. 잠시 고민했다. 돈을 빌려야 하는 위치에 있는 사람들은 잘 알겠지만, 빌려줄 만한 사람들을 늘 리스트업 해둔다. 그 후 망설이고 망설이다가 문자를 보낸다. 이 사람은 빌려줄 것이라고 기대했던 사람들에게 거절을 당하는 경우도 많다. 그런데 이 경우는 리스트에도 없는 사람이었다. 잠시 망설이다 계좌번호를 보냈다. 잠시 후 '송금했습니다. 상환기간은 없습니다. 우리 함께 살아요.'라는 문자가 왔다.

나중에 그에게 물었다. '왜 그러셨냐?'고. 형편이 어려웠던 시절, 친구 권해효가 자기 집으로 오라기에 가서 밤새도록 함께 술을 마신 후 집을 나오는데 그가 봉투 하나를 건네더란다. 그래서 '나중에 내가 어느 정도 살게 되면 다른 친구한테도 똑같이 베풀어야겠다.'고 생각했다는 것이다.

내 친구이기도 한 해효와 나중에 그에 관해 얘기를 나눴다. 해효는 '사실 그때 우리 집 현금 자산의 절반을 의성이한테 줬다.'고 말했다. 쉴 틈 없이 일하는 것 같은 배우라도 직업 자체 특성상 수입의 안정성이 적은 경우가 대부분이다. 게다가 해효는 기부도 많이 하는 편이라 더 그랬을 것이다. 그런데 김의성에게 그 돈을 준 이유는 '젊은 시절부터 내가 어떤 결정을 할 때 가장 큰 참고가 되었고, 사고방식을 결정하게 해준 친구'였기 때문이었다는 것이다. 아마 이것이 김의성을 정의하는 한 측면이 될 수도 있겠다는 생각이 들었다. 지적인 친구, 조금은 어려운 친구, 그러면서도 뭔가를 믿고 맡길 수 있는 친구.

인터뷰 내내 김의성은 솔직담백했고, 거침없이 얘기했지만, 상대를 섬세하게 배려하는 사람이기도 했다. 그러면서도 여전히 어려운 사람이다. 잡지 〈아레나〉는 그런 김의성에 대해 "김의성은 지금, 그런 배우다. 편한 듯하면서 상대를 주눅 들게" 하는 이라고 표현했다. 그의 바람대로 그가 계속 우리에게 이상한 배우로 기억됐으면 좋겠다.

악당 7년

본문사진

9p, 69p, 139p, 217p, 275p **목나정**

영화 스틸컷

18p   쇼박스, 케이퍼필름(주) 제공

21p   넥스트 엔터테인먼트 월드 제공

30p   머리꽃 제공

40p   김진영, (주)영화제작전원사 제공

46p   넥스트 엔터테인먼트 월드 제공

75p   프로파간다 제공

83p   넥스트 엔터테인먼트 월드 제공

86p   쇼박스, 영화사 집 제공

89p   케이퍼필름(주)

146p   김진영, (주)영화제작전원사 제공

169p   씨네그루(주)키다리이엔티, (주)미인픽처스 제공

174p   넥스트 엔터테인먼트 월드 제공

179p   넥스트 엔터테인먼트 월드 제공

198p   하리마오 픽처스 제공

202p   아우라 픽처스 제공

205p   쇼박스, 케이퍼필름(주) 제공

254p   쇼박스 제공

266p   김진영, (주)영화제작전원사 제공

269p   김진영, (주)영화제작전원사 제공

악당 7년

ⓒ 김의성, 지승호 2018

초판 1쇄 인쇄 2018년 2월 3일
초판 1쇄 발행 2018년 2월 7일

지은이 | 김의성, 지승호
펴낸이 | 김영훈
편집 | 김희정
디자인 | 최선영
펴낸곳 | 안나푸르나
출판신고 | 2012년 5월 11일
주소 | 서울시 마포구 동교동 200-15 한솔빌딩 101호
전화 | 02-3144-4872 팩스 | 0504-849-5150
전자우편 | idealism@naver.com
ISBN 979-11-86559-28-4 (03810)

「이 도서의 국립중앙도서관 출판예정도서목록(CIP)은 서지정보유통지원시스템
홈페이지(http://seoji.nl.go.kr)와 국가자료공동목록시스템(http://www.nl.go.kr/kolisnet)에서
이용하실 수 있습니다.(CIP제어번호: CIP2018003311)」